U0513694

朱季海撰

楚辭解故

上海古籍出版社

圖書在版編目(CIP)數據

楚辭解故／朱季海撰. —上海：上海古籍出版社，2017.2
ISBN 978-7-5325-8203-7

Ⅰ.①楚… Ⅱ.①朱… Ⅲ.①楚辭研究 Ⅳ.①I207.22

中國版本圖書館 CIP 數據核字(2016)第 208513 號

楚辭解故

朱季海　撰

上海世紀出版股份有限公司
上　海　古　籍　出　版　社　出版
（上海瑞金二路 272 號　郵政編碼 200020）
(1)網址:www.guji.com.cn
(2)E-mail:guji1@guji.com.cn
(3)易文網網址:www.ewen.co
上海世紀出版股份有限公司發行中心發行經銷
蘇州越洋印刷有限公司印刷
開本 850×1168　1/32　印張 16.875　插頁 7　字數 302,000
2017 年 2 月第 1 版　2017 年 2 月第 1 次印刷
印數：1—2,100
ISBN 978-7-5325-8203-7
H·154　定價：69.00 元

朱季海先生

朱季海先生

，遂倂以此句翼字爲故，以足成其義。尋說文女部：婳，一曰：翼便也，其曰：翼便者，翼亦便也，翼翼正謂高飛翺翔翼便兒耳。漢汝南語猶有翼便，足徵楚言矣。又說文走部：趩，趨進趩如也，是翼便、翼翼字，並借爲趩。

抑志而弭節兮，神高馳之邈邈。　注：邈邈，遠兒。言己雖乘雲龍，猶自抑案，弭節徐行，高抗志行，邈邈而遠，莫能追及。一云：邁高馳。錢本上句作：聊抑志而弭節，出校語云：一無聊字，弭節一作自弭，下句作：邁高地之邈邈，出校語云：邁一作神，地一作馳。

季海按：此文當本作：聊抑志而自弭兮，邁高馳之邈邈，上句注云：猶自抑案，弭節徐行，正以自字兼攝抑志、弭節，是本有自字，王注申之如此。其曰：自弭，猶懷沙曰：自抑，語略同矣。然句又見遠遊，遠遊之文，多有與離騷同者，據錢本及所記一本，則此文離騷遠遊初無一字之差，今或小異者，後人亂之耳。尋王彼注云：吾寬徐自厭按，而踟躕也，亦正以自兼攝上下，此注云：弭節徐行，猶彼云：踟躕矣。以是言之，王云：弭節，本不以離騷弭下更有節字，而爲之釋也。亦可能注中弭節字亦經後人點竄，今既無別本可校，故未敢深

《楚辭解故》手稿之一

楚辭解故總目

楚辭解故敍

凡爲《楚辭》，解其土風而可知也。自淮南王、太史公、劉向、揚雄論述大義，班、賈、王二三君子，既宣之矣。近世學者，無替舊聞，轉相起發，然遺逸多有。今摭其未備，頗據楚語以定之，庶欲共江南黎獻，辨章風謡，存其故俗，使九畹愈滋，百畝彌望，則必有與我同好者矣。

一九四四年三月朱季海

楚辭解故

楚辭解故目録

九辯第二……一〇二

九歌第三……一一二

招魂第十 …… 二二五

*凡正、續編目下標有此符者，釋文前後有部分重複；如有異義，以後者爲定，可參閱。

楚辭解故

離騷第一

王逸《章句》：離，别也。騷，愁也。洪興祖《補注》：太史公曰：『離騷者，猶離憂也。』班孟堅曰：『離，猶遭也，明己遭憂作辭也。』顔師古云：『憂動曰騷。』

季海按：洪氏引太史公，見《史記·屈原賈生列傳》；引班孟堅，見《離騷贊序》。《史記》之敍《離騷》，實取諸淮南王《離騷傳》（觀班孟堅《序》、劉彦和《辨騷》引淮南云云可見），是以『離騷』爲遭憂，自淮南王、太史公以至班孟堅無異辭。其以離爲遭者，《離騷》曰：『進不入以離尤兮』，王《注》即以『遇禍』釋『離尤』，洪氏《補注》引《惜誦》：『恐重患而離尤』云：『離，遭也』；然《惜誦》云：『紛逢尤以離謗兮』，又以逢、離對舉，知二者於楚俗爲代語（此依用子雲舊名，見《方言·第十》），離尤即逢尤矣；《招魂》亦云：『離彼不祥些』，並其義也。其以騷爲憂者，《屈賦》無明文，今謂即是愁之轉語，作楚音呼之如騷耳。其明文作騷者，見於《國語·楚語上》伍舉對楚靈王之言：『德義不行，則邇者騷離，而遠者距違』，韋氏《解》：『騷，愁也；離，叛也。』是《離騷》之爲遭憂，質諸楚語而彌信，三家之言，不可易矣。蓋自王氏《章句》輒以離別爲説，而大義始乖。《離騷》不云乎：『余既不難夫離別兮，傷靈脩之數化』，明屈子之憂，故有大於離別者，王《注》區區，徒以別愁爲言，豈靈均之志乎？宋人弟見《楚語》有『邇者騷離』之文，不復究極同異，盡取韋《解》以説《離騷》，於今觀之，其釋騷則是，説離則非也。其在《項氏家説》，既引伍舉之言，并及韋《注》，乃曰：『蓋楚人之語，自古如此。屈原《離騷》，必是以離畔爲愁而賦之，其後詞人倣之，作《畔牢愁》，蓋如此矣。畔謂散去，非必叛亂也』（見《卷八説事篇一》：『離騷』下，王應麟《困學紀聞卷之六》亦引《國語》此文及揚雄《畔牢愁》爲説，所見與項安世略同），不思屈原見疏，乃作《離騷》（事具《史記·屈原賈生列傳》），豈『離畔』、『散去』之謂乎？項氏亦知離畔之難通，始變言散去耳；其實屈平之於懷王，豈得如項氏所云也？今謂『離畔』、『散去』，不惟不可以目屈平，并未可一切以目楚之衆人，蓋《哀郢》始云：『民離散而相失兮』，方賦《離騷》時，雖楚之衆兆，猶未至離畔、散去也。揚雄作《畔牢愁》，項、王並附會韋《注》，以爲《離騷》義證，尋《漢書》本傳，雄作書又有：《反離騷》、《廣騷》，曰反、曰廣、曰畔，其屬辭略同，於《離騷》大義，故無與也。

皇覽揆余初度兮。 注：覽，觀也。揆，度也。覽一作鑒。又：**覽民德焉錯輔。** 注：言觀萬民之中有道德者，因置以爲君，使賢能輔佐，以成其志。又：**覽余初其猶未悔。** 注：言己上觀初世伏節之賢士，我志所樂，終不悔恨也。又：**覽相觀於四極兮。** 覽相一作求覽。注：言我乃復往觀視四極。又：**覽察草木其猶未得兮。** 注：察，視也。言時人無能知臧否，觀衆草尚不能別其香臭。又：**覽椒蘭其若茲兮。** 注：言觀子椒、子蘭變志若此。又**《九章·抽思》：覽民尤以自鎮。** 注：尤，過也。鎮，止也。言己覽觀衆民，多無過惡，而被刑罰，非獨己身，自鎮止而慰己也。又：**覽余以其脩姱。** 注：陳列好色，以示我也。覽一作鑒。

季海按：王注《屈賦》，「覽」有二義：其一訓「望」，《九歌·雲中君》：「覽冀州兮有餘」是也，此自常語；其一訓「觀」（其「覽余」訓「示我」者，亦義出於此，説詳《抽思解故》），與「察」訓「視」者，義實相近。蓋楚之代語，覽亦察也，故《離騷》又言覽察矣。《老子》語楚，其云「滌除玄覽，能無疵乎？」正與《離騷》相應。明乎是，則知「覽揆」、「覽余」，一本作「鑒」者，後人不諳楚故，遂循時俗，改舊文耳。

扈江離與辟芷兮。 注：江離、芷，皆香草名。《文選》離作蘺。洪氏《補注》曰：江離説者不同，《説文》曰：『江蘺，蘼蕪』；然司馬相如《賦》云：『被以江離，糅以蘼蕪』，乃二物也。《本草》：『蘼蕪，一名江離』，江離非蘼蕪也；猶杜若一名杜蘅，杜蘅非杜若也。蘼蕪見《九歌》。郭璞云：『江離似水薺』，張勃云：『江離出海水中，正青，似亂髮』，郭義恭（原引誤倒，今正）云：『赤葉』，未知孰是。又：**況揭車與江離？**離一作蘺。又**《九歌·少司命》**：**秋蘭兮蘪蕪，羅生兮堂下。**洪氏《補注》曰：《爾雅》曰：『蘄茝，蘪蕪』，郭璞云：『香草，葉小如萎狀。《山海經》云：「臭如蘪蕪。」』《本草》云：『芎藭，其葉名蘼蕪，似蛇牀而香，騷人借以爲譬。其苗四五月間生，葉作叢而莖細，其葉倍香，或蒔於園庭，則芬香滿徑，七八月開白花。』《管子》曰：『五沃之土生蘼蕪。』相如《賦》云：『芎窮，昌蒲，江離，蘪蕪』，師古云：『蘪蕪，即芎窮苗也。』**緑葉兮素枝，芳菲菲兮襲予。**注：言芳草茂盛，吐葉垂華，芳香菲菲，上及我也。枝一作華。又**《九章·惜誦》**：**播江離與滋菊兮。**注：播，種也。《詩》曰：『播厥百穀。』滋，蒔也。

季海按：洪云江離、蘼蕪乃二物，是也。其引郭璞以下諸家『江離』説並見《漢書》顔師古《注》。尋《司馬相如傳》録相如《賦》云：『芎窮，昌蒲，江離，蘪蕪』《注》既具引郭璞以下，終云：『諸説不同，未知孰是，今無識之者，然非蘪蕪也。』是洪義實自師古啓之，惟顔氏徒以

『蘪蕪一名江離』爲《藥對》之誤（見顏《注》，洪氏未引），洪乃能引《説文》，亦可謂青出於藍矣。今按屈平所賦，既不出於海中，張勃（《隋書卷三十三志・經籍二》：『《吴紀》九卷，晉太學博士環濟撰。晉（當作梁）有張勃《吴録》三十卷，亡。』今按《吴録》言『江離』事，始見《漢書》顏師古《注》。《司馬相如傳》録相如《賦》：『江離、蘪蕪』，《注》：『師古曰：張勃又云：「江離出臨海縣海水中，正青似亂髮。」』《史記司馬相如傳索隱》出『江離』，引《吴録》曰：『臨海縣海（毛刻誤作開，今正）水中生江離，正青，似亂髮，即《離騷》所云者是也。』司馬貞所引有『即《離騷》』云云，視顏《注》爲加詳矣。《太平御覽卷第九百九十藥部七》『芎藭』條：『《山海經注》曰：「號山、洞庭之山，其草多芎藭」，郭璞《注》曰：「芎藭（宋本原奪此字，今補），一名江蘺（宋本誤从竹）」，《吴録地志》曰：「臨海縣有江蘺草，海水中，正青，如亂髮，乾獻之，亦鹽藏，有（原作其，依劉逵《吴都賦注》改）汁名爲濡酪，《楚辭》所云：江（宋本原脱此字，今補）蘺是也。」』按今《山海經》『號山』、『洞庭之山』郭《注》俱不引《吴録》，又郭不謂江離生海水中，知《御覽》所引，不出郭《注》，其文視司馬貞所引尤爲完具，以校《吴都賦注》，知劉氏海苔注文，與《吴録地志》所説大同，但未知二家孰爲先後耳。今《文選》劉《注》云：『乾之』者，『之』上當脱『獻』字，『赤鹽藏』，『赤』當作『亦』，惟『濡酪』字，疑當从劉《注》作『濡苔』，《御覽》字誤。然《吳録》久亡，非宋人所得見，疑此所引，本之《修文殿御覽》也。）所書，又殊乖於芳草，臨海正青似髮之叢，豈荆楚白芷、揭車之伍？《吳録》之謬，亦已明矣。《文選・吳都賦》：『江蘺之屬，海苔之類』，劉逵《注》：『江蘺，香草也。《楚辭》曰：「扈江蘺。」海苔生海水中，正青，狀如亂髮，……臨海出之。』是張勃所説，即海苔矣。左既不謂之江蘺，劉亦分別起《注》，知《史記司馬相如傳索隱》引《吳録》以爲：『即《離騷》所云者』，故不足憑也。夫海苔者，於《釋草》曰：『蕁，海藻』，郭《注》：『藥草也，一名海蘿，如亂髮，生海中，《本草》云』，故《初學記》引沈懷遠《南越志》云：『海藻，一名海苔，或曰海羅』，是也。郝懿行《義疏》云：『《初學記》引……張勃《吳録》云：「薩蘺生海水中，正青如亂髮」，按此即海蘿，蘿與蘺聲相轉；又即海苔，苔與蕁亦聲相轉也。』郝説是也。《吳録》『江離』，本作『薩蘺』，未知孰是（疑茳蘺之誤，《名醫別録》『蘼蕪一名』从草作）；然蘿謂之蘺，郝《疏》至確，自是海産，與《離騷》所云，故無涉也。郭璞曰：『江離似水薺』者，水薺未知當今何物，然郭《山海經・西山經號山》：『其草多葯、繭、芎藭』《注》謂：『芎藭，一名江蘺』，知水薺當似芎藭矣。是自來言江離者惟餘二説：一者郭璞注《子虛上林賦》云：芎藭，『今歷陽呼爲江離』（《隋書卷三十五志・經籍四》：『梁有郭璞注《子虛上林賦》一卷』，

《史記司馬相如傳索隱》『芎藭』條引郭璞云云，當出於此）；注《山海經》又云：『芎藭，一名江蘺』者是也。按晉之歷陽，漢、晉皆屬淮南，其地正當楚分，是芎藭謂之江離，故楚語也。《楚辭》徧名芳艸，再言江離，而不及芎藭者，良以此矣。《名醫別録》（見《重修政和證類本草卷第七》『蘼蕪』下引）及《藥對》（見《史記司馬相如傳索隱》『蘪蕪』條引）俱云：『江離（《政和證類》引《名醫別録》字俱从艸，今从陸德明《爾雅釋草音義》引），芎藭（《名醫別録》作藭）苗也』，蓋循楚俗；惟二者皆以爲蘼蕪之一名，則猶有所未晳也（説詳後）。《博物誌卷第七》：『芎藭苗曰江蘺，根曰芎藭』，以爲芎藭苗，與《名醫》同，然不云一名蘼蕪，得之。一者郭義恭云：『赤葉紅華』者是也（見《史記司馬相如傳索隱》『江離』條引《廣志》）。按吴普《本草》云：『芎藭……葉香細、青黑，文赤，如藁本，冬夏叢生，五月華赤，七月實黑，莖端兩葉，三月採，根有節，似馬銜狀。』（見《重修政和證類本草卷第七》『芎藭』下《嘉祐補注》引『吴氏』。）知郭所云，即吴氏所説芎藭狀也。今謂苟能知芎藭、蘼蕪之相別異，即江離之實可知也。尋《嘉祐補注本草》出朱字《神農本經》，『芎藭』、『蘼蕪』，初不相亂；又出墨字《名醫》增補，於『芎藭』乃云：『其葉名蘼蕪』，於『蘼蕪』則云：『一名茳（原誤茫，今从陸氏《釋草音義》改正）蘺，芎藭苗也。』其生地、採時，頗有異同（具見《重修政和證類本草卷第七》

引），學者於此，故不能無惑也。按《淮南·氾論訓》云：「夫亂人者，芎藭之與藁本也，虵牀之與麋蕪也，此皆相似者」；《説林訓》云：「蛇牀似麋蕪而不能芳。」如《淮南》之言，則藁本、蛇牀之不類，猶芎藭、蘼蕪之別矣。［《嘉祐本草圖經》「藁本」云：「葉似白芷香（《廣雅·釋草》：「山茝、蔚香，藁本也」，蓋葉似白芷，故謂之山茝矣。《爾雅·釋草》：「蘄茝，蘪蕪。」陸德明《音義》：「《本草》云『白芷，一名白茝』。」按陸引《本草》，出《名醫》所增，見《重修政和證類本草卷第八》：《嘉祐補注》出朱字《神農本經》「白芷」下。《漢書·司馬相如傳》録相如《賦》曰：「槀本，射干」，師古曰：「槀本，草類白芷，根似芎藭」，與《嘉祐圖經》可以互相印證。樊光云：「藁本，根名蘄茝（汲古閣本誤『延』）。」即緣此而誤，若如顔説，藁本雖根似芎藭，然不得謂之麋蕪，樊説誤耳），又似芎藭，但芎藭似水芹而大，藁本葉細耳」，又云：「五月有白花」（《重修政和證類本草卷第八》引），此云「似水芹而大」，正謂大葉芎藭矣，而藁本似之，是《淮南》所云「芎藭」，故指大葉者而言也。］自唐《新修本草》説芎藭有二種：一大葉，一細葉。《重修政和證類本草卷第八》：《嘉祐補注》出朱字《神農本經》「當歸」條引《唐本注》云：「當歸苗有二種：於内一種似大葉芎藭；一種似細葉芎藭，惟莖葉卑下於芎藭也」，是也。又《卷第七》：《嘉祐補注》出朱字《神農本經》「芎藭」條引《蜀本草圖經》云：『苗似芹、胡荽、蛇牀輩（原誤葷，依下引《嘉祐圖經》改），叢生，花白』；又引《嘉祐本草圖經》：『其苗四五月間生，葉似芹、胡荽、蛇牀輩，作叢，而莖細。……七八月開白花。』今按蜀及嘉祐二《本草圖經》俱云苗葉『似芹、胡荽、蛇牀輩』者，實兼《唐新修本草》所言：大葉、細葉二種芎藭而言之。蓋似芹者大葉，似蛇牀者細葉也。其似蛇牀者，則《重修政和證類本草卷第七》：《嘉祐補注》出朱字《神農本經》『蛇床子』條引《蜀本草圖經》云：『似小葉芎藭，花白。』［又引《嘉祐本草圖經》曰：『三月生苗，……似馬（原誤焉，今正）芹類，四五月開白花。』］是也。《爾雅·釋草》：『蘄茝，蘪蕪』，郭《注》：『香草，葉小如萎狀，《淮南子》云：「似蛇牀」』，《氾論》、《説林》皆言蛇牀似蘪蕪，郭云：『葉小』，與《淮南》正合，然則蘼蕪當爲細葉芎藭明矣。夫芎藭、蘼蕪、藁本、蛇牀，俱開白花，又略皆相似，古人或不能別，而異説紛如矣。芎藭、藁本，蛇牀、蘪蕪之亂人，《淮南》言之；吴氏《本草》云：『蘪蕪，一名芎藭』（見《太平御覽卷九百八十三香部三》『蘪蕪』條引），《名醫》既云：『芎藭，其葉名蘼蕪』，又云：『蘼蕪，芎藭苗也』（見《重修政和證類本草卷第七》引），其實唐人所謂細葉芎藭者名蘼蕪，大葉者當正名芎藭，非蘼蕪也。觀淮南、郭璞之言可知矣。蓋自吴普《名醫》之書行，而《淮南》之文，幾不可復理。唐《新修本草》於蘼蕪乃云：『此有二種：一種似芹葉，一種如蛇牀，香氣相似，用亦不殊爾』（見《重修政和證類本草卷第七》：《嘉祐補注》出朱字《神農本經》『蘼蕪』下引《唐本注》），蓋爲《名醫》所誤，其實似芹葉者乃芎藭，如蛇牀者方是蘼蕪耳。其初當緣二者『香氣相似，用亦不殊』，《本草》家或以相代，而漢東京以降，寖至不甚分別，季漢、三國時人增益《本經》，吴普則合二者爲一，《名醫》遂以苗葉之説實之，不知西京故不爾也。若云『藁本，一名麋蕪』，則樊光惑焉（見《史記司馬相如傳索隱》『麋蕪』條引。郝懿行《爾雅義疏·釋草》『蘄茝』下云：『藁本葉圓如蘇，與蘪蕪異，樊《注》非矣』，是也）。今謂楚人言江離，自指大葉芎藭，晉歷陽語可證也。漢東京以還，芎藭、蘪蕪，名實漸亂，故《説文·艸部》曰：『江蘺，蘼蕪也。』季漢人以蘼蕪爲芎藭苗，故《名醫》增益《神農本經》輒云：『蘼蕪，一名茳蘺，芎藭苗也』，不悟《離騷》再言『江離』，都不云『蘼蕪』，《九歌》别自有蘼蕪，故判然二物，顔、洪之説竝是也。《史記司馬相如傳索隱》『江離』條云：『按今芎藭苗曰江離，緑葉白華』者，以江離爲芎藭苗，故襲《名醫》之説矣。顔師古當隋唐之際，於江離遂云『今無識之者』，非不能識，莫能正名而已。若吴氏説芎藭，《廣志》説江離，與羣書所記，一皆不合，義既隱僻，今亦弗取，姑記於此，以俟知者論定爾。

扈江離與辟芷兮。 注：辟，幽也，芷幽而香。劉師培《楚辭考異》：案原本《玉篇·广部》引

『辟』作『廦』。

季海按：劉引《广部》，又謂字作『廦』，皆誤記。尋原本《玉篇·厂部》：『辟（原誤廦，今正；下文放此），乎赤反。《楚辭》：「扈（原作扈，無以下筆）江離與辟芷」，王逸曰：「辟，幽也。」《說文》：「辟，仄（原誤厌，今正）也」』，是也。唐諸家韻書，增補陸生《切韻》，亦嘗采摭及此。敦煌唐寫本王仁昫《刊謬補缺切韻》殘卷（P二〇一一）《十七昔》、敦煌本唐末五代刊唐人韻書殘卷（P五五三一之二）《廿一錫》（與昔同，王仁昫引李韻正如此，是李季節《音譜》所定，與唐韻有時而合也）俱出：『辟（原作廦，今正），幽』（敦煌唐寫本《切韻》殘卷：S二〇七一《十七昔》『芳辟反二』録『僻、癖』而已。法言原書，雖眇不可覩，然賴此卷，足明本紐初無三文，王韻以下又出『辟』者，自屬唐人新撰），即本王《注》，雖厂誤加點，致广、厂不分，而厂形故在，猶足與《說文》、《玉篇》相證也。今謂平賦『辟芷』，猶稱『幽蘭』，《湘君》不云乎：『橫流涕兮潺湲，隱思君兮陫側？』曰幽，曰辟，曰陫側，凡以見『離居』之情而已。

扈江離與辟芷兮。 注：江離、芷皆香草名。**豈維紉夫蕙茝？** 注：蕙、茝皆香草。**雜杜衡與芳芷。** 注：杜衡、芳芷皆香草也；又**《九章·思美人》：擥大薄之芳茝兮。** 擥一作攬，茝一作芷。**擥木根以結茝兮。**（《太平御覽卷第九百八十三香部三》『白芷』下引《楚詞》曰：

『掔木根以絜(宋本原誤潔,今正)芷兮。』)《文選》:擥作掔。洪氏《補注》曰:《荀子》云:『蘭槐之根是爲芷』《注》云:『苗名蘭槐,根名芷』,然則木根與茝,皆喻本也。又:**申之吕攬茝。**一云:又申之擥茝。**蘭芷變而不芳兮。**又《**九章·悲回風**》:**蘭茝幽而獨芳。**茝一作芷。又《**九歌·湘夫人**》:**沅有茝兮醴有蘭。**注:言沅水之中,有盛茂之茝,澧水之內,有芬芳之蘭。茝一作芷,醴一作澧。洪氏《補注》曰:《水經》云:『澧水又東南注於沅水,曰澧口,蓋其枝瀆耳』,引『沅有芷兮澧有蘭』。**辛夷楣兮葯房。**注:葯,白芷也。洪氏《補注》曰:《本草》:『白芷,楚人謂之葯』,《博雅》曰:『芷,其葉謂之葯。』芷葺兮荷屋。一本葺下有之字。

季海按:《說文·艸部》:『虈,楚謂之蘺,晉謂之虈,齊謂之茝,从艸,嚻聲。』段玉裁《注》:『茝,《本艸經》謂之「白芷」,茝、芷同字,𦣝聲、止聲,同在一部也。《內則》曰:「佩帨茝蘭。」掌禹錫曰:《范子計然》云:「白芷出齊郡。」王逸《九思》曰:「芳虈兮挫枯。」《埤蒼》曰:「齊茝,一曰虈。」按《屈原賦》有茝、有芷、又有葯,王《注》曰:「葯,白芷也。」《廣雅》曰:「白芷,其葉謂之葯」,《說文》無葯字,嚻聲、約聲,同在二部,疑虈葯同字耳。』段云:『茝、芷同字』,是也。《重修政和證類本草卷第八》:《嘉祐補注》出朱字《神農本經》『白芷』下,《名醫》云：『一名白茝，一名虈』，是《名醫》謂《説文》之茝，即白芷矣。《史記秦始皇本紀索隱》出『昭襄王享國五十六年葬茝陽』《注》云：『十九年而立，葬芷陵也。』茝、芷，古今字耳。『齊謂之茝』，段引《范子計然》正合。凡《楚辭》言茝，俱謂芷耳。《離騷》云『芳芷』，《九章》作『芳茝』；《離騷》云『蘭芷』，《九章》作『蘭茝』，《内則》亦云『茝蘭』矣。是芷謂之茝，亦齊楚間通語矣。今《楚辭》茝、芷字互見者，亦猶荃、蓀字互見，後人或以今字改故書，有不盡耳。段『疑虈、葯同字』者，《山海經·中山經崍山》：『其草多韰韭、多葯』，郭《注》：『即䕡』，與段義相成，但不云同字耳。惟郝氏《箋疏》駁之云：『懿行案郭云：「葯，即䕡」，非也。《西次四經號山》：「草多葯䕡」，郭既分釋於下，此《注》又謂一草，誤也。《玉篇》云：「葯，白芷葉，即䕡也」，又承郭《注》而誤。』尋《西山經號山》：『其草多葯、䕡、芎藭』《注》：『葯，白芷别名。䕡，香草也』，此《注》既與《崍山》郭《注》不合，一如郝《疏》所譏；又吴仁傑《離騷草木疏卷第一》：『茝（葯）』云：『又《山海經號山》：「草多葯䕡」，《崍山》：「草多葯」，郭璞《注》：「葯，即虈」』；又云：『而葯與葯（原誤蒻，今正）虈，文有詳略耳，如芭一名茋芷，苕一名陵苕也』，都不言二山郭《注》異同，亦不引《號山》《注》，頗謂今本此《注》乃宋以來人據他書加之，非郭意也，吴氏所見，尚無此謬耳。然《號山》經文云：『葯䕡』者，郭不應無《注》，疑此《經》本云：『其草多藭』，與《崍山》經文言『葯』者相錯，故郭彼《注》云：『即藭』，以明二名故一實也。吴氏所見，已云『葯藭』者，蓋校書人依郭義旁注，寫者不瞀，併作《經》文耳；亦可本是郭《注》，與《經》文相亂也。

《説文》：『藭，楚謂之蘺』者，段氏《注》云：『下即系以蘺篆云：「江蘺，蘼蕪」，以茝、江蘺、蘼蕪爲一物，殊不可曉。《離騷》曰：「扈江蘺與（原作於，段誤記）辟芷兮」，非一物明矣。』又云：『而《説文》以蘼蕪釋江蘺，且以江蘺即楚人謂茝者，但楚謂茝爲蘺，不云謂茝爲江蘺也。蓋因《釋艸》有「蘄茝，蘼蕪」之文而合之，茝與蘄茝又未必一物也。』（見『蘺』字《注》）今按：蘺非江蘺，茝非蘄茝（《廣韻・六止》：『茝』下引《字林》云：『蘼蕪別名』，當本《唐韻》。若孫愐所引不誤，是吕忱殊未知二者初非一物也），段説竝是也。許君所記，未詳所出，其所謂楚，亦未知當楚何地；要之，屈《賦》但謂之茝，不謂之蘺，是知此非楚之通語，與三閭遺言，故不相應也。

《重修政和證類本草卷第八》：《嘉祐補注》出朱字《神農本經》『白芷』下，《名醫》云：『一名白茝，一名虈，一名莞，一名苻蘺，一名澤芬，葉名蒚麻』，則又緣誤認《説文》之『蘺』爲『苻蘺』，遂以茝、虈、莞、苻蘺爲一物也。吴氏《離騷草木疏》『茝（葯）』云：『至《黑字》云：「一名虈，一名苻蘺，葉名蒚麻」，乃諸醫以《爾雅》文傅益者也，是豈足據哉？』吴訂《名醫》之失，是也。然吴亦以《説文》之『蘺』爲『苻蘺』，以附會《爾雅》『莞、苻蘺』之文，因云：『《離騷》所謂茝、葯者，指莞蒲言之，非白芷别名』，是『楚則失矣，而齊亦未爲得也』。

孫星衍、孫馮翼輯《神農本草經卷二》：『白茝』下，吴普曰：『白芷，一名虈，一名苻離，一名澤芬，一名䓈』（孫引《御覽》見《卷第九百八十三香部三》『白芷』條引《吴氏本草》）。是《名醫》以芷、虈、苻蘺、䓈（莞）爲一物，與吴普正同。孫氏於本條下系以考證云：『按《名醫》「一名莞」云云，似即《爾雅》「莞，苻離，其上蒚」，而《説文》别有「䓈，夫蘺也」，「蒚，夫蘺上也」，是非一草。舍人云：「白蒲一名苻蘺，楚謂之莞」，豈蒲與茝相似，而《名醫》誤合爲一乎？或《説文》云：「楚謂之蘺」，即夫蘺也？未可得詳。』孫辨《名醫》之誤，是也；其疑『蘺即夫蘺』者，則自吴普以逮吴仁傑，皆坐此失之矣。

昔三后之純粹兮。 注：后，君也。謂禹、湯、文王也。至美曰純；齊同曰粹。

季海按：《遠遊》：『精醇粹而始壯』，王《注》：『我靈強健，而茂盛也』，洪氏《補注》：『班固云：不變曰醇，不雜曰粹。』《補注》所引，即出班氏《離騷經章句》；然宋世久亡，蓋從《文選·魏都賦》：『非醇粹之方壯』：劉淵林《注》轉引得之。據孟堅此《注》，知《離騷》故書，本作『醇粹』，與《遠遊》同矣。

雜申椒與菌桂兮。 注：菌，薰也。葉曰蕙，根曰薰。五臣云：椒、菌桂，皆香木。洪氏《補注》曰：《博雅》云：『菌，薰也，其葉謂之蕙』，則菌與蕙一種也。下文別言『蕙茝』，又云：『矯菌桂以紉蕙』，則菌桂自是一物。《本草》有菌桂，花白蘂黃，正圓如竹，菌一作箘，其字從竹，五臣以爲香木，是矣。

季海按：洪說是也。《文選·蜀都賦》：『於是乎邛竹緣嶺，菌桂臨崖』，劉逵《注》：『《神農本草經》曰：「菌桂，出交趾，圓如竹，爲衆藥通使」；一曰：「菌，薰也。葉曰蕙，根曰薰。」』是淵林作《注》時『菌桂』已著於《本草》，《重修政和證類本草卷第一》『梁陶隱居《序》』：『舊說皆稱神農本經，余以爲信然。……至於藥性所主，……至于桐雷，乃著在於編簡，此書應與《素問》同類，但後人多更修飾之爾。……今之所存，有此四卷（臣禹錫等謹按……四字當作三，傳寫之誤也），是其本經，所出郡縣，乃後漢時制，疑仲景、元化等所記。』又《嘉祐補注》引《唐新脩本草》云：『惟梁《七録》有《神農本草》三卷。』故陶隱居云：『按本經惟有菌、牡二桂』（見《重修政和證類本草卷第十二》『桂』下《嘉祐補注》引）也。劉引一說，全寫叔師《章句》之文，都不云箘、菌字異，明『菌桂』字初不从竹也（吴仁傑《離騷草木疏卷第二》『菌』

下云：『蓋桂之似竹者曰「箘桂」，其字从竹』，其實不然。王念孫《廣雅疏證卷第十上釋草》：『箘、簬，箭也。』子引之述云：『箘之言圓也。《説文》云「圜謂之囷，方謂之京」，是囷圓聲近義同。箭竹小而圓，故謂之箘也。竹圓謂之箘，故桂之圓如竹者，亦謂之箘，《名醫别録》云：「箘桂正圓如竹」是也。』王謂：『囷圓，聲近義同』，最是知微之論。箘、箘同从囷聲，即俱有圓義，是箘桂故以正圓得名耳。《離騷》字不从竹，故王逸以薰蕙説之，後人紛紛改字，徒亂故書而已）。晉永興元年振威將軍襄陽太守嵇含撰《南方草木狀卷中》云：『桂生合浦，生必以高山之巔，冬夏常青。其類自爲林，間無雜樹。交趾置桂園，桂有三種：葉如柏葉，皮赤者爲丹桂；葉似柿葉者爲箘桂；其葉似枇杷葉者爲牡桂』，其狀三桂詳矣。《山海經·南山經招摇之山》：『多桂』，郭《注》：『桂葉似枇杷，長二尺餘，廣數寸，味辛，白華，叢生山峯，冬夏常青，間無雜木。《吕氏春秋》曰：「招摇之桂。」』郝氏《箋疏》：『懿行案《爾雅》云：「梫，木桂」，郭《注》與此同。』今尋郭《注》所説，即牡桂矣。《山海經·海内經》：『南海之内有衡山，有菌山，有桂山』，郭《注》：『或云：「衡山有菌桂」，桂員似竹，見《本草》。』此景純明引《本草》，以釋菌桂，與淵林所引正合。吴仁傑《離騷草木疏》『菌』下引《山海經》『桂山、榣山』郭《注》及此《經》、《注》，乃曰：『按菌與桂爲兩物，如桂與榣也』，不思『菌』之與『桂』，縱是兩物，初無害『菌桂』之爲一物也（郭此《經》《注》，即以爲一物）。吳引郭《注》，欲以破洪，適足證成洪義。其字从竹、从草之分，稽之羣籍，都無其徵，洪引一本，蓋不足據（《重修政和證類本草卷第十二》『桂』下録《開寶重定本草》引陳藏器《本草拾遺》云：『筒卷者，即菌桂也，以嫩而易卷。古方有筒桂字，似菌字，後人誤而書之，習而成俗，至於書傳，亦復因循。』《重修政和本草》又引蘇頌《本草圖經》曰：『舊説：菌桂正圓如竹，有二三重者，則今所謂「筒桂」也。筒箘字近，或傳寫之誤耳。或云：即肉桂也。』此皆以菌桂爲筒桂之誤，然《重修政和本草》『桂』下《嘉祐補注》又引《唐新脩本草》云：『菌桂，葉似柿葉，中有縱文三道，表裏無毛而光澤，……今按桂有二種，惟皮稍不同：若菌桂，老皮，堅板，無肉，全不堪用；其小枝薄卷及之（疑當作皮二）三重者，或名菌桂，或名筒桂。其牡桂嫩枝皮名爲肉桂，亦云桂枝；其老者名木桂，亦名大桂』，如蘇恭所説，則菌桂之『小枝薄卷及之三重』者始有筒桂之名，其老皮、堅板、無肉者，初不謂之筒桂，又安得以菌桂爲筒桂之譌耶？恭説菌桂葉似柿葉，與嵇含書合，而言之彌詳，當緣目驗，其書宜尤可信耳。蓋藏器始爲字誤之説，《唐本草》修於顯慶中，猶無此論也），吳氏又引陳藏器説，尤而效之，故其失彌遠已。然《七諫・自悲》：『飲菌若之朝露兮，構桂木而爲室』，《九懷・匡機》：

『菌閣兮蕙樓』，《九歎·怨思》：『菀蘼蕪與菌若兮』，俱以菌、桂爲二物，是《章句》所説，乃東方朔、王褒、劉向以來舊義，蓋南中草木，時出北方學者見聞之外，《楚辭》先師，故有所未究也。

《重修政和證類本草卷第十二》：『菌桂，味辛温，無毒。主百病，養精神，和顔色，爲諸藥先聘通使。久服輕身不老，面生光華，媚好常如童子。生交阯、桂林山谷巖崖間，無骨，正圓如竹，立秋採。』凡字旁無點者《嘉祐補注》所出朱字《神農本經》，其加點者墨字《名醫》因神農舊條而有增補者也。劉逵注《蜀都賦》引《神農本草經》已云：『出交趾，圓如竹，爲衆藥通使』，則知《名醫》所增，有在淵林前者，但尚未言桂林亦出菌桂耳。《嘉祐補注》引陶隱居云：『交阯屬交州，桂林屬廣州，而《蜀都賦》云：「菌桂臨崖」，俗中不見正圓如竹者，惟嫩枝破卷成圓，猶依桂用，非真菌桂也。《仙經》乃有用菌桂，云「三重者良」，則明非今桂矣。必當别是一物，應更研訪。』又引《唐新脩本草》云：『菌者竹名，古方用筒桂者是，故云「三重者良」，其筒桂亦有二三重卷者，葉（原誤集，今正）似柿葉，中三道文，肌理緊薄如竹，大枝小枝皮俱是菌，然大枝皮不能重卷，味極淡薄，不入藥用，今惟出韶州。』今按陶倆菌桂，不云筒桂，唐本草所云『古方用筒桂』，考之陶記，實未必然。其小枝皮能重卷者，豈非陶所云『惟嫩枝破卷成圓，猶依桂用』者邪？然陶不以此爲真菌桂，是所謂『正圓如竹』『三重者良』，自梁以來，故不無異義也。

同卷《嘉祐補注》：臣禹錫等謹按蜀本《圖經》云：『葉似柿葉而尖狹光淨，花白蘂黄，四月開，五月結實，樹皮青黄，薄卷若筒，亦名筒桂。厚硬味薄者名板桂，又不入藥用。三月、七月採皮日乾。』洪引《本草》：『花白蘂黄。』正出於此。

豈維紉夫蕙茝。　注：蕙、茝，皆香草。洪氏《補注》曰：《本草》云：『薰草，一名蕙草，生下溼地。』陶隱居云：『俗人呼鷰草，狀如茅而香，爲薰草，人家頗種之』，引《山海經》云：『薰草，麻葉而方莖，赤花（按此出《西山經浮山》，今本字作華）而黑實，氣（今作臭）如蘼蕪（今本多『佩之』二字），可以已厲（今作癘）。』又《廣志》云：『蕙草，緑葉紫花。』陳藏器云：『此即是零陵香，生零陵山谷，《南越志》名燕草。』

季海按：郝氏《西山經浮山箋疏》云：懿行案《史記司馬相如傳索隱》引《本草》云：『薰草一名蕙，《廣志》云：「蕙草緑葉紫華（原誤莖，今从洪引並探下文改），魏武帝以此燒香」，今東下田有（汲古閣校刻《索隱》單行本有『此』字）草，莖葉似麻，其華正紫也。』（據《重修政和證類本草》薰草在『唐本退二十種』中，出《名醫別録》，《索隱》引《本草》及《廣志》云云，疑并出陶隱居《别録》，其稱『今東下田』云者，並是陶語，如《重修政和證類本草卷第七》『蘭草』引陶隱居云：『今東間有煎澤草，名蘭香，亦或是此也』；又《卷第八》『白芷』引陶云：『今出近道，處處有，近下濕地，東間甚多』，其言『今東』云者，着語正復相似，但《政和證類》『薰草』下引陶書不完，故未見有《廣志》以下所云也。然《政和證類》引陶有《藥録》《山海經》之文，與《廣志》以下所説華葉正合，明此文故可本出陶氏也。）又《西山經嶓冢之山》：『有草焉，其葉如蕙。』郭《注》：『蕙，香草，蘭屬也；或以蕙爲薰葉，失之。』郝氏《箋疏》云：『懿行案《廣雅》云：「菌，薰也。其葉謂之蕙」，本《離騷》王逸《注》爲説也。《廣雅》又云：「薰草，蕙草也」，故《南方草木狀》云：「蕙草一名薰草」，是蕙即薰也。《草木狀》又云：「葉如麻，兩兩相對，氣如蘼蕪，可以止癘，出南海」，與上文《浮山》「薰草」，名義相合，是張揖、嵇含，竝以蕙薰即爲一草，但不以蕙爲薰葉耳。郭氏不從《離騷注》，故云「失之」。』今尋《西山經》或言薰，或言蕙，又都不言根葉之異，且《浮山》方舉麻葉以曉人，而《嶓冢》之草，又云其葉如蕙，彌使人疑；頗謂《山經》之文，本非一草，初非一經之中，其名歧出也。薰草麻葉，《山海經》、《藥録》(《重修政和證類本草卷第三十》『唐本退二十種：薰草』下引陶隱居云：『《藥録》云：「葉如麻，兩兩相對」』)、《南方草木狀》備言之，故當不謬，唐人又以爲零陵香

（見《重修政和證類本草卷第九》『零陵香』下，又《卷第三十》『薰草』下引陳藏器《本草拾遺》），然『古方但用薰草，而不用零陵香』（語本蘇頌《本草圖經》，見《重修政和證類本草卷第九》『零陵香』引），《政和證類》有『零陵香』者，本出開寶所增耳，知在昔惟有薰草而已（王念孫《廣雅疏證卷第十上釋草》：『薰草，蕙草也。』子引之述云：『《僖四年左傳》：「一薰一蕕」杜《注》云：「薰，香草。」《西山經》云：「浮山有草焉，名曰薰草。麻葉而方莖，赤花而黑實，臭如蘼蕪，佩之可以已癘。」古者祭則焚之以祼，《周官鬱人疏》引《王度記》云：「天子以鬯，諸侯以薰，大夫以蘭、芭」是也。或以爲香燒之，《淮南・說林訓》云：「腐鼠在壇，燒薰於宫。」《漢書・龔勝傳》云：「薰以香自燒」是也。』凡此諸文，都不言蕙，《淮南》語楚，亦但云『燒薰』而已。王《疏》下文又引《離騷》此句及《西山經》云：『天帝之山，下多菅蕙』，不悟《西山經》薰、蕙判然，未嘗混爲一草也），《名醫别録》始附於《本草》，其以此草爲『一名蕙草』，亦始於是，觀《廣志》所說蕙草狀，正是古之薰草，『魏武帝以爲香燒之』，亦猶《淮南・說林訓》、《漢書・龔勝傳》所云也。而謂之蕙草，則从《本草》《廣雅》之今名也。而《南方草木狀》繼之，是薰被蕙名，殆行於吴晉之間乎（《政和證類卷第七》『蘭草』出墨字《名醫》所增有云：『生大吴池澤』，當出吴人所記，又劉逵注《蜀都》引《本草》語頗有在《名醫》録中者，是其書當不晚於季漢孫吴之世也)?至於《廣雅》所記，自有二説：其曰『菌，薰也，其葉謂之蕙』者，郝氏謂本《離騷》王《注》是也；然以蕙爲葉稱，知不名蕙草矣，《名醫》所録，嵇含所狀，與此薰當非一物耳。《廣雅》又云『薰草，蕙草也』者，正與《名醫》所出相當，稚讓魏人，俱當季漢時，見聞故不相遠耳。稚讓既兼載兩説，是未嘗并爲一談也。郝氏具引其文，而又云『張揖、嵇含，竝以薰蕙即爲一草，但不以蕙爲薰葉』者，其言既自相矛盾，又未悟稚讓所記，前後故是兩物也。陳藏器《本草拾遺》云：『薰即蕙根。』(見《政和證類卷第九》『零陵香』下《嘉祐補注》引，又《卷第三十》『薰草』下《嘉祐補注》引)亦由比附舊文，不加别異，故有此失也。[《政和證類卷第三十》『薰草』下引陶隱居云：『俗人呼鷰草狀如茅而香者爲薰草，人家頗種之。《藥録》云：「葉如麻，兩兩相對。」《山海經》云：「薰草，麻葉而方莖，赤花而黑實，氣如蘼蕪，可以已癘。」今市人皆用鷰草，此則非，今詩書家多用蕙者(原作諸誤，以意改)，而竟不知是何草，尚其名而迷其實，皆此類也』。按如陶所言，是鷰草不得爲薰草，既云狀如茅，是不得葉如麻矣。其曰薰草者，俗人以其香遂被以香草之名而已，故曰『此則非』者，陶意不謂《名醫》所增《本草》所出即此鷰草之香者也。然則《政和證類卷第九》開寶所增『零陵香』下云『生零陵山谷，葉如羅勒。《南越志》名燕草，又名薰草，即香草也。《山海經》云：「薰草，麻葉方莖，氣如蘼蕪，可以止癘」，即零陵香也』者，非陶意也。其所謂燕草者，又未必如陶所云也。」《嶓冢之山》郭《注》云『或以蕙爲薰葉，失之』者，郝謂郭氏不從《離騷注》，是也。蓋王、張所説薰葉謂之蕙者，既無當於《山經》，亦不可以注《名醫別録》，蓋别是一物，未知當今何草也。若薰草麻葉亦曰蕙草者，自是南方草木，嵇含所謂『中州之人，或昧其狀』者是矣。然此二者，都不近蘭，故郭注《嶓冢》，並無取也。探《離騷》下云：『余既滋蘭之九畹兮，又樹蕙之百畝』，知蕙亦蘭儔，故先於留夷、揭車之屬矣。是《楚辭》偁『蕙』，《嶓冢》郭《注》以爲『香草、蘭屬』者，庶幾近之。《重修政和證類本草卷第三十》『有名未用』中有『蕙實』：『生魯山平澤。』《嘉祐補注》引陳藏器《本草拾遺》云：『五月收，味辛香，明目止氣，是蘭蕙之蕙』，豈即景純所云邪？（吴仁傑《離騷草木疏卷第一》『蕙』下亦引《本草》『蕙實』爲説，而又主山谷云云，其實二家之説，未見其爲一物也。）

何桀紂之猖披兮？夫唯捷徑以窘步。　注：猖披，衣不帶之貌。捷，疾也。徑，邪道也。窘，急也。言桀紂愚惑，違背天道，施行惶遽，衣不及帶，欲涉邪徑，急疾爲治，故身觸陷阱，至于滅亡，以法戒君也。猖一作昌，《釋文》作倡。披一作被。唯一作維。

季海按：云『倡披（依《釋文》本），衣不帶之貌』者，以喻桀紂之政教墮弛，法度敗壞也。此平自設問：『何桀紂之政教墮弛、法度敗壞乃爾乎？』『夫唯』以下乃自答曰：『祇以捷徑窘步之故也。』楚人言『夫唯』，猶云『祇以』、『正因』之比，多用於銓釋所由。《老子》凡偁『夫唯』，每與『故』或『是以』連文（如云『夫唯弗居，是以不去』、『夫唯不可識，故強爲之容』，不備舉），其義可見已。《離騷》下云：『夫唯靈脩之故也』，其指陳事物之故正同。又云：『夫維（猶『夫唯』，上文唯一作維也）聖哲以茂行兮，苟得用此下土』，王《注》云：『哲，智也。下土，謂天下也。言天下之所立者，獨有聖明之智，盛德之行，故得用事天下，而爲萬民之主。』尋叔師之言，妙達屈平辭氣，其曰『故得』云云，信足爲楚語傳神矣。學者於此，或漫不加省，故詳説之爾。

指九天以爲正兮。 注：言己將陳忠策，内慮之心，上指九天，告語神明，使平正之。五臣云：言我指九天，欲爲君行正平之道。

季海按：《九歌·少司命》云：『登九天兮撫彗星。』又云：『蓀獨宜兮爲民正。』注：『言司命執心公方，無所阿私，善者佑之，惡者誅之，故宜爲萬民之平正也。』《九歌》之作，因乎楚俗；明此云『指九天以爲正』者，蓋上告司命之辭。又賈誼《新書·耳痺篇》：『大夫種拊心嗥啼沬泣而言信，割白馬而爲犧，指九天而爲證。』平爲此言，其情同爾。大抵古事古言，取證不遠，後人第弗暇考，而異説紛如矣。五臣云云，何其迂謬！

畦留夷與揭車兮。 注：留夷，香草也。揭車，亦芳草，一名芞輿，揭一作藒。洪氏《補注》曰：相如《賦》云：『雜以留夷』，張揖曰：『留夷，新夷』，顔師古曰：『留夷，香草，非新夷，新夷乃樹耳。』一云：『留夷，藥名。』《爾雅》：『藒車，芞輿。』《本草拾遺》云：『藒車味辛，生彭城，高數尺，白花。』

季海按：《漢書·揚雄傳》録《甘泉賦》曰：『列新雉於林薄』，服虔曰：『新雉，香草也。雉、夷聲相近。』師古曰：『新雉即辛夷耳，爲樹甚大，非香草也，其木枝葉皆芳。』今謂師古《漢書》二《注》皆是也。後漢以來説辛夷者，惟顔氏爲能徵實矣。《山海經·北山經繡山》：『其草多芍藥、芎藭』，郭《注》：『芍藥，一名辛夷，亦香草屬。』郝氏《箋疏》：『懿行案《廣雅》云：「孿夷，芍藥也。」張揖注《上林賦》云：「留夷，新夷也。」新與辛同，留孿聲轉。王逸注《楚詞·九歌》云：「辛夷，香草也」，是孿夷即留夷，《離騷》之留夷，又即《九歌》之辛夷，與芍藥正一物也。郭《注》本《廣雅》及《楚詞》。』郝云：留、孿聲轉，留夷即孿夷，與芍藥爲一物；新與辛同，新夷即辛夷，竝是也。然謂留夷即辛夷，尚承漢晉諸儒之誤；蓋自王逸以逮服虔、張揖、郭璞，於南州嘉樹，故猶有所未諳也。《重修政和證類本草卷第八》朱字《神農本經》有『芍藥』，又《漢書·司馬相如傳》録相如《賦》曰：『勺藥之和。』師古《注》：『勺藥，藥草名。其根主和五藏，又辟毒氣，故合之於蘭桂五味，以助諸食，因呼「五味之和」爲「勺藥」耳。……今人食馬肝、馬腸者猶合勺藥而煮之，豈非古之遺法乎？』留夷即芍藥，故一云『藥名』矣。

又按：郝懿行《爾雅義疏》云：『《御覽》引《廣志》云：「藒車香，味辛，生彭城，高數尺，黄葉白華。」《齊民要術》云：「凡諸樹有蛀者，煎此香冷淋之，即辟也。」』尋《御覽》引《廣志》，與洪氏《補注》引《本草拾遺》文略同，然此文實出陳藏器，其爲《廣志》之文者，止『黄葉白華』一語耳。《重修政和證類本草卷第十》『二十五種陳藏器餘』云：『藒車香，味辛、温，主鬼氣、去臭及蟲魚蛀蚛，生彭城，高數尺，白花。《爾雅》曰：「藒車，芞輿。」郭《注》云：「香草也。」《廣志》云「黄葉白花」也。』此下又云：『《海藥》（當即《南海藥譜》省稱）按：《廣志》云「生海南山谷」，陳氏云「生徐州」，微寒無毒，主霍亂，辟惡氣，薰衣甚好。《齊民要術》云：「凡諸樹有（原誤封木，今从《御覽》）蛀者，煎此香冷淋之，善辟蛀蚛也。」』其《海藥》以上所引，即出陳氏《本草拾遺》，《御覽》引《廣志》云云，具見於此矣。知非陳氏全襲《廣志》者，陳云『白花』，《廣志》云『黄葉白花』；陳云『生彭城』（《南海藥譜》引云『生徐州』，徐州即彭城，地望不殊耳），《廣志》云『生海南山谷』（見《海藥》引），此其異也；今《御覽》所引乃云『生彭城』，不云『生海南山谷』，是知正是陳書，非《廣志》也。推其致誤之由，當緣篇末『黄葉白花』一語，明引《廣志》，遂謂全文皆出於此，又移其名於簡端耳。

夕餐秋菊之落英。注：英，華也。又**《九歌·少司命》：秋蘭兮麋蕪。**秋一作穮。**《禮魂》：春蘭兮秋菊。**菊一作鞠。

季海按：《説文·禾部》：『秌，禾穀孰也，从禾，龜省聲。穐，籀文不省。』今《離騷》『秋』从省聲，《少司命》本或不省，蓋从籀文。秦兼天下，李斯作《倉頡篇》，始『取史籀大篆，或頗省改』，原《賦》在《倉頡》前，其故書正當不省耳。又尋《説文·艸部》：『菊，大菊，蘧麥』；『蘜，日精也，以秋華，从艸，𥷚省聲。䓘，蘜或省。』是秋菊字當作蘜，《夏小正》『九月榮鞠』、《月令》『鞠有黄華』，皆叚鞠爲之。《禮魂》菊一作鞠，蓋《楚辭》舊本如是，《離騷》作菊者，後人以今字改故書爾。菊曰英者，《爾雅·釋草》：『榮而不實者謂之英』，郝氏《義疏》引《詩》『顔如舜英』及《離騷》此文是也。

長顑頷亦何傷？注：顑頷，不飽貌。言己雖長顑頷，飢而不飽，亦何所傷病也。洪氏《補注》：顑，虎感切，頷，户感切；又：上，古湛切，下，魚檢切。顑頷，食不飽面黄貌。頷，一作頷，音同。

季海按：日本古寫《文選集注》殘卷卷第六十三：《離騷經》文及王《注》，『顑頷』（頷當作頷，洪引一本是也）並作『減淫』（原从俗作『减淫』，今正），《集注》出《音決》：『顑，口感反，《玉篇》：呼感反；頷，胡感反。曹：減淫二音』；陸善經曰：『顑頷，亦爲減淫』（減原作『咸』，今从《集注》所出《經》本校改）——是唐人所傳《文選》，此句蓋有二本：一曰顑頷，公孫羅、陸善經本如是，今所見宋尤延之刻李善《注》本及宋刻六臣《注》本亦皆如是，正與今《楚辭》同耳；一曰減淫，《文選集注》殘卷及陸善經所記别本如是，《集注》故以李善《注》爲本，而兼出諸家異同者，善之學原出曹憲之傳，則此句直書『減淫』，與《音決》所記曹讀相應，亦無足怪，但《集注》於此，未知爲即據李本，抑但依曹音改字耳。家藏琴川毛氏本《文選》舊有朱筆過録何義門批校極精好，此『顑』字之半是本乃似『成』非『成』，剜改殊不成字，何校左半作『減』，是何氏所據舊本字作『瀕』矣。何校所出宋本非一，此雖未言所自，然偏旁尚从減作，是猶傳曹音消息於微茫之際，亦彌足貴已。若字遂作『瀕』者，當緣本是校人旁注『減』字，傳者不審，遂致誤合二一本爲一耳。尋《説文・頁部》：『顑，飯不飽，面黄起行也，从頁，咸聲，讀若戇』；『顲，面顑顲皃，从頁，㐭聲』，文正相次，明从許君，不飽貌，當以

『顑顲』爲本字（段玉裁《説文解字注》『顑』字下引《離騷》此句，是也；又云：『《離騷》假借頷爲「顲」，許書單出頷篆云「面黄也」，此恐淺人所增』，亦是也），曹作『減淫』二音者，減即顑音（洪云『又，古湛切』者，即此音），淫即顲音耳。《説文・邑部》：『䣊，地名，从邑，盦聲，讀若淫』，顲、䣊俱从盦聲，故其讀同矣（大徐引孫愐《唐韻》：『顲，盧感切』、『䣊，力荏切』，此今音，然同在來紐，聲亦不異也）。許君楚人，故於楚言，尤極審諦，曹音與許讀相應，蓋楚之遺聲矣。宋玉《賦》字又作『坎廩』（廩原作稟，俗，今正，下放此），《九辯》：『坎廩兮貧士失職而志不平』，王逸以爲『數遭患禍，身困極也』，廩一作壈；杜子美《丹青引》亦云『終日坎壈纏其身』，是也。顑顲古音俱在侵部，本疊韻字，廩亦在侵部，而坎在談部者：猶《詩・氓》之以耽韻葚（段若膺以爲借作媅樂字，見《六書音均表四第七部》），蓋楚音之以談入侵者，其讀坎正如『顑』耳（尋《招魂》以淹、漸爲韻；又：楓、心、南爲韻，分用畫然，是楚音談、侵有別。此自片言之轉，非一部皆通也）。顑依公孫羅《音》則與坎雙聲，依曹憲則旁紐雙聲，俱屬牙音。《説文》讀若『戇』，戇从贛聲（見《心部》），孫愐《唐韻》：『贛，古送切』（大徐引見《貝部》），贛从竷省聲（見《貝部》，大徐云『竷非聲』，誤），竷，孫愐『苦感切』（大徐引見《文部》），是戇所从得聲，俱屬牙音，則知顑戇依汝南舊讀，亦當歸牙（大徐引孫愐『戇，陟絳切』，此今音，漢讀不爾），此正與曹憲、公孫羅之作牙音讀者相應，汝南楚分，明二家之音亦楚矣。若依《玉篇》則顪入曉母，依《唐韻》則當在匣母（大徐引孫愐『下感、下坎二切』，見《頁部》），俱屬喉音，此喉牙相轉之理。大徐引孫愐『陷，户猎切』（見《自部》），亦匣母字，而《說文》云：『坎，陷也』（見《土部》），是顪之爲坎，猶陷亦謂之『坎』矣。然顧、孫之作喉音讀者，自是當時相承雅音如此。弟觀娃佳楚音歸牙，而郭景純乃以喉音爲是，牙音爲非，與此正同（義具《大招解故》），則知典午以還，楚語讀如牙音者，雅言時或歸喉，明乎此理，然後可與『論南北是非，古今通塞』矣。

擥木根以結茝兮。 注：擥，持也。根以喻本。言己施行，常擥木引堅，據持根本。《文選》：擥作掔。

季海按：《太平御覽卷第九百八十三香部三》『白芷』下引《楚詞》曰：『掔木根以潔芷兮』，《注》：『掔，持也。』擥作掔，與《文選》合。潔當作絜，《禮記·大學》：『是以君子有絜矩之道也』，《注》：『絜猶結也，挈也』，是也。又《莊子·人閒世》：『絜之百圍』，《釋文》：『絜，約束也』；《史記·秦始皇本紀》：『度長絜大』，《集解》：『絜，音絜束之絜』，是絜有約束之義。《素問五常政大論》：『是謂收引』，《注》：『引，斂也。』絜束、引斂，義正相比，今謂《章句》『引』字，即釋絜矣。王云『引堅』，似謂束茝於根，堅即據根而言；亦可堅本作茝，形近致誤耳。絜結、茝芷，皆古今字。

擥木根以結茝兮，貫薜荔之落蕊。矯菌桂以紉蕙兮，索胡繩之纚纚。謇吾法夫前脩兮，非世俗之所服。 注：言我忠信謇謇者，乃上法前世遠賢，固非今時俗人之所服行也。一云：謇，難也。言己服飾雖爲難法，我倣前賢以自脩潔，非本今世俗人之所服佩。

季海按：『所服』即承上服佩衆芳而言，一説近之。前説雖立義不謬，然於當句未爲善釋者，以『所服』偏指『服行』，則於『結茝』四句，語氣不復相貫也。《離騷》下既云：『進不入以離尤兮，退將復脩吾初服』，王《注》云：『故將復去，脩吾初始清潔之服也』；復云：『製芰荷以爲衣兮，雧芙蓉以爲裳。不吾知其亦已兮，苟余情其信芳。高余冠之岌岌兮，長余佩之陸離。芳與澤其雜糅兮，唯昭質其猶未虧』；《涉江》又云：『余幼好此奇服兮，年既老而不衰。帶長鋏之陸離兮，冠切雲之崔嵬。被明月兮珮寶璐，世溷濁而莫余知兮，吾方高馳而不顧』，雖攄辭不同，其假服佩以見意則一也。

固時俗之工巧兮，偭規矩而改錯。 注：偭，背也。錯，置也。言今世之工，才知強巧，背去規矩，更造方圓，必失堅固，敗材木也。**背繩墨以追曲兮，競周容以爲度。**

季海按：《九辯》：『竊美申包胥之氣盛兮，恐時世之不固。何時俗之工巧兮，滅規榘而改鑿？獨耿介而不隨兮，願慕先聖之遺教。處濁世而顯榮兮，非余心之所樂。與其無義而有名兮，寧窮處而守高。』固在魚部，此與鑿相叶，是楚音讀鑿如錯，自宵入魚，與諸夏別也。《史記·晉世家》：『定公卒，子出公鑿立』，蓋據《世本》（司馬貞云：『《系本》名鑿』，見《史記索隱·六國年表第三》）。《世本》趙人所作（《史記·趙世家》：『幽繆王遷』，《索隱》：『徐廣云：《系本》《年表》及《古史考》皆云：「今王遷」，無謚』，是《世本》實書幽繆王遷爲今王，明是趙人所記也），書晉君名當得其實。《史記·六國表》：『周元王三年，晉出公錯元年』，字又作錯者，蓋因《秦記》，《六國表敘》所謂：『余於是因《秦記》，踵《春秋》之後，起周元王，表六國時事』，是也。然則在晉謂之鑿者，在秦直書曰錯也（晉人當亦呼『鑿』如『錯』，故秦人受而書之，其聲則是，其文則非也）。《離騷》：『偭規矩而改錯』，以宋玉之言證之，知故書『錯』亦當作『鑿』，以鑿叶度，猶叶固矣，楚音自同部爾。言此者，明俗偭規矩則方圜既謬，譬如枘鑿，難復入也。《離騷》云：『不量鑿而正枘兮，固前脩以菹醢』（王《注》：『量，度也。正，方也。枘，所以充鑿』，洪氏《補注》：《淮南子》云：『良工漸乎矩鑿之中』）；又云：『何方圜之能周兮？夫孰異道而相安』（王《注》：『言何所有圜鑿受方枘而能合者？誰有異道而相安耶？言忠佞不相爲謀也』）；《九辯》云：『圜鑿而方枘兮，吾固知其鉏鋙而難入』，並其義也。夫矩鑿既改，尚何望方枘之能周乎？屈宋之用心在此，彌見設喻之巧，猥以錯置字當之，甚無謂也。今書作錯者，當緣漢師不明楚音，衹據關西語定之（楚人呼『鑿』，蓋如關西語呼『錯』矣），以就度韻，遂失其讀耳。觀《秦記》之書晉君，亦以鑿爲錯，故無足怪矣。《九辯》之文，獨存其真者，徒以下與教、樂相協，故得免於竄改也。《九辯》又云：『何時俗之工巧兮，背繩墨而改錯？卻騏驥而不乘兮，策駑駘而取路。』此以錯、路爲韻，亦在魚部，然變言繩墨，則不必借喻枘鑿，或本是『錯』字，未可知也。東方朔《七諫·謬諫》云：『固時俗之工巧兮，滅規榘而改錯，卻騏驥而不乘兮，策駑駘而取路』，幾全襲《九辯》，而強改其『背繩墨』爲『滅規榘』，不悟宋玉自借喻鑿枘，故言規榘，曼倩云云，徒貌取耳。然《謬諫》又云：『夫方圜之異形兮，勢不可以相錯』，則知上偁『滅規榘而改錯』者，自朔之本文云爾，非關後人改字也。蓋自朔始混宋玉二文爲一談，而『改鑿』之義晦矣。

屈心而抑志兮，忍尤而攘詬。 注：尤，過也。攘，除也。詬，恥也。言己所以能屈案心志，含忍罪過，而不去者，欲以除去恥辱，誅讒佞之人，如孔子誅少正卯也。《釋文》：詬作訽。

季海按：《史記・伍子胥列傳》：『伍奢曰：員爲人剛戾忍訽，能成大事』，《太史公自序》亦曰：『能忍訽於魏齊』，《離騷》：『攘詬』字，故書亦當作『訽』，蓋與《史記》正同，《釋文》本是也。今《離騷》文作『詬』者，猶《史記・伍子胥傳》之有鄒氏本矣（《索隱》云『鄒氏作詬』也；然徐廣、裴駰字俱作訽，明故書應爾）。今謂『攘訽』即『忍訽』。（《左・昭二十年傳》、《吕氏春秋・離俗篇》、《淮南・氾論訓》並言『忍訽』；若訽或作詬、呴、垢，重言又曰謑訽，或作謑詬、謑詬者，義具王念孫《讀書雜志・荀子解蔽》『忍詬』條。）此承上言『忍尤』，故變云『攘訽』，忍、攘於楚，直是代語，皆謂隱忍耳（尋《説文・竹部》：『籡，裛也，从竹，襄聲』，段玉裁《注》：『《衣部》曰裛，褱也』，是籡有褱義，攘、籡聲同，即借爲籡，攘詬猶褱訽矣；又《爾雅・釋詁》：『儴、仍，因也』，郝懿行《義疏》：『儴者，攘之叚音也。《釋文》：「儴，樊、孫如羊反，引《論語》：其父攘羊釋之，作攘，《注》云：因來而盜曰攘」，是樊光、孫炎本儴作攘』，是於《釋詁》儴、攘同讀，此言攘訽，亦與因仍義近。《説文・口部》云：『因，就也』，《詩常武傳》：『仍，就也』；《説文・手部》又云『捆，就也』、『扔，捆也』；今俗言『將就』、『遷就』，皆謂因仍，而有忍義，亦其比也。是忍謂之攘，雖實楚俗，遡其淵源，又未嘗不可與雅言相通也。以上一讀小殊，而根蒂不遠，蓋名言孳乳，枝葉扶疏，學者苟心知其意，亦可以左右逢源矣)。太史公曰:『故隱忍就功名,非烈丈夫,孰能致此哉?』(見《伍子胥列傳》)此靈均之所由『屈心而抑志』歟?即此足以見志,故不必如王《注》之以『除去恥辱』爲辭也。

步余馬於蘭皋兮,馳椒丘且焉止息。 注:步,徐行也。言己欲還,則徐步我之馬於芳澤之中,以觀聽懷王,遂馳高丘而止息,以須君命也。又《**九章·涉江**》:**步余馬兮山皋,邸余車兮方林。** 注:言我馬强壯,行於山皋,無所驅馳,我車堅牢,舍於方林,無所載任也。又《**招魂**》:**步及驟處兮誘騁先。** 注:言獵時有步行者,有乘馬走驟者,有處止者,分以圍獸,己獨馳騁,爲君先導也。又《**大招**》:**騰駕步遊,獵春囿只。** 注:言從曲閣之路,可駕馬騰馳而臨平易,又可步行,遂往田獵於春囿之中,取禽獸也。

季海按:步、馳對舉,此與《涉江》,皆謂徐行勿驅,王《注》是也。二者之文,波瀾相似,『邸余車兮方林』,猶『馳椒丘且焉止息』。然朱駿聲《離騷賦補注》引《左傳》『左師見夫人之步馬者』;俞先生《讀楚辭》亦云:『《離騷》王《注》非也。襄二十六年《左傳》:「左師見夫人之步馬者」,杜《注》曰:「步馬,習馬。」步余馬於蘭皋,當從此解。』今謂步馬自有二義,《春秋傳》主習馬,不可以説《離騷》。《説苑·正諫篇》:『楚昭王欲之荆臺游,於是令尹子西駕安車,步馬十里,引轡而止,曰:「臣不敢下車,願得有道,大王肯聽之乎?」』(亦見《渚宫舊事》，文句小異，其言步馬則同。）此楚事也；《淮南·人閒訓》：『徐行而出門，上車而步馬，顏色不變。其御欲驅，撫而止之』，此楚書也；然皆謂安步徐行，不關習馬。《離騷》言步馬，與此文同，二君隸事誤也。《招魂》上言『結駟千乘』，下言『引車右還』，步、驟、處，俱謂馬耳。步、驟對舉，猶步、馳對舉，非有徒、乘之異。《淮南·原道訓》：『縱志舒節，以馳大區，可以步而步，可以驟而驟』，其稱步驟同矣。《大招》下言『瓊轂錯衡』，明是乘車，然步遊亦謂步馬，非徒行也。此兩注未審。

䕺芙蓉以爲裳。 注：芙蓉，蓮華也。言己集合芙蓉，以爲衣裳，被服愈潔，脩善益明。䕺，一作集。

季海按：日本古寫《文選集注》殘卷卷第六十三：《離騷經》文作『集扶容以爲裳』，引王《注》亦皆作『扶容』，揚雄《反離騷》云：『被夫容之朱裳』，字又作『夫容』（見《漢書》本《傳》），蓋《楚辭》故書，初不从艸。

不吾知其亦已兮，苟余情其信芳。 又：**夫維聖哲以茂行兮，苟得用此下土。** 注：苟，誠也。下土，謂天下也。言天下之所立者，獨有聖明之智，盛德之行，故得用事天下，而爲萬民之主。又：**委厥美以從俗兮，苟得列乎衆芳。** 注：言子蘭棄其美質，正直之性，隨從諂佞，苟欲列於衆賢之位，無進賢之心也。

季海按：説者或謂此三句皆倒以趁韻，苟爲假設連詞，所以領起屬句。今謂『夫維』句《注》云：『苟，誠也』，以此説之，良是。然《大戴禮記·曾子立事第四十九》：『人知之，則願也；人不知，苟吾自知也』，孔廣森《補注》：『屈原曰：不吾知其亦已兮，苟余情其信芳。』孔君引《離騷》此句，以證《曾子》，是也。《曾子》既是散文，又何趁韻之有？明古人自有此句法，於此言苟，止如今俗言『只要』、『但求』耳，初非倒句。此二例仍是主句在後，『苟』是副詞性連詞，所以領起主句，説者未見《曾子》，不悟『苟』字可作此用，遂一切以爲倒句趁韻爾。其在《國語·周語中》：襄王德翟人，將以其女爲后，富辰諫曰：『《書》有之曰：必有忍也，若能有濟也』，韋氏《解》：『《書》，逸《書》也。若，猶乃也。濟，成也。言能有所忍，乃能有成功。』是古人『乃』亦謂之『若』，實無『乃』『若』之異，如韋《解》，此亦主句在後，而以若爲連詞者。漢人已專以乃領主句，若領屬句，『乃』『若』既分，讀此便嫌於語倒，故韋云：『若，猶乃』以通之，此以當時語釋古言耳。《離騷》用『苟』，尚無主屬之分，與《逸書》用『若』正同矣。『委厥』句王云『苟欲』，已得其解，《章句》云云，知叔師未嘗以此爲倒句也。

芳與澤其雜糅兮，唯昭質其猶未虧。 注：芳，德之臭也。澤，質之潤也。糅，雜也。言我外有芬芳之德，内有玉澤之質，二美雜會，兼在於己，而不得施用，故獨保明其身，無有虧歇而已。又《九章・思美人》：**芳與澤其雜糅兮。** 注：正直温仁，德茂盛也。**羌芳華自中出。** 注：生含天姿，不外受也。又《惜往日》云：**芳與澤其雜糅兮。** 注：質性香潤，德之厚也。**孰申旦而别之。** 注：世無明智，惑賢愚也。

季海按：《懷沙》：『同糅玉石兮，一槩而相量』，《注》：『賢愚雜廁，忠佞不異』，此《注》最確。既云『雜糅』，明是異類，芳、澤相反，猶玉、石殊科，『芳與澤其雜糅』，正謂『賢愚雜廁』，設喻同爾。首句偁『唯昭質其猶未虧』，言雖賢愚雜廁，君子終不以小人損其明也。次句言君子芳華在中，滿内揚外，非小人所能點汙也。三句言遭夜方長，則芳澤莫辨爾。蓋自《大招》始云：『施芳澤只』，而靈均所謂『芳與澤』者，叔師已不能言之；然益見《大招》晚出，與屈宋初不同時也。澤猶汗澤，亦汙垢之類，義見《詩・無衣》：《鄭箋》及《釋名・釋衣服》：『汗衣』，世人頗知之，故不煩辭費也。夫垢澤之與芳華，豈容不别乎？又澤、殬同从睪聲，亦可澤讀若殬，《説文・歺部》：『殬，敗也』，芳香之與殬敗，義亦相反矣。《淮南・俶真訓》云：『行純粹而不糅』，正謂雜糅，此楚語之遺也。

民生各有所樂兮，余獨好脩以爲常。 注：言我獨好脩正直，以爲常行也。洪氏《補注》：下文云：『汝何博謇而好脩』，又曰：『苟中情其好脩』，皆言好自脩潔也。季海按：王洪俱得屈意，洪説於文理尤密察耳。今尋楚俗，自脩脩人，俱謂之脩。《國語·楚語上》白公子張之諫靈王，謂武丁：『既得道，猶不敢專制，使以象旁求聖人，既得以爲輔，又恐其荒失遺忘，故使朝夕規誨箴諫，曰：必交修余，無余棄也。』觀白公述武丁之言，則知靈均之博謇好脩，既以自脩，亦以脩君也。上云：『謇吾法夫前脩兮』，則靈均平生所自許，亦必有如傅説之於武丁者，《離騷》實云：『説操築於傅巖兮，武丁用而不疑』，此靈均之志也。惜乎！懷襄之非其人也，然後有《離騷》之作。

女嬃之嬋媛兮。 注：女嬃，屈原姊也。又：**聊逍遥以相羊。** 逍遥一作須臾。

季海按：《方言·第十二》：『娋，姊也。』錢繹《箋疏》：『《廣雅》：「娋，姊也。」《玉篇》作𡜍，云「姊也」。《廣韻》：「𡜍，齊人呼姊。」《説文》：「嬃，女字也。」引《楚詞·離騷》曰：「女嬃之嬋媛」，賈侍中説：「楚人謂姊爲嬃。」王逸《注》：「屈原姊。」嬃、娋語之轉。《離騷》：「聊逍摇以相羊」，《文選》李善注本作「須臾」，其例也。』今謂錢説是也。楚人讀宵部字或如侯，故娋作嬃，消作須，《惜往日》又以昭（宵）、厨（侯）同協幽部字，皆楚音也。消摇，《離騷》或作須臾（見敦煌本《楚辭音》，錢引《文選》李注本與騫公讀相應）；須臾，漢《郊祀歌》作須摇

（《漢書・郊祀歌・天地八》：『神奄留，臨須搖』，《注》：晉灼曰：『須搖，須臾也』），凡消搖、須臾、須搖之於楚言，音義初無分別，實一語也。騫公《楚辭音》必以須臾爲是，消搖爲非，徒據後師所讀以爲言，豈探微之論乎？［錢氏《箋疏》又云：『《易》：「歸妹以須」，《疏》引鄭《注》：「須，有才智之稱，天文有須女，屈原之妹名女須。」《史記・呂后紀》：「太后女弟呂嬃」，又《樊噲傳》：「噲以呂后女弟呂須爲婦」，是妹亦稱嬃。』今按此說非也。嬃之爲姊，自賈侍中以下無異詞，以子雲所記別國方言證之而益信，鄭氏《易注》亦本當作姊，今《詩疏》引《易注》及《鄭志》並作妹者（見《詩小雅桑扈疏》，錢氏《易》下逕引《疏》，而《易疏》初無此文，蓋失勿校已），緣《易》：『歸妹』字致誤耳（余蕭客《古經解鈎沉二下》輯鄭君《易注》據惠校相臺岳本《毛詩疏十四之二》作『屈原之姊』，阮元《毛詩注疏校勘記》校此《疏》云『案姊誤妹』，皆是也）。若呂嬃云者，正《說文》所謂『女字』也，何關女弟，輒相附會？］

薋菉葹以盈室兮，判獨離而不服。 又**《九章・抽思》**云：**好姱佳麗兮，牉獨處此異域。**牉一作叛，一作柈。 又**《悲回風》**云：**氾潏潏其前後兮，伴張弛之信期。**

季海按：孫仲容《札迻》云：『判、牉、伴、叛字並通，蓋分別離散之意，即《遠遊》注所謂叛散也。云判獨離、牉獨處者，言叛散而獨離處也。云伴張弛以信期者，言張弛任時，叛散無定也。諸篇字舛異而義實同。』今謂諸篇字異義同，孫説是也。以爲分别離散，意亦不遠，然未詧夫楚語也。《方言》：『拌，棄也。楚凡揮棄物謂之拌。』郭音伴，又普槃反。今湖南新寧人猶謂棄去曰『拌掉』，音近『伴』(pan)，作去聲呼之；平江人則曰『拌開』，音近『普槃反』(p'an)，作平聲呼之：是足以驗郭音之確，而徵楚語於未訛矣。諸言判、胖、伴、叛，讀與拌同，皆揮棄之意。錢繹《方言箋疏》云：『《廣雅》：拌，棄也。』王懷祖曰：『拌之言播棄也。《士虞禮》：尸飯，播餘于篚。古文播爲半，半古拌字，謂棄餘飯于篚也。』(説具《廣雅疏證》。)播、半皆借字，拌字後出，其本字當作𠦒。《説文》云：『箕屬，所以推棄之器也。象形。』𠦒、拌聲同，器以事名，事緣器見，其始一也。觀於象形本字、禮經古文，知棄謂之拌，亦在昔通語爾。『伴張弛之信期』，猶言『棄張弛之信期』。《抽思》云：『昔君與我誠言兮，曰黄昏以爲期。羌中道而回畔兮，反既有此他志』，是其事也。洪氏《補注》云：『言己嘗以弛張之道期於君，而君背之也。』孫謂洪説近是，而謂以張弛之道期於君則非其恉；於今思之，未必非也。如孫以張弛任時説張弛信期，於文義亦無害，然伴當爲揮棄失職貌矣（孫云：『伴張弛以信期』，本文以作之，又以《抽思》《悲回風》爲《九歌》，或書手誤也）。

夫何焭獨而不予聽。 注：焭，孤也。《詩》曰：『哀此焭獨。』焭，一作煢。洪氏《補注》曰：

焭，今《詩》作惸。又《九章・思美人》：**獨焭焭而南行兮。**

季海按：《方言・第六》：『絓、挈、㒓(原作『儝』，郭《注》：『古焭字』，然下云：『楚曰㒓』宋本作『㒓』，與《衆經音義卷一》：『焭，古文惸、㒓二形』正合，今據改。錢繹《方言箋疏》謂：『㒓即儝之譌』，未確)、介，特也。楚曰㒓，晉曰絓，秦曰挈，物無耦曰特，獸無耦曰介』，郭《注》：『㒓，古焭字』，是也。重言則曰『焭焭』，如《思美人》所云也。

固亂流其鮮終兮。 注：羿以亂得政，身即滅亡，故言鮮終。洪氏《補注》曰：以亂易亂，其流鮮終，浞澆之事是也。又：**固時俗之流從兮。** 一作從流，一本從誤作徙。注：言時世俗人，隨從上化，若水之流。五臣曰：固此諂佞之俗，流行相從。

季海按：此二流同詁，斥淫放也。《荀子・彊國篇》：『其聲樂不流汙』，《注》：『流，邪淫也』；《禮記・樂記》：『使其聲足樂而不流』，《注》：『流，猶淫放也』，是也。書傳亦或言『流湎』，《荀子・非十二子篇》：『多少無法而流湎然，雖辨，小人也』；《淮南・原道訓》：『此齊民之所以淫泆流湎；聖人處之，不足以營其精神，亂其氣志』，亂、流義正相成，不當以『其流』爲解。流從讀如流縱。《爾雅・釋詁》：『縱，亂也。』郝懿行云：『通作從』(說具郝氏《義疏》本條下)，是流從、亂流，義相近也。《惜誓》：『俗流從而不止兮』，正旁《離騷》之文，本或作從流者，後人誤執《哀郢》：『順風波以從流』，亂其故書耳。觀叔師《章句》，亦弟云：『隨從上化，若水之流』，則知《離騷》此文之失其讀，亦已久矣。

浞又貪夫厥家。注：浞，寒浞，羿相也。婦謂之家。言羿因夏衰亂，代之爲政，娱樂畋獵，不恤民事，信任寒浞，使爲國相。浞行媚於内，施賂於外，樹之詐慝，而專其權勢。羿畋將歸，使家臣逢蒙，射而殺之。貪取其家，以爲己妻。又**《天問》：惟澆在户，何求于嫂？**

季海按：《玉燭寶典·正月孟春第一》：『《歸藏·鄭母經》云：「昔(《古逸叢書》本原誤作借，尋《歸藏》發端，每偁『昔者』，今輒依例定之)者浞(原作起，形近而誤)射羿而賊其家，久(疑誤)有其奴」，《注》：「浞(原誤起)，羿臣之名，奴，子也。」』是據《歸藏》，浞不惟『貪夫厥家』，又並『有其奴』也。王《注》略本《左·襄四年傳》，唯《傳》不云逢蒙殺之耳。《傳》言：『羿猶不悛，將歸自田，家衆殺而亨之，以食其子，其子不忍食諸，死于窮門』，是羿子死于難，而云『久有其奴』者，蓋魏絳所聞《夏訓》，與《歸藏》異辭也。《傳》又曰：『浞因羿室，生澆及豷』，或謂之家，或謂之室，其實則一，方言殊矣。觀魏絳所云，先澆後豷，則澆自居長。更有嫂者，《天問》有云：『浞娶純狐，眩妻爰謀』，王《注》：『言浞娶於純狐氏女，眩惑愛之，遂與浞謀殺羿也』，是浞賊羿家之前，已娶純狐，其兄蓋即純狐之子；又浞既有羿奴，即羿子於澆，亦爲同母兄弟，故澆得往至女歧（王云：『澆嫂也』）之户矣。

湯禹儼而祇敬兮。　注：儼，畏也。儼，一作嚴。洪氏《補注》：《禮記》曰：『儼若思』，儼亦作嚴，並魚檢切。

季海按：日本古寫《文選集注》殘卷卷第六十三：《離騷經》文及王《注》字並作嚴，與一本合。《集注》云：『《音決》：嚴，鸖上人魚檢反』，又云：『今案陸善經本，嚴爲儼』，是道鸖、李善、公孫羅字並作嚴，蓋故書如是，今作儼者，依音改字，殆始於陸善經耳。

周論道而莫差。

季海按：日本古寫《文選集注》殘卷卷第六十三：《離騷經》文作『周論道既莫差』，《集注》云：『今案陸善經本既爲而』，是道鸖、李善、公孫羅本字並作既，蓋《楚辭》故書如是。《經》本既作而者，當出陸生肊改，後人又以《文選》改《楚辭》耳。

循繩墨而不頗。　注：頗，傾也。《易》曰：『無平不頗』也。頗一作陂。洪氏《補注》曰：《易·泰卦》云：『無平不陂。』陂一音頗，滂禾切。

季海按：《方言·第六》：『陂（偏頗）、傜、衺（宋本誤作衺）也。陳楚荆揚曰陂。』此自楚語，字正作陂，一本是也。陸德明《周易音義·泰卦》出『不陂』云：『彼僞反，徐：甫寄反，傾也。《注》同。又破河反，偏也。』陸氏雖出又音，而不破字，知所見諸本，亦皆作陂也。今《章句》引《易》亦作頗者，蓋後人不曉陂字古音，讀《離騷》不諧，遂變其舊文，並改王《注》也。

覽民德焉錯輔。 注：錯，置也。輔，佐也。言皇天神明無所私阿，觀萬民之中有道德者，因置以爲君，使賢能輔佐，以成其志。洪氏《補注》：上天佑之，爲生賢佐，故曰錯輔。

季海按：《孔子三朝記·少閒篇》孔子之對哀公曰：『於此有功匠焉，有利器焉，有措扶焉』，盧辯《注》：『謂股肱之良也』，孔廣森《補注》：『措扶，當爲錯鈇，匠所用也。』今謂措扶、錯輔，亦轉語耳，或謂有道之佐，或謂功匠所憑，盧《注》與《離騷》正合，孔《注》但就字作釋，未盡仲尼言外之意，其讀扶爲鈇，亦非也。《説文·車部》：『輔，人頰車也』，王《注》：『輔，佐也』，非其義。凡輔佐字，蓋借爲扶，《説文·手部》云：『扶，左也』，是也。《少閒篇》舉『措扶』，與『功匠』、『利器』並稱者，尋《説文·木部》：『榜，所以輔弓弩』；又《弜部》：『弜，彊也，从二弓』，『弼，輔也，从弜』，此扶蓋讀如輔弼字，所以輔弓弩，與榜爲對轉，猶亡爲無矣。《淮南·人閒訓》：『去高木而巢扶枝』，《注》：『扶，旁』，此自楚語，魯語榜謂之扶，亦若是矣。『措』讀與『錯』同，《淮南・本經訓》云：『公輸王爾，無所錯其剞劂削鋸』，猶此云『措扶』、『錯輔』矣。王氏訓置，故不誤。《懷沙》云：『巧倕不斲兮，孰察其撥正』（王《注》：『言倕不以斤斧斲斫，則曲木不治』，蓋得其意；惟『撥謂曲枉，與正對文』，王《注》：『撥，治也』，失之，義詳孫氏《札迻卷十二》），《淮南・本經訓》又云：『扶撥以爲正』，是措扶即所以扶撥，施諸曲木，猶弓弩矣。於治亦然，雖有明君，不能無賢者爲之輔弼（夫棐、榜、輔、弼，此四同出而異名：《說文・木部》：『棐，輔也』，今在部末，蓋二徐所據本偶佚其字，因從後加之耳；莫友芝所得唐寫本《木部》：『棐』居『榜、檄、櫽、栝』之次，是也。《釋詁》云：『弼、棐、輔、比，俌也』，郝氏《義疏》：『《書・康誥》云：「天威棐忱」、《大誥》云：「天棐忱辭」、又云：「越天棐忱」，《漢書・翟方進傳》「棐忱」俱作「輔誠」』，是棐亦輔也。《韓非子・外儲說右下》：《經》曰：『榜檠矯直』，《說四》曰：『榜檠者，所以矯不直也』；於《荀子・性惡篇》曰：『繁弱、鉅黍，古之良弓也，然而不得排檄，則不能自正』，《注》曰：『排檄，輔正弓弩之器』，排讀與棐同。段氏注《說文》：『棐』字云：『蓋弓檠之類』，所見甚卓，但乏義證耳。其實排之爲榜，猶誹之爲謗——『誹，謗也』，見《說文・言部》，語相轉耳。陸氏《毛詩音義・小雅角弓》出『檠』云：『弓匣也；《說文》云：「榜也」，謂輔也』，是榜亦輔也。

《爾雅》《説文》又俱以弼、輔同訓，知棐、榜、輔、弼，一也，凡所以矯不直而已。輔弼之臣，蓋取義於此）；如晉厲公嘗『合諸侯於嘉陵』，而『氣充志驕』，『内无輔拂之臣』，終爲欒書、中行偃所幽死（語在《淮南・人間訓》），楚懷晚節，實有驕志，縱失德尚未若晉厲之著，而内无輔拂則同，此尤貞臣之所痛，原有匡君之志，故以錯輔爲急也（逮賦《天問》，乃云：『彼王紂之躬，孰使亂惑？何惡輔弼？讒諂是服！』則故都日遠，嗟號昊旻之作，既傷君之難寤，彌歎國之無人，故不覺其情益憤懣，而辭愈激切也）。是則措扶之名，本起于功匠，引而申之，亦以目股肱之良矣。

夫維聖哲以茂行兮，苟得用此下土。 注：哲，智也。茂，盛也。苟，誠也。下土，謂天下也。言天下之所立者，獨有聖明之智，盛德之行，故得用事天下，而爲萬民之主。

季海按：王云：『哲，智』，是也。《方言・第一》：『黨、曉、哲，知也。楚謂之黨，或曰曉，齊、宋之間謂之哲。』知、智本是一語，古不別耳。觀《離騷》此文，『知』謂之『哲』，故是齊楚間通語矣。然王以聖哲爲聖明之智，以爲猶茂行之爲盛德之行，則非也。其於《國語・楚語》有之：白公子張之對靈王曰：『若武丁之神明也，其聖之睿廣也，其智之不疾也，猶自謂未乂，故三年默以思道』，此楚故也，是靈均所謂聖哲者，武丁堪之矣；又：觀射父之對昭王問曰：『古者民神不雜，民之精爽不攜貳者，而又能齊肅衷正，其智能上下比義，其聖能光遠宣朗，其明能光照之，其聰能聽徹之，如是則明神降之。』亦以聖、智爲二，明楚俗十口相傳，更無異辭。聖、哲既各是一事，即與茂行並舉耳，非以聖哲與茂行對舉也，叔師徒囿於東京偶儷之習，又未尋楚事，遂不悟其立説之疏也。《注》以『用此下土』爲『用事天下』者，《史記·伍子胥列傳》曰：『至於吴，吴王僚方用事』，是有國、有土，其爲『用事』一也。然《惜誓》云：『來革順志而用國』，《注》：『來革，紂佞臣也。言來革佞諛，從順紂意，故得顯用，持國權也』，又以『持國權』爲『用國』者，亦言其能用事國中耳，初不以『顯用』爲義，王《注》得其大意，而又援『顯用』作釋，蓋猶依違未瞭，故失之蛇足也。

夫孰非義而可用兮，孰非善而可服？注：服，服事也。言世之人臣：誰有不行仁義而可任用，誰有不行信善而可服事者乎？五臣云：服，用也。又**《天問》：彼王紂之躬，孰使亂惑？何惡輔弼，讒諂是服？**注：服，事也。言紂憎輔弼，不用忠直之言而事用諂讒之人也。洪氏《補注》曰：服，行也，用也。

季海按：《離騷》之文，服亦用也，互文耳。『讒諂是服』，猶讒諂是用。《説文·舟部》：『服，用也』，楚語正與《説文》相應。王《注》言『服事』、『事用』，或漢人語實有之，當唐宋時已岨峿不可爲訓，故五臣、洪氏並改王義，皆是也。

攬茹蕙以掩涕兮。　注：茹，柔耎也。言猶引取柔耎香草，以自掩拭。

季海按：日本古鈔卷子本《揚雄傳反離騷》：『臨江瀕而掩涕兮』，晉灼曰：『《離騷》云：「擥茄惠以掩涕。」』（景祐本以下並作茹蕙。）尋《反離騷》：『衿芰茄之緑衣兮，被芙蓉之朱裳。』正旁《離騷》：『製芰荷以爲衣兮，雧芙蓉以爲裳。』師古曰：『茄，亦荷字，見張揖《古今字詁》』，是也。平既茄衣而惠纕，故云『擥茄惠以掩涕，霑余襟之浪浪』也。晉灼本於義爲長。灼當典午中朝，《離騷》舊本，班、賈之書，大抵具在，故其見聞，或出章句之外。然自茄、荷相貿，茹之爲茄，不復可知者，亦已久矣。（茄爲荷，猶荃爲蓀。《字詁》：『蕽、荃，今蓀是也。』敦煌本《楚辭音》：『荃蕙化而爲茅』，出蓀字，云『本或作荃，非也。凡有荃字，悉蓀音』。是既據音改字，又以今字爲是，古字爲非也。騫又自引《字詁》，而云『復同得』者，是雖知其故，猶不能反矣。王逸所謂『以壯爲狀』者，恐多此比耳。）

駟玉虬以椉鷖兮。　注：鷖，鳳皇別名也；《山海經》云：『鷖身有五采，而文如鳳』，鳳類也，以爲車飾。鷖，一作翳。洪氏《補注》：《山海經》云：『九疑山有五彩之鳥，飛蔽一鄉』，五彩之鳥，翳鳥也；又云：『蛇山有鳥五色，飛蔽日，名鷖鳥。』

季海按：洪引《山海經》，今略見《海内經》：『南方蒼梧之丘，蒼梧之淵，其中有九嶷山，舜之所葬，在長沙、零陵界中。北海之内，有蛇山者，蛇水出焉，東入于海，有五彩之鳥，飛蔽一鄉（郭《注》：『漢宣帝元康元年，五色鳥以萬數，過蜀都，即此鳥也』），名曰翳鳥。』（郭《注》：『鳳屬也，《離騷》曰：駟玉虬而乘翳』。）而詞有繁省，語或參差，於九疑既不云『有五彩之鳥，飛蔽一鄉』（今錯在蛇山下），於蛇山之鳥，又不云『飛蔽日』，是慶善所見《經》本，視今已多出入也。然郭引《離騷》作『乘翳』，與日本古寫《文選集注》殘卷卷第六十三：《離騷經》文正合（同卷引《章句》及《音決》，字並作翳），是《楚辭》故書，與《海内經》所云，名實相應也（洪校一本得之）。《離騷》有云：『百神翳其備降兮，九疑繽其並迎』，王《注》：『翳，蔽也』，是蔽謂之翳，故楚語矣。［尋《釋木》曰：『蔽者翳』，郭《注》引《詩》云：『其椔其翳』，見《大雅・皇矣》（今本椔作菑，是此語故出於雅言；又《説文・目部》：『瞖，又目翳也』，是瞖之爲言猶蔽也，今謂目有蔽曰生翳）依平聲呼之，蓋古之遺語矣。］據洪引《經》本，或云『飛蔽一鄉』，或云『飛蔽日』，此正翳鳥之所以得名。洪引翳鳥，本出九疑之山，屈賦降神，亦云九疑並迎，尋其謡俗，故在蒼梧、零陵間矣。《釋鳥》：『鶠，鳳，其雌皇』，《説文・鳥部》：『鶠，鳥也，其雌皇，从鳥，匽聲；一曰鳳皇也』，亦即斯鳥矣。泰寒對轉，故翳或謂之鶠，然名從主人，則作翳爲正（《説文》：『匽』、『医』字俱从『匸』，『匸，衺徯有所俠藏也』，『从乚』，而又『上有一覆之』，是有蔽義，《自部》又云：『隱，蔽也』，医、匽、隱並隸影紐，轉寒則爲匽，轉諄則爲隱，本自一言，語隨聲轉，意相受也。其孳乳之故，廣如《文始二·陽聲諄部丙》所説。準是可知，鷖、鷗語轉，雖方音或殊，要其以蔽爲名，亦無異爾）。蓋自鷖、鷗字行，而斯鳥得名之故，益幽隱難知，雖段（若膺）、郝（蘭皋）之精鑒，於此猶未能疏通證明也。

《爾雅》、《説文》又或云：鳳者，即王《注》『鳳皇別名』之説（然今王《注》又引《山海經》『而文如鳳』。《山海經》今無此文，以爲『鳳類』，則與前義，自語相違；果持兩端，亦當標明或説，而今無文，何也？《文選》李善《注》及日本古寫《文選集注》殘卷所録王《注》並無『五采』以下，未知爲是注家覺其違而删之，抑今王《注》出後人所加也）。蓋鷖既『五彩之鳥』，鳳亦『五色備舉』（見《説文》）；鷖鳥得名，既以『飛蔽一鄉』（郭云：『五色鳥以萬數過蜀都』者，是也），夫鳳之爲言猶朋也，故古文亦以爲朋黨字（見《説文》古文『鳳』下），是鳳鳥得名，又緣『鳳飛羣鳥從以萬數』也（亦見《説文》，自《漢書宣帝詔》以下，或言『羣鳥從以萬數』，或言『羣鳥列侍以萬數』，事具桂馥《説文解字義證第十》）：校其名實，本無二致，頗謂原是一鳥，方俗不同，傳聞異辭，遂衍爲數名。神鳥之鳳，本以鷖鳥爲質，説者日从而神之，神鳥之名，始爲鳳所專，而翳鳥之實日晦。然《離騷》、《海内經》皆既出翳，又書鳳，則相傳以爲二鳥者，由來舊矣。

《漢書・宣帝紀》：元康三年六月詔曰：『前年夏神爵集雍，今春五色鳥𠇗萬數飛過屬縣』，師古曰：『三輔諸縣也』；四年三月詔曰：『迺者神爵五采𠇗萬數集長樂、未央、北宫、高寢、甘泉、泰畤殿中及上林苑』；又神爵四年春二月詔曰：『鸞鳳萬舉，蜚覽翶翔，集止于旁』，總曰鸞鳳，大氐亦五色鳥之成羣者耳。依郭《注》推之，雖皆謂爲翳鳥可也。然郭不引者，史無明文，持此爲説，容有異同之論耳。惟元康元年過蜀都，《本紀》不書，景純蓋别有據；郭寧舍《紀》引此者，當緣楚、蜀比鄰，謡俗不遠，舊書雅記，故老傳聞，以此爲翳鳥，尚有足徵耳。

或曰：蜀、屬形音俱近，字得相亂，郭《注》所引，即元康三年詔書所云，當爲『三年』，而書『元』者，或蒙《詔》上稱『前年』而誤，亦可《注》本作『三』，今書字誤。今尋荀悦《漢紀》：『元康三年春有鳥（或誤作烏，今正）五色，以萬數，飛過京師，翶翔屬縣』，則知師古以『屬縣』爲『三輔諸縣』，自不誤。小顔盡見舊本，折衷諸家，於此都不云更有異同，明班書此文初不作『蜀』；若云誤在景純，則以郭君之雅才，縱疎於尋繹，亦何至一誤再誤乃爾？義既無徵，今故弗取。景純述漢事，而書蜀都者，將以子雲一賦，見重于時（王右軍與人書嘗稱『揚雄《蜀都》』也），玄亭之業，既素所服膺，故於述作之次，亦有樂乎斯名也。

《宣帝紀》又云：神爵元年三月詔曰：『南郡獲白虎、威鳳爲寶』，服虔曰：『威鳳，鳥名也』，晉灼曰：『鳳之有威儀者也。與《尚書》「鳳皇來儀」同意』，師古曰：『晉説是。』尋《尚書》言『來儀』而已，殊不以威爲名，詔云奇獸、白虎，並爲珍物，豈無威儀，而獨以名鳳乎？今謂服説得之，翳威雙聲（皆影紐字），泰指旁轉，威鳳猶翳鳳耳。蓋楚人謂之翳，南郡楚地，故謡俗相承矣。

欲少留此靈瑣兮。 注：靈以喻君，瑣，門鏤也，文如連瑣，楚王之省閤也；一云：靈，神之所在也，瑣，門有青瑣也，言未得入門，故欲小住門外。瑣一作璅。洪氏《補注》：《漢舊儀》云：『黄門令日暮入對青瑣丹墀拜』，《音義》云：『青瑣，以青畫户邊鏤也。』

季海按：章先生《小斆答問》：『《明堂位》言：疏屏，謂刻鏤之。古者守望，牆牖皆爲䠶孔，故《釋名》云：「樓，謂牖户之閒，有䠶孔樓樓然也。」《説文》：「𦌾，牖中网也」、「𤴔，門户青疏囱也」，《楚辭》言：「网户朱綴，刻方連呰」，竝是䠶孔。屏最在外，守望尤急，是故刻爲网形，以通矢族』，此論至確。蓋上古重門擊㯋，以待暴客，門屏之閒，皆施䠶孔，不獨䠶樓而已，故《周官》有射人，與僕人爲官聯，諸侯有中射士，給事宫内（義詳《札迻卷七・韓非子十過第十》説『中射士』條），地皆親近，所以禦非常也。後世益文，則在門屏之閒者，始比於彫飾，以爲榮觀云爾。尋《説文・疋部》：『𤴓，門户疏窗也，从疋，疋亦聲，囱象𤴓形，讀若疏』，又《玉部》：『瑣，玉聲也』；《漢舊儀》云：『青瑣』，王《注》云：『瑣，門鏤』者，字借爲𤴓，正謂『門户疏窗』矣（𤴓，古音在魚部，瑣在歌部者，虧从雐聲，當在魚部，《離騷》以韻離，《天問》以韻加，見段玉裁《詩經韻分十七部表》；又：《九辯》亦以瑕韻加：是於楚音，古魚部字，多有讀入歌者矣。以聲言之，則𤴓之於瑣，猶朔之於蘇也）。《招魂》言『网户』，即此，其曰『刻方連呰』者，猶王《注》云『文如連瑣』也。《説文》云『囱象𤴓形』者，是誠粗略，然亦未嘗不存其遺象於髣髴矣。然𤴓謂之瑣，故是楚俗，其字作瑣者，亦可漢師以爲『文如連瑣』，故从瑣書之。［慧琳《大藏音義四十九》引《倉頡篇》云：『鎖，連環也』（見陶方琦《補本》），是王云『文如連瑣』者，《倉頡》有其字；然《説文・金部》無『鎖』者，疑《倉頡》故書，正當从玉也。此字从金，則大徐《新附》已云『鐵鎖』矣。］

路曼曼其脩遠兮。 注：脩，長也。《釋文》曼作漫。洪氏《補注》曰：曼，漫，並莫半切。《集韻》：『曼曼，長也，謨官切。』

季海按：敦煌本《楚辭音》出『㬅㬅：亡半反』，與今本及洪音正合；觀騫公《音》，知隋人於此不作平聲讀也。《賦》曰『脩遠』者，《方言·第一》『脩，長也，陳楚之間曰脩』，是也。

總余轡乎扶桑。 注：扶桑，日所拂木也。《淮南子》曰：『日出湯谷，浴乎咸池，拂于扶桑，是謂晨明；登于扶桑，爰始將行，是謂朏明。』洪氏《補注》：《山海經》云：『黑齒之北曰湯谷，有扶木，九日居下枝，一日居上枝，皆戴烏』，郭璞云：『扶木，扶桑也。天有十日，迭出運照』；《淮南子》云：『扶木在陽州，日之所曊』，曊，猶照也。《說文》云：『榑桑，神木，日所出。』

季海按：王引《淮南》，見《天文訓》，亦云扶桑，與王《注》同（湯谷作暘谷，小異）。如《補注》所出，扶桑又謂之扶木，洪引《山海經》，見《海外東經》，今書云『湯谷上有扶桑』，郭《注》：『扶桑木也』，以《注》校《經》，知《經》本云『扶木』，若本是桑，何勞注也？洪引故作『扶木』，是宋本尚未誤也。今本又無『皆戴烏』句，亦以洪本爲完。餘文小有參差，洪既節取，故可得而略矣。洪引《淮南》，見《墬形訓》，亦云扶木，與《海外經》同。然許君自作榑桑，洪引《說文》，見《木部》『榑』字，又《叒部》『叒』字云：『日初出東方湯谷所登榑桑，叒木也，象形』，是也。尋《淮南·覽冥訓》又云：『朝發榑桑』，《注》云：『榑桑，日所出也』，文義與許書並合，今謂此簡猶仍許君記上之舊，《注》亦《閒詁》遺文矣。許君親受古學於賈侍中，又嘗著《淮南閒詁》，今其書唯作『榑桑』字，知《離騷》《淮南》之文，本當如是，後人並作『扶』者，以今字改古字耳。日本古寫《文選集注》殘卷卷第六十三：《離騷經》文作『揔余轡乎扶桑』，《集注》出《音決》：『榑，音扶』，云『今案《音決》：扶爲榑』，是公孫羅本字作榑，與許君所記足相印證。公孫之學，出於曹憲，是隋唐諸師，猶及見故書也。

折若木以拂日兮。　注：拂，擊也；一云蔽也。言折取若木，以拂擊日，使之還去；或謂拂，蔽也，以若木鄣蔽日，使不得過也。朱氏《離騷賦補註》云：此蓋與《悲回風》『折若木以蔽光』同意，拂讀爲茀，蔽也。

季海按：王注『或説』得之，朱氏《補注》義是也。蔽謂之拂，蓋楚言。《易林·渙之睽》：『折若蔽目，不見稚叔。』某氏《注》引《離騷》此文；又云『目當作日』，並是也。蓋《楚辭》舊讀之不絶如綫者，於是乎可知也。又《史記·屈原列傳》引《懷沙》之賦曰：『脩路幽拂兮』，《索隱》《正義》俱曰：『《楚辭》作幽蔽。』則唐本與今正同。史公所引，是其本文。尋《懷沙章句》直云『幽深蔽闇』，而無佗説，則王本已作蔽字。果爾，楚語之訛，東漢已然。叔師據劉向所校作註，未知是向改其本文，抑叔師所自定也。（叔師譏班固、賈逵以壯爲狀，義多乖異，其於舊文，亦當有所正定。）

鸞皇爲余先戒兮，雷師告余以未具。 注：雷爲諸侯，以興於君，言己使仁智之士如鸞皇，先戒百官，將往適道，而君怠墮，告我嚴裝未具。先一作前，余一作我。洪氏《補注》：《春秋合誠圖》云：『軒轅，主雷雨之神』；一曰：雷師，豐隆也。

季海按：《漢書·揚雄傳》：《反離騷》云：『鸞皇騰而不屬兮，豈獨飛廉與雲師』，應劭曰：『《楚辭》云「鸞皇爲余先戒兮」、「後飛廉使奔屬」、「雲師告余以未具」；飛廉，風伯也，雲師，豐隆也，鸞皇，俊鳥也。』晉灼曰：『已縱其轡，使之奔馳，鸞皇迅飛，亦無所及，非獨飛廉雲師，言莊嚴未具，使君不適道也。』尋揚雄所賦，應劭所引，是《楚辭》故書，『雷師』實作雲師。晉灼《注》：『言莊嚴未具，使君不適道』者，即探『告余以未具』言之，蓋漢師舊説，必有以雲師爲斥君側佞人，詭言誤君，使君不適道者，故灼得而偁之。《離騷》下云：『飄風屯其相離兮，帥雲霓而來御』，以『雲霓』喻佞人（義見王《注》），與此雲師告言，語正相應，明應、晉之所以申揚者，於義實長也（應氏所引，先不作前，余不作我，則一本非也）。惜叔師而外，漢注盡亡，晉氏所據，未知爲班爲賈，然吉光片羽，終賴《漢書音義》以傳，使靈均奥采，子雲微言，灼然復明，則亦彌足寶矣。應劭云：『雲師，豐隆』者，《離騷》下云：『吾令豐隆乘雲兮』，《注》：『豐隆，雲師』（洪氏《補注》本此《注》下有校語云：『一曰雷師，下《注》同』，今謂一本誤以他説改之，非叔師之舊也，説詳下），洪氏《補注》云：『《九歌》：「雲中君」《注》云：「雲神，豐隆」』（此《注》或非王《注》，然洪氏已引之，則必舊本有之，當不晚於《釋文》，要足證《離騷》王《注》之爲『雲師』也）；又《九章・思美人》：『願寄言於浮雲兮，遇豐隆而不將』，王《注》亦云：『雲師徑遊，不我聽也』；《遠遊》云：『召豐隆使先導兮』，《注》：『呼語雲師，使清路也』，又云：『涉青雲目汎濫兮』，《注》：『隨從豐隆，而相佯也』，是王逸以豐隆爲雲師，與應劭同矣；若《遠遊》倂『雨師』、『雷公』，《注》於『雨師』云屏翳，於『雷公』獨不云豐隆者，益知叔師不以豐隆爲雷師也。洪氏《補注》云：『據《楚詞》則以豐隆爲雲師』，是也。

吾令帝閽開關兮，倚閶闔而望予。　注：閶闔，天門也。言己求賢不得，疾讒惡佞，將上訴天帝，使閽人開關；又倚天門，望而距我，使我不得入也。

季海按：成二年《公羊傳》曰：『相與踦閭而語。』何休《解詁》：『閭，當道門。閉一扇，開一扇，一人在外，一人在内，曰踦閭。』倚，讀與踦同。閶闔，亦門也。如休之言『閉一扇，開一扇，一人在外，一人在内』，則不納可知矣。倚門，蓋古之通語（《戰國策・齊六第十三》：

『王孫賈年十五事閔王。王出走，失王之處。其母曰：「女朝出而晚來，則吾倚門而望女；暮出而不還，則吾倚閭而望女。」』其情雖異，其言則同）。

登閬風而緤馬。注：閬風，山名，在崑崙之上。又云：閬風，清明。洪氏《補注》曰：閬，音郎；又音浪。劉師培《楚辭考異》：『案原本《玉篇·糸部》引作「登浪風而緤馬」』（今按：原本《玉篇》『風』下衍『雨』字，『緤』作『紲』，餘如劉説）。

季海按：日本古鈔卷子本《揚雄傳反離騷》：『望崐崘以樛流。』蘇林曰：『《離騷》云：「登涼風而緤馬。」』（景祐本以下並作閬。）尋《淮南·墜形訓》：『縣圃、涼風、樊桐在崑崙閶闔之中。』注：『縣圃、涼風、樊桐皆崑崙之山名也。』《離騷》、《淮南》，文字相應，蘇本是也。依顧野王所引，又知江南舊本，尚不從門，持校古書，偏旁未失也。然字作浪者，依《廣韻·四十二宕》浪、閬同紐，豈在陳世已讀『力宕反』，隋本如騫公所據，遂逕作閬字邪？（敦煌本《楚辭音》出閬『力宕反』，是騫所見已同今本。）《廣韻》浪、閬同紐，字皆兩收。其在《下平聲十一唐》『郎，魯當切，三十』有『浪，滄浪水名，又盧宕切』，又：『閬，當門，又盧宕切』；其在《去聲四十二宕》『浪，來宕切，又魯當切五』有『閬，高門；又閬中，地名，在蜀；又閬風，崑崙峯名也』。今按敦煌唐寫卷子本（S二〇七一）《切韻卷第二平聲下十二唐》不收『閬』，惟『郎，魯當反，廿』下有『浪，滄浪，又盧宕反』，是閬讀平聲，非《切韻》之舊也。《廣韻》兩收者，蓋出王仁昫《刊謬補缺切韻》，敦煌唐寫卷子本（P二〇一一）《刊謬補缺切韻卷第四冊一宕》有『閬，高門，又地名，在蜀，又力唐反』。是王德温始兩收也。敦煌本王韻『唐』韻：『郎，魯當反，二十三』下有『浪，滄浪，又盧宕反』，不收『閬』；其『徒郎反，廿八』乃有『閬，門高，又力盎反』，與《卌一宕》『閬』下出又音不合，當是寫書者失之。又曰『閬風清明』者，《墬形訓》八風：西南曰涼風也。然王云清明，與東南景風一曰清明風者不相涉也。

解佩纕以結言兮，吾令蹇脩以爲理。 注：理，分理也，述禮意也。言己既見宓妃，則解我佩帶之玉，以結言語，使古賢蹇脩，而爲媒理也。

季海按：孫仲容謂『理即行理之理』，『亦猶言「使」也，與媒義略同』（説詳孫氏《札迻卷十二》），是也。王既以媒理爲釋，而又云『分理』者，以理述禮意，是有『分理』之義也。理之所以得名，雖未必果如王説；弟問媒理之用，則亦於事未遠也。孫氏一切以爲『未當』（見《札迻》），亦少過矣。尋《後漢書·崔駰列傳》駰所著二十一篇中有《婚禮結言》，王先謙《集解》：『惠棟曰：「鄭仲師有《婚禮謁文》，駰因之作《結言》，蓋納徵問名之辭也。」侯康曰：「《藝文類聚》四十引崔駰《婚禮結言》曰：乾坤其德，恒久不已；爰定天綱，夫婦作始。乃降英媛，有淑其儀，姬姜是侔，比則姚嬀，載納嘉贄，中結鞶褵」」，王引惠説見《後漢書補注》、侯説見《補注續》，今謂二氏説皆是也。蓋《離騷》「結言」，漢世猶行於婚禮矣。崔駰與班固同時，苟考亭伯之文，即漢《楚辭》先師舊義可知也。然王云「述禮意」（此雖因「爲理」作釋，而實與「結言」相成，故引之耳），惠云「納徵問名之辭」者，意皆近之。

紛總總其離合兮，忽緯繣其難遷。注：緯繣，乖戾也。遷，徙也。言蹇脩既持其佩帶通言，而讒人復相聚毁敗，令其意一合一離，遂以乖戾而見距絶，言所居深僻，難遷徙也。洪氏《補注》：《博雅》作⿰韋攵⿰忄畫，《廣韻》作徽繣，此言隱士忽與我乖剌，其意難移也。

季海按：上偁宓妃，本以求女爲喻。蹇脩爲理，佩纕結言，則良媒已具，及當告期往迎，忽又意有離合，雖以我車往，猶以乖戾而見距絶，莫肯徙就我也。屈辭高簡，必尋繹意内，略當如此矣。「緯繣」，王云：「乖戾」者，《説文·女部》：「媁，不説皃，恣也。从女，韋聲」，又《言部》：「譮，言壯皃，一曰數相怒也。从言，巂聲，讀若畫」，緯繣猶媁譮，其聲同耳。恣且數怒，則乖戾可知矣。「遷」讀若「以我賄遷」，亦切謀爲室家，非泛指也。知者，《衞風·氓》曰：「匪我愆期，子無良媒」，《箋》云：「子無善媒來告期時」；又曰：「以爾車來，以我賄遷」，《箋》云：「故答之曰：徑以女車來迎我，我以所有財賄，徙就女也。」情詞實不相遠，比而觀之，文義自見爾。王《注》粗得梗概，而未暢厥旨，故聊復申之；洪以『難遷』爲『其意難移』，則非也。

保厥美以驕傲兮，日康娱以淫遊。注：言宓妃用志高遠，保守美德，驕傲侮慢，日自娱樂，以遊戲自恣，無有事君之意也。

季海按：『羿淫遊以佚畋兮』注：『言羿爲諸侯，荒淫遊戲，以佚畋獵。』此不云荒淫者，逸意主於遁世隱居，用志高遠。既云『保守美德』，即與荒淫不類。是淫遊名同，而實有異，故云『以遊戲自恣』，又以『自恣』釋『淫』也。《書無逸正義》引鄭玄云：『淫，放恣也』，是其義。此與驕傲句正相應。然淫遊實雙聲語，淫亦遊也，字借爲冘。《説文》：『冘，淫淫，行皃。從人出冂』，是有遊義。《招魂》：『歸來兮，不可以久淫些』注：『淫，遊也。』謂兩淫遊字當從彼訓（五臣云：『淫，久也』，洪氏又引《説文》《爾雅》，皆不合。《廣雅・釋言》：『淫，游也。』王念孫《疏證》引《曲禮正義》、《文選注》，而不及《楚辭》，亦千慮一失也）。保當訓恃。《左・僖二十三年傳》『保君父之命，而享其生禄』（杜《註》），《吕氏春秋・誠廉篇》『阻兵而保威』（高《註》），《漢書・廣陵厲王胥傳》『揚州保彊』（李奇《註》），《後漢書・班固傳》『保界河山』（王念孫《讀書雜志餘編》所證明），並其義也。恃美驕傲，故云無禮，不關保守美德也。

覽相觀於四極兮。 覽相一作求覽。

季海按：覽、相、觀，皆言視也。上篇云：『相觀民之計極』，此又云覽，亦止明一意耳。古人辭氣，自有其比，不獨韵文也（見俞先生《古書疑義舉例·二語緩例》）。敦煌本《楚辭音》：『覽，力敢反；相，息亮反；觀，古丸反。』自是舊本如此。一本求字，因上改求字衍，又脱相字，不足據。

雄鳩之鳴逝兮。 《釋文》：雄作鳩。洪氏《補注》：《説文》云：『鳩，鶻鵃也』，《爾雅》云：『鶌鳩，鶻鵃』，《注》云：『似山鵲而小，短尾，青黑色，多聲』，《月令》：『鳴鳩拂其羽』，即此也。

季海按：《淮南子·天文訓》：『孟夏之月，以熟穀禾，雄鳩長鳴，爲帝候歲』，高誘《注》：『雄鳩，蓋布穀也。』尋《爾雅·釋鳥》：『鳲鳩，鴶鵴』，郭《注》：『今之布穀也』，《詩·曹風·鳲鳩》、《左·昭十七年傳》云『鳲鳩』，《西山經》云『尸鳩』，《詩·召南·鵲巢》、《月令仲春》、《呂覽·仲春紀》云『鷹化爲鳩』，俱謂此鳥矣；《御覽》引陸璣《疏》又云布穀，『一名桑鳩』（具詳郝氏《爾雅義疏》）：是布穀謂之『鳩』，誰昔然矣。《離騷》云：雄鳩鳴逝，《淮南》云：雄鳩長鳴，蓋楚俗相承，無改其舊矣。《淮南》云『爲帝候歲』者，郝氏《釋鳥義疏》亦云『農人候此鳥鳴，布種其穀矣』，此其所以有『布穀』之名也。郝《疏》又引陳藏器《本草拾遺》云：『江東呼爲郭公，北人云撥穀，似鷂，長尾。牝牡飛鳴，以翼相拂擊』，然《離騷》下句云：『余猶惡其佻巧』，試即『牝牡飛鳴，以翼相拂擊』思之，而佻巧之狀，已如在目前矣。騷人之言，雖以興寄爲主，而體物之精，亦於此可見矣。是雄鳩爲布穀，誘説不可易也；若洪《注》所云，則班鳩耳。《吕覽·季春紀》：『鳴鳩拂其羽』，高誘《注》云：『鳴鳩，班鳩也』，高以布穀釋《淮南》之『雄鳩』，以班鳩釋《吕覽》之『鳴鳩』，殊不以班鳩爲雄鳩，其義精矣，洪氏弟弗深考耳。

索藑茅以筳篿兮。注：索，取也。藑茅，靈草也。筳，小折竹也。楚人名結草折竹以卜曰篿。洪氏《補注》：《後漢·方術傳》云：『挺専折竹』，《注》云：『挺，八段竹也。』

季海按：依《注》，篿是楚人卜名，此句蓋謂取靈草、用折竹，而爲楚之篿卜云爾。尋《漢書·揚雄傳》：《反離騷》：『又勤索彼藑茅』，孟康曰：《離騷》云『索藑茅以筳篿』，師古曰：『索，求也。藑茅，靈草也。筳篿，折竹，所用卜也。』師古以筳篿爲折竹，未知取諸班、賈舊文，抑《漢書音義》，要與叔師異辭，今謂顔説是也。篿，讀若專，《説文·寸部》：『專，六寸簿也』，段玉裁《注》云：『蓋笏也。《釋名》曰：「笏，或曰簿，可以簿疏物也。」徐廣《車服儀制》曰：「古者貴賤皆執笏，即今手版也」（按：見《左桓二年傳疏》）。杜注《左傳》：「珽，玉笏也，若今吏之持簿」（按：見《左桓二年傳注》）。《蜀志》：「秦宓見廣漢太守，以簿擊頰」，裴松之曰：「簿，手版也。」六寸未聞，疑上奪二尺字，《玉藻》曰：「笏度二尺有六寸。」」是珽、笏、簿、手版，古今異名，其實皆專類也，段説於此，頗能觀其會通；惟專爲六寸簿，故是簿之短小者，輒以爲奪二尺字，則非也。（《禮記・玉藻》鄭《注》引《相玉書》曰：『珽玉六寸』，王逸《離騷章句》引『珽』作『珵』，其言六寸則同，是珽亦或以六寸玉爲之矣；又《説文・竹部》：『符，信也。漢制以竹，長六寸，分而相合』，是漢制符、專同長，皆六寸者，便握持耳，此六寸之義也；或曰：符、傳皆五寸者，説蓋晚出，章先生《小斆答問》云：『《地官掌卪》：「凡通達於天下者，必有卪，以傳輔之」，鄭君曰：「卪爲信耳，傳説所齎操及所適」，《司關》：「凡所達貨賄者，則以卪傳出之」，鄭君曰：「傳如今移過所文書」，《古今注》：「凡傳皆以木爲之，長五寸，書符信於上」，此則傳以合信，上書其事，亦簿笏、簿籍之屬也。《古今注》言傳五寸，《説文》言專六寸者，如應劭説竹使符以竹箭五枚，長五寸，《説文》則云「符，信也，漢制以竹，長六寸，分而相合」，此或度量不同，或漢初承秦制水悳六寸，後用公孫臣土悳之説，改爲五寸，故不同邪？』）《荀子・大略篇》曰：『天子御珽，諸侯御荼，大夫服笏，禮也』；《禮記・玉藻》曰：『天子搢珽』，《注》：『此亦笏也』，又曰：『諸侯荼』，《注》：『諸侯唯天子詘焉，是以謂笏爲荼』；又曰：『笏，天子以球玉，諸侯以象，大夫以魚須文竹，士竹，本象可也』；又曰：『年不順成，君衣布搢本』，《注》：『皆爲凶年變也。搢本，去珽荼，佩士笏也，士以竹爲笏，飾本以象』：是古者自天子至於士皆有笏，大夫、士以竹，天子、諸侯，則以玉、象，其始當皆以竹爲之。蓋珽者筳也；荼者篿也，《方言・第十三》：『析竹謂之篿』，是也（予二十年前，嘗謂此皆上古合符之遺制。《説文・竹部》：『符，信也。漢制以竹，長六寸，分而相合』，是符、專皆爲折竹，以漢制考之，長又相等也）；笏、簿、專，猶篿也，後世益文，乃以玉、象，别異之耳。大氏施於人事，用諸朝廷，則玉、象爲優；楚俗以爲卜具，且格於神明，用之齊民，其事尚質，故猶因折竹之製，要之筳篿之於珽專，本由一言孳乳，其形與名，皆起於折竹耳。《離騷》此文，正謂求靈草與折竹而卜之也。戴震《屈原賦注》云：『以，猶與也，語之轉，小斷竹謂之筳篿』，並是也；然又引王《注》云：『楚人名結草折竹以卜曰篿』，則是謂王亦以卜竹爲篿也。然王止云：『楚人名結草折竹以卜曰篿』，不云『曰筳篿』者，知東原引此，未得王意。蓋其自爲説則是，引王《注》則非也。

爾何懷乎故宇。 宇一作宅。洪氏《補注》曰：若作宅，則與下韻叶。

季海按：敦煌本《楚辭音》：「宅，如字；或作宇音。」是舊無作宇之本，或音專行，遂改其字耳。段氏《六書音均表·第五部入聲》引《離騷》：「宅、惡」，是也。

覽察草木其猶未得兮，豈珵美之能當？ 注：言時人無能知臧否，觀衆草尚不能別其香臭，豈當知玉之美惡乎？

季海按：當，知也，讀與黨同（皆从尚聲）。《方言》：「黨、曉、哲，知也。楚謂之黨。」此言豈珵美之能知也。王《注》猶未乖語意，然以爲豈當字，則非也。五臣云：「豈能辨玉之臧否而當之乎？」則辭如蹇吃，去之彌遠矣。

百神翳其備降兮，九疑繽其並迎。 注：繽，盛也。九疑，舜所葬也。言巫咸得己椒糈，則將百神蔽日來下。舜又使九疑之神，紛然來迎。疑一作嶷。又《九歌·湘夫人》曰：**九嶷繽兮並迎，靈之來兮如雲。** 注：九嶷，山名，舜所葬也。言舜使九嶷之山神繽然來迎二女。嶷一作疑。

季海按：繽故書當爲賓，讀如賓于四門。王逸以爲繽紛字，非也。《漢書·郊祀歌華爗爗十五》云：「神之揄，臨壇宇。九疑賓，夔龍舞。」此楚聲也，字正作賓。楚俗降神，蓋有使巫飾爲九疑之神，以賓迎尊神者。夔龍舞，所以虞神，亦巫飾之爾。昔之説書者專以爲想像之辭，胥失之矣。

皇剡剡其揚靈兮。 注：皇，皇天也。剡剡，光貌。言皇天揚其光靈。又：**陟陞皇之赫戲兮。** 注：皇，皇天也。赫戲，光明貌。言己雖……陞天庭，據光曜，不足以解憂。

季海按：王《注》是也。《屈賦》之言『皇天』者，《離騷》上云：『皇天無私阿兮』，又《天問》云：『皇天集命』，是也。但謂之皇，不言天者，《淮南》亦或如是。《精神訓》：『登太皇，馮太一，玩天地于掌握之中。』注：『大皇，天也。』《淮南》言『登太皇』，猶《離騷》言『陟陞皇』矣。

湯禹嚴而求合兮，摯咎繇而能調。 注：調，和也。言湯禹至聖，猶敬承天道，求其匹合，得伊尹、咎繇，乃能調和陰陽，而安天下也。

季海按：調當訓適，此楚語也。《淮南·説林訓》：『梨、橘、棗、栗不同味，而皆調於口（作己誤）。』《註》：『調（作謂誤），適。』今謂此調字與《淮南書》同，言湯禹求匹，而摯、咎繇能適也。王云：『調、和』，自是通語，和、適義亦相近。賈生曰：『剛柔得適謂之和；反和爲乖。合得密周謂之調；反調爲盭。』（見《新書·道術篇》。）又曰：『上下調而無尤』，曰：『君臣乖而不調。』（並見《耳痺篇》。）是和、調、乖、盭，亦可互舉，其言調者，於《離騷》不遠矣。又尋《楚辭·七諫·謬諫》曰：『恐操行之不調。』《注》：『調，和也。恐不和於俗，而見憎於衆也。』彼注無失，以説此文，亦可也。第不當言調和陰陽耳。（《淮南·脩務訓》：若以布衣徒步之人觀之，則伊尹負鼎而干湯，欲其調陰陽，行其道。高《注》亦曰：『伊尹處於有莘之野，執鼎俎、和五味以干湯，欲其調陰陽，行其道。《詩》云「實惟阿衡，實左右商王」是也。』高又引《詩》，疑三家詩説有其義。叔師與高，各有取焉爾。）

甯戚之謳歌兮，齊桓聞以該輔。 注：該，備也。桓公夜出，甯戚方飯牛，叩角而商歌，桓公聞之，知其賢，舉用爲客卿，備輔佐也。

季海按：該、備於楚故爲代語，《招魂》曰：『招具該備』，《注》：『該，亦備也』，是其義。

路脩遠以多艱兮，騰衆車使徑待。 注：騰，過也。言崑崙之路，險阻艱難，非人所能由，故令衆車先過，使從邪徑以相待也。待一作侍。

季海按：《遠遊》：『左雨師使徑侍兮』，與『右雷公以爲衞』對舉，其爲『徑侍』甚明，故王《注》云：『告使屏翳，備不（今本作下，誤）虞也』（孫氏《札迻卷十二》轉欲據《離騷》今書，改《遠遊》此文作『徑待』，既弗勘下文，又未細讀王《注》，其説非也）。《離騷》此文，亦當作『徑侍』，與《遠遊》同；近人已頗知之，茲故可得而略也。尋《史記・五帝本紀》：黄帝『遷徙往來無常處，以師兵爲營衛』，原則無事師兵，但騰車以侍足矣。騰亦不訓過，《説文・馬部》：『驛，置騎也』；『馹，驛傳也』；『騰，傳也』，文相次比，蓋騰之本義云爾。此騰正當訓傳，騰衆車者，謂傳車相屬，如置郵矣。王《注》以徑爲邪徑，又云：使衆車先過以相待，皆非也。若今書《離騷》章句，非後人所亂，即叔師《經》本，已誤作『徑待』矣。

恐鵜鴂之先鳴兮。 注：鵜鴂，一名買鵤，常以春分鳴也。鵜一作鶗。

季海按：敦煌本《楚辭音》正作鶗，達計、達兮、徒典三反，具詳異讀，而無異文。《文選》亦作鶗，諸唐人所引，復多從鶗（《史記曆書索隱》，《漢書揚雄傳注》，《後漢書張衡傳注》），蓋隋唐舊本如是。《廣韻》於鵜惟曰『鵜鶘』，《集韻》引《説文》『鴺鶘或從弟』而已，尚不以爲鶗鴂字。今本作鵜，當出宋人。鶗有弟音，流俗遂作鵜字耳。敦煌本《楚辭音》又云：『鴂，又搗同。』唐人引多作鶗搗，與又本合。劉申叔《楚辭考異》謂隋唐已有作鴂之本，引《玉燭寶典》《文選注》證之，當時未見敦煌卷子故也。今據騫公所引《文釋》，與李善《思玄賦注》引服虔説悉同（偶有出入，是傳述小異），俱云鶗鴂。是作鴂之本，又不始於隋唐也。古今釋此文者，大抵不出三家：其一主買鵤，即子規，王氏以下是也。其一主伯勞，騫公引《文釋》，李善引服虔是也。其三主布穀，《楚辭音》《張衡傳注》引《廣雅》是也。其文與今《廣雅》不合，當由討論未精，章懷亦承舊音之誤耳。王氏《疏證》駁之，是也。觀《疏證》引《玉篇》諸文，則知陳隋間人所見略同，承訛已久。今本出於曹憲（《集韻》引《博雅》：鷤鴂，子鴂也。與今正同，惟鳺、鴂爲異，亦據曹本也），專門之學，宜加審正耳。其主伯勞者，徒以鴂、鶗音聲相附，不嫌同呼，然《夏小正》云：『鴂者，百鷯也。』《爾雅》：『鶪，伯勞也。』不聞伯勞更名鷤鴂。以此改王，毋乃專輒。王云：『恐鷤鴂以先春分鳴，使百草華英摧落，芬芳不得成也。』此以鷤鴂先鳴，見地氣劇轉，衆芳後時，故云芬芳不得成，理本無謬。江氏以春鳥譏之，不然耳。（李善引服説，未詳所據，疑不出子慎，今本字誤爾。）

惟此黨人之不諒兮。　注：諒，信。一作亮。

季海按：敦煌本《楚辭音》出『亮』，云：『宜作諒，諒，信也，同力仗反』，是《楚辭》故書本作『亮』，後人從騫説改作諒耳。《爾雅·釋詁》：『亮，信也』，《離騷》之文，正與《爾雅》相應。又《方言·第一》：『諒，信也。衆信曰諒，周南、召南、衛之語也。』『諒』郭《注》：『音亮』，與騫《音》同，是亮、諒音義俱通，古今字爾。如子雲之記，信謂之亮，故是楚語。

椒專佞以慢慆兮。　注：椒，楚大夫子椒也。洪氏《補注》曰：《古今人表》有令尹子椒。

季海按：《史記》有令尹子蘭，無子椒。王云子椒楚大夫，未知何據。今尋《鹽鐵論·非鞅篇》：『大夫曰：是以上官大夫短屈原於頃襄。』又《訟賢篇》：『文學曰：夫屈原之沉淵，遭子椒之譖也。』（椒今作柳，形之誤也。王引之《春秋名字解詁》子柳有三，字皆借爲酉。鹽書不云屈平同時更有子柳。）季海謂子椒是上官大夫字，《史記》有上官而無子椒，以此。大夫、文學，當昭帝初，計其受書之年，故在武帝之世，見聞去遷甚近，故其言最審。《史記》云：『懷王使屈原造爲憲令。屈平屬草藁未定，上官大夫見而欲奪之。屈平不與，因讒之』，云云。即其專佞慢慆可知矣。又云：『令尹子蘭聞之大怒，卒使上官大夫短屈原於頃襄王，頃襄王怒而遷之。』以下具述漁父之辭，終之以《懷沙》之賦。然原之沉淵，遭上官之譖甚明。大夫謂之上官，文學謂之子椒，其爲一人，又可知也。自《新序·節士篇》謂：『張儀之楚，貨楚貴臣上官大夫、靳尚之屬，上及令尹子蘭、司馬子椒』，而王逸又云：『同列大夫上官、靳尚、懷王少弟司馬子蘭。』其實令尹、司馬，俱楚之尊官，遂相皮傅耳。令尹子蘭而外，要不足信。然考之《史記》，頃襄王立，始以其弟子蘭爲令尹。於勸懷王行，猶曰稚子子蘭。張儀之楚，又在其前，則此云令尹子蘭，亦誤也。《人表》令尹子椒，次即子蘭。令尹字當屬子蘭，無爲著子椒其閒。又列上官大夫於中中，子椒於中下，亦不合《史記》（惟以上官大夫、靳尚爲二人，可以釋後學之疑）。疑本云『上官大夫子椒』，寫者錯子椒在下，遂與令尹子蘭相掍。然蘇林注《揚雄傳反離騷》已云：『椒、蘭，令尹子椒、子蘭也。』則魏本與今正同。豈以舊無界畫，故等差易漫耶。（界畫自顔氏以來有之，而景祐本諸表，尚多散無友紀者，則其前可知已。）

【附記一】《淮南・人閒訓》：『白公勝果爲亂，殺令尹子椒、司馬子期。』注：『子椒、子期皆白公之季父。』此即《春秋傳》公子申，羣書皆曰子西，不云子椒也。若非《淮南書》誤，即《春秋》古文子西當爲子西，椒借爲西，申、西字正相應。今書鬬宜申、曾申，字俱作子西，此亦從西作，無足怪也。西、西形近，義亦比傅，故當相承不覺耳。《淮南注》不言子椒當爲子西，是叔重所讀，不作西字也。《人表》所書，豈謂是邪？然校以世次，不當在此。今表亦自有楚子西，與楚司馬子期世次相當。然子期既書司馬，此不書令尹何也？豈以蘇林誤引，後來遂移子椒於子蘭之世，浸據今書，補記子西，故缺略不備耶？

【附記二】子蘭爲令尹，在頃襄世，史有明文。懷王令尹，不知何人。《人表》令尹子椒在子蘭前，若非後來所改，即班以子椒當懷王令尹也。然史公不記，劉向未窺，班將何從而得之？今亦勿取也。

【附記三】《元和姓纂》云：楚懷（《秘笈新書》引無此字）王子蘭爲上官邑大夫，因氏焉。秦滅楚，徙隴西之上邽。（見《孫星衍洪瑩同校本三十六養上官條》。然《四十一漾》引《秘笈新書》又出上官，緟複無謂，是其疎也。）以爲子蘭，與《史記》不合。然以上官爲楚邑，宜有所據，以廣異聞可也。

揚雲霓之晻藹兮。 注：晻藹，猶蓊鬱，蔭貌也。藹，《釋文》作濭，一作靄。

季海按：《釋文》是也。《集韻十四夳》有云：『晻濭，鬱陰也。』其義即取之王《注》（惟王云『蓊鬱』，云『蔭貌』；今云『鬱陰』，則割鬱字下屬，是誤讀王《注》耳），所據與《釋文》本正合。《離騷》『溘』字，王逸訓作奄，一作晻，又訓掩。敦煌本《楚辭音》於『溘吾遊此春宮』句出『溘，苦閤反。王逸曰：「溘，奄也。」案奄並作晻字，於感反。《廣疋》：「晻晻，暗也。」《字詁》云：「亦陪字也。」王逸又詁爲掩。凡作三形也』。其『苦閤反』，自是今音，王讀不爾。依王，晻、溘聲義俱近，溘、濭同字〔《廣雅》：『溘，依也』（《衆經音義卷十九》引），本或作『濭，依也』（《集韻・二十八盍》引），今書作『溘』，當即『濭』之壞字，是也〕。晻猶濭也。雙聲言之，則曰晻濭。《漢書・郊祀歌赤蛟十九》云：『晝晻濭。』師古曰：『濭，音藹，晻濭，雲氣之貌。』此自楚聲，《離騷》舊本當與《漢書》同。其作藹者，以音改之，猶宅改宇也。（日本古鈔卷子本《楊雄傳反離騷》顔《注》引《離騷》已作晻藹字，則自唐以前，有此本矣。）靄則又蒙雲霓字從雨耳。

齊玉軑而並馳。 注：軑，錮也；一云：車轄也。言齊以玉爲車轄，並馳左右。 洪氏《補注》：《方言》云：輪，韓、楚之閒謂之軑。

季海按：王以軑爲錮，未詳；或讀若鍋，蓋有二義：《方言·第九》：「車釭，齊、燕、海、岱之間謂之鍋，或謂之錕；自關而西謂之釭，盛膏者乃謂之鍋。」若齊、燕、海、岱之間語即謂車釭；關西語又謂盛膏器也（然《史記·騶衍列傳》：「故齊人頌曰：談天衍，雕龍奭，炙轂過髡」，《集解》：「《別録》曰過字作「輠」，「輠」者，車之盛膏器也」，此述齊人之言，而與關西語正同）。此二義於《離騷》皆無取。其一云「車轄」者，《漢書·揚雄傳》《甘泉賦》：「肆玉釱而下馳」，晉灼曰：「釱，車轄也」，然下文明云：「風從從而扶轄兮」，則子雲不以釱爲轄也；於《離騷》文義亦不相會，段氏非之，是也（見段玉裁《説文解字注·車部》：「軑」字下）。洪氏云云，出《方言·第九》，以説此賦，亦爲迂闊。尋《説文·車部》：「軑，車輨也」；「輨，轂耑錔也」，戴東原、段若膺並據此以説《離騷》，最是。其在《方言·第九》又曰：「輨、軑，鍊鏅，關之東西曰輨，南楚曰軑，趙魏之間曰鍊鏅」，戴君《屈原賦注》獨引此文而爲之説曰：『齊玉軑，言竝轂而馳』，其義精矣；俱引《方言》，而洪氏乃不免失之眉睫也。

抑志而弭節兮，神高馳之邈邈。 注：邈邈，遠貌。言己雖乘雲龍，猶自抑案，弭節徐行，高抗志行，邈邈而遠，莫能追及。 一云：邁高馳。

季海按：《哀郢》：『衆踥蹀而日進兮，美超遠而逾邁』（語又見《九辯》，故《注》云：『此皆解於《九辯》之中』），與《離騷》此言正合，明楚語有之，一本是也。《説文·辵部》：『邁，遠行也』，超遠逾邁、高馳邈邈，並有遠義（《説文·辵部》：『逾，越進也』，宋玉之辭，蓋用其本義。《遠遊》曰：『高陽邈以遠兮』，《方言·第六》云：『伆、邈，離也。楚謂之越，或謂之遠』，是邈、遠於楚，亦代語也。蓋單言曰邈，重言則曰邈邈，俱謂遠矣），許君説得之。玩《離騷》經、注，俱與神無涉，知今本誤爾。

又《九歌·湘君》：『沛吾乘兮桂舟』，王《注》：『沛，行貌，言己雖在湖澤之中，猶乘桂木之船，沛然而行，常香浄也』；《九章·抽思》：『實沛徂兮』，王《注》：『徂，去也。言己誠欲隨水，沛然而流去也。』沛借爲邁，邁、沛古音皆在脂部，《釋言》《毛傳》皆曰：『邁，行也』，與王注《湘君》，意同耳；或以爲行，或曰行貌，因文制宜，遡源則一也。《楚辭》『沛』借爲『邁』，猶《毛詩》『邁』借爲『怖』矣（《詩·小雅·白華》：『視我邁邁』，《毛傳》曰：『邁邁，不説也』，

《釋文》云：『《韓詩》及《説文》並作悑悑。《韓詩》云：「意不説好也。」許云：「很怒也。」』今《説文》作恨，似宜依很，邁者悑之叚借，非有韓、許，則《毛詩》不可通矣。許宗毛而不廢三家詩——見段玉裁《説文解字・心部》『悑』字《注》）。沛、悑俱从巿聲耳。邁、沛本是一言，而漢師各从所讀，或書作邁，或書作沛，蓋自王叔師以下，莫能尋其本源者，非一事已。

九辯第二

宋嵺兮，收潦而水清。　注：源瀆順流，漠無聲也。宋一作寂，嵺一作寥，一作漻。溝無溢濫，百川净也。

季海按：《淮南・兵略訓》：『是故將軍之心：滔滔如春，曠曠如夏，湫漻如秋，典凝如冬。』宋古音同湫（同在幽部），『宋嵺』即『湫漻』，此郢都遺言，下逮漢之淮南，猶無改舊俗爾。

時亹亹而過中兮。　注：時已過半，日進往也。五臣云：過中，謂漸衰暮也。

季海按：《史記・扁鵲倉公列傳》：『吾年中時』，《索隱》：『按年中謂中年時也。中年，亦壯年也，古人語自爾。』過中，謂過年中時也。

超逍遥兮今焉薄。注：遠去浮遊，離州域也；欲止無賢，皆讒賊也。又：**衆踥蹀而日進兮，美超遠而逾邁**（此二句又見《九章・哀郢》，所謂『口多微辭，受之於師』也）。又《九歌・國殤》：**平原忽兮路超遠。**注：言身棄平原山野之中，去家道甚遠也。一云：平原路兮忽超遠。

季海按：凡此諸文，或單言超，或超、遠並舉，皆謂遠也。《方言・第七》：『釗，超，遠也。燕之北郊曰釗，東齊曰超。』然則遠謂之超，亦齊楚間通語爾。

白露既下百草兮，奄離披此梧楸。注：痛傷茂木，又芟刈也。

季海按：《説文・艸部》：『菩，艸也。从艸，吾聲。《楚詞》有「菩蕭」。』段《注》：『按今《楚詞》無「菩蕭」，惟宋玉《九辯》云：「白露既下百艸兮，奄離披此梧楸。」「梧楸」，蓋許所見作「菩蕭」，正「百艸」之二也。』段説是也。尋《易林・剥之坤》：『從風縱火，萩（今譌作荻，此从王念孫校）芝俱死』，其於《淮南・俶真篇》則云『巫山之上，順風縱火，膏夏、紫芝，與蕭、艾俱死』；《左・襄十八年傳》云『伐雍門之萩』，《晏子春秋外篇》則有云『見人有斷雍門之橚者』，依王念孫説，蕭、萩，橚、楸爲轉語（見《經義述聞第二十八爾雅下》『蕭萩』條）；然楚人謂之蕭（《説文》引《楚詞》及《淮南・俶真篇》可證），齊人謂之橚（《晏子春秋》），故是齊語），不謂之萩、楸者，則語從其方也。《爾雅·釋草》有云：『蕭，萩』者，正所以釋方國之殊語耳。逮陸機著《草木疏》乃云：『蕭，今人所謂「萩蒿」者是也』（《詩采葛正義》引），蓋至是而『蕭、萩』始爲古今語矣。《淮南》語楚，文與《楚詞》相應，《九辯》故書，正當作『苕蕭』耳。許君親遊東觀，及事賈逵，故所引最爲審諦。《章句》以『茂木』爲義，是讀爲『梧楸』，昉自叔師也。

余萎約而悲愁。《注》：身體疲病，而憂貧也。萎，《文選》作委，五臣云：『言使余委弃，而悲愁也。約，弃也。』洪氏《補注》：萎，草木枯也。約，窮也。又：**柯彷彿而萎黄。**《注》：肌肉空虚，皮乾腊也。萎一作委，一作痿。

季海按：《離騷》：『雖萎絶其亦何傷兮』，《注》：『萎，病也』，洪氏《補注》：『萎，草木枯死也。』平賦『萎絶』，猶玉賦『萎約』、『萎黄』，蓋楚語如是。王云『萎，病也』者，《説文·艸部》：『萎，食牛也』，非其義；字當借爲『痿』，《疒部》：『痿，病也』，是也。『萎黄』：『萎』一作『痿』，與《説文》合，正用其本字爾。尋慧琳《大藏音義七十六》引《倉頡篇》：『萎黄，病也』（見陶方琦《補本》），是『萎絶』、『萎約』、『萎黄』，俱謂病也。楚言：病謂之萎，自人通於草木，初無異辭；洪氏必依草木爲義，是猶囿於偏旁，故失之拘覰矣。

《釋詁》：『虺頹、玄黃，病也』，郭《注》：『虺頹、玄黃，皆人病之通名，而説者便謂之馬病，失其義也』，郝氏《義疏》引《易》：『其血玄黃』，《詩》：『何草不黃』，《素問》：『黃如蟹腹』，《史記・扁鵲倉公傳》：『望之殺然黃』，以申成郭義，皆是也。然病謂之『黃』，自人以通於草木，又不獨見於『萎黃』而已。

歲忽忽而遒盡兮。 注：年歲逝往，若流水也。遒一作逝。

季海按：原本《玉篇・阜部》：『隤，徒雷反，野王案：《説文》：「墜下也」（今《説文》作下隊也）。《楚辭》：「歲忽忽其隤盡」是也。』顧引《楚辭》，即《九辯》之文，今書『其』作『而』者，猶《離騷》：『芳菲菲而難虧兮』，『而』一作『其』，《惜誦》：『事君而不貳兮』，『而』一作『其』，《九辯》：『春秋逴逴而日高兮』，『而』亦作『其』（《説文繫傳四》引，見劉氏《楚辭考異》）；『遒』即『隤』之壞字。《九章・悲回風》：『歲曶曶其若頹兮』（『頹』當从《玉篇》作『隤』，《説文》：『穨，秃皃』，非其義，流俗書不復分别耳），此宋玉所本。叔師《章句》舊第，《九辯》在《九章》前，故野王捨彼取此也。王彼《注》：『年歲轉去而流没』，與此《注》：『年歲逝往若流水』正相似，明皆據隤作釋，故無二致，遒别有義，叔師無緣不爲分别也。（《九辯》下文又自有『歲忽忽而遒盡兮』，《注》：『時去晻晻，若鶩馳也』，《注》似小異，疑此句始作『遒盡』，故王别爲之注，不云『解已見前』也。亦可本皆作『隤』，王《注》姑隨文作釋，不復謹嚴。）一作逝者，涉《注》而誤。劉氏《考異》亦載此條，而持兩端，無所折衷，今不取。

印明月而太息兮。注：上告昊旻，愬神靈也。印一作仰。洪氏《補注》曰：印，望也，音仰。

又：**仰浮雲而永歎。**注：愬天語神：我何咎也？古本仰作印。五臣云：衆人皆蒙君澤，而我獨不霑，故仰望而長歎也。

季海按：《説文·匕部》：『印，望欲有所庶及也，從匕、從卪。《詩》曰：高山印止』，此云『印明月』、『印浮雲』，語同一律，正用本字，今或作仰者，後人所改耳。段玉裁云：『印與仰義别，仰訓舉，印訓望，今則仰行而印廢，且多改印爲仰矣。《小雅·車舝》曰「高山印止」，《箋》云「印，慕」；《過秦論》：「常以十倍之地，百萬之衆，印關而攻秦」，俗本作叩、作仰，皆字誤、聲誤耳』（見段氏《説文解字注》），是也。

竊悲夫蕙華之曾敷兮。五臣云：敷，布也。

季海按：敷借爲蒪。《説文·艸部》：『蒪，華葉布，從艸，傅聲，讀若傅』，是也。

鳳亦不貪餧而妄食。

季海按：《説文·食部》：『餧，飢也；一曰：魚敗曰餧』，大徐依孫愐《唐韻》音『奴罪切』，非其義。此借爲『萎』，《説文·艸部》：『萎，食牛也』，《唐韻》音『於僞切』，是也。據玄應《正法華經音義》：『餧，奴罪反，《三蒼》作餧，餓也』；又《陀羅尼雜集經音義》：『餧，於僞反，《三蒼》：「餧，飤也」』，是唐人所據《三蒼》，餧有兩讀，亦或以爲萎飤字矣（義詳梁章鉅《倉頡篇校證》）。尋《舊唐書·經籍志》有三蒼三卷，李軌等撰，郭璞解，《新唐書·藝文志》云：李斯等三蒼三卷，郭璞解；又有三蒼訓詁二卷，張揖撰，《新書志》云三卷：疑前讀出張揖，稚讓魏人，去漢未遠，其聞見宜與許君差近；後讀當出景純解中，江左學者，時多新義，郭生好奇讀亦頗異矣）。《説文》取其前義，蓋後讀晚出，許君時所未有，故以『萎』爲『食牛』，而不於『餧』下云『一曰食牛』也。

霰雪雰糅其增加兮。 其一作而。洪氏《補注》：雰雰，雪貌。

季海按：《九辯》上云：『惟其紛糅而將落兮』（王《注》：『蓬茸顛仆，根蠹朽也。』糅一作楺，而一作之），紛糅、雰糅，明是一語；此从雨者，流俗緣霰雪字改其偏旁耳，故書止當作紛糅。

自壓桉而學誦。 注：弭情定志，吟詩禮也。壓一作厭，桉一作按，一作壓塞。洪氏《補注》引《釋文》：『厭，於鹽切，安也。』

季海按：《釋文》音義是也。壓當作厭，桉當從一本作塞，厭塞即猒塞，《方言》：『猒塞，安也。』《注》：『物足則定。』是厭塞有安定之義，故王云弭情定志也。《廣雅·釋詁》：『懕㥷，安也。』理兼情志，故字又从心。《方言》所記，即出楚語，後人不達，改作壓桉字耳。

心摇悦而日㚔兮。

注：意中私喜，想用施也。摇一作遥，一作愮；㚔一作幸。洪氏《補注》：摇，動也；愮，憂也：無喜悦義。㚔與幸同。

季海按：《方言·第十三》：『朓説，好也』，郭《注》：『謂姅悦也，音遥』，摇悦即朓説，本謂美好，亦或以爲自好，語不殊耳。一本作遥，與郭《音》正合；又或从心者，流俗緣悦字改故書耳。郭云『姅悦』者，『姅』讀與『般』同，《釋詁》：『般，樂也』，郝懿行云：『般者，昪之叚音也，《説文》云：「昪，喜樂貌」；省作弁，通作般，又通作槃，又作盤』（詳郝氏《爾雅義疏》），是也。其實郝《疏》所出，音義並與『姅』同，本一名耳。《孟子》云：『般樂怠敖』（見《公孫丑篇》），又云：『般樂飲酒』（見《盡心篇》），《荀子》云：『般樂奢汰』（見《仲尼篇》），則『般亦樂也』，楊説得之（見《仲尼篇注》）；趙君注《孟子》云：『般，大也』，未諦）。姅悦、般樂，語略同耳。子所雅言，嘗及説、樂矣，説者或云『悦深而樂淺』，或云『自内曰悦，自外曰樂』（並見陸德明《論語學而音義》引），必以内外、淺深爲義，則郭言『姅悦』，故内而深者也。《九辯》之文，正見美人自好覬幸之情，王《注》偁：『意中私喜，想用施也』者，詞約理精，不可易矣（《説文・口部》：『嗂，喜也』，朓，借爲嗂）。慶善乃謂『無喜悦義』，豈其然乎？

何氾濫之浮雲兮，猋壅蔽此明月？忠昭昭而願見兮，然霒曀而莫達。 洪氏《補注》：霒，音陰，雲覆日也。曀，陰風也。

季海按：霒當作霒，《説文・雲部》：『霒，雲覆日也，从雲，今聲』，是也，霒即霒之壞字。《九辯》上云：『陰陽不可與儷偕』，《釋文》：陰作霒，足證今本之誤。《説文・日部》：『曀，天陰沈也』（从段校），段玉裁《注》：『《邶風》曰：「終風且曀」，《爾雅》、《毛傳》皆云：「陰而風曰曀」；曀主謂不明，《爾雅》、《毛傳》因詩句，兼風言耳，故許易之。陰沈當作霒霃』，今謂段説皆是也。尋《晏子春秋・内篇諫下・景公嬖妾死章》：『仲尼聞之曰：星之昭昭，不若月之曀曀』，孫星衍《音義》引《詩・邶風》：『曀曀其陰』，《毛傳》：『如常陰曀曀然』，亦是也。宋玉之辭，『昭昭』與『霒曀』相對，猶仲尼以昭昭、曀曀爲對文也：是霒霃曰曀，亦齊、魯、衛、楚之間通語爾。

堯舜之抗行兮。 注：聖迹顯著，高無顛也。**瞭冥冥而薄天。** 注：茂德煥炳，配乾坤也。瞭一作杳。洪氏《補注》：瞭，音了，明也。又《九章・哀郢》：**堯舜之抗行兮，瞭杳杳而薄天。**

一無瞭字，一云：杳冥冥而薄天。

季海按：此宋玉用屈平句，所謂『口多微辭，受之於師』也。平言杳杳，玉云冥冥，意不殊耳。以此爲驗，知一本紛紛，皆非也。王云：『茂德焕炳』，即以明瞭爲義，《補注》申之，是也。然此瞭實當讀爲嶛，《文選・魏都賦》：『劍閣雖嶛，憑之者蹶』，李善《注》：『《廣雅》曰嶛巢，高也，力彫反』，是也。此云薄天，正見抗行之高，王《注》上句得之。《説文》無嶛字者，蓋正篆止當作『飉』。《風部》有『飉』，云『高風也，从風，翏聲』，翏聲古音在幽部，尞聲在宵部者，楚俗古宵部字或讀入幽也。《惜往日》以昭韵流、幽，《九辯》以昭韵悠、愁，《招隱士》以繚韵幽，是楚人讀『瞭』，聲正如『飉』，故有高義，漢師受之，蒼卒不得其字，遂弗能正讀耳。

被荷裯之晏晏兮。注：荷，芙蕖也。裯，袛裯也，若襜褕矣。晏晏，盛貌也。**然潢洋而不可帶。**注：潢洋，猶浩蕩，不著人貌也。言人以荷葉爲衣，貌雖香好，然浩浩蕩蕩，而不可帶，又易敗也。洪氏《補注》：潢，音晃，户廣切，水深廣貌。洋，音養，滉瀁，水貌。

季海按：劉氏《楚辭考異》云：『案慧琳《音義三十三》引作「沆瀁而不可滯」，《四十二》、《四十三》引作「潢瀁而不可帶」』；又云：『案慧琳《音義三十三》引《注》作「沆瀁，猶浩蕩，大波濤也」，與此異，或「不著人」乃「大波濤」之誤。』尋玄應《一切經音義・陀羅尼雜集經第一卷》出『潢瀁』，云『胡廣反，《楚辭》：「潢瀁而不可帶」，王逸曰：「潢瀁，猶浩蕩也。」經文作「洸洋」，古黃反，下似良、以章二反，二形並非今用』，與慧琳《音義四十二、四十三》引作『潢瀁』者合，是唐本《楚辭》：『潢洋』作『潢瀁』也。字作『瀁』者，《說文》云：『漾』，『古文从養』也（見《水部》），《楚辭》此賦，既先秦舊書，足徵古文矣。王云『猶浩蕩』者，蕩，借爲『潒』，《說文》云：『潒，水潒瀁也，讀若蕩』，是也。潢瀁、潒瀁、浩蕩，既俱是水貌，義亦宛轉相通矣。或曰：據《說文》，則『瀁』者，古文以爲漾水字；然宋玉言『潢瀁』，許君言『潒瀁』，何也？曰：是借爲『羕』，《說文・永部》：『羕，水長也，从永，羊聲，《詩》曰：「江之羕矣」』，本義爲水長，引申而爲『潢瀁』、『潒瀁』，蓋『羕』字晚出，古文但作瀁耳。潢瀁、浩蕩，本是水貌，而賦言『不可帶』，明此正謂荷裯不著人貌，浩浩蕩蕩然也，故王《注》云爾。《大藏音義三十三》又云『大波濤』者，慧琳自申己意，以明所釋耳，劉說非也。《補注》云『潢，水深廣貌』者，本字當作『汪』，《說文・水部》：『汪』云：『深廣也』，《唐韻》音『烏光切』，是也；《說文》：『潢，積水池，从水，黃聲』，非其義。然玉《賦》言『潢瀁』者，潢正當讀若『洸』，《說文》：『洸，水涌光也，从水、从光，光亦聲』，光、黃聲通（《說文・黃部》云：『黃』，『从芡，芡亦聲，芡古文光』也），『水涌光』與『水滃瀁』，義亦相成，玄應引經文，亦作『洸洋』矣。洪以水深廣爲言，雖音義可通，而實非當句所用，知者，以水貌擬其形容則均，而有動静之異，此喻其動，而衣不著人，狀溢目前也；苟以深廣爲言，亦於荷裯何與？玉《賦》下云：『然潢洋而不遇兮』，《故書》亦當作『潢瀁』，既曰『不遇』，其『不著人』可知；王注此句云『俍倡後時，無所逮也』者，既『不著人』，則必『俍倡後時』矣。《注》文雖異，義則同也。

九歌第三

《東皇太一》：瑤席兮玉瑱，盍將把兮瓊芳。 注：瓊，玉枝也。言己修飾清潔，以瑤玉爲席，美玉爲瑱。靈巫何持乎？乃復把玉枝以爲香也。

季海按：《離騷》云『折瓊枝以繼佩』，又云『折瓊枝以爲羞兮』，王以瓊爲玉枝，當出於此。然《離騷》所云是琅玕樹之比，寓言而已，非真致此也。《九歌》瓊芳，乃靈巫所把，原所親見，本非想像之辭，不當援彼説此。若以玉枝止謂美玉之如枝柯者，則玉有五德，何云芳也？今謂瓊芳與藑茅同實。《離騷》『索藑茅以筳篿兮』，《文選》藑作瓊。藑、瓊皆借字（洪氏《補注》、吴氏《草木疏》皆引《爾雅》『葍、藑茅』以釋《離騷》，此大誤也。若以爲葍，則藑是本字。然葍一名舜，《説文》云：『舜，楚謂之葍，秦謂之藑。』《離騷》楚書，反作秦語乎？郝懿行《爾雅義疏》、朱氏《離騷賦補注》並言其非是，而義證闕如，是未考方言也。然《説文》舜字解暨陸機、郭璞，皆止名藑，陸氏《釋草音義》於狼尾注出茅字，亡交反，於本條則否，知今《説文》藑字解及《釋草》此文有茅字者，後人妄加之。藑蓋楚之香茅，故云芳也，又曰靈茅（《封禪書》集解引孟康，《郊祀志》注引張晏，未知孰是）。《尚書》曰菁茅（從鄭義），《春秋傳》曰苞茅，管仲所謂一茅三脊，本一物也。《夏本紀》正義引《括地志》云：『辰州盧溪縣西南三百五十里有苞茅山。《武陽記》云：山際出苞茅，有刺而三脊，因名茅山。』《元和郡縣志》云：『麻陽縣苞茅山産茅，有刺而三脊，在縣西南三百五十里。』蓋後屬麻陽，然不得復云西南三百五十里，此襲《括地志》舊文而誤也。洪亮吉云：『包茅山在麻陽縣東九十里茅坪邨』，是也。《太平寰宇記》永州有苞茅：『《山川記》云：「野有香茅，貢以縮酒，左氏謂楚貢包茅不入是也。」《湘州記》云：「其俗八月上辛日把以祓神。」』如《括地志》説，當今湖南西部，依《寰宇記》引，則其南部也。揚榷而言，藑芳所出，故在沅湘之間矣。《湘州記》明載楚俗，云『把以祓神』，《周官·男巫》亦云『旁招以茅』。《九歌》所用，度不相遠。《禮魂》

云：『春蘭兮秋菊，長無絶兮終古。』注：『言春祠以蘭，秋祠以菊。』是楚俗事神，有春秋之祠。據《湘夫人》稱秋風，《少司命》稱秋蘭，則靈均緣秋祠作歌也（《風俗通義·祀典篇司命》云：『今民間祀司命齊天地，大尊重之。汝南餘郡亦多有，皆祠以臘，率以春秋之月。』汝南楚分，春秋祀司命，正是楚俗，漢末未改也）。然稱吉日，其上辛與？

尋《水經注卷三十八湘水》：『營水又西北逕泉陵縣西……《晉書地道記》曰：「縣有香茅，氣甚芬香，言貢之以縮酒也」』，蓋王隱之言，與《太平寰宇記》引《山川記》正合，明『永有香茅，貢以縮酒』，故史無異辭也。又胡渭《禹貢錐指卷第七》『包匭菁茅』下云：『茅氏《匯疏》曰：「《溪蠻（二字原本誤倒，今正）叢笑》云：『麻陽包茅山茅生三脊，孟康曰零（當作靈）茅，揚雄曰璚茅，皆三脊也（按朱輔書自此以上屬『三脊茅』）。《爾雅》謂之藐，《廣雅》謂之茈莨，《本草》云：生楚地，三月採（《學海類編》本採下有根字），陰乾。傜人以社前者爲佳，名鴉銜草（按朱書自此以上屬『鴉銜草』，即紫草也，茅氏誤引）。』今辰、常並出，包茅山在麻陽縣東九十里，靖州亦多有之。」渭按：《封禪書》：管仲謂桓公曰：「江淮之間，一茅三脊，所以爲藉也」，其用不同，恐别是一種。《易》曰：「藉用白茅」者是。且江淮之間，謂淮南、江北也。其在古荆州域者，今爲德安、黄州二府地，而未聞有異茅焉。《晉地道志》亦不言香茅有三脊。荊州所貢，殆非管仲之所稱也。湖南産茅處雖多，終當以泉陵之香茅爲正，泉陵今永州府治零陵縣及所領祁陽縣，皆其地也。』今按茅瑞徵誤認《溪蠻叢笑》『三脊茅』與『鴉銜草』爲一事而並引之，胡氏不能匡正，亦其疎也。然茅氏謂辰、常、靖州並出三脊茅，地望都緣沅水，不越湘西，洪亮吉《乾隆府廳州縣圖志》『常德府』亦云『土貢包茅』，辰州盧溪西南則苞茅山在焉，以此推之，茅説故不誣也。胡氏謂荊州所貢，殆非管仲之所稱，今雖未敢質言，然麻陽地處荊州西南，苞茅山所産，亦傳有明文，三脊之異，初不限胡氏所舉『江淮之間』也。

蕙肴蒸兮蘭藉。 注：蕙肴，以蕙草蒸肉也。藉，所以藉飯食也。《易》曰：『藉用白茅』也。言己供待彌敬，乃以蕙草蒸肴，芳蘭爲藉。蒸一作[艹丞]，一作烝。洪氏《補注》：肴，骨體也。蒸，進也，[艹丞]、烝並同。《國語》曰：『親戚宴饗，則有殽烝』，《注》云：『升體解節折之俎。』

季海按：《左・宣十六年傳》：『冬，晉侯使士會平王室，定王享之，原襄公相禮。殽烝（杜《注》：『烝，升也，升殽於俎』），武子私問其故（杜《注》：『享當體薦，而殽烝，故怪問之』）。王聞之，召武子曰：「季氏，而弗聞乎？王享有體薦（享則半解其體而薦之，所以示共儉），宴有折俎（杜《注》：『體解節折，升之於俎，物皆可食，所以示慈惠也』）。公當享，卿當宴，王室之禮也』（杜《注》：『公，謂諸侯』）』，足與《國語》之文相證。此云肴蒸，謂折俎也。上文云『穆將愉兮上皇』，王《注》云：『上皇，謂東皇太一也。言己將修祭祀，齋戒恭敬，以宴樂天神也』，然則此祭本以宴樂天神，雖祀上皇，猶同宴饗之禮，寧舍體薦，而用折俎也。

『蘭藉』義：王《注》是也。《南山經》：『凡䧿山之首，自招搖之山以至箕尾之山，凡十山。……其祠之禮毛，用一璋玉瘞，糈用稌米，一璧，稻米，白菅爲席。』郭《注》：『菅，茅屬也。』郝氏《箋疏》：『懿行案：《爾雅》云：「白華，野菅。」《廣雅》云：「菅，茅也。」席者藉以依神。《淮南・說山訓》云：「巫之用糈藉。」高誘《注》：「糈米，所以享神。藉，菅茅。」是享神之禮，用菅茅爲席也。』又《西山經》：『凡西次二經之首，自鈐山至于萊山，凡十七山。……其祠之毛用少牢（郭《注》：『羊、豬爲少牢也』）。白菅爲席。』觀二經之文，知祠此諸山之神，並以白菅爲席矣。然二經言席，猶《淮南》言藉。《南山經》：『白菅爲席』，上承『糈用稌米』，文正相次，知即《淮南》所謂『巫之用糈藉』者是也。郝氏引之允矣，然謂『席以依神』則非也。尋《說山訓》：『病者寢席，醫之用針石，巫之用糈藉，所救鈞也。』《注》云：『席，蓐。』是於《淮南》，席藉異物甚明。以《淮南》之藉，釋《山經》之席則可；以『依神之席』，當《淮南》之藉則不可。《説文》：『藉，祭藉也。』桂馥《義證》：『「祭藉也」者：《廣韻》：「以蘭、茅藉地。」《周禮》：「鄉師：大祭祀供茅葙。」「鄭大夫讀葙爲藉，謂祭前藉也。」又「甸師：祭祀共蕭茅」。《注》云：「茅以共祭之苴，苴以藉祭。」《士虞禮》：「取黍稷祭於苴。」《注》云：「苴，所以藉祭也。」《黄帝問元女兵法》：「祭法：白茅爲藉，長二尺四寸，廣六寸。餅、棗、栗並脯置藉上。」』（《隋書經籍志》：『黄帝問玄女兵法四卷。』《注》：『梁三卷。』今佚。桂氏所引具見《太平御覽卷第五百二十六禮儀部五祭禮下》。玄作元，避清諱。書稱黄帝，自出依託，然《七録》已有其目，要是晉宋所傳。此記藉制最詳，雖未必有當楚俗，然於祭藉之用，及夫廣長之數，故可得其髣髴也。）是藉以藉祭，非所以依神也。王云『藉，所以藉飯食』得之。然古之祭藉，實用白茅，此變言蘭，恐是靈均假想像之辭，喻佩芳之志耳。

《雲中君》：華采衣兮若英。 注：華采，五色采也。言己將修饗祭以事雲神，乃使靈巫衣五采華衣，飾以杜若之英，以自潔清也。

季海按：華，楚語謂晠也。《方言》：『華、荂，晠也。齊楚之間或謂之華。』又曰：『焜、曅，晠也。』注：『韡曅、焜燿，晠皃也。』是華與韡曅、焜燿同意。此言華者，正謂衣飾之美曄如也。采衣即五采之衣。不以華采爲義。

《湘君》：**薜荔柏兮蕙綢，蓀橈兮蘭旌。** 注：柏，榑壁也。綢，縛束也。《詩》曰：『綢繆束楚』是也。柏一作拍。榑一作搏。屈原言己居家則以薜荔榑飾四壁，蕙草縛屋；乘船則以蓀爲楫櫂，蘭爲旌旗，動以香潔自修飾也。蓀一作荃。旌一作旍。

季海按：戴震《屈原賦注》云：『拍，王《注》云「搏壁也」。劉成國《釋名》云「搏壁，以席搏著壁也」。此謂舟之閤閭搏壁矣。綢，韜也。』今謂戴説柏義是也。此文與蓀橈相屬，明謂舟上所施，王依居家作釋，固矣。王讀蕙綢如綢繆字，故云『縛束』，戴又以爲韜，則皆非也。綢讀當爲幬（《釋訓》：『幬謂之帳。』《釋文》：『幬本又作㡘。』《詩》又作裯，《小星》：『抱衾與裯。』《箋》：『裯，牀帳也。』《正義》引《鄭志》答張逸問曰：『今人名帳爲裯，雖古無名被爲裯。』《説文》云：『幬，襌帳也。』凡此諸文，實一物也），楚亦謂帳爲幬，與漢人語同耳。劉成國釋搏壁在《釋牀帳》中，帳與搏壁，物以類舉，故歌辭取以成文矣。《招魂》曰：『蒻阿拂壁，羅幬張些』（説詳《招魂》中），正其比也。其曰『蕙幬』，於『太康之英』則曰『密葉成翠幄』云爾（見陸機《招隱詩》，李善《注》引杜預《左氏傳注》：『幄，帳也』）。

望涔陽兮極浦。 注：涔陽，江碕名，近附郢。極，遠也。浦，水涯也。屈原思念楚國，願乘輕舟，上望江之遠浦，下附郢之碕，以渫憂患。洪氏《補注》：今澧州有涔陽浦。《水經》云：涔水出漢中南縣東南旱山，北至沔陽縣南，入于沔。涔水，即黄水也。《説文》云：浦，濱也。《風土記》：大水有小口别通曰浦。

季海按：《説文·水部》：『涔，一曰涔陽渚在郢。』段玉裁按：『許曰在郢，王曰附近郢；許云渚名，王云江碕名；皆不云有涔水，謂近郢濱大江之洲渚耳，近儒説未可信』（見《説文解字注》）。段説是也。自《水經注》始書澧水合涔水（見澧水《注》），而唐人屬文，遂目醴州爲涔陽（見《輿地紀勝卷第七十澧州》引戎昱以下諸作），下逮洪氏《補注》，又有涔陽浦者，皆緣後人誤認《九歌》涔陽，即在此涔水之陽，故轉相皮傅，彌失其真耳。胡渭作《禹貢錐指》云：『南江自枝江縣南，又東逕公安縣西，又東南流爲涔水，《九歌》：「望涔陽兮極浦」，……即此水之北也』（《錐指卷第七》『沱潛既道』下），又引《澧州志》云：『涔水爲岷江别派，從公安入境……《楚辭》：「望涔陽兮極浦」，今公安舊縣東南有涔陽鎮，即其地也。』又云：『然自屈原《九歌》云：「望涔陽兮極浦，横大江兮揚靈」，蓋涔陽在涔水之北，大江又在涔陽之北，則戰國時固以北江爲正流，而南江爲涔水矣』（並見《卷第十四下》『又東至于澧，過九江至于東陵』下），其失同矣。不悟許君撰《説文》，親引桑欽，徧稽衆水，使此名自古，無緣捨水不言，翻取一渚矣。是知酈書所記，於古無徵，然道元初未附會舊文，以充故實，後人浸淫以説《九歌》《禹貢》，則謬以千里矣。段氏墨守許、王，而以片言折之曰：『皆不云有涔水』，其識卓矣。許君問故賈侍中，而其言與王大同，知荆楚舊聞若是，賈王以來，初無異説，涔陽在郢，更無可疑。此自言屈原思念楚國，願乘輕舟，遥睇遠浦，以渫憂患，王《注》正得屈意。惟以上望江浦，下附郢碕，分作兩事，似失之固；今謂涔陽自平意所存，要非望中所得見，故聊稱極浦，以目涔陽所在而已。原既身在湘中，而心存郢渚，故下云：『横大江兮揚靈』，言欲溯江而上，以趨向郢也。《河伯》之歌曰：『登崑崙兮四望，心飛揚兮浩蕩。日將暮兮悵忘歸，惟極浦兮寤懷。』王氏《章句》曰：『寤，覺也。懷，思也。言己復徐惟念河之極浦，江之遠碕，則中心覺寤，而復愁思也。』夫《河伯》之辭，猶《湘君》之志也。原之不能須臾忘郢蓋如是，王氏兩《注》，陳義深美，曲當其情，可謂知言之選矣。

又按：浦，吴楚間轉語或謂之步。任昉《述異記卷下》：『上虞縣有石駞步，水際謂之步；瓜步在吴中，吴人賣瓜於江畔，用以名焉；吴江中又有魚步、龜步，湘中有靈妃步，昉按：吴楚間謂浦爲步，語之訛耳』，是也。

横大江兮揚靈。　注：屈原思念楚國，願乘輕舟，……横度大江，揚己精誠。

季海按：句承『望涔陽兮極浦』，則是遡江而上，非横度也。《方言·第九》：『方舟謂之澫』《注》：『揚州人呼渡津航爲杭，荆州人呼澫（宋本誤樹，今依錢《疏》），音横。』尋《説文》：『斻，方舟也。《禮》：「天子造舟，諸侯維舟，大夫方舟，士特舟」』，揚州人呼杭，與此言相應。又：『澫，水津也；一曰以船渡也』，荆州人呼澫，與一義合。《九歌》横字當讀如澫，正謂方舟，王《注》失其讀耳。《説文》：『方，併船也。象兩舟省，總頭形。』《説文》引《禮》，亦見《爾雅·釋水》，郭注『方舟』云：『併兩船』，此其義。原『仕於懷王，爲三閭大夫』，身雖放逐，心懷楚國，故願假方舟，以趨向郢也。

隱思君兮陫（今本字作陫，此从原本《玉篇·厂部》，注同）**側。** 注：陫，陋也。言己雖見放棄，隱伏山野，猶從側陋之中，思念君也。洪氏《補注》：隱，痛也。《孟子》曰：惻隱之心。

季海按：王云『隱伏』非也。尋《悲回風》：『孰能思而不隱兮』，《注》：『誰有悲哀，而不憂也？』隱，憂也。《詩》曰：「如有隱憂」』，此二隱同耳，顧野王所謂『憂痛之隱』（見原本《玉篇·阜部隱字》下；《國語·晉語》：『隱悼播越』，《注》：『隱，憂也』，又《詩·柏舟》：『如有隱憂』，《傳》：『隱，痛也』，是隱有憂痛之義）是也。於《説文》蓋借爲『㥯』，許君云『㥯，痛也』（見《説文・心部》），段氏《注》：『《柏舟傳》曰：「隱，痛也」，此謂隱即慇之叚借』，是也。王注《九章》，洪注《九歌》，比而觀之，足以見義矣。《公羊・隱三年傳》：『隱之也』，《注》：『隱，痛也』，是痛謂之隱，亦齊楚間通語矣。

又按：《釋言》：『厞、陋，隱也』。《注》：《書》曰：『揚側陋。』是『厞側』猶『側陋』也。或言厞，或言陋，楚、夏殊語，居然可知。

捐余玦兮江中，遺余佩兮醴浦。 注：言己雖見放逐，常思念君，設欲遠去，猶捐玦佩，置於水涯，冀君求己，示有還意。五臣云：捐遺，皆置也。玦、珮，朝服之飾，置於江、澧二水之涯者，冀君命己，猶可以用也。洪氏《補注》：捐玦遺佩，以詒湘君，與《騷經》解佩纕以結言同意，喻求賢也。又**《湘夫人》：捐余袂兮江中，遺余褋兮醴浦。** 注：屈原託與湘夫人共鄰而處，舜復迎之而去，窮困無所依，故欲捐棄衣物，裸身而行，將適九夷也。五臣云：袂褋，皆事神所用，今夫人既去，君復背己，無所用也，故棄遺之。洪氏《補注》：捐袂遺褋，與捐玦遺佩同意。玦、佩，貴之也；袂、褋，親之也。

季海按：《湘君》《湘夫人》之文，於此初無二致，惟以『玦佩』『袂褋』爲異耳，而《章句》一則以爲置於水涯，冀猶可用，一則又以捐棄爲解，同辭異説，其誤可知，且歌詞明謂捐諸江中，又不得以置於水涯爲解也。五臣承謅，可以無譏。洪氏《補注》，始悟其失，有廓清之功矣。尋《爾雅·釋天》：『祭川曰浮沈。』郭《注》：『投祭水中，或浮或沈』（此本孫炎説，見《公羊疏十二》）。《歌》舉玦佩、袂褋，捐之江中，遺諸醴浦，非投祭水中而何？玦、佩沈而袂、褋或浮，此浮沈之義也。捐及袂者，《易》：『六五，帝乙歸妹，其君之袂，不如其娣之袂良。』注：『袂，衣袖，所以爲禮容者也。其君之袂，爲帝乙所寵也，即五也。爲帝乙所崇飾，故謂之其君之袂也。』然則袂者古之所以爲禮容而蒙榮寵者崇飾之所由加也；又《説文》：『巫，祝也，女能事無形，以舞降神者也。象人兩褎舞形。』是舞以降神，用在兩袖，五臣云：『事神所用』，亦不誣也。今原且舉而捐諸江中，則其情切矣。《九歌》本緣祀神而作，餘神不言此者，惟祭川則然也。《河伯》亦無此言者，河非竟内山川，故無由投其玦佩也。且昭不祭河（見《左·哀六年傳》），原所知也。今於河伯，雖因俗作歌，以視《湘君》、《湘夫人》之禮意殷勤，故有間矣。且《河伯》始於『與女遊兮九河』，終於『送美人兮南浦』，是原志之可知者也。其於越望之祭，何心厚望，自不煩鄭重如湘神也。是荆楚之俗，與《釋天》相應。郝懿行《爾雅義疏》云：『邵氏《正義》以爲祭川竝用牲玉，故或沈或浮。金鶚《求古録》駁之云：據《周官·小子》：「凡沈辜侯禳，飾其牲。」鄭司農注：「沈謂祭川。」是沈以牲，不以玉也。《左傳》之沈玉，非祭禮（見襄十八、昭廿四、定三年），《史記・河渠書》所言，非周制也。』尋《論語》：『犂牛之子騂且角，雖欲勿用，山川其舍諸？』《淮南・説山訓》：『生子而犧，尸祝齋戒，以沈諸河。』高《注》：『祀河曰沈』，並沈以牲之證，金説是也。然《春秋》有沈玉（見邵晉涵《爾雅正義》引《左氏》諸文），《爾雅》有浮沈，不必盡如周官之制，禮本因時，君子循雅以觀俗，因正以通變可也。至於《爾雅》之文雜，不可盡據以難周禮，則鄭君之答張逸，已言之矣（見《鄭志》）。要其所釋者廣，又不可偏據周官，以疑《爾雅》也，觀《九歌》之文，則知《釋天》之言浮沈，牲玉而外，所該廣矣，邵氏必以牲當浮，以玉當沈，亦稍隘矣。

采芳洲兮杜若，將以遺兮下女。　又《湘夫人》：**搴汀洲兮杜若，將以遺兮遠者。**

季海按：《重修政和證類本草卷第七》：『杜若，味辛，微温。主胸脅下逆氣，温中，風入腦户，頭腫痛，多涕，淚出，眩倒，目䀮䀮，止痛，除口臭氣。久服益精，明目輕身，令人不忘。……生武陵川澤及宛句，二月、八月採根暴乾。』凡字旁無點者《嘉祐補注》所出朱字《神農本經》，其加點者墨字《名醫》因神農舊條而有增補者也。據此杜若自是上藥（在草部上品之下），平願采之，貽己匹儔，不但取其芬芳而已。《名醫》所記云：『生武陵川澤』，《政和本草》同卷又引《范子計然》云：『杜蘅、杜若，出南郡、漢中，大者大善』，是杜若故楚之良藥，既生於川澤，故欲往芳洲以采之也。王逸云：『芳洲，香草藂生水中之處』，是也。

《湘夫人》：帝子降兮北渚，目眇眇兮愁予。嫋嫋兮秋風，洞庭波兮木葉下。沅有茝兮醴有蘭，思公子兮未敢言。

季海按：《中山經》：『又東南一百二十里曰：洞庭之山，……其草多葌、蘪蕪、芍藥、芎藭，帝之二女居之。是常遊于江淵，澧沅之風，交瀟湘之淵，是在九江之間，出入必以飄風暴雨。』今謂『帝之二女』，故曰『帝子』，是常遊于江淵，故或降於北渚矣。歌言嫋嫋秋風，洞庭波而木葉下，則正以飄風爲神來之候爾。夫『澧沅之風，交瀟湘之淵』，故歌詞亦兼舉沅澧矣。《經》云：『其草多葌、蘪蕪、芍藥、芎藭』，此皆芳草。葌當與《鄭風》秉蕑字同，正謂蘭也。[《中山經》：『又東百二十里曰：吳林之山，其中多葌草。』郭《注》：『亦菅字。』郝氏《箋疏》：『懿行案：《說文》云：「葌，香艸，出吳林山。」本此經爲說也。《衆經音義》引《聲類》云：「葌，蘭也。」又引《字書》云：「葌與蕑同。」蕑即蘭也。是葌乃香艸，《中次十二經》洞庭之山以葌與蘪蕪竝稱，其爲香艸審矣。郭《注》以葌爲菅字，菅乃茅屬，恐非也。』今謂郝說洞庭之『葌』是也，其引《說文》『葌，香艸』，則非也。葢書傳稱葌，自漢晉以來，凡有二讀：其一如菅，《招魂》：『五穀不生，藂菅是食些。』《注》：『柴棘爲藂。菅，茅也。』菅一作葌。文與柴棘相次，必非芳艸可知。觀此明吴林郭《注》，以爲『亦菅字』者，要非無據矣。其一如蕑，即《聲類》《字書》所書。（玄應《一切經音義卷十二·義足經上卷》出『草葌』引《聲類》，又《卷二大般涅槃經第三十一卷》出『菅草』云：『經文作葌，《字書》與蕑同。』郝氏《箋疏》引《衆經音義》本此。）二家書雖晚出，以驗洞庭之葌，即合若符契。今稽之楚地所生，既無屏蘭不書之理，校以《鄭風》毛《傳》，則又蕑、葌同讀，故定爲蘭草矣。至於郝引《説文》，徒爲《衆經音義》所誤。清儒治《説文》，自段玉裁以下，多從《音義》之文，其實二徐本俱不云香艸，乃轉得其真。徐承慶《説文解字注匡謬》雖頗知『據改』之非，然謂『玄應引書增作「香艸也」，即用蘭字之訓』，亦非也。蓋唐人引《説文》，時有損益，不盡主於故書，變亂舊章，不獨一李陽冰而已。此所以二徐兄弟，時或優於前賢也。今本玄應書所引，未知果承用唐俗所行，抑是今書有誤，然繹其義訓，時有未協，語或不倫，尤不能無疑耳。尋今《一切經音義》引《説文》本條凡三見：其一在《卷二》：《大般涅槃經第三十一卷》出『菅草』云：『經文作葌，《字書》與蕑同。葌，蘭也。《説文》：「葌，香草也。」葌非此用。』頗疑此文《字書》下本云：『蕑，蘭也。《説文》：「蘭，香草也。」』不然，葌字至于三疊、四疊，何其不憚煩也？其二在《卷八》：《菩薩内戒經》出『著葌』云：『《説文》：「葌，香草也。」葌，蘭也。』疑此本云：『《説文》云：「蘭，香草也。」葌，蘭也。』不然，亦不煩疊葌字也。其三在《卷十二》：《義足經上卷》出『草葌』云：『《聲類》云：「葌，蘭也。」《説文》云：「香草也。」』疑此文『香草』，乃是蘭字之訓，或今脱蘭字，未可知也。若如徐説，則《涅槃經音義》已云：『葌，蘭也。』又用蘭字之訓增葌訓作香草，不亦贅乎？蓋《説文》直云：『艸出吴林山』，即本《山海經》；疑許君已不能質言其物，故不復別爲説解，亦其慎也。然洞庭在人耳目，故非吴林之比，許君乃捨此取彼者，豈又以爲洞庭之葌與吴林所出，本非一物邪？又今《説文》葌在营藭、虈蕪之間，是亦以爲芳艸矣。又與蘭相次，豈非以爲與蕑同物？許意若爾，即當與蘭互訓，必謂葌、蘭同字，又當從重文之例。今皆不爾，明許君舊第，初不若是矣。」是帝女之居，實生衆芳，雖沅澧之有蘭茝，猶不能專美也。

與佳期兮夕張。 注：佳，謂湘夫人也，不敢指斥尊者，故言佳也。張，施也。言己願修設祭具，夕早灑掃，張施帷帳，與夫人期歆饗之也。洪氏《補注》云：張，音帳，陳設也。《周禮》曰：『凡邦之張事』，《漢書》曰：『供張東都門外。』言夕張者，猶黄昏以爲期之意。

季海按：《説文·巾部》：『帳，張也』；帳字晚出，太史公即以張爲之。《史記·袁盎列傳》：『刀決張』，《漢書》盎《傳》作帳，《索隱》以爲『軍幕』，是也。書傳凡言張者，率謂張施帷帳，王説得之。於《周禮·天官掌次》云：「掌王次之灋，以待張事」，其職則：張次（鄭《注》：次，謂幄也）、張幕、張帟，大氏帷帳之屬也；又云：「掌凡邦之張事」，則洪既具引之矣。尋《韓非子·十過篇》：「設酒張飲，日以聽樂」，《漢書·高帝紀》：「上流止，張飲三日」，張晏曰：「張帷帳也」，此張飲之義也。洪又引《漢書》者，見《疏廣及兄子受傳》，此以「祖道」饗飲（師古曰：「祖者，送行之祭，因饗飲也」，解在《臨江閔王榮傳》《劉屈氂傳注》略同），而及「供張」，則亦張飲之事也。凡漢人偁：「供張」、「張飲」，其言「張」，蓋與楚俗無異。韓非既言：「設酒」，又言：「張飲」，明「張」不訓「設」，《説苑·反質篇》省云：「設酒聽樂」，可也；《韓詩外傳卷第九》乃云：「張酒聽樂」，始誤以「張酒」爲「設酒」矣。若此非寫書者失之，則當緣燕俗以張、設爲代語，又無「張飲」之稱，故嬰於《韓非書》，有所未達耳。

夕濟兮西澨。注：濟，渡也。澨，水涯也。自傷驅馳不出湘潭之間。洪氏《補注》：澨，音逝。《説文》曰：「澨，埤增水邊土，人所居者。」

季海按：《説文·水部》：「澨，埤增水邊土，人所止者」（《水經注》：「《禹貢》山水澤地所在」引作：「人所止也」），今本《補注》引「止」作「居」，非也。澨在脂部，止在之部，之脂古音亦自相轉，許君以止説澨，蓋依聲爲訓，若曰：澨之爲言猶止也。楚語聲轉入脂，故謂之澨矣。段玉裁《説文解字注》引酈善長曰：『《左傳・文十六年》：楚軍次於句澨，《定四年》：左司馬戌敗吳師於雍澨，《昭二十三年》：司馬薳越縊於薳澨，服虔或謂之邑，又謂之地。京相璠、杜預亦云：「水際及邊地名也。今南陽、淯陽二縣之間，淯水之濱，有南澨、北澨矣。」』《説文》：『澨』字下又引《夏書》曰：『過三澨』，段《注》：『《禹貢》文。《水經》曰：「三澨，地在南郡邔縣北沱」，酈《注》云：「《地説》曰：沔水東行，過三澨，合流，觸大別山阪，故馬融、鄭玄、王肅、孔安國等咸以爲三澨，水名也，惟許慎説異」，按《水經》釋爲地，與許合。《水經》者，或謂桑欽所作，然則許正用孔氏《古文尚書説》也。』今謂段説是也。《夏書》言：『三澨』，在南郡，自是楚地。《左傳》則《文十六年》云：『句澨』，杜預云：『楚西界也』；《宣四年》云：『漳澨』，杜云：『漳水邊』；《成十五年》云：『睢澨』，杜云：『澨，水涯』；《昭二十三年》云：『薳澨』，杜云：『楚地』；《定四年》云：『雍澨』，杜無《注》，然《傳》云：『楚人爲食，吳人及之，奔食，而從之，敗諸雍澨，五戰及郢』，則其爲楚地可知也。是《左傳》五澨，其三爲專名（段引酈書三澨是也；酈并及漳澨，而段不取者，當以其非專名故，此雖細事，亦足以見段學之精），皆楚地也。其漳澨、睢澨故是泛指水邊，不必專屬一地。尋《左・哀六年傳》：楚昭王曰：『江、漢、睢、漳，楚之望也』，杜預云：『四水在楚界』（漳水在楚界，詳

《左·宣四年傳》:《正義》引《釋例》、《左·哀六年傳》:《正義》引《土地名》),則漳澨亦楚地,明矣。唯睢水在宋;而《傳》云:五大夫『舍於睢上』,杜云:『畏同族罪及,將出奔』,《傳》又云:『遂出奔楚』,是睢水爲奔楚所經,或楚人先嘗居此,亦或楚宋同有澨名矣。酈云:『南、北澨』者,《漢書地理志》曰:『南陽郡:宛:縣南有北筮山;育陽:有南筮聚,在東北』,俱在楚境。是凡書傳諸言澨者,大抵楚地,以《九歌》證之,益知澨爲楚語。許君既親從賈侍中受古學,又兼通《尚書》、《楚詞》,故所説字義,最得其真,馬、鄭、服之於《書》、《春秋》,王之於《楚辭》,猶有時不逮也。

辛夷楣兮葯房。注:辛夷,香草,以作户楣。洪氏《補注》:楣,《説文》云『秦名屋櫋聯也』,《爾雅》:『楣謂之梁』,《注》云:『門户上横梁。』

季海按:《説文·木部》:『楣,秦名屋櫋聯也,齊謂之檐,楚謂之梠』,是秦謂之楣者,楚自謂之梠。《九歌》語楚,此曰『楣』者,即《爾雅》之梁,王《注》以爲户楣,得之,非秦之楣也;洪氏兩引,轉以多歧亡羊矣。

罔薜荔兮爲帷。注:罔,結也。言結薜荔爲帷帳。**擗蕙櫋兮既張。**《注》擗,柎也,以柎蕙覆櫋屋。擗一從木,一作擘,柎一作析,櫋一作櫋。五臣云:罔結以爲帷帳,擗析以爲屋聯,盡張設於中也。

季海按：欂一作槾者，《釋名·釋宫室》：『梠，或謂之槾。槾，緜也，緜連榱頭，使齊平也』，字正作槾。然此『槾』實當讀爲『幔』，《説文·巾部》：『幔，幕也』，『幕，帷在上曰幕』，是也。此文上言結帷，下云張幔，語本相承，今誤讀作欂，則節族絶矣（王《注》：『槾屋』（从一本），疑本當讀如『幔幄』，言『幔幄』，猶言『帷幄』矣；若爾，則叔師所讀，故不誤也）；且古人言張，正謂張施帷帳，已解於『夕張』句也。

搴汀洲兮杜若，將以遺兮遠者。 注：遠者，謂高賢隱士也。五臣云：遠者，神及君也。又**《大司命》：折疏麻兮瑶華，將以遺兮離居。** 注：離居，謂隱者也。洪氏《補注》：離居，猶遠者也。

季海按：洪説是也。《方言·第六》：『伆、邈，離也（郭《注》：謂乖離也）；楚謂之越，或謂之遠。』離或謂之遠，故是楚語。此云遠者，本以乖離爲義，原賦及此，實自傷其類耳。王《注》云高賢隱士，弟揚榷而言，洪氏申之，得其比類矣，然猶未能上尋荆楚逸言，覽其剩義，此子雲獨鑒之功，所以卓絶千古也。五臣援神及君，以釋當句，於上下文義皆不相屬，何其疎闊？

聊逍遥兮容與。 與一作治。又《禮魂》：**姱女倡兮容與。** 與一作治。

季海按：作治是也。冶古音在之部，《湘夫人》與浦、者韵，《禮魂》與鼓、舞、古韵，皆在魚部，此之、魚旁轉之理，蓋楚聲然爾。後人既失其韵，併改其字，它或言容與，當據此文正之。

《大司命》：踰空桑兮從女。 注：空桑，山名，司命所經，將愬神明，故欲踰空桑之山，而要司命也。洪氏《補注》曰：《山海經》云：『東曰空桑之山。』《注》云：『此山出琴瑟材』，《周禮》：『空桑之琴瑟』是也。《淮南》曰：『舜之時共工振滔洪水，以薄空桑。』《注》云：『空桑，地名，在魯也。』

季海按：《九歎·遠遊》曰：『遡高風以低佪兮，覽周流於朔方。就顓頊而陳詞兮，考玄冥於空桑。』《注》：『空桑，山名也。玄冥，太陰之神，主刑殺也。』《九歌》所稱即此。司命主禄命，於此山從之；玄冥主刑殺，於此山考之；大抵明神所以祐善誅惡，爲萬民平正者，胥出於是。然向稱朔方、顓頊、玄冥，是北方山也，洪説誤。洪氏所引，可以説《大招》，而不可以説《九歌》。蓋空桑之瑟，本因地得名，『或曰：楚地名』(見《大招章句》)者，主名雖異，地望實同。楚既滅魯，魯之舊壤，亦被楚名耳。今尋《北山經》：『又北二百里曰空桑之山。』郭

《注》：『上已有此山，疑同名也。』郝氏《箋疏》：『懿行案：《東經》有此山，此經已上無之。檢此篇北次二經之首，自管涔之山至於敦題之山凡十七山。今才得十六山，疑經正脱此一山也。經内空桑有三：上文脱去之空桑，蓋在莘虢閒，《吕氏春秋》《古史考》俱言尹産空桑是也；此經空桑蓋在趙代閒，《歸藏啓筮》言蚩尤出自羊水，以伐空桑是也；兖地亦有空桑，見《東山經》。』季海謂此經所具，與司命所經，地望相應，真北方山也。《九歌》所稱，正謂是爾。郝氏此《疏》精矣，然遠引《歸藏》，而不及《楚辭》，亦千慮一失也。

折疏麻兮瑤華，將以遺兮離居。注：疏麻，神麻也。瑤華，玉華也。離居，謂隱者也。洪氏《補注》曰：謝靈運詩云：『折麻心莫展』，又云：『瑤華未敢折』。説者云：『瑤華，麻花也。其色白，故比於瑤。』

季海按：説者以瑤華爲麻花，是也。言瑤，所以美之爾。《太平寰宇記》永州零陵縣有麻山：『在州西北一百一十五里，其山野麻周遍，與種植無異，人多採之，故曰麻山。』然沅湘之間，故多麻矣。《九歌》之作，蓋興起於是。今云將遺離居，即物取興，則野麻近之。靈均寓言，時假目前，所謂其稱義小而其指極大，舉類邇而見義遠也。《注》以爲『神麻、玉華』，是未尋其本矣。

老冉冉兮既極。 注：極，窮也。言履行忠信，從小至老，命將窮矣。極一作終。

季海按：一本非也。《注》謂『極，窮』，亦非也。極當訓至，自楚語耳。（《九辯》：步列星而極明。王云：『至明』，不誤。淮南語楚，『極，至』在《説林訓高注》，義又詳《九章》中。）《離騷》曰：『老冉冉其將至兮』，今言既至，在《離騷》後。

《少司命》：蓀獨宜兮爲民正。 注：言司命執心公方，無所阿私，善者佑之，惡者誅之，故宜爲萬民之平正也。蓀一作荃。

季海按：《老子》曰：『躁勝寒，靜勝熱，清靜爲天下正』，『爲天下正』與『爲民正』，語故相若也。

《東君》：暾將出兮東方。 注：謂日始出東方，其容暾暾而盛大也。

季海按：將出之日，杲杲未光（見《遠遊》），而形容盛大，故王《注》云爾也。暾，讀與焞同，《説文·火部》：『焞，明也』，言『日耀旭曙，旦欲明也』（用《遠遊》王《注》）。《注》云：『盛』者，《詩·采芑傳》：『焞焞，盛也』；又云：『大』者，《國語·鄭語》：史伯曰：『以淳燿敦大天明地德』，《方言·第一》：『碩、沈、巨、濯、訏、敦、夏、于，大也。陳、鄭之間曰敦』，《鄭語》言：『敦大』，正子雲所謂：『陳、鄭之間曰敦』者，是敦亦大也。暾、焞、敦，其聲同耳。敦爲大者，蓋借爲奄，《説文·大部》：『奄，大也。从大，屯聲。讀若鶉』，是也。暾以一言而該衆義者，狀物之詞，名實相生，委曲可通，故多端也。

《山鬼》：路險難兮獨後來。 注：言所處既深，其路險阻又難，故來晚暮，後諸神也。

季海按：《説文·𠂤部》：『險，阻，難也』；『阻，險也』，是險難猶險阻矣，故不煩字別爲義如王《注》也。

天問第四

隅隈多有，誰知其數？ 注：言天地廣大，隅隈衆多，寧有知其數乎？洪氏《補注》：隅，角也。《淮南》曰：『天有九野，九千九百九十九隅，去地五億萬里』，《注》云：『九野，九天之野。一野，千一百一十一隅。』又**《九章·思美人》：『指嶓冢之西隈兮』**，隈一作隅。

季海按：上云：『九天之際，安放、安屬？』則此云：『隅隈多有』，自謂九野之隅，洪引《淮南》，斯其確詁。然《問》云：『誰知其數？』則原初不信此言；亦可當時所傳，弟云：『隅隈多有』而已，下逮淮南諸師，乃復有以九千之數實之者矣。《問》言：『隅隈』者，自是楚語，隈，猶隅也，以類舉耳。《思美人》故書正當爲隈，後人習見隅，漫改之耳。尋《左·僖二十五年傳》：『秦人過析隈』，杜《注》：『析，楚邑，一名白羽，今南鄉析縣。隈，隱蔽之處』，此既楚地，而以隈名，足徵郢俗矣（高士奇《春秋地名攷略卷之八》：《楚》有：『析隈』，云：『析隈山，今在鄧州南七十里，俗訛爲厮隈山』；沈欽韓《春秋左氏傳地名補注卷第四》曰：『《一統志》：「析縣故城在南陽府内鄉縣西北」，按，《玉篇》：「隈，水曲也」，蓋秦人過析，從丹水曲過師，以避戍兵之路。《紀要》有析隈山，在鄧州南七十里，蓋俗人附會。』今謂沈云：秦人從水曲過師，以避戍兵之路，理亦可通；至如流俗所傳，則知有『厮隈』而已——見高氏《攷略》，焉知『析隈』？若以爲學者附會，亦必由來已舊，故有此訛稱，俗終弗悟耳。要之，名從主人，《傳》書：『析隈』，必因楚俗矣）。又《爾雅·釋丘》：『隩，隈』，郭《注》：『今江東呼爲浦隩，《淮南子》曰：「漁者不爭隈」』，郝氏《義疏》云：『郭云：「今江東呼爲浦隩」，隩當作隈，《文選·詩》：《注》引作「今江東人呼浦爲隈」，是也。郭又引《淮南·覽冥訓》云：「漁者不爭隈」，高誘《注》：「隈曲：深處，魚所聚也」，是隈有深曲之義』，《注》《疏》之言竝是也。蓋三閭遺言，猶存於漢之淮南、晉之江東矣。

天何所沓？注：沓，合也，言天與地合會何所。

季海按：沓本字作還（《説文》：『還，迨也。』迨猶合矣。迨从辵，與古文佮从彳同意）。楚人言沓音同耳。《釋言》：『逮，還也。』郭《注》：『今荆楚人皆云還，音沓。』斯足徵楚讀矣。

夜光何德，死則又育？注：夜光，月也。育，生也。言月何德於天，死而復生也；一云：言月何德居於天地，死而復生。

季海按：《説文・月部》：『朔，月一日始蘇也，从月，屰聲』，《釋名・釋天》：『朔，蘇也，月死復蘇生也』，蓋朔之爲言蘇也，此問月死復生，而云『死則又育』，是『育』猶『朔』也。《九章・思美人》以莽、草爲韵，此楚音魚、幽相通之證；蘇謂之『育』，亦猶是矣（古音朔、蘇在魚部，育在幽部；以聲言之，育之於蘇，猶誘之於秀，差或从言秀，蓋秀亦聲也）。

不任汩鴻，師何㠯尚之？僉曰：『何憂？』何不課而行之？

季海按：此以鴻、尚、行爲韻，猶下『禹之力獻功』以功與方、桑爲韻。東入陽韻，《老子》、《淮南》，多有其例，皆楚聲也。顧炎武《唐韻正》引《淮南・兵略訓》：『兵失道而弱，得道而强；將失道而拙，得道而工；國（季海按：字當爲邦，此亦以東入陽，與兵、將爲韻，漢人諱邦字耳）得道而存，失道而亡。』則工聲入陽韻；又引《老子》『不自見故明』以下，功與明、彰、長、行韻，則工聲字入陽韻，與獻功句合。鴻从江聲，江从工聲，即楚讀可知矣。鴻水字求之《說文》，正篆有二：一曰洪，洚水也；一曰洚，水不遵道。讀鴻入東，鴻即洪矣。然鴻聲或與夅聲通，《說文》『棓，讀若鴻』是其例。《九歌·東君》亦以降入陽韻，當用土風。是讀鴻入陽，猶讀洚入陽，楚人言鴻水與洚水同耳。

伯禹愎鯀，夫何㠯變化？ 注：禹，鯀子也。言鯀愚很愎，而生禹，禹小見其所爲，何以能變化而有聖德也？愎一作腹，《注》同；一本何下有故字。洪氏《補注》：愎，戾也。《詩》云：『出入腹我』，腹，懷抱也。

季海按：愎當作腹，《故書》本云：『伯禹腹鯀』，《注》云：『言鯀愚很，腹而生禹』，一本是也。《歸藏啓筮》：『鯀殛死，三歲不腐，副之以吳刀，是用出禹』（《初學記二十二》、《路史後記十三》引，見洪頤煊《經典集林卷一》），是禹實出於鯀腹，故云『伯禹腹鯀』也。《國語·周語下》：大子晉諫曰：『其在有虞，有崈伯鯀』，又曰：『其後伯禹念前之非度』；《竹書紀年》云：『顓頊産伯鯀，是維若陽，居天穆之陽』（《山海經大荒西經注》）；《啓筮》又云：『滔滔洪水，無所止極。伯鯀乃以息石息壤，以填洪水』（《山海經海内經注》引，亦見孫氏《集林》），鯀、禹同偁伯者，韋氏《國語解》云：『伯，爵也。』然《逸周書·嘗麥解》云：『其在啓

（原作殷，形之誤也，今正）之五子，忘伯禹之命，假國無正，用胥興作亂，遂凶厥國』；夫禹既有天下，以傳於後，曷爲猶偁舊爵？蓋古者或氏于爵，或氏于字，俱有伯氏（見《太平御覽卷三百六十二》引《風俗通》），然則鮌、禹之偁伯者，豈以氏歟？

洪泉極深，何以窴之？ 注：言洪水淵泉極深，大禹何用窴塞而平之乎？洪氏《補注》：窴與填同。《淮南》曰：『凡鴻水淵藪，自三百仞以上，二億三萬三千五百五十里，有九淵，禹乃以息土填洪水，以爲名山』。《注》云：『息土，不耗減，掘之益多，故以填洪水也。』朱子《楚辭集注》云：泉疑當作淵，唐本避諱而改之也。

季海按：此説是也。洪氏《補注》引《淮南・墬形訓》云『鴻水淵藪』，又云『有九淵』，正説此事。《天對》亦云『焉填絶淵』，則字當爲淵審矣。然尋《天問》上云『不任汩鴻』，《淮南》云『鴻水』，《天對》云『行鴻』，則此洪字亦當作鴻，今作洪者，趣約易耳（洪引《淮南》惟『鴻水淵藪』作鴻，下文及注，字並作洪，景鈔北宋本《淮南書》同。大抵一字屢見，則於初見存其本字，再見及注文多從省易，或以俗字代之，景宋本《淮南書》多有此例，《天問》或當同之耳）。據《歸藏啓筮》：『滔滔洪水，無所止極。伯鮌乃以息石息壤，以填洪水』（此從《山海經海内經注》引，《史記甘茂列傳索隱》、《北堂書鈔一百六十》引作『以堙洪水』，見孫氏《集林》），是禹實洪淵，實因鮌業，故曰：『纂就前緒，遂成考功』也。

西北辟啟。 辟一作闢，一作開。注：言天西北之門，每常開啓。

季海按：《離騷》：『吾令帝閽開關兮』，《哀郢》：『慘鬱鬱而不開兮』，《悲回風》：『心鞿羈而不開兮』(從一本，詳《九章解故》)，《天問》：『何開而明』，凡《屈賦》開啓字俱作開，不作啓，古者語不失其方，言啓則不言開，《屈賦》言開不言啓者，蓋楚俗然爾。《方言·第六》云：『閻苦(宋本作笘，今定从苫)，開也。東齊開户謂之閻苦，楚謂之闓』，郭《注》：『亦開字也』，凡《楚辭》言『開』，正讀如『闓』，古音當在脂部。《説文·門部》云：『開，張也，从門，幵聲』，又云：『闓，開也，从門，豈聲』，段君於『開』字《注》云：『此篆幵聲，古音當在十二部，讀如攘帷之攘，由後人讀同闓，而定爲苦哀切』，是古音開、闓有別，子雲西漢人，審知開不讀闓，故書作闓，自得楚音之正，《方言注》云：『亦開字』者，郭東晉人，開已讀同『闓』，故不別耳。今謂《天問》此文：『啓』當作『開』，一本作『開』，正符楚語，但不當云開啓，疑《故書》本云『開辟』，辟字形壞似啟，寫書者遂从王《注》『開啓』字回改，校人或見作『辟』之本，輒旁注作辟，漸合異文爲一，轉去開字，而成今本；或云《故書》本作『辟開』，後人依《注》『開啓』字改作『辟啓』，亦通。辟讀與『闢』同。開謂之闢者，《説文·門部》：『闢，開也』，又：『闔，闢門也』，段氏《注》：『《魯語》：「闔門與之言，皆不踰閾」，韋《注》：「闔，闢也」』，許君汝南人，汝南亦楚地，宜其言與《屈賦》相應也。尋《晏子春秋·内篇諫上·景公將伐宋瞢二丈夫章》：『公恐，覺，辟門召占瞢者至』，是開門謂之闢門，亦齊楚間通語矣。

靡蓱九衢。 注：九交道曰衢。言寧有蓱草生於水上，無根，乃蔓衍於九交之道？洪氏《補注》：《山海經》曰：『宣山上有桑焉，其枝四（原誤作曰，今從本經校改）衢。』《注》云：『枝交互四出。』又：『少室之山有木名帝休，其枝五衢。』《注》云：『言樹枝交錯相重五出，有象路衢。』《天對》云：『有蓱九歧，厥圖以詭。』《注》云：『衢，歧也。』逸以爲生九衢中，恐謬。

季海按：洪説是也，引宣山及少室之山文，俱見《中山經》。《少室之山注》：『有象路衢』，今本作『有象衢路也』；此下明引《離騷》曰：『靡萍九衢。』《楚辭》郭《注》久亡，斯其軼説之可考者，其義則柳洪既竊取之矣。然尋《海内經》又云：『有木青葉、紫莖、玄華、黄實，名曰建木，百仞無枝，有九欘，下有九枸。』《注》：『根盤錯也。《淮南子》曰：「木大則根欋。」音劬。』郝氏《箋疏》：『懿行案：見《淮南·説林訓》篇，欋、枸音同。』今謂《淮南書》言欋，讀與『靡蓱九衢』同，此楚語之可知者。《山海經》字又作枸，則轉語之錯見者爾。郭《注》以爲根盤錯者，蓋就當句作釋，非有異義也。

鯪魚何所？注：鯪魚，鯉也；一云鯪魚，鯪鯉也，有四足，出南方。鯪一作陵，所一作居。洪氏《補注》：鯪，音陵。《山海經》：『西海中近列姑射山有陵魚，人面、人手、魚身，見則風濤起。』《天對》云：『鯪魚人貌，邇列姑射』，是也。陶隱居云：『鯪鯉，形似鼉而短小，又似鯉魚，有四足。』《吴都賦》云：『陵鯉若獸』，《注》引『陵魚曷止』，與逸説同。

季海按：王氏《章句》並《吴都賦注》，俱以鯪魚爲即鯪鯉，蓋漢晉以來舊説如是，《山海經》或謂之龍魚，《海外西經第七》次於『軒轅之國』有曰：『龍魚陵居，在其北，狀如鯉』（明成化本作狸，今從宋本六臣注《文選卷十五·思玄賦》李善《注》引校改），是也。《經》又云：『一曰鼈魚，在夭野北，其爲魚也，如鯉』，《文選·思玄賦》：『超軒轅於西海兮，跨汪氏之龍魚』，李善《注》引此文云：『在汪野北』，『如鯉』下又有『汪氏國在西海外，此國足龍魚也』云云，蓋此《經》漢以來已有異文，故其説參差若是。今謂龍魚陵居，故楚人謂之陵魚（劉淵林云：『居土穴中』也，見《文選吴都賦注》，下同），其狀如鯉（劉淵林云：『鱗甲似鯉』也），故又謂之陵鯉，凡魚不陵居，此所以爲異，故《問》曰：『陵魚何居？』或引作『曷止』者，意同耳。一本鯪作陵，所作居，皆是也。後人不曉居義所出，因改作所耳。若《山海經》：『陵魚』，出西海中，近列姑射山而已，初無陵居之異，又不聞如鯉，是於屈平所問，王、劉所說，要不相涉，柳子厚始誤以爲即《楚辭》之陵魚，是未悟此二者故同名而異實也。

禹之力獻功，降省下土四方。 注：言禹以勤力獻進其功，堯因使省迨下土四方也。一無四方二字。

季海按：『禹之力獻功』，蓋指『任土作貢』（見《書序》，孫星衍《尚書今古文注疏》引鄭注《周禮·載師》云：『任土者，任其力勢所能生育，且以制貢賦』，是也）而言，《説文·貝部》：『貢，獻功也』，是其義。太史公曰：『禹傷先人父鯀功之不成受誅，乃勞身焦思，居外十三年，過家門不敢入，……以開九州、通九道、陂九澤、度九山，令益予衆庶稻，可種卑溼，命后稷予衆庶難得之食，食少，調有餘相給，以均諸侯。禹乃行相地宜所有以貢，及山川之便利』（見《史記·夏本紀》），斯其本事可知已。自王君弗悟『獻功』所謂，遂令此文流爲空言，而本事亦隱矣。

啓代益作后，卒然離蠥。 注：離，遭也。蠥，憂也。言禹以天下禪與益，益避啓於箕山之陽。天下皆去益而歸啓，以爲君。益卒不得立，故曰遭憂也。**何啓惟憂，而能拘是達。** 注：言天下所以去益就啓者，以其能憂思道德，而通其拘隔。拘隔者，謂有扈氏叛啓，啓率六師以伐之也。**皆歸䠶𥷚，而無害厥躬。**注：䠶，行也。𥷚，窮也。言有扈氏所行，皆歸於窮惡，故啓誅之，長無害於其身也。䠶一作射，𥷚一作鞠。**何后益作革，而禹播降。**注：后，君也。革，更也。播，種也。降，下也。言啓所以能變更益而代益爲君者，以禹平治水土，百姓得下種百穀，故思歸啓也。

季海按：王《注》說此，與本文多不相應。如《問》云：『啓代益作后，卒然離蠥。』則離蠥者自是啓，下云：『何啓惟憂，而能拘是達？』承上而言甚明；王《注》猥云：『益卒不得立，故曰遭憂。』豈其然乎？以䠶𥷚爲行窮，亦甚無謂。『何后益作革』，明作革者本后益，而王《注》乃以『啓所以能變更益而代益爲君』解之，可謂適得其反矣。啓之遭憂，於今可知者，大抵不出二事：其一則益之干位。《汲冢書》云：『益干啓位，啓殺之。』（見《晉書・束皙傳》。《史通・疑古篇》引《汲冢書》云：『益爲啓所誅。』又《雜說上》云：『而《竹書紀年》出於晉代，學者始知后啓殺益。』）其一則有扈之叛啓。《史記・夏本紀》：『於是啓遂即天子之位，是爲夏后帝啓。……有扈氏不服，啓伐之，大戰於甘，將戰，作《甘誓》。』史公之言，與《書序》相應，《序》曰：『啓作甘誓』也。《誓》曰：『大戰于甘。』馬融以爲『甘，有扈南郊地名』矣。（《墨子・明鬼篇》以爲《禹誓》，《莊子・人閒世》又云：『禹攻有扈，國爲虛厲。』並與《書序》《史記》不合。蓋古之説《書》者於此茲多異義，不煩具引爾。）《天問》此章首言代益作『后』，次云『后』益作革，明楚舊所傳，益嘗爲后（王逸《注》：『后，君也。』不誤），《孟子》云：『益避禹之子啓於箕山之陰』，則益初未嘗作后，既與《天問》所聞異辭，即不當援彼説此。王《注》『言禹以天下禪與益，益避啓於箕山之陽』，仍據《孟子》爲説，失之。今謂此云『作革』『離蠥』，其『革』『蠥』字，與《天問》下文言天降夷羿，『革』『蠥』夏民者正同，古文簡質，不嫌實、業同詞爾。『蠥』自可訓憂，『革』指更易帝位。羿實弑夏后相居天子之位（見王逸《注》），以《竹書》《天問》觀之，益亦不得無事而居斯位也，故《竹書》云：『益干啓位』，而《天問》云：『何后益作革，而禹播降』也。『播降』將謂禹遭播遷，降居於野耳。《史記·夏本紀》云：『十年帝禹東巡狩，至于會稽而崩，以天下授益。』如史公之言，禹既死于會稽，而又以天下授益，宜古之傳言，有謂后益作革而禹播降者矣。王釋『何啓惟憂，而能拘是達』，於文可通，然頗疑當時所傳，將有謂益啓之際，啓嘗見拘，徒以不忘憂勤，方能自脱，故《問》曰：『何啓惟憂，而能拘是達』也。達猶出也，『拘』與『達』爲對文，義正相反矣。［《史記·樂書》：『區萌達。』《正義》：『達猶出也。』是其義。《樂記》：『然後草木茂，區萌達。』鄭《注》：『屈生曰區。』陸德明《音義》：『區，依《注》音句，古侯反。』《説文》：『句，曲也。』鄭云：『屈生』，正讀若『句』，古音『區』『句』同部（俱侯部字）。《樂記》『句』與『達』爲對文而義相反；《天問》此文，則『拘』與『達』對，亦其比也。《説文》：『拘，止也，从手、句，句亦聲。』是『拘』聲、義皆受諸『句』，蓋由是孳乳而生『拘』也。」王逸以有扈之叛釋此句，《淮南・齊俗訓》亦云：『昔有扈氏爲義而亡。』《注》：『有扈，夏啓之庶兄也。以堯舜舉賢，禹獨與子，故伐啓，啓亡之。』雖未知所據，義或然也。王《注》説『皆歸躲䈥』，最爲無理。今謂躲當爲聅，形之誤也。《説文》：『聅，軍法目矢貫耳也。从耳从矢。《司馬法》曰：「小罪聅，中罪刖，大罪剄。」』桂馥《説文解字義證》：『《僖二十七年《左傳》：「子玉復治兵於蔿，鞭七人，貫三人耳。」《正義》云：「耳，助句也。」馥謂貫耳即聅也。』按桂説是也。然程大昌《演繁露》已引『子玉治兵』之文以證《司馬法》矣，桂氏偶失考耳（見《演繁露》卷九又卷十四）。程氏又引《原涉傳》（卷九字誤作陟，卷十四不誤），今按《漢書・游俠傳》記諸豪爲涉共説茂陵守令尹公之辭曰：『原巨先奴犯法不得，使肉袒自縛，箭貫耳，詣廷門謝辠，於君威亦足矣。』程氏以爲實遵古軍法，『以示恐畏，非以意爲之』（見《演繁露》卷十四）者是也。夫《司馬法》曰『聅』，《左氏傳》曰『貫耳』，其義一也。《説文》：『䈥，窮治（段云：『各本作理，唐人所改也。』是也。今從段校。）罪人也。从㚔、从人、从言，竹聲。』《問》言『皆歸聅䈥』者，斥諸叛啓者，咸當其罪也。『朕』謂既獲罪人，或貫之耳，『籥』謂窮治其事，所以具獄也。啓既克平叛亂，則罪人斯得，故能無害厥躬矣。

帝降夷羿，革孽夏民。胡䠶夫河伯，而妻彼雒嬪？ 洪氏《補注》曰：此言射河伯、妻雒嬪者何人乎？乃堯時羿，非有窮羿也。革孽夏民，封狶是射，乃有窮羿耳。《淮南》云：『河伯溺殺人，羿射其左目。』注云：『堯時羿射十日，繳大風，殺窫窳，斬九嬰，射河伯。』

季海按：自此以迄『何羿之䠶革，而交吞揆之』，皆言有窮，不當傀言堯時。胡，何也（見《注》），言何䠶河伯而妻雒嬪，不云何人。洪引《淮南》，今惟《氾論注》中有之，其引《注》又在今《俶真》之篇，傳聞異辭，置之可也。《春秋傳》云：『昔有夏之方衰也，后羿自鉏遷于窮石，因夏民以代夏政。』汲郡古文云：『大康居斟尋，羿亦居之，桀亦居之。』蓋代夏後即居大康之邑。臣瓚所考，斟尋在河南。《晉地記》亦云：『河南有窮谷，蓋本有窮氏所遷。』（《史記·夏本紀》正義引。）此云䠶河伯、妻洛嬪，地望皆自相應，知有窮之居，必在河洛之閒矣。（杜氏《春秋釋例》有窮地云：『襄四年有窮、窮石，二名，闕。鉏，闕。』是無明文可據，故慎言之。《晉地記》云：『蓋』者，亦是疑辭。推尋近實，故有取焉。杜氏《釋小國地》又云：『斟尋，北海平壽縣東南有斟亭』，與應劭合。張守節述臣瓚義以爲後遷者是也。《史記·

夏本紀》正義引《括地志》：『斟尋故城，今青州北海縣是也。』蓋漢晉相傳舊説在此矣。又引《志》云：『故鄩城在洛州鞏縣西南五十八里，蓋桀所居也。』按《水經洛水注》又有鄩城，蓋周大夫鄩肹之舊邑，是以爲桀居，亦舊説所無。大抵汲冢書出，臣瓚義行，而學者始知河南别有斟尋，爲羿桀之居，遂以鄩城當之，此新義也。自是學者言夏事，頗求其地望於河南矣。杜氏《釋小國地》云：『有鬲，平原鬲縣。』《夏本紀》正義又引《括地志》云：『故鬲城在洛州密縣界。』亦其比也。）河伯又見《大荒經》及汲郡古文，其《東經》云：『王亥託于有易河伯僕牛。』郭氏《傳》：『河伯、僕牛，皆人姓名，見《汲郡竹書》。』其引《竹書》曰：『殷王子亥賓于有易而淫焉，有易之君緜臣殺而放之。是故殷王（成化本如此，今多作主）甲微假師于河伯，以伐有易，滅之，遂殺其君緜臣。』亥、微亦當夏時，然去羿已可數世，不相及也。今謂河伯是有國之號（王夫之《楚辭通釋》以爲古諸侯司河祀者，近之），其地蓋在洛水之北，河之左右。羿雖䠶其君，未滅其國，故近百年間，復能以師助微，伐有易而滅之。郭氏以河伯、僕牛皆人姓名，于今驗之，皆非也。然羿之所䠶，本謂人耳，於屈平之世，則爲《九歌》諸神矣。楚廟所圖，必有琦瑋僪佹之迹（王逸引傳，斯其方物），故平以爲問。《商書》曰：『五世之廟，可以觀怪』也。

何獻蒸肉之膏，而后帝不若？　注：蒸，祭也。后帝，天帝也。若，順也。言羿獵䠶封豨，以其肉膏祭天帝，天帝猶不順羿之所爲也。蒸一作烝。洪氏《補注》：冬祭曰蒸。膏，脂也。《詩》曰：『皇皇后帝』，謂天帝也。

季海按：《困學紀聞卷之二上》：『《論語》：「予小子履敢用玄牡，敢昭告于皇皇后帝」，孔安國《注》云：「《墨子》引《湯誓》，其辭若此。」《疏》云：「《尚書·湯誓》無此文，而《湯誥》有之，又與此小異；唯《墨子》引《湯誓》，其辭與此正同」（《堯曰篇正義》）』，《集證》：『《墨子·兼愛下篇》引湯曰：「惟予小子履，敢用玄牡，告於上天后」，按：今本《墨子》引「湯曰」，無「誓」字。』依《論語》：《注》、《疏》，《墨子》引《湯誓》，與《論語》正同，則以天帝爲『后帝』，《湯誓》已然，蓋猶因夏俗矣。惟今《墨子》弟引『湯曰』，又云：『上天后』者（未知本與《論語》小有出入，《注》《疏》略而不言，爲是寫書者失之，致令文有訛奪也），其偁天帝曰：后，故無異也。

阻窮西征，巖何越焉？　注：阻，險也。窮，窘也。言堯放鮌羽山，西行度越岑巖之險，因墮死也。洪氏《補注》：羽山，東裔，此云西征者，自西徂東也。

季海按：阻，厄也。（《毛詩·思文正義》引『黎民俎飢』《注》云：『俎讀曰阻，阻，厄也。』此鄭《注》。)窮，謂窮宼失職（《周官·大僕》鄭司農《注》）。巖，謂羽山。上篇云：『永遏在羽山，夫何三年不施？』《吕氏春秋·行論篇》云：『堯以天下讓舜。鮌爲諸侯，怒於堯，曰：「得天之道者爲帝，得地（作帝誤）之道者爲三公，今我得地之道，而不以我爲三公！」以堯爲失論。』此所謂阻窮者也。或以絶在不毛之地爲阻窮，亦通（見上篇注）。《行論篇》又云：『欲得三公，怒甚（作其誤，今從《論衡·率性篇》）猛獸，欲以爲亂。比獸之角，能以爲城，舉其尾，能以爲旌，召之不來，仿佯於野，以患帝。舜於是殛之於羽山，副之以吴刀。』所謂西征者，正謂『仿佯於野，以患帝』耳。野，即羽山之野，《離騷》所謂『終然殀乎羽之野』者。蓋鮌遏在羽山東，欲西征以患帝，卒殀乎羽之野，故曰『巖何越焉』？堯遏之，舜副之，蓋其間三年。王此《注》本未審諦，洪又從而爲之辭，皆非也。

白蜺嬰茀， 注：蜺，雲之有色似龍者也。茀，白雲逶移若蛇者也。洪氏《補注》：《説文》云：『雴，雲貌』，疑即此茀字。**胡爲此堂？安得夫良藥，不能固臧？天式從横，陽離爰死。大鳥何鳴？夫焉喪厥體？** 注：言崔文子取王子僑之尸，置之室中，覆之以弊篚，須臾則化爲大鳥而鳴，開而視之，飜飛而去，文子焉能亡子僑之身乎？言仙人不可殺也。臧，善也。言崔文子學仙於王子僑，子僑化爲白蜺而嬰茀，持藥與崔文子。崔文子驚怪，引戈擊蜺中之，因墮其藥，俯而視之，王子僑之尸也。故言得藥不善也。洪氏《補注》曰：崔文子事，見《列仙傳》。

季海按：《説文》蜺作霓，在《雨部》，云『霓，屈虹青赤；或白色陰气也，从雨，兒聲』，邢昺《爾雅·釋天疏》引郭氏《音義》云：『虹雙出：色鮮盛者爲雄，雄曰虹；闇者爲雌，雌曰蜺』，段氏《説文解字注》據此，云『似青赤爲虹，白色爲霓』。又陸氏《爾雅音義》出『霓』，引《説文》曰：『屈虹青赤也；一曰白色陰氣也』，郝氏《爾雅義疏》從之，云『按白色二句，蓋别一義，非謂霓也，白蜺見《楚辭·天問篇》』，又云：『《楚辭·悲回風篇》云：「處雌蜺之標顛」，《遠遊篇》云：「雌蜺嫂嬛以曾撓」，皆郭義所本也。』今尋許君所説：『屈虹青赤』爲一義，蓋虹雙出，色鮮盛者爲雄虹，其色以赤青爲序；闇者爲雌霓，其色反雄虹之序，故云『屈虹青赤』也，郝氏引《楚辭》稱『雌蜺』，謂『郭義所本』者是也。以物理言之，凡雲氣中水珠愈細，折散日光諸色聚合愈密，愈近白色，此所謂『白色陰氣』，郝氏以爲别一義，引《天問》『白蜺』以爲説者是也。《屈賦》以前者爲『雌蜺』，後者爲『白蜺』，蓋分用畫然爾。段氏以青赤爲虹，是誠失之；郝氏必謂白色非霓，亦有所未達也（郝意或但謂『白蜺』與郭所云『雌蜺』不同，斯無過爾）。許君生於千載之上，獨能據色序以明虹、霓之異，苟非天下之至精，孰能與於斯乎？然《説文敍》云：『知化窮冥』，信不虚矣。

或曰：然則所謂『白蜺』，暨許君言『白色陰氣』者，曷謂？曰：謂白虹也。楚人以爲『白蜺』，諸方亦或謂之『白虹』。宋玉《九辯》：『驂白霓之習習兮』，《注》：『驂駕素虹，而東西也』，是『白霓』（霓、蜺同字）即『素虹』矣。《禮記・聘義》曰：『氣如白虹，天也』，又《史記・魯仲連鄒陽列傳》：鄒陽獄中上書曰：『昔者荆軻慕燕丹之義，白虹貫日，太子畏之』，《索隱》：『《戰國策》又云：聶政刺韓傀，亦曰「白虹貫日」也』（案：見《戰國策・魏四》：唐且對秦王之言，《北堂書鈔一百五十一》、《太平御覽四》引《戰國策》又云：荆軻刺秦王，白虹貫日也；然《藝文類聚・天部・虹》引《戰國策》曰：『聶政刺韓傫』，《史記・刺客列傳》作：『韓相俠累』，《索隱》：『案《戰國策》：俠累名傀也』，是小司馬所見本字作傀，與今《魏策》文合，《類聚》字作傫，與《史記》合，與今《策》文不合；又引《列士傳》曰：『荆軻爲燕太子謀刺秦王，白虹貫日』，疑荆軻云云，本出《列士傳》，今《書鈔》《御覽》之文，故多違錯耳），是書傳亦謂之『白虹』矣。以物理言之，素虹亦可有其雌，但書傳未有言『雄霓』者，蓋許君謂之『陰氣』，明無雄也。

又按：此言陽離爰死，明仙藥無靈也。苟亡其身，化大鳥而鳴，又何爲乎？其詞蓋有所諷。

《注》但陳故事，而不及微言，則靈均之志晦矣。尋《韓非·説林上》：有獻不死之藥於荆王者，中射之士奪而食之。王怒，使人殺中射之士，中射之士使人説王，云云（又見《戰國策楚四第十七》）。亦所謂『安得夫良藥，不能固臧』者矣。此事而信，或靈均所及見，不然，時王亦必有願仙求藥之事，故《天問》及之，而《説林》以爲口實也。吴師道云：『自齊威、宣、燕昭使人入海求三神山而方士盛。楚臣有獻不死之藥者，知當時此術蔓延浸淫，不獨燕、齊然也。屈平《遠遊》之篇曰：「一氣孔神兮，於中夜存。虚以待之兮，無爲之先。」長生久視之方，無以易此。惜乎楚王之不知也。』能爲斯言，可與讀《天問》矣。

《漢書·郊祀志上》：『自齊威、宣時騶子之徒論著終始五德之運，及秦帝而齊人奏之，故始皇采用之，而宋毋忌、正伯僑、元尚、羨門高、最後皆燕人，爲方、僊道，形解銷化。』應劭曰：《列仙傳》曰：『崔文子學仙於王子喬。王子喬化爲白蜺。文子驚，引戈擊之，俯而見之，王子喬之尸也。須臾則爲大鳥，飛而去。』今道藏本《列仙傳》無此文，洪慶善亦未必逮見全書，《補注》所言，蓋出於此（王照圓校正本亦失引此條，其引《天問章句》輒云：『此所述蓋古神仙之書，未知所出。』然洪頤煊《序》已引應《注》，足補婉佺之缺矣）。叔師雖論世差前，其聞見大抵不遠。應氏於此直引向書，明先乎此者，殆已無可考。王《注》初不引《傳》，而文與之同，若非取諸子政《天問》舊義，安能密合乃爾？然《天問章句敍》云：『至於劉向、楊雄，援引傳記，以解説之。』而此《注》都不言所出，則當子政時，便無可援引，又可知也。蓋謡俗所出，書記有時弗具。正賴十口相傳，乃能歷久而著。即如白蜺一解，微子政之多聞，將誰與叩其本事耶？今尋劉、王之言，以上考《天問》，明『爲方、僊道，形解銷化』，當楚懷、襄之世，固已盛傳。吴師道所謂『不獨燕齊然』者，信有之矣。

撰體協脅，鹿何膺之？　注：言天撰十二神鹿，一身、八足、兩頭，獨何膺受此形體乎？一云：撰體脅鹿，何以膺之？洪氏《補注》曰：撰，具也。協，合也。

季海按：十二神鹿，未知何本。八足兩頭，自有二鹿，今云一身，宜據合脅言之，洪氏出協義是也。然實有八足兩頭，則雖合脅，亦各自有體矣。撰體，謂殊體也。撰讀曰譔，《廣雅・釋言》：『譔，殊也』，與楚言正合。王以天撰十二神鹿之體説撰體，然《問》自云『撰體』，不謂天撰之也。洪不破注，亦非也。一本文義暗昧，以《注》推之，足明其誤。尋《文選・蜀都賦》：『射噬毒之鹿』，劉淵林《注》：『有神鹿兩頭，主食毒草，名之食毒鹿，出雲南郡』，此『魏宏《南中志》所記也』。然《華陽國志・南中志》云：『雲南郡：有熊倉山，上有神鹿，一身兩頭，食毒草』，《後漢書・西南夷傳》記神鹿語略同，是魏宏之言，常范皆信爲實録也。楚廟之圖，靈均之問，胥謂是矣； 王云神鹿兩頭，蓋南中舊説有之。

釋舟陵行，何以遷之？ 注：舟釋水而陵行，則何能遷徙也？

季海按：陵謂陸也，楚人言陵，因其俗也。《春秋傳》：『楚有陵師』，即陸軍矣（義見《左定六年傳注》）。《淮南·説林訓》：『褰衣涉水，至陵而不知下，未可以應變。』水、陵對舉，猶存舊楚遺言。王氏《讀書雜志》以淮南此文水、陸相對，據今《意林》改陵爲陸，是未尋《楚辭》及《春秋傳》也。

妹嬉何肆？ 注：言桀得妹嬉，肆其情意。妹一作末。

季海按：《問》云『妹嬉何肆』，不云桀得妹嬉而肆，以肆爲肆其情意，亦氾而不切。今謂平所發問，本興起於圖畫，此問亦必有象可指。尋《廣雅·釋詁》：『肆，踞也。』王氏《疏證》引《法言·五百篇》『夷俟倨肆』、《漢書敘傳》『何有踞肆於朝』是也。此肆正當訓踞。《漢書敘傳》云：『時乘輿幄坐張畫屏風，畫紂醉踞妲己，作長夜之樂。』漢畫不徒作，知古人垂戒著在圖畫者，蓋有其比矣。此云『妹嬉何肆』者，即因妹嬉踞肆之象而問之。《列女傳》云：『桀置末喜於膝上。』楚廟所圖，仿佛之矣。若以爲倒句（詩賦倒句，大抵就韻耳。若此句倒，當以肆諧得、殛，四句中自次句以下連三句韻，如此者《天問》多有之。脂叶之韻者，《離騷》《思美人》亦有之，蓋楚音如是。段氏《六書音韻表》第一部於《天問》出得、殛，不以肆爲古合韻者，此句可韻可不韻，故慎言之），即桀踞妹嬉，漢武梁祠畫夏桀象，亦踞二婦人矣（以爲婦人，從瞿中溶）。桀、紂皆沉湎於酒，宜其醉荒亦同也。

厥萌在初，何所億焉？注：言賢者預見施行萌牙之端，而知其存亡、善惡所終，非虛億也。億一作意。洪氏《補注》：億，度也。《論語》曰：『億則屢中。』意與億音義同。**璜臺十成，誰所極焉？**注：璜，石次玉者也。言紂作象箸而箕子歎，預知象箸必有玉杯，玉杯必盛熊蹯豹胎，如此，必崇廣宮室，紂果作玉臺十重，糟丘酒池，以至于亡也。洪氏《補注》：《左傳》曰『夏后氏之璜』，璜，美玉也。郭璞注《爾雅》云：『成，猶重也。』《淮南》云：『桀紂爲琁室、瑤臺，象廊、玉牀。』

季海按：《章句》以箕子見微、帝辛無道説此，甚是。其言紂與箕子事，與《韓非子·説林上》語若合符，蓋晚周人所傳如此。《問》云：『璜臺十成，誰所極焉』者，《韓非》則云：箕子以爲『則必錦衣、九重高臺廣室也』（《文選七命注》引作：『箕子曰：紂必爲九重高臺也』）；《問》云：『厥萌在初，何所億焉』者，《韓非》亦云：『聖人見微以知萌，見端以知末，故見象箸而怖，知天下不足也』；然書傳都不云：紂有璜臺。尋《新序·刺奢篇》：『紂爲鹿臺，七年而成，其大三里，高千尺，臨望雲雨』，而曰：『天下叛之』，所謂：『璜臺十成』者，惟此足以當之。果爾，則璜非臺名，徒因庀材之美而稱之爾。觀《招魂》云：『纂組綺縞，結奇璜些』（《注》：『璜，玉名也』，與本《注》小異者，王意或謂室中之觀，與高臺之飾，其施用繁省不同，取材亦可有精粗之異也），蓋楚俗貴璜，比於瓊瑶矣。尋《史記·殷本紀》：『紂兵敗，紂走入，登鹿臺』，《集解》：『徐廣曰：鹿一作廩』，《逸周書·克殷解》云：『商辛奔内，登于廩臺之上』，此《史記》所本（《列女傳·殷紂妲己傳》亦云：『紂乃登廩臺』，蓋遷、向同據《周書》，而向仍舊名也），而『廩』作『鹿』者，从其俗也，徐廣云：『一作廩』者，讀史者未曉史公意，誤依《周書》改之，遂令一篇之中，『廩』『鹿』歧出，若兩臺然，斯其陋也；甲子之敗，《水經淇水注》引《竹書紀年》又云：『武王親禽帝受辛于南單之臺』（《初學記二十四》引晉東皙《汲冢書抄》略同），酈道元云：『南單之臺，蓋鹿臺之異名也』（見《淇水注》）；然則鹿臺、廩臺、南單之臺，一也。廩、鹿，一聲之轉，《廣雅·釋宫》：『廩、鹿，倉也』，《國語·吴語》：『而囷、鹿空虚』，《注》：『員曰囷，方曰鹿』，《荀子·榮辱篇》：『餘刀、布，有囷、窌』，《注》：『囷，廩也。圜曰囷，方曰廩』，是廩、鹿俱謂方倉，廩即鹿矣。亦或謂之京，《説文·口部》：『囷，廩之圜者，从禾在口中，圜謂之囷，方謂之京』，許君義蓋本於史游，《急就篇》：『門户井竈廡囷京』，顏師古《注》：『囷，圓倉也。京，方倉也；一曰：京之言「矜」也，寶貴之物，可矜惜者，藏於其中也』，是也。《管子·輕重丁篇》云：『有新成囷、京者二家』，《史記·倉公傳》：『見建家京下方石』，徐廣《音義》云：『京者，倉廩之屬』，並其義。然《釋名·釋宫室》：『廩，矜也。寶物可矜惜者，投之其中也』，以顏引一説證之，則『京』即『廩』也。成國字止作廩者，蓋讀廩如京，故曰：『廩，矜也』「廩亦讀如京、矜者：《説文》：『椋』、『涼』俱从京聲，大徐引孫愐《唐韻》皆『呂張切』；陸氏《春秋左氏音義·昭十一年傳》出『不羹』云：『舊音郎。《漢書·地理志》作「更」字』；《水經》：『淯水又南過新野縣西』，《注》：『棘水自新野縣東，而南流入于淯水，謂之爲「力口」也。棘、力聲相近，當爲「棘口」也。又是方俗之音，故字從讀變，若世以「棘子木」爲「力子木」，是也』：是古見、來二紐，音相轉也。江聲《釋名疏證》（今題畢沅）據《急就篇》顏《注》謂：『此條之廩，當爲京』，未確」，《管子》云：『囷、京』者，亦字從所讀爾（尋《牧民》云：『守在倉廩』，又云：『倉廩實，則知禮節』，是《管子》書本亦作廩，字又作京者，蓋駁文，劉向校中外書凡五百六十四篇，今定著八十六篇，其始故不必出於一手也）。觀此，則知廩、京語轉，倉廩正字，本當作廩，方俗音轉，字從讀變，亦借京爲之；成國讀雖如京，猶依正字矣。尋《殷本紀》云：『厚賦税，以實鹿臺之錢』，《周本紀》云：『命南宮括散鹿臺之財』（《書武成正義》引《帝王世紀》云：『王命封墓、釋囚，又歸施鹿臺之珠玉及傾宮之女於諸侯』，是鹿臺又有珠玉矣；然《文選五十六·石闕銘》：《注》引《世紀》作：『歸琁臺之珠玉』，見宋翔鳳輯本，《藝文十二》《御覽八十四》引《世紀》作：『歸璇臺之珠玉』，見顧觀光輯本：若此諸本不誤，即鹿乃衍文，施又璇之壞字矣），是紂之貨財，亦聚其中也。劉云：『寶物可矜惜者，投之其中』，信已。《汲冢書》云：『南單之臺』者：『單』，古文以爲『亶』字［《釋詁》：『亶，誠也』，《書·盤庚中》：『誕告用亶其有衆』，《釋文》云：『亶，馬本作單，云誠也』；《釋詁》：『亶，信也』，《書·洛誥》：『乃單文祖德』，《釋文》引馬融《注》：『單，信也』；又《士冠禮醮辭》曰：『嘉薦亶時』，《注》：『亶，誠也。古文亶爲癉』：是『亶』字晚出，《釋詁》有『亶』者，非後師所譖，即以今字定之爾，古文舊書本多作『單』，亦或以癉爲之，其从單聲正同耳］，《説文·亩部》：『亶，多穀也，从亩，旦聲』，廩臺既紂倉所在，故以多穀爲偁，蓋美其富有爾；言南者，如曰南爲、南畝矣，洪亮吉《乾隆府廳州縣圖志卷十八·河南衛輝府·淇縣》：『朝歌故城，在縣東北。按今縣治，即殷鹿臺』，是鹿臺在朝歌西南，因據南以爲名也。一曰單，讀如《鄭風》：『東門之墠』，毛《傳》：『東門，城東門也。墠，除地町町者』（《禮記·祭法注》：『除地曰墠』；《獨斷上》：『墠，謂築土而無屋者也』)，鄭《箋》云：『城東門之外有墠』，墠在城南門之外，則曰南墠，或本因墠而起臺，亦可臺在墠側，故云。書缺有閒，姑述所聞，以俟知者論定爾。

登立爲帝，孰道尚之？注：言伏羲始畫八卦，脩行道德，萬民登以爲帝，誰開導而尊尚之也。

洪氏《補注》：登立爲帝，謂疋夫而有天下者，舜禹是也。《史記》夏商之君皆稱帝，逸以爲伏羲，未知何據。

季海按：《竹書紀年》：『啓登后九年，舞九韶』(《路史後紀十三注》引；又《太平御覽八十二》引《帝王世紀》：『啓升后十年，舞九韶』，升亦登也，即本《竹書》，而九年、十年小異，當有一誤，亦或以爲蓋引《紀年》而誤題《世紀》矣)，此以『爲帝』爲『登后』，既是國史所書，其凡亦必有所受之矣。又《逸周書·太子晉解》云：『四荒皆(今書奪此字，依《玉燭寶典卷第一》引校補)至，莫有怨呰(今書作訾，此依《玉燭寶典》、《注》同)，乃登爲帝』，《注》云：『呰，歎恨也。』其爲帝偁登，一如《竹書》，是舊法世傳之史，無論記事、記言，其揆一也。此云：『尚之』者，猶《天問》上云：『師何㠯尚之？』《注》：『尚，舉也』，俱謂爲人所尚，而《注》不同者，秦漢以來，君臣懸絶，務相別異，昭名分耳；當屈平之世，弟曰：『尚之』而已，初不嫌也。曰：『舉』，曰：『尊尚』，是尚借爲上也。一曰：如太子晉之言，則登立爲帝，道可知矣。『孰』當爲『何』，涉下『孰制匠之』而誤。何道尚之，猶『何道取之』，句法故同，言用何道得尚登爲帝也。尚亦當借爲上，於文：帝正从上矣。《周書・太子晉解》：師曠之稱虞舜曰：『尚登帝臣，乃綵天子』，登謂之尚，義猶是也。王《注》以爲伏羲，雖未詳所據，然始王天下（《易・繫辭》首偁：『庖羲氏』，《周書・太子晉解》：王子曰：『自太皞以下』也），又與女媧並偁（下云：『女媧有體』是也。漢畫象每以女媧配伏羲，蓋其所從來遠矣），苟非伏羲，亦孰克當之？

何肆犬體，而厥身不危敗？ 注：言象無道，肆其犬豕之心，燒廩窴井，欲以殺舜，然終不能危敗舜身也。一云：何得肆其犬豕？一云：何肆犬豕？

季海按：劉氏《楚辭考異》：『案《注》云「肆其犬豕之心」，似王本體作豕。』今謂此説非也。別本有犬豕字者，皆依《注》增之。本文是犬，而《注》言犬豕者，舉類以曉人也，此例多有，抽繹可知。《問》云犬體，而王以犬豕之心釋之者，猶《思美人》『固朕形之不服』《注》：『我性婞直，不曲撓也。』然詧當句，義實不爾。王以上下分屬象、舜，亦未安也。疑肆當讀如肆諸市朝；或讀爲鬄。此言舜離于患，而犬受其殃也；或舜使犬代己，如龍工、鳥工之以術自解矣。犬體諒亦畫圖所見，本非出諸擬議，今其成事，與圖俱亡，遂末由審知耳。

孰期去斯，得兩男子？ 注：長子太伯及弟仲雍，去而之吴，吴立以爲君。誰與期會，而得兩男子？兩男子，謂太伯、仲雍也。又《**九章·抽思**》：**憂心不遂，斯言誰告兮？**又《**思美人**》：**吾誰與玩此芳草？**此，一作斯。又《**遠遊**》：**誰可與玩斯遺芳兮？**斯遺芳，一作此芳草。又《**卜居**》：**將送往勞來，斯無窮乎？**又《**漁父**》：**何故至於斯？**《注》：易爲遭此患也？《史記》云：何故而至此？

季海按：《屈賦》言『斯』，今可見者，祇此六事：《思美人》則今本亂之，《遠遊》一本又承其譌，《漁父》則《史記》改之，蓋三閭遺言之日以漫滅變易者，大氐若是矣。

而黎服大説。 注：黎，衆也。説，喜也。言天下衆民，大喜悦也。服一作伏。洪氏《補注》曰：湯以臣放君，而黎民説服者，代虐以寬故也。

季海按：《注》不疊服字，洪云説服，未知王意爾否。果爾，即讀此與『黎大説服』何異？然謂依文可解，當非倒句。服讀曰儱（一作伏者，流俗書妄改，或書手苟簡，以伏代服耳。服虔或作伏虔，大抵此類）。《方言》：『儱，農夫之醜稱也。南楚凡罵庸賤，或謂之儱。』楚人言黎儱，猶中國言黎民也（民之爲言或如冥、瞑，或如萌、盲，古者亦多以爲無知之稱）。

簡狄在臺嚳何宜？玄鳥致貽女何喜？ 注：簡狄，帝嚳之妃也。玄鳥，燕也。貽，遺也。言簡狄侍帝嚳於臺上，有飛燕墮遺其卵，喜而吞之，因生契也。喜一作嘉。

季海按：《離騷》：『望瑶臺之偃蹇兮，見有娀之佚女。』《注》引《吕氏春秋》曰：『有娀氏有美女，爲之高臺而飲食之。』叔師所引，具見《音初篇》。其言曰：『有娀氏有二佚女，爲之九成之臺，飲食必以鼓。』此所謂『簡狄在臺』也。又曰：『帝令燕往視之，鳴若謚隘。二女愛而争搏之，覆以玉筐，少選發而視之，燕遺二卵，北飛，遂不反。二女作歌一終，曰：「燕燕往飛」，實始作爲北音』，此所謂『玄鳥致貽』也。《離騷》云：『鳳皇既受詒兮，恐高辛之先我』，亦謂是矣。據《離騷》《吕覽》之文，知帝嚳故未嘗在臺也。不然，何『往視』『致詒』之有？蓋自王逸已誤讀《天問》，殆不得其解，又從而爲之辭也。云『嚳何宜』者，『宜』讀與『儀』同(《詩烝民傳》：『儀，宜也』)。《周語》記内史過之言曰：『昔昭王娶於房曰房后，實有爽德，協於丹朱。丹朱憑身以儀之，生穆王焉。』《注》：『憑，依也。儀，匹也。《詩》云：「實維我儀。」言房后之行，有似丹朱。丹朱憑依其身而匹偶焉，生穆王也。』内史過言『丹朱憑身以儀之』，韋以『匹偶』解之是也。《釋詁》曰：『儀，匹也』，是其義。《天問》言『宜』，其義同矣。蓋簡狄居九成之臺，嚳實不在，何緣得相匹偶？故曰：『嚳何宜』也。吞卵生契之談，又靈均所不信，故於此獻疑爾。『女何喜』當從一本作嘉。顧炎武《唐韻正》云：『今本嘉作喜，是後人不通古音而妄改之也。按《後漢禮儀志》引此作嘉。』今按引此作嘉，實見劉昭《注補》中，顧君偶不暇分別，然上尋古音，以訂今本之誤，自是解頤之論。劉引『致貽』作『致胎』，今不從者，以《離騷》有『受詒』之文也。云：『玄鳥致詒女何嘉』者，正言得子之事。觀《説文》『乙』『孔』『乳』諸訓，知以得子爲嘉，自是古義；而玄鳥爲請子之候鳥，又已著於書契。學者於此，類能言之，故可得而略也。

有扈牧豎，云何而逢？ 注：言有扈氏本牧豎之人耳，因何逢遇，而得爲諸侯乎？一曰其爰何逢？一曰其云何逢？**何變化以作詐，後嗣而逢長？** 注：言象欲殺舜，變化其態，內作姦詐，……終不能害舜。舜爲天子，封象於有庳，而後嗣子孫，長爲諸侯也。一云而後嗣逢長。**既驚帝切激，何逢長之？** 注：何逢後世繼嗣之長也？

季海按：諸文言逢，其義一也，王《注》不得其解。尋《書·洪範》：『身其康彊，子孫其逢。吉。』（《僞孔傳》云：『故後世遇吉』，則以逢吉爲句。不知《洪範》正以彊逢爲韻，僞孔讀非是，今從馬融。王念孫《古韻譜》辯僞孔此讀之誤，甚寀諦；而譜中祇以從、從、同、逢爲韻，不收彊者，蓋其慎也。）馬融云：『逢，大也』（見《經典釋文卷第四尚書音義下洪範第六》），是其義也。『云何而逢』，猶言『云何而大』；『後嗣』『逢』長，亦猶『子孫』其『逢』也。『何逢長之』，亦指後嗣，其言『逢長』則同。並不以逢遇爲義。『云何而逢』，當作『其爰何逢』，一本是也。篇末有『伏匿穴處爰何云』，王《注》：『爰，於也。吾將退於江濱，伏匿穴處耳，當復何言乎？』明『爰何』自是楚語。王《注》或云：『因何』，或云：『當復何』，亦各隨文勢作釋耳。此《注》或本有『爰，於也』句，後人既改其正文，遂並刪王《注》矣。尋《釋詁》『爰、粤，于也』。又：『爰、粤、于，於也。』是王《注》所本。此『爰』自是語詞，『粤』、『于』、『於』皆其方物，王《注》是也。今本作『云何』者，『云』亦是語詞（王引之《經傳釋詞第三》：『云發語詞也』條引《詩》，惟《何人斯》：『云不我可』，《雲漢》：『云我無所』當訓曰，故是常語，其餘諸文，皆以爲發問之詞耳），與『爰』爲轉語。『爰何』猶『云何』，楚人設問，藉此發耑耳。靈均以『爰』爲『云』者，猶以『荃』爲『蓀』。［《説文》：『荃，芥脃也』，不云芳艸。王夫之《説文廣義》云：『《楚辭》之荃，皆本蓀字』是也。然《説文》無蓀字。《莊子》《楚辭》，皆假荃爲之。魏晉以來，遂一切讀如蓀音耳。敦煌本《楚辭音》於『荃蕙化而爲茅』句出『蓀』字云：『蘇存反，司馬相如《賦》：云「葴登若蓀」是也。本或荃，非也。凡有荃字，悉蓀音；而《字詁》：「蕽、荃，今蓀」，復同得也。』尋《離騷》：『荃不察余之中情兮』，洪氏《補注》引《莊子·外物篇》：『得魚而忘荃』，陸氏《音義》出『崔音孫，香草也』。是騫公荃作蓀音，亦承張、崔以來舊讀爾。古者書字本各从其方，稚讓始以荃（蕻古音同）、蓀爲古今字，自是學者既執今音以讀《楚辭》，寫書者時亦以今字改故書，至如騫之專精，猶不能無以『荃』爲非之失也。」蓋轉諄入元，正楚聲也（元、諄相協，《天問》、《九章》多有其例，下逮《淮南王書》，無改其舊，詳拙撰《楚辭韻譜》）。『云何』不以『云言』爲義，觀此而益憭然矣。

眩弟竝淫，危害厥兄。

注：眩，惑也。厥，其也。言象爲舜弟，眩惑其父母，並爲淫泆之惡，欲共危害舜也。害一作虞。洪氏《補注》：眩弟，猶惑婦也，言舜有惑亂之弟也。

季海按：《天問》上云：『浞娶純狐，眩妻爰謀』，《注》：『眩，惑也，言浞娶於純狐氏女，眩惑愛之，遂與浞謀殺羿也。』眩弟，猶眩妻，亦謂能使父母眩惑愛之耳。洪云：『惑婦』者，《天問》下云：『殷有惑婦何所譏』也；惟以惑亂爲言，殆不如叔師前《注》之精也。王《注》於此，説爲『眩惑其父母，並爲淫泆之惡』，則不徒無據，抑且不辭。其實《問》云：『竝淫』，猶『朋淫』矣。《離騷》云：『世並舉而好朋兮』，蓋楚俗『並』、『朋』得爲代語也。其在《臯陶謨》，帝舜之戒伯禹曰：『無若丹朱傲』、『朋淫于家』也，《尚書正義》引鄭康成《注》曰：『朋淫，淫門内』，鄭云：『淫門内』者，孫星衍《尚書今古文注疏》云：『《白虎通·三綱篇》引《禮記》曰：「同門曰朋」，故以朋爲門内』也。《詩傳》又云：『朋，比也』，朋比、比並，義亦相近，故淫於門内，楚人亦謂之『並淫』矣。《孟子・萬章篇》：象曰：『謨蓋都君咸我績』，此所謂：『危害厥兄』也；又曰：『二嫂使治朕棲』，此其所以又有『竝淫』之説歟？孫淵如申鄭輒以朋淫爲『比淫』，乃云：『或以淫爲婬亂，非也。丹朱隱惡，舜不應斥言于朝』，其實《書》云：『用殄厥世』，是已加顯誅，若如《竹書》之言，則『舜囚堯，復偃塞丹朱，使不與父相見』（《史記五帝本紀正義》引），尚何『隱惡』之有，而不『斥言』之乎？

何乞彼小臣，而吉妃是得？ 注：小臣，謂伊尹也。言湯東巡狩，從有莘氏乞匄伊尹，因得吉善之妃，以爲内輔也。

季海按：《吕氏春秋・尊師篇》『湯師小臣』《注》：『小臣，謂伊尹。』與此文同。云『小臣』者，此於《周官》爲『内小臣』。《左傳・僖四年》《國語・晉語》亦曰『小臣』，掌陰事、陰令，奄士是也。《周官・序官》《注》云：『奄稱士者，異其賢。』是小臣故以賢者爲之矣。又《吕氏・本味篇》云：『湯聞伊尹，使人請之有侁氏，有侁氏不可。伊尹亦欲歸湯，湯於是請取婦爲婚，有侁氏喜，以伊尹媵女。故賢主之求有道之士，無不以也。』此所謂『乞彼小臣，而吉妃是得』者也。王《注》太簡，不能徵其本事。

湯出重泉，夫何辠尤？ 注：重泉，地名也。言桀拘湯於重泉而復出之，夫何用罪法之不審也？**不勝心伐帝，夫誰使挑之？**注：帝謂桀也。言湯不勝衆人之心而以伐桀，誰使桀先挑之也。挑一作祧。

季海按：重泉，洪氏《補注》引《前漢志》左馮翊有重泉，未知是否。然地名重泉，毋亦因於水次？《墨子・三辯篇》：『湯放桀於大水。』豈非重泉之囚，實啓其心！『夫何辠尤』，言竟有何罪也。『不勝心伐帝』，自謂湯不勝己心而必伐桀也。《湯誓》云：『今爾有衆！汝曰：「我后不恤我衆，舍我穡事而割正夏！」』是衆心尚未孚也。子思曰：『能勝其心，於勝人乎何有？不能勝其心，如勝人何？』（見《中論・脩本第三》引，黄以周據之輯入《子思逸篇》，是也。）是『勝心』之言，實本周世大儒相傳之舊，三閭騰辭，蓋有取焉爾。平嘗東使於齊，計鄒魯諸儒之所講論，靈均故備聞之矣。『挑之』可有二解：其一謂挑桀使怒，以觀其動也。《説苑・權謀篇》曰：『湯欲伐桀，伊尹曰：「請阻乏貢職，以觀其動。」桀怒，起九夷之師以伐之。伊尹曰：「未可，彼尚猶能起九夷之師，是罪在我也。」湯乃謝罪請服，復入職貢。明年，又不供貢職，桀怒，起九夷之師，九夷之師不起。伊尹曰：「可矣。」湯乃興師，伐而殘之，遷桀南巢氏焉。』（《路史發揮・伐桀升陑辨》引其文小異。）然伊尹實使挑之。其一則挑謂挑戰，古曰致師矣。《國語・晉語》云：『公令韓簡挑戰。』《史記項羽本紀集解》引臣瓚云：『挑戰，擿嬈敵求戰，古謂之致師』是也。《周書·克殷篇》云：『陳於牧野，帝辛從武王，使尚父與伯夫致師。』孔《注》云：『挑戰也。』觀夫武王伐紂，尚父實致師，則知湯之伐桀，伊尹挑之，故其倫也。《孟子·萬章篇》引《伊訓》曰：『天誅造攻自牧宮，朕載自亳。』趙岐以爲湯『始與伊尹謀之於亳，遂順天而誅也』。私意頗疑『造攻自牧宮』者，即致師之事（趙《注》：『言意欲誅伐桀，造作可攻討之罪者，從牧宮桀起，自取之也。』似失之迂）。要之，觀乎《伊訓》，則『夫誰使挑之』者，亦惟伊尹克當之矣。

到擊紂躬，叔旦不嘉。何親揆發足，周之命以咨嗟？授殷天下，其位安施？反成乃亡，其罪伊何？争遣伐器，何以行之？並驅擊翼，何以將之？

季海按：王《注》説此極徼繞，至以『周公於孟津揆度天命，發足還師而歸』釋『親揆發足』，是視屈《賦》幾如歇後語矣。今謂《天問》明言『到擊紂躬』，自與泛稱伐紂有異。《逸周書·克殷解》：『武王答拜，先入，適王所，乃尅，射之三發，而後下車，而擊之以輕吕，斬之以黄鉞。』孔晁《注》：『輕吕，劍名。』是輕吕之擊，紂躬實膺之，故云『到擊紂躬』也。到或當讀如倒，紂已先焚死，蓋倒挈其尸而擊之歟？云『叔旦不嘉』者，今雖無文以知之，然《論衡·恢國篇》曰：『君子惡不惡其身。紂屍赴於火中，所見悽愴，非徒色之觳觫，袒之暴形也。就斬以鉞，懸乎其首，何其忍哉？』漢儒猶爲斯言，則楚俗所傳，有謂『叔旦不嘉』者，殊無足怪。『親揆發足』，本事已亡，今亦未敢質言。探繹下文，頗謂指武王弗豫時事（見《書・金縢》及《史記・魯周公世家》）。『發足』自謂武王之躬，親揆之者，或緣省疾，或緣將自以爲質，俾上告三王，以代王發之身（見《史記・魯周公世家》），且先有事乎受代者之軀體云爾。《呂氏春秋・順民篇》云：『湯乃以身禱於桑林。……於是剪其髮，𠝹（孫詒讓以爲字當作磿，義具《札迻》卷五：《莊子・胠篋》第一：『攦工倕之指』條）其手，以身爲犧牲。』（羣書記湯禱事異文，並見前引《札迻》卷中。）夫湯之禱，實親毁傷其身體髮膚，以自擬於犧牲；旦既代發，則先有事乎發之身，以信於鬼神，又何疑焉？其曰『周之命以咨嗟』，則《金縢》所謂『嗚呼！無墜天之降寶命，我先王亦永有依歸』者，其情可見矣。其曰『授殷天下』者，蓋『武王既崩，成王少在強葆之中，周公恐天下聞武王崩而畔，周公乃踐阼，代成王攝行政當國』也（見《史記・魯周公世家》）。曰『其位安施』者，《史記・魯周公世家》曰：『周公之代成王治，南面倍依以朝諸侯。』《集解》：駰案：《禮記》曰：『周公朝諸侯于明堂之位，天子負斧依南向而立。』鄭玄曰：『周公攝王位，以明堂之禮儀朝諸侯也。不於宗廟，避王也。天子，周公也。負之爲言倍也。斧依，爲斧文屏風於户牖之間，周公於前立也。』是其事也。『反成』謂『還政成王』(《史記・魯周公世家》:『及七年後,還政成王,北面就臣位。』);『乃亡』謂周公出亡也。是有二説:一者謂管叔流言,周公避居於東。《墨子・耕柱篇》謂:『古者周公旦非關叔,辭三公,東處於商蓋。』(孫詒讓《墨子閒詁》:『畢云:「商蓋,即商奄。」……《左・昭九年傳》云:「蒲姑商奄,吾東土也。」孔《疏》引服虔云:「商奄,魯也。」』……蔡邕《琴操》又謂有譖公於王者,周公奔魯而死。案蔡説奔魯與此書合,但謂公死於魯,則妄耳。』)雖汪中譏其失實(見《述學・周公居東證》),第由是可知管叔流言,周公出走之説,自先秦有之。馬鄭避居東都之説,實興於是矣。若從此説,即『反成乃亡』,謂管叔流言之後,周公即還政成王,避居於東也。其一則謂『及成王用事,人或譖周公,周公奔楚』也。(見《史記・魯周公世家》;又《史記・蒙恬列傳》亦曰:『及王能治國,有賊臣言:「周公旦欲爲亂久矣。王若不備,必有大事。」王乃大怒。周公旦走而奔於楚。』《魯世家索隱》引譙周云:『秦既燔書,時人欲言《金縢》之事,失其本末,乃云……成王用事,人讒周公,周公奔楚。成王發府見策,乃迎周公。又與《蒙恬傳》同,事或然也。』)楚故所傳,於二者雖未知孰同孰異,然觀《天問》之文,知周公當流言之後,東征之前(説見下文),固當有反政成王,出亡避嫌之舉。『其罪伊何?』言竟有何罪也。『争遣』以下四句,王説訓故大體可通,惟失其本事耳。今謂此承上文，並就周公而言，直指東征四國耳。《詩·豳風·破斧》曰：『既破我斧，又缺我斨。』無亦『争遣伐器』之效歟？夫既『争遣伐器』矣，又安能不『廢民之用』哉？『翼』斥四國之衆。『何以行之？』『何以將之？』以見賢者之所爲，常情故難料也。夫周公方受殷天下，儼然天子矣。當還政成王之際，視去天下如脱屣。及其東征，則秉鉞不疑，凡所以利社稷而已。推靈均之志及其所遭，則知《天問》之深有感於周公之事，爲不虚矣。

昭后成遊，南土爰底。厥利惟何？逢彼白雉。 注：言昭王背成王之制而出遊，南至於楚，何以利于楚乎？以爲越裳氏獻白雉，昭王德不能致，欲親往逢迎之。

季海按：依《注》，后當訓背，然義可疑，不知王氏本文果是后字否？（劉氏《楚辭考異》云：『案：據《注》，后疑作倍。』近之。）如平所問，則昭王南遊，亦緣欽想奇瑞，引誘幽荒，欲以崇德邁威，厭耀未服爾。不悟白雉玉環，無益齊民，適符鮑生之譏矣。抱朴子徒以王莽爲解，未檢此文也。（《尚書大傳》云：『越裳以三象重譯而獻白雉，周德既衰，於是稍絶。』昭王當之矣。）

師望在肆昌何識？ 注：言太公在市肆而屠，文王何以識知之乎。識一作志。洪氏《補注》曰：識與志同。又《九章·惜誦》：**忠何罪以遇罰兮，亦非余心之所志。** 注：言己履行忠直，無有罪過，而遇放逐，亦非我本心宿志所望於君也。**《懷沙》：章畫志墨兮。**注：章，明也。志，念也。《史記》志作職。**《惜往日》：惜壅君之不識。**注：哀上愚蔽，心不照也。識一作明。洪氏《補注》曰：識音試，亦音志。

季海按：《説文解字》無志字，段玉裁《注》曰：『志所以不録者，《周禮保章氏注》云：「志，古文識。」蓋古文有志無識，小篆乃有識字。《保章注》曰：「志，古文識，識，記也。」《哀公問注》曰：「志，讀爲識，識，知也。」今之識字，志韻與職韻分二解，而古不分二音，則二解義亦相通。古文作志，則志者：記也，知也。』又引惠定宇曰：『今人分志向一字，識記一字，知識一字，古祇有一字一音』；又：『《哀公問注》云：「志，讀爲識」者，漢時志、識已殊字也。許《心部》無志者，蓋以其即古文識而識下失載也。』今謂惠、段説是，識字晚出，凡識知、識記字，古文並以志爲之。（王引之《經義述聞第十九》『宣王有志』條云：『《墨子・非命中篇》：「不志㫺也三代之聖善人與，意亡㫺三代之暴不肖人也？」《下篇》志作識，識亦知也。』王念孫《讀書雜志・荀子第二儒效》『無志』條云：『「怨天者無志」，念孫案：志，讀爲知識之識。不知命而怨天，故曰：無識。《法行篇》正作「怨天者無識」。』今謂王氏父子之言並是也，然先秦舊書，字當作志，《墨子・非命中篇》、《荀子・儒效篇》是也，其《非命下》

及《法行篇》字又作識者，弟如漢人讀耳。）《天問》『何識』、《惜往日》『不識』，意謂識知，《惜誦》『所志』，依《哀公問注》例，亦當云：『志，讀爲識，識，知也』（句承『事君而不貳兮，迷不知寵之門』），則此云『亦非所志』者，正對上『不知』而言，《禮・緇衣》：『爲上可望而知也，爲下可述而志也』，《注》：『志，猶知也』，亦以知、志爲互文，明此云『所志』自當讀爲『識知』字，王以『宿志』爲説，誤認爲『情志』字，失之），此三文一義，於《楚辭》故書，當並作『志』，《天問》一本是也（今書字作識者，當緣後人不通漢師讀義例，猥據王《注》『識知』字，輒改其本文耳）。《惜往日》舊校都不云『一作志』者，是宋人所見，已無完書矣（今《補注》本出：『識一作明』，『明』既失韻，自是淺人依王《注》『不照』字肊改，疑原校故云：『識一作志』也）。《懷沙》『志墨』，亦讀爲識，義當如《保章氏注》。《史記》志作職者，《廣韻・二十四職》引《字林》云：『記微也。』（《廣韻》此文當承唐諸家《切韻》之舊，今《説文》與《字林》同，疑唐開、天以後人據《字林》增之。又：今《説文》：『識，常也；一曰知也』，尋《爾雅・釋詁》：『職，常也』，疑原本《説文》，有職無識，故从《释詁》出『職，常也』，而退『知也』於一説，其不收志者，許意正謂古文志與『職常』字義不相附也。若識之訓知，見於《詩瞻卬箋》、《禮哀公問注》，叔重何爲先常而後知乎？）漢晉人書職亦或通作識（《脩華嶽碑》：『周禮識方氏』，職作識；郭象本《莊子·繕性篇》：『心與心識』，陸氏《音義》引向秀本作職，是也），是史公讀志如『記微』字，即以『識記』爲義。蓋劉向所定，存彼故書，史公茲讀，正其達詁也。夫曰：明畫記墨，則『前圖未改』（下文云爾）可知矣。《賦》以『畫、墨』爲言，是明謂圖畫也。《史記》『圖』作『度』，雖讀與《爾雅》相應（《釋詁》：『圖、度，謀也』，圖、度自可同訓），故未若本文之尤深切著明也。

九章第五

《惜誦》：忘儇媚以背衆兮。 注：儇，佞也。言己修行正直，忘爲佞媚之行，違偝衆人，言見憎惡也。洪氏《補注》：儇，《説文》：『慧也；一曰利也』，言己忘佞人之害己，爲忠直以背衆。

季海按：《方言·第一》：『虔、儇，慧也。秦謂之謾，晉謂之㦟，宋楚之間謂之倢，楚或謂之譇，自關而東趙魏之間謂之黠，或謂之鬼』，又《方言·第十二》：『儇、虔，謾也』；郭《注》：『謂惠黠也』，《九章》此文，正謂黠媚耳。王云『佞媚』，意亦近之，蓋考諸《方言》，而後以惠黠售欺之狀（謾亦欺也，語有『讀謾』、『欺謾』，見《方言·第十》），如在目前也。此原自謂己獨忘爲黠媚之行，違偝衆人，王説得之，《抽思》曰：『固切人之不媚兮，衆果以我爲患』，是其事也。洪云：『言己忘佞人之害己』者，直以『儇媚』當佞人，又讀『爲忠直』以釋『背衆』，並於義未安。

壹心而不豫兮，羌不可保也。注：豫，猶豫也。保，知也。言己專壹忠信，以事於君，雖爲衆人所惡，志不猶豫，顧君心不可保知，易傾移也。一本此句與下文，皆無也字。又：**行婞直而不豫兮，**注：婞，很也。豫，厭也。豫一作斁。**鮌功用而不就。**注：言鮌行婞很勁直，恣心自用，不知厭足，故殛之羽山，治水之功，以不成也。

季海按：兩『不豫』字同耳，王前説得之。《涉江》：『余將董道而不豫兮，固將重昏而終身』，王《注》：『董，正也。豫，猶豫也。言己雖見先賢，執忠被害，猶正身直行，不猶豫而狐疑也』，亦是也。一本作斁，徒以王釋爲厭，因改故書，不足據也。不豫謂不疑。王釋作猶豫者，《離騷》曰：『心猶豫而狐疑兮，欲自適而不可』；又曰：『欲從靈氛之吉占兮，心猶豫而狐疑』，猶豫、狐疑，互文耳。單言則曰猶，曰豫，《老子》曰：『豫兮若冬涉川，猶兮若畏四隣』，是也。保當訓恃（義具《解故》：《離騷第一》：『保厥美以驕傲兮』），《惜誦》下云：

『曰：君可思而不可恃』，與此云：『羌不可保』者，義實相成，可以互證。孫氏《札迻卷十二》讀豫如『誑豫』字，釋云：『豫，猶言詐也』；然此三句，依王《注》，以『不猶豫』繼之，則壹心之致、婞直之狀、董道之忱，胥情見乎辭，於文故上下相承，端若貫珠矣。必如孫説，則既言壹心、婞直、董道矣，而猶以不詐自明，何其迂闊？況以楚語衡之，益知其不然也。

中悶瞀之忳忳。 注：悶，煩也。瞀，亂也。忳忳，憂貌也。言己憂心煩悶，忳忳然無所舒也。

洪氏《補注》曰：忳，悶也。

季海按：《方言·第十》曰：『頓愍，惛也。』郭《注》『謂迷昏也』。又曰：『江湘之間，謂之頓愍。』郭《注》『頓愍，猶頓悶也』。持《方言》之文，以校《惜誦》，則愍之爲言猶悶也，頓之爲言猶忳也，憂心煩悶，亦迷昏之意。《離騷》云：『忳鬱邑余侘傺兮』，《注》：『忳，憂皃』（一本注云：忳，自念皃），洪氏《補注》曰：『忳，悶也。』是單言曰：忳，重言曰：忳忳，其義則一也。《爾雅·釋訓》云：『夢夢、訰訰，亂也。』郭《注》：『皆闇亂。』又：『儚儚、洄洄，惛也。』郭《注》：『皆迷惛。』訰訰、忳忳，故是一語。夢、儚古音在蒸部，悶古音在諄部，然《天問》以『勝、陵』與『文』相韻，是楚音讀『夢、儚』正如『悶』也。儚儚、夢夢，義主惛亂，與楚人言悶，亦無二致。是單言曰悶,重言曰夢夢、儚儚,意亦同也。若連綿言之,則謂之頓愍。是荆楚遺言,與江湘間語相應,頓愍雖附麗成文,稽之楚俗,則散言亦通,既自信而有徵,故無孫叔然『字别爲義』之失也(見《爾雅·釋詁》郭璞《注》)。

昔余夢登天兮,魂中道而無杭。注:杭,度也。《詩》曰:『一葦杭之。』杭一作航。**吾使厲神占之兮,曰:『有志極而無旁。』**注:旁,輔也。言厲神爲屈原占之曰:『人夢登天無以渡,猶欲事君而無其路也;但有勞極心志,終無輔佐。』

季海按:夢云『無杭』,占曰『無旁』,語本相應,並謂舟杭爾。《方言·第九》:『舟自關而東,或謂之舟,或謂之航』,字正作航,與一本合。然杭、航字通,不煩改也。《説文·方部》篆作『斻』,段玉裁《注》:『《衛風》:「一葦杭之」,毛曰:「杭,渡也」,杭即斻字,《詩》謂一葦可以爲之舟也。舟所以渡,故謂渡爲斻。』是舟謂之杭,渡亦謂之杭,《詩》言『杭之』,當如毛説,此云『無杭』,直謂無舟耳。無旁猶無杭,旁借爲舫,讀與榜同耳。《説文·舟部》:『舫,船也(依段玉裁校)。《明堂月令》曰:「舫人」,習水者』,段氏《注》:『《月令》:「六月命漁師伐蛟」,鄭《注》:「《今月令》漁師爲榜人」,按榜人即舫人,舫正字,榜假借字。許所據即鄭所謂:《今月令》也。《子虚賦》:「榜人歌」,張揖《注》曰:「榜,船也。《月令》:『命榜人』，榜人，船長也。」張所據，亦作榜人』，是其義。登天言無杭者，《遠遊》云：『涉青雲㠯汎濫（从一本）兮』，於『青雲』言『涉』、言『汎濫』，是騷人視淩雲與渡水無異，故當須杭以濟也。義又見《遠遊解故》。

有志極而無旁。注：言但有勞極心志，終無輔佐。又：**同極而異路兮。**注：言衆人同欲極志事君，顧忠佞之行，異道而殊趨也。

季海按：極皆當訓至，義具《哀郢》也。

欲釋階而登天兮。洪氏《補注》：《釋名》云：『階，梯也』，《孟子》所謂『完廩捐階』，是也。

季海按：《説文·自部》：『階，陛也』，『陛，升高階也』，《木部》：『梯，木階也』，許君汝南人，汝南楚分，故其言與《惜誦》相應，皆楚語矣。又《方言·第十三》：『隑，陭也』，郭《注》：『江南人呼梯爲隑，所以隑物而登者也，音剴切也』，戴震《疏證》：『《漢書賈鄒枚路傳贊》：「賈山自下劘上」，《注》：「孟康曰：劘，謂剴切之也。師古曰：剴，音工來反」』，今謂《注》、《疏》説並是也。階、隑俱在脂部，古音同耳。江南人呼梯爲隑，猶楚之遺語也。

矰弋機而在上兮。注：矰，繳射矢也。弋，亦射也。《論語》曰：『弋不射宿。』言上有罥繳弋射之機。洪氏《補注》：《淮南》云：『矰繳機而在上，罔罟張而在下，雖欲翺翔，其勢焉得？』《注》云：『矰，弋射鳥短矢也。機，發也。』

季海按：《説文·木部》：『主發謂之機』，楚言以機發矢，亦謂之機，此與『機蓬矢以䠶革』（莊忌、東方朔咸有此句，蓋出屈宋遺文，説詳《存疑》），俱謂以機發之矣。洪引《淮南》及《注》，見《俶真訓》，蓋援《惜誦》以成文；然變『罻羅』爲『罔罟』，而言『機』正同，則知下逮漢之淮南，此語未更，而『罻羅』之云，已無復鄢郢舊俗也。

背膺胖以交痛兮。 注：膺，胸也。胖，分也。一本胖下有合字；一云：背膺敷胖其交痛。言胸背分裂，心中交引而隱痛也。

季海按：敷胖猶分裂，一本是也。近世學者或據馬融《尚書注》：『敷，分也』、《周禮·小宰、士師》：『傅別』之文，以證『敷』有分義，並是也。今尋《方言·第七》：『膊，暴也，燕之外郊、朝鮮洌水之間，凡暴肉、發人之私、披牛羊之五藏謂之膊』，膊、敷同从尃聲，亦一語耳。胸背分裂，與披五藏，情事相類，而楚以指人，燕郊、朝鮮以目牛羊，則古之遺言，散在方國者，雖共出一柢，其間施用，亦隨俗小殊也。

《涉江》：余幼好此奇服兮， 注：奇，異也；或曰：奇服，好服也。**年既老而不衰。** 注：言己少好奇偉之服，履忠直之行，至老不懈。**帶長鋏之陸離兮，**注：長鋏，劍名也。其所握長劍，楚人名曰：長鋏也。**冠切雲之崔嵬。**注：崔嵬，高貌也。言己戴崔嵬之冠，其高切青雲也。嵬一作巍。

季海按：《離騷》云：『進不入以離尤兮，退將復脩吾初服』，又云：『高余冠之岌岌兮，長余佩之陸離』，與《涉江》比觀，而靈均所好，略可見矣。其曰：奇服，自可義兼美異，《詩·靜女》云：『自牧歸荑，洵美且異』，是美、異時亦並舉，苟以爲美好、珍異之服，則王《注》二説可通也，《章句》又以『奇偉』爲説，蓋近之矣。若《後漢書·銚期王霸祭遵傳》云：『身無奇衣，家無私財』，則直謂好衣而已，非如靈均所謂『謇吾法夫前脩兮，非世俗之所服』（見《離騷》）也。

乘舲船余上沅兮。注：舲船，船有牕牖者。言己始去，乘牕舲之船，西上沅湘之水。洪氏《補注》：《淮南》云：『越舲蜀艇』，《注》云：『舲，小船也。』《釋文》作柃。又：**船容與而不進兮。**

季海按：《方言·第九》：『舟自關而西謂之船；自關而東或謂之舟，或謂之航』，尋《哀郢》云：『將運舟而下浮兮』，《惜誦》云：『魂中道而無杭』，此所謂『自關而東或謂之舟，或謂之航』也；惟《涉江》此文又云：『船』，獨與漢之關西語相應者，蓋七國楚語有之。尋《淮南·銓言訓》曰：『方船濟乎江，有虛船從一方來，觸而覆之』，淮南雖在關東，亦謂之『船』者，此楚之遺言也。

齊吴榜以擊汰。 注：言士卒齊舉大櫂而擊水波。洪氏《補注》曰：《字書》：䑶，船也。吴疑借用。

季海按：《注》言齊舉大櫂，則吴訓大也。依《注》知《方言·第十三》：『吴，大也』，實與楚語相應。洪氏引《字書》，非王意(今《注》有『吴榜，船櫂也』五字，疑不出王氏；或復揚榷而言，必不以船訓吴，如洪説矣；亦可大誤作船，未見其本，無以質言)。

《哀郢》：皇天之不純命兮，何百姓之震愆？民離散而相失兮，方仲春而東遷。

注：震，動也。愆，過也。言皇天不純一其施，則萬物大傷；人君不純一其政，則百姓震動以觸罪也。懷王不明，信用讒言，而放逐己，正以仲春陰陽會時，徙我東行，遂與室家相失也。

季海按：叔師此《注》，陳義甚微，苦未得其本事，故以離散相失，專屬於己；然曰『百姓』與『民』，豈一身乎？本事既隱，實録始爲擬議之辭矣。戴氏《屈原賦音義》云：『屈原東遷，疑即當頃襄元年。秦發兵出武關攻楚，大敗楚軍，取析十五城而去。時懷王辱於秦，兵敗地喪，民散相失，故有皇天不純命之語。』戴謂屈平去郢，當頃襄元年，視執三年之説者自勝；然單持襄元秦禍，以解民散，則百姓震愆，於懷王無與，轉不若王《注》之切矣。今尋賈誼《春秋篇》曰：『楚懷王心矜，好高人（季海按《抽思》云：『憍吾以其美好兮，覽余以其脩姱』，又：『《少歌》曰：憍吾以其美好兮，敖朕辭而不聽』，是賈生之言，信而有徵），無道而欲有伯王之號，鑄金以象諸侯人君，令大國之王，編而先馬，梁王御，宋王驂乘，周、召、畢、陳、滕、薛、衛、中山之君，皆象使隨而趨。諸侯聞之，以爲不宜，故興師而伐之。楚王見士民爲用之不勸也，乃徵役萬人，且掘國人之墓。國人聞之振動，晝旅而夜亂。齊人襲之，楚師乃潰。懷王逃適秦，克尹殺之西河，爲天下笑，此好矜不讓之罪也，不亦羞乎？』其言懷王所以召諸侯之師及百姓震愆之故如此。國人振動，晝旅夜亂，蓋平所目擊，敗亡之禍，宜平所悼心，故再放雖在襄初，作賦造端懷末也。據《史記》：齊師敗楚，懷王二十八年也，三十年王遂入秦，中間又被秦兵，楚軍死者二萬，百姓震愆，或有甚於賈生所言；然《史記》於懷末政令設施，缺略不具，以此補之，愈於憑肊妄猜矣。其曰：『懷王逃適秦』者，與《史記》不合；然《史記》云：『二十九年乃使太子爲質於齊以求平』，《戰國策卷第十七楚四》，亦曰：『長沙（季海按，當作垂沙）之難，楚太子横爲質於齊』，是齊人罷兵，當在二十九年，於是秦昭王遺楚王書曰：『今聞君王乃命太子質於齊以求平』（《史記》在三十年，其實去太子入齊當不久），懷王得書而行，當在三十年初，是齊楚紛紛，去入秦時亦已迫矣，宜傳者之有此言也。其曰：『克尹殺之西河』，與《史記》不同，而實可信。《史記》謂：懷王間道走趙，趙不入，欲走魏，秦追至；此云『西河』，固其地也。《史記》云：遂與秦使復之秦，懷王遂發病，明年卒于秦者，秦人諱之耳；觀秦之歸喪于楚，『楚人皆憐之如悲親戚，諸侯由是不直秦』，則克尹殺之西河，諸侯已共聞之矣。史公近取《秦記》，故失真耳。

荒忽其焉極？ 注：言愁思荒忽，安有窮極之時。一本荒上有怊字，其一作之。又：**眇不知其所蹠。** 注：言遠視眇然，足不知當所踐蹠也。

季海按：《淮南·説林訓》：『蹠越者或以舟，或以車，雖異路，所極一也。』《注》：『蹠，至；極亦至，互文耳。』今謂此極、蹠字，與《淮南》同。怊荒忽之焉極（《渚宫舊事》録《哀郢》與一本合，今從之），猶眇不知其所蹠，亦互文耳。《淮南》語楚，至謂之極、蹠，故是楚俗；王氏兩《注》，皆未得其解。

心嬋媛而傷懷兮，眇不知其所蹠，順風波以從流兮，焉洋洋而爲客。 注：洋洋，無所歸貌也。

季海按：《爾雅·釋訓》：『悠悠、洋洋，思也。』郭《注》：『皆憂思。』尋《説文·心部》：『悠，憂也。』『悠悠』爲『憂思』，段離爲二（段以《詩》：『悠悠我里』爲本義；『悠悠我思』爲《釋訓》義，見《説文解字》『悠』字《注》），郭通爲一，庶幾言各有當矣。『洋洋』亦爲『憂思』者，於《説文》蓋借爲『恙』。許君云：『恙，憂也。从心羊聲』，是也。重言之則曰：『洋洋。』恙爲洋洋，猶悠爲悠悠，言之不足，故長言之，賦者古詩之流，其用不殊耳。《哀郢》此文，義如《釋訓》，上言：嬋媛傷懷，下云：洋洋爲客，語自相應也。《章句》曰：『無所歸貌』，亦足以見憂思之情，雖非直訓，故未嘗無當於言外之意也。

慘鬱鬱而不通兮。　注：中心憂滿，慮閉塞也。通一作開。

季海按：據《注》自可作開，《渚宫舊事》録《哀郢》正作開，作開是也。《悲回風》：『心鞿羈而不開兮』，語與此同，今又誤作形。

諶荏弱而難持。

季海按：《説文·艸部》：『荏，桂荏，蘇』，非其義；此借爲栠，《木部》：『栠』云『弱皃』，是也。

《抽思》：何回極之浮浮？　注：回，邪也。極，中也。浮浮，行貌。懷王爲回邪之政，不合道中，則其化流行，羣下皆效也。

季海按：《九歎·遠遊》：『徵九神於回極兮』，《注》：『回，旋也。極，中也。謂會北辰之星於天之中也』；又云：『言己乃召九天之神，使會北極之星。』今謂劉向論思，因於《屈賦》，其言『回極』正同，《尚書説》以爲旋璣玉衡矣。《五行大義·論七政》引《尚書緯》云：『璇璣：斗魁四星，玉衡：拘横三星，北斗居天之中，當昆侖之上，運轉所指，隨二十四氣，正十二辰，建十二月』，又云：『州國分野、年命莫不政之，故爲七政』，是也。蓋回以回旋爲義，正謂運轉隨時，極謂居天之中，王注《九歎》得之；既是州國分野、年命所政，故遭夜方長，仰見斗運而傷時政焉。

覽民尤以自鎮。　注：尤，過也。鎮，止也。言己覽觀衆民，多無過惡，而被刑罰，非獨己身，自鎮止而慰己也。

季海按：《老子》曰：『吾將鎮之以無名之樸』，止謂之鎮，自是楚語。

蓋爲余而造怒。　蓋一作盍。

季海按：蓋、盍皆語辭，其讀同耳；後人言蓋，與此頗異。尋《九歌·東皇太一》：『盍將把兮瓊芳』，俞先生《讀楚辭》云：『此盍字只是語詞。《莊子・列禦寇》篇：「闔胡嘗視其良？既爲秋柏之實矣」，《釋文》曰：「闔，語助也」，闔與盍通。』今謂此蓋、盍字，與《九歌》言盍正同。《漢書・禮樂志・郊祀歌天地八》：『神夕奄虞蓋孔享』，《注》：『蓋，語辭也』，然蓋猶盍也。盍爲語詞，《屈賦》自有其例，俞君艸創，故旁引《莊子音義》，以相證明爾（《讀楚辭》又駁王《注》以盍爲何不，此誤也。《注》本云：『盍，何也』，見王氏《經傳釋詞・釋盍、蓋、闔條》；今不從者，以盍爲何，《楚辭》未有明據，用釋《九歌》，又若詞氣不類也。王氏引《管子》、《莊子》，多言『盍不』，或作『闔不』，《楚辭》止云『何不』，疑方言於此，自有異同。叔師《章句》，偏探經典微辭，不盡取諸楚俗，雖復陳義弘雅，亦時離其本真，今欲專明故言，即不當墨守也）。

願承閒而自察兮。 注：思待清宴，自解説也。

季海按：此以自察爲『自解説』者，俾人察己，謂見察也。《離騷》：『荃不察余之中情兮』，則謂察人。然《離騷》又云：『覽察草木其猶未得兮，豈珵美之能當？』是覽察義近，覽亦察也。其言覽亦正有覽人、人覽之異，與言察同矣。《離騷》云：『皇覽揆余初度兮』，又云：『覽民德焉錯輔』，此謂覽人；《抽思》：『憍吾以其美好兮，覽余以其脩姱』，王《注》：『陳列好色，以示我也』，蓋俾人覽己，謂見覽也。且《屈賦》攄辭類此者，又不獨覽、察而已。其在《遠遊》曰：『涉青雲曰汎濫（从一本）兮』，此自涉也；《離騷》曰：『詔西皇使涉予』，此俾人涉己也。是於楚語業句，同此一名，率有主客二用，在所施爾。

軫石崴嵬，蹇吾願兮。 注：軫，方也，故曰：軫之方也，以象地。崴嵬，崔巍，高貌也。言雖放棄，執履忠信，志如方石，終不可轉，行度益高，我常願之也。洪氏《補注》：軫石，謂石之方者，如車軫耳。《集韻》：『崴嵬，不平也；一曰山形。』

季海按：《説文·嵬部》：『嵬，山石崔嵬，高不平也』，段玉裁《注》：『《周南》：「陟彼崔嵬」，《釋山》曰：「石戴土謂之崔嵬」，《毛傳》曰：「崔嵬，土山之戴石者」，説似互異。依許云：「高不平」，則《毛傳》是矣，惟土山戴石，故高而不平也。岨下云：「石山戴土」，亦與毛同。』又《説文·山部》：『岨，石戴土也』，段《注》：『《周南·卷耳》曰：「陟彼砠矣」，本亦作砠。《釋山》曰：「石戴土謂之崔嵬，土戴石爲岨。」《毛傳》云：「崔嵬，土山之戴石者，石山戴土曰砠」，二文互異，而義則一。戴者，增益也。《釋山》謂用石戴於土上，毛謂土而戴之以石，《釋山》謂用土戴於石上，毛謂石而戴之以土，以《絲衣》：戴弁例之，則毛之立文爲善矣。石在上則高不平，故曰崔嵬，土在上則雨水沮洳，故曰岨。許於嵬下同毛，此岨下亦同毛也。《詩》、《爾雅》作砠，許作岨，主謂山，故字从山，重土，故不从石』，今謂段説並是也；然據《釋山》石戴土上謂之崔嵬，土戴石上謂之砠，實未嘗執土山、石山爲説，此則《釋山》立文之善，優於《毛傳》者，段君偶不省耳。《賦》云：『軫石崴嵬』，斯石戴土上矣；《注》云：『崴嵬，崔巍』，是高而不平，又可知也。字又作：『崴魁』、『崴裹』，《漢書・司馬相如傳》：《大人賦》曰：『洞出鬼谷之堀礨崴魁』，《注》：張揖曰：『堀礨崴魁，不平也』；又《文選》：左思《吴都賦》曰：『隱賑崴裹』，李善《注》：『《埤蒼》曰：「崴裹，不平也；又：重累貌」』，是也。軫石重累，斯高而不平，又可知也。凡狀物之詞，本以象舉，學者當心知其意，苟執一強名，斯無達詁矣。蓋能讀《蒼》《雅》《毛傳》而無滯，又能通司馬、許、王諸家之郵，而後反觀《抽思》，則文義粲如也。

《懷沙》：眴兮杳杳，孔静幽默。　注：眴，視貌也。杳杳，深冥貌也。《史記》作窈窈。洪氏《補注》曰：眴與瞬同，《説文》云：『開闔目數摇也。』又注：默默，無聲也。言江南山高澤深，視之冥冥；野甚清浄，漠無人聲。《史記》默作墨。

季海按：《史記・屈原賈生列傳》録《懷沙》之賦曰：『眴兮窈窈〔窈窈字从洪氏《補注》本引，劉承幹覆刻蜀大字本《史記集解》作『窈窈』，與洪引正合（覆蜀本从蔣天樞校）；《史記》

自宋黄善夫本以下俱誤作窈窕，既與《楚辭章句》作重言者絶不相應，又汲古閣刊單行本《史記索隱》出『眴兮窈窈』云：『窈，音烏鳥反』，而不爲窕字作音，知唐本初無此謬也」，孔静幽墨。』《集解》引徐廣曰：『眴，眩也。』裴釋此賦，全本叔師，偶存徐説，以見異文而已。獨此一條，舍王取徐者，頗謂今《注》陳義疎闊，本無足取，諒非叔師之舊，故徐氏補之，裴氏因之，《正義》注此云：『言江南山高澤深，視之眴，野甚清浄，漠（今作歎誤，此从《章句》）無人聲。』亦與今本頗異，知此《注》唐宋之際，故嘗經竄亂也。尋《説文・目部》：『旬，目摇也。从目，勻省聲。眴，旬或从目、旬（段《注》：旬聲）。』又：『瞚，開闔目數摇也。从目，寅聲。』是『眴』即『旬』之重文；眴、瞚音義俱近，瞚蓋眴之後出字，今録於部末，當是寫《説文》者據他書附益之耳。洪氏所引即瞚字義，以説《懷沙》，亦爲無取。今謂『眴』之爲言猶『敻』也。《説文・𡕥部》：『敻，營求也。』段《注》：『營求者，圜帀而求之也。帀而求之，則不遐遺矣；故引伸其義爲遠也。《韓詩》「于嗟敻矣」云：「遠也。」《毛詩》作「洵」，異部假借字。』段引《毛詩》，見《邶・擊鼓》：『于嗟洵兮』，《傳》云：『洵，遠』，陸氏《音義》：『洵，呼縣反。……《韓詩》作敻，敻亦遠也。』『眴』、『洵』同部，是『眴』之爲『敻』，猶『洵』之爲『敻』，其爲『遠』義亦一也。敻爲遠者，段以爲引伸其義，誠不爲無見，然敻、遠古音同在元部，亦一語之轉，孳乳爲二名耳。洵、眴古音在真部，『洵兮』、『眴兮』，亦可讀爲迥。《説文・辵部》：『迥，遠也。从辵，冋聲。』又《冂部》『冋，古文冂』；『林外謂之冂，象遠界也』，是迥音義俱受之冋，冋、迥並有遠義也。迥古音在庚部，庚、真相協，故不乏其例矣（詳段氏《六書音均表》）。試即楚音求之，依《離騷》（均、名相協）、《哀郢》（天、名相協），則真或讀如庚，是眴或讀如迥；據《湘君》（淺、閒、翩相協）、《抽思》（進、願相協），則真或讀如元，是眴又或讀與敻、遠字同。要之：洵、眴、冋、迥，敻之爲遠，雖言有楚、夏，而本出一氏，方音小異，相爲轉語耳。『杳』借爲『𣅃』。《説文・木部》：『杳，冥也，从日在木下』，非此所用；又《説文・日部》云：『𣅃，望遠合也。从日、匕；匕，合也。讀若「窈窕」之「窈」』，此其義也。《史記》字正作窈，知《説文》『讀若』，猶仍三閭、龍門之舊矣（《説文・穴部》：『窈，穾遠也。从穴幼聲』，音義皆與𣅃相近）。『默』亦當从《史記》作『墨』。《荀子・解蔽篇》曰：『《詩》云：「墨以爲明，狐狸其蒼」』，此言上幽而下險也』，楊《注》：『墨，謂蔽塞也』；郝懿行曰：『墨者，幽暗之義』，是也。據荀引《逸詩》，知『墨』者，『明』之反，正與『幽』義相成。屈賦此者，良以孟夏南行，草木盛長，湖澤之中，幽深蔽闇，前路修阻，遠望𣅃然，寂無聲聞，類非人境，故感而成篇也。《亂》曰：『脩路幽蔽（故書字作『拂』，義見《離騷解故》），道遠忽兮』，與此物色正同，既並是即目，故寫景如畫矣。

章畫志墨兮，注：章，明也。志，念也。《史記》：志作職。**前圖未改。**注：圖，法也。改，易也。言工明於所畫，念其繩墨，修前人之法，不易其道，則曲木直而惡木好也；以言人遵先聖之法度，修其仁義，不易其行，則德譽興，而榮名立也。《史記》：圖作度。

季海按：《儀禮·大射禮》：『工人士與梓人升自北階，兩楹之間，疏數容弓，若丹、若墨，度尺而午，射正莅之』，《注》：『工人士、梓人皆司空之屬，能正方圜者，一從一横曰午，謂畫物也。射正，司射之長』；又曰：『卒畫，自北階下，司宫埽所畫物，自北階下』，《注》：『埽物，重射事也。工人士、梓人、司宫，位在北堂下。』今謂《經》云：『若丹、若墨』者，《賦》所謂：『章畫志墨』也；『度尺而午』者，『前度未改』也：若夫『司空之屬，能正方圜』，則靈均之志也。《屈賦》當句本不名一物，然徵諸執禮，而語若合符，則其深得禮意可知矣。蓋史公所録，出於故書，最爲閎雅；王作圖者，後師區區，不能紀遠，附會『章畫』，而爲此讀爾。

内厚質正兮。注：言人質性敦厚，心志正直。《史記》作内直質重兮。

季海按：《史記》是也。王云：『質性敦厚』，正明質重；『心志正直』，所謂内直也。莊忌

《哀時命》：『志怦怦而内直兮』，即用其語。後人妄意序次不順，猥依《注》改之；然《史記集解》全引王《注》，《索隱》、《正義》不云《楚辭》有異，則唐本尚無此謬也。

玄文處幽兮。《史記》作幽處。注：玄，墨也。幽，冥也。言持玄墨之文，居於幽冥之處。

季海按：《惜往日》云：『君無度而弗察兮，使芳草爲藪幽』，《注》：『賢人放竄，棄草野也。』《懷沙》：『處幽』，正讀如『藪幽』字。蓋單言曰幽，重言曰藪幽，楚語義相近爾。《抽思》曰：『路遠處幽，又無行媒兮』，《思美人》亦曰：『命則處幽，吾將罷兮』，原時放在草野，故曰『處幽』矣。《史記》作『幽處』者，後人不達此幽所謂，改故書耳。《涉江》云：『幽獨處乎山中』，亦足以見處幽之情，要其措辭，各有當也。

夫惟黨人鄙固兮。注：楚俗狹陋。鄙一作交。《史記》云：夫黨人之鄙妒兮。

季海按：《説文》：『嫪，婟也』；又：『婟，嫪也。』《廣雅·釋詁》：『嫪嫭，妒也。』王念孫《疏證》：『婟與嫭同。』今謂此鄙固字正讀如婟，史公作妒者，以通語代之爾。鄙一作交者，交當讀與嫪同。交古音在宵部，嫪在幽部，《惜往日》以流、昭、幽、聊（昭在宵部，餘並幽部字）爲韻，是楚音宵或讀如幽也（《淮南·墬形訓》：『多庬犀』，《注》：『讀近綢繆之繆』，與楚音正合）。交固即嫪婟，故《史記》以爲鄙妒也。

衆不知余之異采。 注：采，文采也。言衆人不知我有異藝之文采也。《史記》：余作吾。徐廣曰：異一作奧。

季海按：異當爲奧，徐廣引《史記》一本是也。《漢書・王褒傳》載《聖主得賢臣頌》：「去卑辱奧渫而升本朝」，張晏曰：「奧，幽也」，是其義。上云：「玄文處幽」，此云：「奧采」，互言之耳。

晏釋「奧渫」云：「言敝（義當爲蔽）奧渫汙，不章顯也。」夫曰：奧采，正謂其不章顯耳。

曾傷爰哀，永歎喟兮。世溷濁莫吾知，人心不可謂兮。 《史記》云：世溷不吾知，心不可謂兮。

季海按：《史記・屈原賈生列傳》録《懷沙之賦》於「道遠忽兮」下出：「曾唫恒悲兮，永歎慨兮。世既莫吾知兮，人心不可謂兮。」《索隱》：「《楚詞》無此二十一字。」《正義》：「自曾唫以下二十一字，《楚詞》本或有無者，未詳。」（見日本瀧川龜太郎《史記會注考證》引）今《楚辭》無「曾唫」以下二十一字，與司馬貞所見本正同。《正義》云：「本或有無」者，是張氏所見諸本中，不皆無此二十一字也。唐本或有之者，當是校書者依《史記》加之。《史記》「餘何畏懼兮」下，又有「曾傷爰哀」四句，王引之亦謂：「乃後人據《楚辭》增入。」（說詳《讀書雜志·史記第五》）大抵轉相塗附，其失則同，不悟『曾唫』四句，與『曾傷』云云，正是一簡（王引之謂：『曾唫恒悲四句，即曾傷爰哀四句之異文』，蓋知之而未盡，王説具如《讀書雜志》）。史公之於劉向，既所見殊本，校其所讀，與叔師又異，漢魏以來，莫能究其是非，良以此也。尋《漢書·藝文志》曰：『劉向以中古文校歐陽、大、小夏侯三家經文……率簡二十五字者，脱亦二十五字，簡二十二字者，脱亦二十二字』，《楚辭》故書，度不相遠，『曾唫』以下，計名當之矣。今謂此簡於故書本在『道遠忽兮』下，史公所録，實其舊弟，故敘次秩然（略如王引之所論，説具《讀書雜志》）；劉向所據，已錯着『余何畏懼兮』下，徒就韻耳，繹其文義，頓成乖越。蓋《懷沙》之『亂』，起言道遠焉歸（汩、忽二韻），承之以重傷無告（喟、謂二韻），卒言知命不懼（錯、懼二韻），承之以死義勿讓，語勢相生，無懈可擊，《賦》言『余何畏懼』，自有所指，王引之云：『言己不畏死』，既得之矣。若如今本，則起便顛躓，如狼跋其胡，卒復卻頓，又載疐其尾也。

《史記》『曾傷』爲『曾唫』者，《方言·第一》：『悼、惄、悴、慭，傷也。……楚潁之間謂之慭。』唫、慭雙聲，西漢人或讀侵入真（《安世房中歌》以『心』與『申、親、轃』韻，《鐃歌·遠如期》以『心』與『陳、紛』韻），故《方言》字作慭，其實屈《賦》言『唫』，猶楚潁間言慭，皆楚人語，通語則謂之傷。《悲回風》：『孤子唫而抆淚兮』（《注》：『自哀煢獨，心悲愁也』），與《懷沙》『曾唫』字正同，唫亦當訓傷，洪氏《補注》以爲吟歎字，非也。蓋史公於此，猶存故書之真，故《懷沙》、《悲回風》讀皆相應，通其楚語而可知也。劉向校《懷沙》，直作『傷』字，其義則是，其字則已非其舊（此以通語代方言之例），但未知竟出何師讀耳。

『喟』爲『慨』者，『慨』，讀與『嘅』同。《説文·口部》：『喟，大息也』；又：『嘅，嘆也，……《詩》曰：「嘅其嘆矣」』；又：『嘆，吞歎也；一曰：大息也。』喟、嘅古音同在脂部，喟、嘅、嘆義又相通，是喟、嘅音義俱近，喟亦嘅之轉語矣。《史記》讀『喟』爲『慨（同嘅）』者，字从其方耳。然《離騷》云：『喟憑心而歷茲』，文與《懷沙》相應，明《楚辭》故書自作『喟』也。

『爰哀』爲『恒悲』者，王引之説『曾傷爰哀』曰：『爰哀，謂哀而不止也。……與曾傷相對爲文。《方言》曰：「凡哀泣而不止曰咺」，又曰：「爰、嗳，哀也。」爰、嗳、咺古同聲而通用。《齊策》：「狐咺」，《漢書·古今人表》作「狐爰」，是其證也。』（見《讀書雜志餘編》）按如王説，是《史記》『恒悲』字，亦可本作『咺悲』，形近而譌耳。

明告君子，吾將以爲類兮。注：類，法也。

季海按：《方言·第七》：『肖、類，法也。齊曰類，西楚、梁、益之間曰肖。』又《第十三》：『類，法也。』《懷沙》此文，轉同齊俗，是法謂之類，故齊、楚間通語矣（《荀子》亦有此言，楊《注》不辨，輒訓作善，王念孫規之，是也，説見《讀書雜志·荀子第二》）。

《思美人》：蹇蹇之煩冤兮。冤一作惋。又**《惜往日》：情冤見之日明兮。**冤一作宛。又**《悲回風》：心冤結而内傷。**冤一作宛。

季海按：《説文·兔部》：『冤，屈也，从兔、从冂，兔在冂下，不得走，益屈折也』，大徐引孫愐《唐韻》音『於袁切』（《廣韻·二十二元》音切正同）；又《宀部》：『宛，屈草自覆也，从宀，夗聲』，大徐引孫愐音『於阮切』（《廣韻·二十阮》音切正同），是冤、宛同有屈義，於《唐韻》爲同紐字，雖韻有平上之異，然古音同在元部矣（《廣韻·二十二元》：『鴛，於袁切，十八』有『冤，屈也』，又有『宛，屈草自覆』，是唐宋今音亦有俱作平聲讀者）。段玉裁《説文》『冤』字《注》云：『古亦叚宛爲冤』是也。尋《山海經·西山經英鞮之山》：『涴水出焉』，郭《注》：『涴或作溛，音冤枉之冤』，郝氏《箋疏》：『懿行案《玉篇》正作「溛」，云「水出莫靴山」，蓋英鞮山之異文也』；又《説文·艸部》：『菀，棘菀也』，段氏《注》：『見《釋艸》，《本艸經》云「遠志，一名棘菀」』（孫星衍、馮翼輯《神農本草經》『棘菀』下注云：『陸德明《爾雅音義》引作菀』），是冤聲字亦或从宛矣。敦煌唐寫《伍子胥變文》殘卷（斯六三三一，《敦煌變文集》乙卷）有云：『慮恐在後讎宛』，『讎宛』即『讎冤』，别卷（斯三二八，《敦煌變文集》丙卷）云：『爲父讎冤殺楚』，是也。《敦煌變文集》『宛』旁注『怨』，擬議未合，讎冤自當時語，冤、宛相通，亦本時尚，唐人呼讎冤，初無名句、業句之異也。

因歸鳥而致辭兮。注：思附鴻鴈，達中情也。

季海按：王《注》是也。《史記·楚世家》：『楚人有好以弱弓微繳，加歸鴈之上者』，《正義》：『歸鴈北向也。』（《正義》此文，自宋黄善夫本以下諸本盡脱，惟日本瀧川資言撰《史記會注考證》有之，蓋得之日本永正中僧桃源所撰《史記桃源抄》，今從瀧川書轉引。）平時南行，故欲因北飛之鳥，致辭於君也。

羌宿高而難當。注：飛集山林，道徑異也。一云：羌迅高而難寓。

季海按：一本是也。迅讀曰卂，《説文》：『卂，疾飛也，从飛而羽不見』，『卂高』，言其高飛耳。王云『飛集山林』，蓋申成此義，既云『山林』，則高飛可知矣；言『飛集』，所以成文，不關『宿』也。寓，寄也，此亦楚語。《方言·第二》：『庇，寓，寄也。齊、衛、宋、魯、陳、晉、汝潁、荆州、江淮之間曰庇，或曰寓』，是也。歸鳥高飛迅疾，故難寄言，寓與將韻，轉侯入陽，自是楚聲，舊讀既亡，遂改字以協韻耳；又未悟迅高所謂，乃因緣王《注》，以宿當集，不思致辭何取宿鳥乎？（《文選》：王仲宣《贈士孫文始》云：『晨風夕逝，託與之期』，李善《注》引《楚辭》曰：『因歸鳥而致詞，羌迅高而難當』，迅字不誤，當字殆非李善之舊矣。）

吾誰與玩此芳草。此一作斯。洪氏《補注》曰：玩，五换切。《説文》：『弄也。』

季海按：《爾雅・釋言》：『懊，忨也』，郭《注》：『謂愛忨。』郝懿行《爾雅義疏》云：『忨者，《説文》云：「貪也。」』又云：『《易・繫辭》云：「所樂而玩者」，《釋文》引馬云：「玩，貪也」，鄭作翫，《易》：「翫」、「玩」竝忨之叚音矣。懊者，《玉篇》云：「貪也」；「忨，貪也，愛也」，是忨懊聲相轉。』今謂郝説皆是也，懊之爲忨，猶燠之爲煖矣（『燠，煖也』，見《釋言》）。《思美人》此文正以愛忨爲義，讀當與《易》『所樂而玩者』同。一本此作斯者，《天問》亦云『孰期去斯，得兩男子』也。若二文不誤，則楚亦謂『此』曰『斯』，與騶、魯同。

解萹薄與雜菜兮，備以爲交佩。注：交，合也。言己解折萹蓄，雜以香菜，合而佩之，言修飾彌盛也。備一作脩。**佩繽紛以繚轉兮，遂萎絶而離異。**以一作其。**又《惜往日》：弗參驗以考實兮，遠遷臣而弗思。信讒諛之溷濁兮，盛氣志而過之。何貞臣之無辠兮，被離謗而見尤？慙光景之誠信兮，身幽隱而備之。**注：雖處草野，行彌篤也。洪氏《補注》曰：

此言身被放棄多讒謗也。又：**乘騏驥而馳騁兮，無轡銜而自載。**注：不能制御，乘車將仆。

乘氾泭以下流兮，無舟楫而自備。注：身將沈没，而危殆也。

季海按：《説文・牛部》：『犕，《易》曰：「犕牛乘馬」，从牛，葡聲。』段玉裁《注》：『《繫辭》今作服。古音𠬝聲、葡聲同在第一部，故服、犕皆扶逼反。以車駕牛馬之字當作犕，作服者假借耳。《左傳》：「王使伯服如鄭請滑」，《史記・鄭世家》作「伯犕」，《後漢書・皇甫嵩傳》：「義真犕未乎？」《北史》：魏收嘲陽休之：「義真服未？」正作服字，此皆通用之證也。』今謂段説是也。《書・無逸》：『文王卑服』，《石經》古文服作𦨈，章先生曰：『借葡爲服也（見餘杭章君《古文尚書拾遺卷二》）』，是古文亦以葡爲服也。《説文・人部》：『備，慎也，从人，葡聲。𠎧，古文備。』是『備』从『葡』聲，古文『備』从古文『葡』省聲也。《九章》此三備字，皆當讀爲服。備借爲服，猶葡借爲服矣。《吕氏春秋・正月紀》：『服青玉』，《淮南・時則訓》：『服蒼玉』，《注》皆曰：『服，佩也。』《思美人》言『服以爲交佩』，服亦佩也，故下文逕云：『佩繽紛以繚轉』也。《説文・夲部》：『報，當罪人也。从夲、从𠬝，𠬝，服罪也。』《惜往日》言『身幽隱而服之』，正謂身實無辜，而服此罪尤也。王《注》未得其解，洪氏陳義爾雅，但未能正讀耳。又《説文・舟部》：『服，用也；一曰：車右騑，所以舟旋，从舟、𠬝聲。』

舟，古文服，从人。』《惜往日》言『無舟楫而自服』，服正謂用舟，實其本義。《惜往日》上言『乘騏驥而馳騁兮，無轡銜而自載』，《説文・車部》：『載，乘也』，則知下言『乘氾泭以下流兮，無舟楫而自服』者，服亦乘也（《易》云：『服牛乘馬』，對文則別，散文自通也）。《説苑・建本篇》云：『譬猶……載於船車，服而安之，而非工匠者也』，是車船俱得言服也。

《惜往日》：惜往日之曾信兮，受命詔以昭詩。 注：君告屈原，明典文也。詩一作時。洪氏《補注》：《國語》曰：『莊王使士亹傅太子箴，問於申叔時，叔時曰：教之詩，而爲之導廣顯德，以耀明（《楚語》此下有『其』字）志。』戴震《屈原賦音義》：時一作詩，蓋字形之誤。又：**奉先功以照下兮，明法度之嫌疑。** 注：承宣祖業，以示民也；草創憲度，定衆難也。

季海按：王偁『典文』，明是『詩』字，戴説失之，觀洪引《國語》，庶幾能言楚故矣。《惜往日》蓋作於襄王之世，『往日』、『先功』，並指懷王時事，叔師一切以『祖業』當『先功』，殊失之泛，未能深得屈意。夫值盛楚之隆，懷王方有爲之際，襄王尚少，必妙選其人，以傅太子，而教之詩，如楚先王莊王使士亹傅太子箴故事，則舍靈均而誰？觀乎此言，故嘗受命以明詩矣。《悲回風》曰：『惟佳人之永都兮，更統世而自貺。眇遠志之所及兮，憐浮雲之相羊。介眇志之所惑兮，竊賦詩之所明。』正申叔時所謂『教之詩，以耀明其志』者也。夫君子言可復也，矧所以教太子乎？《悲回風》卒章：『吾怨往昔之所冀兮，悼來者之愁愁。』曰：『往昔所冀』，則『遠志』、『眇志』盡在其中矣。方昭詩時所望於襄王者，抑又可知也。然而羣小日親，貞臣見放，平素講習，付諸東流，故曰：『悼來者之愁愁』，『來者』正謂襄王及用事諸臣，傷其不克堂構，而靈均之哀深矣。王《注》猥云：『言己怨往古以邪事君，而幸蒙富貴』、『傷今世人見利愁愁然欲競之也』，何其迂曲？

惜壅君之不昭。 注：懷王壅蔽，不覺悟也。古本壅皆作廱。

季海按：《晏子春秋·内篇問上·景公問治國何患章》：『左右爲社鼠，用事者爲猛狗，主安得無壅，國安得無患乎？』《韓非子·外儲説右上》論國狗社鼠，其文略同，於此亦云：『主焉得無壅，國焉得無亡乎？』（王念孫《讀書雜志六·晏子春秋第一》以元刻本『或作』云云爲是，以『主安得』云云，乃後人取《韓子》竄入，又改『無亡』爲『無患』，以牽合《晏子》；其實《韓非》作『焉』，《晏子》作『安』，語不失其方，此非後人所能妄意也，王君偶不省耳。）然以鄣蔽爲壅，亦齊、楚、韓通語也（《方言·第六》：『吴、楚偏蹇曰騷，齊、楚、晉曰逴』，是三國語亦或同者，故非一事矣）。《惜往日》下又云：『獨鄣壅而蔽隱兮（洪本出校語云：『鄣一作彰，音如鄣； 壅一作雍。』《九辯》：『妒被離而鄣之』，洪本亦云：『鄣一作彰』，與此正同，當出一本），使貞臣爲無由』，《晏子春秋·內篇諫上·景公病久不愈章》：『君疏輔而遠拂，忠臣擁塞，諫言不出』，齊曰『擁塞』，猶楚曰『鄣壅』（《爾雅·釋言》：『障，畛也』，郭《注》：『謂壅障』），是訖于江左，此語猶存，但倒言之耳），其言壅則同矣（擁亦壅也）。

《橘頌》：淑離不淫，梗其有理兮。 注：淑，善也。言己雖設與橘離別，猶善持己行，梗然堅強，終不淫惑而失義也。

季海按：淑，讀曰：『陸』，陸離，美好貌也。《淮南·本經訓》：『五采争勝，流漫陸離』，《注》：『陸離，美好貌』（《九歌·大司命》：『玉佩兮陸離』，王氏《注》亦云：『言玉佩衆多，陸離而美也』）；《楚辭》屢見，皆作陸離，惟此文失其讀耳（說者將謂『不淫』爲淑，不悟楚語有『陸離』，無『淑離』，淑之與離，於義初不相比附）。《檀弓》有『陳棄疾』，鄭《注》：『陳或爲陵，楚人聲然。』陳、淑，古音皆在定紐，淑讀曰『陸』，猶陳讀曰『陵』，與楚聲正合。陸从『坴』聲，而《說文》『讀若逐』，則陸之古音亦在定紐，故《說文》又以『坴』爲陸梁字矣（《說文·土部》：『坴，一曰坴梁』，《秦始皇本紀》所謂『陸梁地』也）。然今讀坴梁，但作來紐呼之，豈亦楚語之遺耶？凡言淑離、陸離，其本字皆當爲茜蘼。茜从西聲而『讀若陸』（見大徐本《說文・艸部》『茵』下，小徐本作『讀若俠』，『俠』即『陸』之壞字。段《注》从小徐，轉以大徐本爲誤；不悟丙讀若三年導服之導：見《説文・谷部》『丙』下，古音與『陸』同在幽部也）；蘺从麗聲（古音在支部），《楚辭》但作『離』（古音在歌部）者，《少司命》以離、知爲韻，則楚音故讀離如蘺。尋《説文》云：『茵，以艸補缺』；『蘺，艸木相附，蘺土而生』（見《艸部》），是茵蘺本謂艸相附麗，故有參差之義（見《廣雅・釋訓》及王氏《疏證》），引申得爲美好貌矣（參差、美好，義實相生，猶文本『錯畫』：見《説文・文部》，而《樂記》『以進爲文』，鄭《注》云：『文，猶美也。』自是孳乳，則有彣字：見《説文・彣部》，理正同爾）。當句正頌橘之美，豈設爲離別之詞乎？又尋《釋詁》：『梗，直也』，《方言・第十三》：『梗，覺也』，《注》：『謂直也』，此云『梗其有理』，言其木正直，有文理也。樹之曲直，自關木理，則訓直爲長。《方言・第二》又云：『梗，猛也。韓趙之間曰梗』，猛義與強相近，然是韓趙間語，王《注》云爾，豈子雲所謂『今或同』者邪？

《悲回風》：思不眠以至曙。注：曙，明也。至一作極。

季海按：作極是也。極、至，楚言（義具《哀郢》），《九辯》：『步列星而極明』，王氏《章句》：『乃至明也』，極曙，猶『極明』矣。曙、明，亦楚言。《淮南・天文訓》：『日入于虞淵之汜，曙於蒙谷之浦』，《注》：『曙，明』，是也。

心鞿羈而不形兮。 注：肝膽係結，難解釋也。形一作開。洪氏《補注》曰：不形，謂中心係結，不見於外也。

季海按：據《注》止當作開，形即開之壞字，洪說非也。《哀郢》：『慘鬱鬱而不開兮』，與此言同。

忽傾寤以嬋媛。 注：心覺自傷，又痛惻也。

季海按：傾寤連文，傾亦寤也。《禮・少儀》：『枕、穎，几、杖（《唐石經》始誤倒『穎』字於『几』下，此从王引之說校改，詳《經義述聞第十五・禮記中》）』，鄭《注》曰：『穎，警枕也。』《釋文》穎作穎（王引之云：『盧氏參校宋本作穎，與《集韻》合。通志堂本作穎，非也』，說並見《述聞》）。穎、穎俱从頃聲，蓋與傾同聲（傾亦从頃聲），《注》云：『警枕』，則以警覺爲義，是鄭君讀『穎（穎）』，猶『傾寤』之『傾』也。《說文》云：『熲，火光也。从火，頃聲』。又：『炯，光也。从火，冋聲。』《倉頡篇》：『炯，明也』（唐人引此文者衆矣，詳見諸家輯本，茲不備舉）。熲、炯古音同在耕部，俱有光明之義，此皆本字本義。又《說文》：『烓，行竈也。讀若冋』（从段說）；而《方言》有云『烓，明也』者，蓋借爲炯耳。字或作耿，《說文》引杜林說：

『耿，光也。』又或叚緺爲之，《爾雅・釋言》：『緺，明也。』劉師培曰：『緺、圭音近，則緺字叚爲熲、炯，與烓同例』，是也（劉氏釋烓、炯、耿、緺音義甚塙，詳見《左盦外集卷七・古本字考》）。傾字古音與潁、穎、熲、炯、烓、耿皆近。《説文・高部》：『高，小堂也，从高省，冋聲。廎，高或从广，頃聲』，是冋聲字或从頃聲者，故與楚讀相應。今謂《悲回風》此文直以警覺、明悟爲義，蓋楚語云爾。《廣韻・四十一迥》有『詗』云：『明悟了知也』，揆其音義，與楚人言『傾』正合。然《九章》止書作『傾』，《遠遊》又或以耿、炯字爲之。其曰：『夜耿耿而不寐兮（耿一作炯）』，猶《詩》云：『寤言不寐』（見《邶・終風》）矣，後人或叚『中詗』字爲之；要之同爲借字，故其義訓，都不見《説文》正篆也。蓋潁（穎）、熲、炯、烓、耿，傾、詗，語本同源，但義有引申，字有正借耳。音轉入陽，則字作囧，《説文》云：『囧，窗牖麗廔闓明也。……讀若獷。』亦或借梗爲之，《方言・第十三》：『梗，覺也（郭《注》：『謂直也』），於此未爲達詁）』，是也。後來字又或作『憬』，今《説文・心部》末有『憬』云：『覺悟也』，段玉裁、桂馥皆以爲後人附益，是也。《廣韻・三十八梗》『憬』下云：『遠也』，即不收此訓（《廣韻》所出，即《詩》『憬彼淮夷』字，然《説文》止作『𢡋』，詳陸德明《毛詩音義・魯頌・駉》『憬彼』條）；而同紐下又有『暻』云：『明也；曲見悟也』：此諸文並晚出。大抵傾與囧、梗爲轉語，囧、梗與憬、暻，則古今字爾。

罔芒芒之無紀。 注：又欲罔然芒芒，與衆同志，則無以立紀綱，垂號謚也。

季海按：《方言·第十》：『緤、末、紀，緒也。南楚皆曰緤，或曰端，或曰紀，或曰末，皆楚轉語也。』無紀，猶言無緒，不謂無以立紀綱也。

遠遊第六

漠虚静以恬愉兮，澹無爲而自得。聞赤松之清塵兮，願承風乎遺則。 洪氏《補注》：《列仙傳》：『赤松子，神農時爲雨師，服水玉，教神農，能入火自燒，至崑山上，常止西王母石室，隨風雨上下，炎帝少女追之，亦得仙俱去』，張良欲從赤松子游，即此也。

季海按：韓嬰《詩外傳卷第五》：子夏對哀公曰：『帝嚳學乎赤松子』(《新序卷第五·雜事》同)，是赤松乃帝嚳師也。如《遠遊》所云，赤松蓋以『虚静』、『無爲』爲教；儻斯言不誣，即老子之道，遥興於帝嚳之前矣。《老子》曰：『象帝之先』者，豈以是歟？

因氣變而遂曾舉兮。 注：乘風蹈霧，升皇庭也。

季海按：《莊子·逍遥遊》：『若夫乘天地之正，而御六氣之辯，以遊無窮者，彼且惡乎待哉？』陸氏《音義》出『之辯』，云『如字，變也』，辯、變亦轉語耳（《廣雅·釋言》：『辯，變也』，《九辯章句序》亦曰：『辯者，變也』，《易·坤文言》曰：『由辯之不早辯也』，陸氏《音義》出『由辯』，云『荀作變』，皆辯、變相通之證）。此云『因氣變而遂曾舉』者，正『御六氣之辯，以遊無窮』之謂矣。《遠遊》下云：『餐六氣』，洪氏《補注》引《莊子》説之，是也。

絶氛埃而淑尤兮。注：超越垢穢，過先祖也。淑，善也。尤，過也。言行道修善，所以過先祖也。絶一作超。尤一作郵。

季海按：王以『超越垢穢』釋『絶氛埃』，是也；若以善過訓淑尤，而猥云：『過先祖』，則幾於郢書而燕説之矣。淑讀若滌，《詩·雲漢》：『滌滌山川』，《説文·艸部》作『蔋蔋山川』，此叔、條聲通之證。《詩·豳七月》：『十月滌場』，《毛傳》：『滌，埽也』，《周禮·秋官序官》『條狼氏』《注》：『滌，除也』，《文選·東京賦》：『滌饕餮之貪欲』，薛《注》：『滌，蕩去也』，蓋滌者：滌除，《老子》亦曰『滌除玄覽』矣，尤如『忍尤』、『離尤』之『尤』，《賦》言『淑尤』，正謂滌除尤詬耳。

吸飛泉之微液兮。《注》：含吮玄澤之肥潤也。洪氏《補注》：六氣：日入爲『飛泉』，又張揖云：『飛泉，飛谷也，在崑崙西南。』**懷琬琰之華英。**注：咀嚼玉英，以養神也。

季海按：王注『餐六氣』句引《陵陽子明經》無『飛泉』，《補注》説非王意；《莊子》李《注》有之者，蓋漢晉間人雜采《遠遊》之文，附會成之，説既晚出，又未得《賦》旨，實不可以説《遠遊》。知者，《賦》以『飛泉』句與『琬琰』句相次，初不承六氣而言；況王《注》卓爾，窺見隱微，不容輕易乎？尋《山海經・西山經峚山》：『丹水出焉，西流注于稷澤，其中多白玉，是有玉膏，其源沸沸湯湯，黄帝是食是饗，是生玄玉』，『其源沸沸湯湯』，豈非『飛泉』歟？稷澤之中，是生玄玉，故叔師以爲玄澤，非歟？《經》又云：『黄帝乃取峚山之玉榮，而投之鍾山之陽』，郭注『玉榮』云：『謂玉華也。《離騷》曰：「懷琬琰之華英」，又曰：「登崑崙兮食玉英」，《汲冢書》所謂「苕華之玉」』，郭引《汲冢書》者，《史記・司馬相如傳》：《集解》引《竹書紀年》云：『桀伐岷山，得女二人，曰琬，曰琰。桀愛二女，斵其名于苕華之玉，苕是琬，華是琰』，是也。《文選・石闕銘、曲水詩序》：《注》引《尚書大傳》：『堯得舜，推而尊之，贈以昭華之玉』，豈即是歟？《賦》言：琬琰華英，則郭説備矣。然黄帝投玉榮于鍾山之陽，郭《注》云：『以爲玉種』，則《賦》於琬琰華英，言『懷』而不言『餐』者，豈亦『以爲玉種』歟？若爾，則王《注》於此變言『咀嚼』者，義猶未安也。

玉色頩以脕顏兮。 注：面目光澤，以鮮好也。脕一作豔，一作曼。洪氏《補注》曰：脕，澤也，音萬。

季海按：《荀子・禮論》云：『故説豫娩澤，憂戚萃惡，是吉凶憂愉之情，發於顏色者也』，王念孫云：『娩讀若問，「娩澤」謂顏色潤澤也。「説豫」與「憂戚」對文，「娩澤」與「萃惡」對文，故曰：「是……憂愉之情，發於顏色者也。」《內則》：「免薧」，鄭《注》：「免，新生者；薧，乾也」，《釋文》：「免，音問。」娩、免古字通，《內則》以免對薧，猶此文之以「娩澤」對「惡萃」也。楊云：「娩，媚也，音晚」，則讀爲「婉娩」之娩，分「娩澤」爲二義，且與「萃惡」不對矣』（見《讀書雜志八・荀子第六》），王説是也。『婉娩』亦見《內則》，鄭《注》：『婉，謂言語也。娩之言媚也。媚，謂容貌也』，此楊讀所本。尋『娩澤』既與『惡萃』對舉，引申自可以爲容貌之媚，免、娩語亦同邸，楊説未爲大誤，弟不及王義剖析尤精耳。今謂《遠遊》：『脕顏』，讀正與『娩澤』字同，新生謂之免，故《章句》云：『以鮮好也。』鮮，魚名，出貉國（義具《説文》），『鮮好』字蓋借爲『鱻』，《説文・魚部》：『鱻，新魚精也，从三魚不變』（『變』下大小徐本並有『魚』字，今从《集韻二僊》引），孫愐《唐韻》與『鮮』同『相然切』，是也。新、鮮亦一語之轉耳。

峕曖曃其曭莽兮。 注：日月晻黮，而無光也。曖曃，一作晻曀，一作黤黮。

季海按：《九辯》：『忠昭昭而願見兮，然霧(或誤作霧，今正，詳《九辯解故》)曀而莫達』，晻曀即霧曀，此以晻爲霧者，蓋讀覃入侵，猶《詩·衛氓》以耽韻葚矣，一本是也。一作黤黮者，後人依《注》改之。今作曖曃者，其始蓋唐人書曀，或从俗作曖(《晏子春秋·内篇諫下·景公嬖妾死章》：『星之昭昭，不若月之曀曀』，孫星衍《音義》出『曀曀』，云：『《詩》：「曀曀其陰」，《毛傳》：「如常陰曀曀然」，《意林》作「瞹」，《文選注》作「曖」，皆俗字』，蘇輿《校本》云：『輿案《文選注》見陸士衡《擬古詩注》，又見《座右銘注》』，是也)，校書者或不諳字例，惟習聞曖曃，遂盡改故書耳。劉向《九歎·惜賢》：『日陰曀其將暮』，《注》『陰曀，闇昧也』，又《逢紛》：『徑淫曀而道壅』，《注》：『淫曀，闇昧也』，陰、淫俱在侵部，尋其音義，陰曀、淫曀，初非異言，屬辭參差，故殊其字耳。

内欣欣而自美兮，聊媮娛㠯自樂。 自一作淫。

季海按：自樂當作淫樂，一本是也。《離騷》云：『保厥美以驕傲兮，日康娛以淫遊』，欣欣自美，即恃美驕傲；媮娛淫樂，即康娛淫遊，用意同耳。淫樂，猶淫遊矣。後人不得其解，嫌於靈均不當以淫樂爲言，故探上文改之，初不悟全非平旨也。

涉青雲㠯汎濫游兮。 注：隨從豐隆而相伴也。一無以字，一無游字。

季海按：《注》云：『相佯』，即釋『汎濫』，游乃衍文（當緣後人不曉王意，轉依『相佯』字加之耳），一本是也。《離騷》云：『詔西皇使涉予』，《注》：『涉，渡也』；又《哀郢》：『淩陽侯之氾濫兮』，皆謂渡水，《漢書·司馬相如傳》：《大人賦》曰：『奄息葱極，氾濫水娭兮』，明以氾濫狀水娭，此於青雲，亦言涉、言汎濫者，是騷人目凌雲猶渡水可知也，故《惜誦》有云：『昔余夢登天兮，魂中道而無杭』也。

卜居第七

將哫訾栗斯。　注：承顔色也。栗一作慄，斯一作嘶；一作促訾粟斯。

季海按：《方言·第十》：『忸怩，慙㥏也。楚、郢、江、湘之間謂之忸怩，或謂之𧫷咨』，郭《注》：『子六、莊伊二反』，『哫訾』即『𧫷咨』，其聲同耳（段氏《六書音均表》足聲、戚聲俱在幽部；或以足聲入侯部，幽侯聲近，古音多相出入也。訾、咨俱脂部字），正楚語慙㥏之謂矣。此言：承望顔色，以事婦人，故不勝忸怩爾。『栗斯』當从一本作『粟斯』，哫粟自爲韻（段《表》同在幽部；亦或以爲俱侯部字）；洪氏《考異》云『一作慄』者，當云『一作慄』，《廣韻・三燭》：『粟』下有『慄』云：『慄斯』，是也。粟與透同（《説文》無透字，《新附》以爲『秀聲』，古音當在幽部），斯是語詞，朱子《楚辭集註》云：『斯，辭也』，得之（王氏《經傳釋詞》：『斯，猶然也』下所釋，與此義近）。『粟斯』驚貌，亦楚言矣。《方言・第二》：『㺯、透（式六反），驚也。南楚凡相驚曰㺯，或曰透』，郭云『皆驚皃』，是也。此云『粟斯』，老子所謂『寵辱若驚』也。

漁父第八

世人皆濁，一作『舉世皆濁』，《史記》云：『舉世混濁。』**何不淈其泥，**《史記》作『隨其流』，洪氏《補注》曰：淈，古没切，又乎没切，濁也。**而揚其波？**又**《遠遊》：無滑而魂兮。**注：亂爾精也。無一作毋，滑一作淈，一云：無淈滑而魂。洪氏《補注》：淈、滑並音骨。淈，濁也。滑，亂也。

季海按：《吕氏春秋・本生篇》：『夫水之性清，土者抇之，故不得清』，俞先生《諸子平議》曰：『樾謹按：高《注》曰：「抇，讀曰骨。骨，濁也」，此《注》必有錯誤。下文曰：「人之性壽，物者扫之，故不得壽」，《注》曰：「扫，亂也」，扫字既見於前，不應又注於後，疑此文「物者扫之」，本作「物者滑之」，高《注》：「扫，讀曰骨」，本作「滑，讀曰骨」，《淮南·原道篇》：「混混滑滑」，高《注》曰：「滑，讀曰骨」也，即其例矣。「骨，濁也」，當作「滑，濁也」，滑滑與混混同，故有濁義」（見《卷二十二·吕氏春秋一》），今謂《吕覽》本文不誤，其上下俱言「扫」者，謂土之於水，猶物之於人也。《注》兩『骨』字，當本作『滑』，此句言：土之扫水，則義當爲濁矣，高氏據其所聞，濁謂之『滑』，故破字以曉人耳。爲《吕覽》者，其言扫濁，與扫亂同，故竝書作『扫』矣。然《吕覽》言『扫』，猶《漁父》言『淈』，淈、扫亦轉語耳（淈在脂部，《説文》無扫，若字从日聲，即在至部，爲《吕覽》者，蓋讀脂如至矣）。《史記·屈原賈生列傳》：『隨其流』，《索隱》云：『按：《楚詞》作滑其泥』，是唐本《漁父》，字亦作『滑』，與高讀相應矣。水性本清，因泥而濁，漁父不欲原以察察自見，故喻令濁之以泥，若與世同風者然（王《注》云：『同其風也』，是也）。《遠遊》言『無滑而魂』，王《注》訓亂，音義與《吕覽》下『扫』字正相應；一本『滑』亦作『淈』，與《漁父》之唐本作『滑』，今亦作『淈』者，亦相應；疑《漁父》、《遠遊》，字本作『滑』，或又从《説文》以『滑濁』字爲『淈』，因改《漁父》，其後亦或因《漁父》以及《遠遊》，遂令諸本參差若是也。蓋先秦舊書，於『滑濁』、『滑亂』，本無異讀，而字亦或同者，不獨《吕覽》然矣。《遠遊》一云『無淈滑而魂』，則以旁注字爲正文，故有斯惑矣。《廣韻・十一没》：『骨，古忽切』下有滑、淈、愲。滑云『滑稽』，不收『滑其泥』者，謂字當作『淈』耳；其淈字引《説文》云：『濁也』，此即高誘所讀矣（見俞先生引《淮南・原道》高氏讀；若从先生説，即《吕覽》本文作『滑』，而高讀曰『骨』也）。其『愲』字云『心亂』，則高《注》下『扫』字所謂『亂也』者，蓋古今字雖繁變，苟能通其音義，則條理秩如也。

寧赴湘流。 注：自沈淵也。《史記》作常流。

季海按：《史記・屈原賈生列傳》：『寧赴常流』，《索隱》曰：『常流，猶長流也。』《索隱》舉《史記》、《楚辭》異文甚悉，此獨不云《楚詞》作『湘流』者，知唐本不爾，今謂《史記》所録，最爲可信。篇中止言江，不言湘，上云『游於江潭』，下云『江魚腹中』；漁父之《歌》曰：『滄浪之水』（下别有考），與湘流故渺不相及也。《涉江》曰：『旦余濟乎江湘』，江、湘故是二水，靈均初不指湘爲江也。則方云『湘流』，而又稱『江魚』，於文亦謬，《屈賦》何嘗有是？《抽思》之《倡》曰：『來集漢北』，其《亂》曰：『泝江潭兮』，蓋屈原既放，實泝夏、沔以集漢北，此稱『游於江潭』，正其道出滄浪時也。及賦《抽思》，則獨處漢北，故云郢路遼遠，而欲『泝江潭』，以歸郢也。夫去則泝漢，來則泝江，時地自明，然則《漁父》之作，故當在《抽思》前矣。

《滄浪之水考》：考唐以前記注，於滄浪之水，凡有三説：一曰：即夏水：《史記·夏本紀》：『又東爲蒼浪之水』，《索隱》曰：『馬融、鄭玄皆以滄浪爲夏水，即漢河之别流也。漁父謌曰：「滄浪之水清兮，可以濯吾纓」，是此水也。』《水經注卷三十二夏水》：『又東至江夏雲杜縣入于沔』《注》：［劉澄之著《永初山川記》（《隋書卷三十三經籍志二》：《永初山川古今記》二十卷，齊都官尚書劉澄之撰。）云：『夏水，古文以爲滄浪，漁父所歌也。因此言之，水應由沔。今按夏水是江流沔，非沔入夏，假使沔注夏，其勢西南，非《尚書》「又東」之文』，余亦以爲非也。］劉稱『古文』，與馬、鄭《尚書》義相應。二曰：漢沔水自下有滄浪之稱：《水經注卷二十八沔水》：『又東北流，又屈東南過武當縣東北』《注》：《地説》（《史記夏本紀正義》引作《地記》，按《隋書志·經籍二》：《地記》二百五十二卷，梁任昉增陸澄之書八十四家，以爲此記。）曰：『水出荆山，東南流爲滄浪之水，是近楚都，故漁父歌曰：「滄浪之水清兮，可以濯我纓；滄浪之水濁兮，可以濯我足」』，《注》又云：『蓋漢沔水自下有滄浪，通稱耳。纏絡鄢郢，地連紀都，咸楚都矣。漁父歌之，不違水地』，是也。又徐堅《初學記卷第七地部下漢水二敍事》：案《水經注》及《山海經注》（徐引郭《注》略見今《山海經西山經嶓冢之山注》）云：『漢水出隴坻道縣嶓冢山，初名漾水；東流至武都沮縣，始爲漢水；東南至葭萌與羌水合，至江夏安陸縣名沔水，故有漢沔水之名（今本脱水字，《宋本太平御覽卷第六十二地部二十七漢沔》引『《水經注》及《山海經注》』之文，全同徐《記》，今據補）；又東至竟陵合滄浪之水，《原注》：即屈原遇漁父（今衍之字，从《御覽》删）處』，堅明引郭、酈二《注》，其説滄浪地望，亦當漢沔下游，然謂『東至竟陵合滄浪之水，即屈原遇漁父處』，則今二《注》並無此言，不知徐《記》定何所出耳。三曰：在武當縣：《史記夏本紀正義》曰：『《括地志》云：均州武當縣有滄浪水。庾仲雍《漢水記》云：武當縣西四十里漢水中有洲，名滄浪洲也。』（《水經注卷二十八沔水》：『又屈東南過武當縣東北』《注》明云：『庾仲雍《漢水記》謂之「千齡洲」，非也』，張氏引作『滄浪洲』，未知是宋人妄改，抑張氏所據本已从酈説，改其故書也？）今尋三説不同，要不離乎漢沔（夏水至雲杜縣入沔，劉氏所謂『夏水是江流沔』也）。《漁父》既稱『游於江潭』，自以一、二兩説爲近；若水在均州，去江差遠，殆不然耳（據《史記正義》引庾《記》但云：『漢水中有洲』，初不云有『滄浪水』，據《水經注》引庾《記》但謂之『千齡洲』，又無所謂『滄浪洲』也）。

王逸《漁父章句敍》：『屈原放逐，在江湘之間』，始誤以此賦爲入湘後作，今本又爲王《敍》所誤，其實止當云『江漢之間』耳。滄浪舊説，雖三家不同，要在洞庭以北，不關湘流也。

招隱士第九

偃蹇連蜷兮。 蜷一作『卷』。劉師培《楚辭考異》：『案《類聚八十九》引蜷作「卷」，《白帖一百》作「拳」。』

季海按：李善注《文選》卷三十三、日本古寫《文選集注》殘卷卷第六十六：《招隱士》蜷皆作『卷』，《集注》引：『《音決》：卷，巨員反；陸善經曰：偃蹇連卷』，是唐本《文選》字皆作『卷』，與《類聚》正合，知《楚辭》故書本作『卷』爾。

枝相繚。 注：仁義交錯，條理成也。洪氏《補注》：繚，紐也，居休切。劉氏《考異》：案《白帖一百》引繚作『樛』。

季海按：《文選集注》殘卷引《音決》：『繚，居虬反。蕭音⿰米斤』，《集注》又云：『今案陸善經本繚爲糺』，是公孫羅《音決》、《文選集注》字皆作『繚』，與李善注《文選》及今《楚辭》並合，蓋故書字本作『繚』。唐人或作『樛、糺』，既是依音改字，則知蕭《音》不行，大氏讀从『居虬反』矣「虬即虯俗，猶糺即糾俗（《廣韻・四十六黝》：『糾，俗作糺』，樛音正作居虬反，見《廣韻・二十幽》）；糾依陸氏《葛屨音義》：吉黝反，依大徐引孫愐《唐韻》：居黝切（見《說文・丩部》)，《廣韻・四十六黝》同，皆讀从上聲，陸善經本既依音改字，是亦讀如樛、丩字矣」。《説文・糸部》：『繚，纏也』，大徐引孫愐『盧鳥切』；此云『枝相繚』者，本字當爲丩，《説文》云：『相繚也；一曰：瓜瓠結丩起，象形』(見《丩部》)，是其義。然則『相繚』之言，自漢楚語有之，許君楚人，故知之尤詳耳。其云：相繚，雖取之成俗，實即以繚釋丩，繚正讀如丩，丩、繚亦古今字矣。尋《詩・魏風》：『糾糾葛屨』，《毛傳》：『糾糾，猶繚繚也』，正以今字釋古字，其讀則同(漢人以丩、繚爲古今字，本因楚語，此傳疑出小毛公，先秦雅言，當不爾也)。許君解字，與毛公初無二致，後人不得其説，輒於繚上妄加糾字，既不悟許君本以『相繚』成文，又不察下文即云『結丩』，字不作糾，斯亦淺學之驗已。《葛屨》舊音，今可見者，僅沈重、陸德明二家(俱見陸氏《毛詩音義》)。糾，沈居酉反，陸吉黝反；繚，沈音遼，陸音了，是毛公之書，自沈重以來，已失其讀；公孫羅於《招隱士》乃能作『居虯反』者，當是隋唐楚音，猶存舊俗耳。王《注》云『仁義交錯』者，李善《文選注》引王作『信義枝結』，《文選集注》殘卷引王，正同善本，其云『枝結』者，蓋以結繚爲訓，即許君所謂『結丩』者是也。今《章句》字作『交錯』者，流俗不諳故訓，以意爲之耳。是知丩(字亦或以糾爲之)、繚字有古今，聲則無異，韻亦或同者，楚夏語轉，故有是矣(丩在幽部，繚本當在宵部，今入幽者，楚音則然)。

山氣巃嵸兮。 注：岑崟嵾嵯，雲滃鬱也。巃一作巄。五臣云：巃嵸，雲氣貌。洪氏《補注》：巃，力孔切，嵸，音總，山孤貌。劉氏《考異》：案《禮記檀弓上疏》亦引作巃嵸。

季海按：原本《玉篇·山部》：『嵯』、『巃』字下並引《楚辭》此文，字皆作巃；《文選集注》殘卷引《音決》、陸善經亦皆作巃；引劉良作巄：是陳隋以來諸本多从山作。原本《玉篇·山部》：『嵸』下引《埤蒼》：『巃嵸，高皃』，是諸本作字，與《埤蒼》相應，大氏依傍張揖，以爲狀山氣之高耳。雖於文可通而實乖楚語。五臣塗附，洪氏肊必，義益疎矣。尋《淮南·俶真訓》云：『有未始有有始者，天氣始下，地氣始上，陰陽錯合，相與優游競暢于宇宙之間，被德含和，繽紛蘢蓯，欲與物接，而未成兆朕』，《注》：『和，氣也。繽紛，雜糅也。蘢蓯，聚會也』；又云：『譬若周雲之蘢蓯遼巢彭濞而爲雨』，《注》：『周雲，密雨雲也。蘢蓯，聚合也』，苟覽《淮南》舊義，則『蘢蓯』之爲雲氣『聚合』可知也。《鴻烈》之文，字皆从艸，則知依山立義者之非也。然李善注《文選》、《文選集注》殘卷字並作『隴』，絕不依違稚讓，當出曹憲之傳。大氏文選樓中，故多祕笈，曹公精詣，遂能孱守耳。

《說文·水部》：『滃，雲气起也』，《注》言『滃鬱』，正雲氣『聚合』之謂，以釋『隴嵸』，自是塙詁；《注》又云：『岑崟嵾嵯』者，將謂高山出雲，所以盡言外之致，初非以『高皃』釋之也。作《注》如此，亦庶幾覷理自外，可以知中者矣。 王《注》義本明白，自後人莫達其說，始紛然改作，曹李之傳，獨知字不从山，義不改王，即此一事，卓識乃出顧野王上矣。

司馬相如《賦》曰：『於是乎崇山矗矗，巃嵸崔巍』，張義於此文差合，『巃嵸』之云，既上承『崇山矗矗』，下與『崔巍』相次，故説者以爲高皃矣（郭璞曰：『皆高峻貌也』，蓋有取於稚讓之書）。 然巃嵸、崔巍，竟何以異？泛云高峻，定作何狀邪？頗疑當句仍以聚會、聚合爲義，猶今人言環抱矣。 若杜子美《詩》云：『羣山萬壑赴荆門』者，正以『赴』字爲會合傳神，在相如則弟云『巃嵸』已足，其用意亦略同耳。 下文又云：『九嵕、巀嶭、南山峩峩』，知此句故遥領下文，蓋亦總羣山而爲言也。

谿谷嶄巖兮。

劉氏《考異》： 案原本《玉篇·山部》引谿作深，嶄作巉。

季海按： 劉引《玉篇》，見『巉』字下，顧野王又引《廣雅》：『巉巖，高也』，是顧君所見《楚辭》，作字與《廣雅》相應。 尋《說文》『磛』字云：『磛礹也』（今《說文》：『磛』、『礹』字說解，諸本悉誤，此从原本《玉篇·石部》『磛』下引； 又今《說文》云：『碞，磛嵒也……讀與巖同』，原本《玉篇·山部》『嵒』云：『《說文》：嵒，巖也』，疑亦今《說文》有誤），字皆从石； 今

《楚辭》、李善及五臣本《文選》、《文選集注》殘卷，字皆从山者：原本《玉篇·石部》『磛』云：『野王案：此亦嶃字也』，『礹』云：『野王案：此亦巖字，在《山部》』，又《山部》『巖』云：『或爲礹字，在《石部》』，是梁陳間人以磛、嶃、礹（《玉篇》或書作礹）巖同字，聲本不異，雖偏旁小殊，山、石義故相近也。然顧君所引，乃字同《廣雅》，豈當時所行，正如是邪？又尋《文選集注》殘卷引《音決》：『蔪，音讒』，是公孫羅本字當从艸，巉、蔪字皆晚出，《楚辭》故書，此爲近之，大氏亦選樓祕牒之賴曹憲以傳者矣。

不自聊。洪氏《補注》：聊，音留。又：**憭兮栗。**栗，一作慄。洪氏《補注》：憭，音了，又音聊，一音留。

季海按：《文選》各本俱作慄（李善、五家、《文選集注》、《音決》、陸善經並同，《集注》殘卷所出並从俗作慓，初非異字），與一本合。《文選集注》殘卷云：『《音決》：聊，協韻，力幽反』，又云：『《音決》：憭，音留』，今謂聊與啾韻，古音同在幽部，《音決》作力幽反，自是本音，但《唐韻》作洛蕭切（大徐引見《說文·耳部》），獨楚音尚讀如幽部字，故公孫取以協韻耳。若憭古音本在宵部，公孫音留者，與上文『繚』亦在宵部，而公孫作居虬反者正同。此皆讀宵入幽，並楚音矣。《淮南·墜形訓》：『多旄犀』，高《注》：『旄讀近綢繆之繆，急氣言乃得之』，亦讀宵如幽，《淮南》亦據楚音書之耳。又《淮南·本經訓》：『牢籠天地』，高《注》：『牢（影鈔北宋本原誤平，今正）讀屋霤，楚人謂牢爲霤』，牢、霤古音同在幽部，而高君之言云爾者，疑季漢涿郡讀已開今音之漸（或當讀牢如魯刀切，見《説文·牛部》大徐引《唐韻》音），而楚人猶讀其本音耳。由公孫之音，上遡高《注》，而楚音源流，居然可覩也。

林木茷骫。 注：枝條盤紆。茷一作芨，一作柭，一作茷。洪氏《補注》：芨、柭、茷並音跋。茷，木枝葉盤紆貌，通作芨。

季海按：《文選集注》殘卷賦文作『林木茂骫』，茂當同茷，蓋唐人相承从俗書之如此，遂令字形與蕩茂字相亂耳。洪校：一作茷者，當即此形，苟如毛刻，則賦文已作茷矣，何云『一作』也？觀《集注》所出，知李善本字正作茷（《集注》云：『今案《音決》、五家、陸善經本茂爲拔』，不及李善者，以所據即爲李《注》本也。今李善注《文選》字或作芨者，彌失其真，唐本不爾也）。尋《説文·艸部》：『茷，艸葉多』，《注》云：『枝葉盤紆』（李善《注》及《集注》本引王《注》：『條』作『葉』，今从之），義正相應，今《楚辭章句》改葉爲條，亦已疎矣；然《補注》猶云『枝葉盤紆』，則慶善原本初不誤也。

青莎雜樹兮，薠草靃靡。 薠一作蘋。

季海按：李善《注》及《集注》本《文選》字皆作薠，是也。《集注》出：『《音決》：蘋，音頻。案此即《字林》所謂「青蘋草」者也。蕭、鶱等諸音，咸以爲蘋，音煩，非』，今謂此文大誤，凡『蘋』皆當讀爲『薠』，『頻』、『煩』字當互易，《音決》之文，本與此相反，蓋寫書者失之爾。《音決》本文當云：『薠，音煩。案此即《字林》所謂「青薠草」者也。蕭、鶱等諸音，咸以爲薠，音頻，非』，知者，《集注》又云：『今案陸善經本薠（原誤作蘋，以《集注》本字不作『蘋』知之，今正）爲蘋』，不言《音決》，是《音決》字正作薠，與李善本同也；又《説文·艸部》：『薠，青薠，似莎者，从艸，煩聲』，此即公孫羅引《字林》所謂『青薠草』者也。《音決》字既作薠，而又引蕭、鶱音爲據，明二家字亦从薠，而以音頻爲非也。尋小徐《説文繫傳》於『薠』字云：『臣鍇按：相如《上林賦》：薛、莎、青薠』（小顔《漢書注》引張揖曰：『青薠似莎而大，生江湖，鴈所食』，是也），又《淮南·覽冥訓》亦云：『路無莎、薠』，俱以莎、薠並稱，然則此云薠草，上承青莎，其不當爲蘋，亦已明矣。《湘夫人》云：『白薠兮騁望』，《注》：『薠草秋生，今南方湖澤皆有之』，洪本有校語云：『薠，或作蘋，非也』，《補注》又引《淮南子》、《説文》及《相如賦注》，義並是也。

白鹿麏麚兮。 麚一作麙。洪氏《補注》：麏，麞也。麚，牝鹿。劉氏《考異》：案《説文繫傳十九》、《御覽九百六》、《事類賦注二十三》並引麐作麕。

季海按：李善注《文選》、《文選集注》、《音決》、張銑、陸善經字皆作麕（《音決》以下並見《集注》）。《説文・鹿部》：『麇，麞也，从鹿，囷省聲。麕，籀文不省』，依《文選》及《考異》所出，則此本从籀文書之，今《淮南・墬形訓》字从墬作，亦籀文矣（又《俶真訓》云：百事之莖葉條栓——影鈔北宋本原誤梓，或校作栓，蓋从《古文四聲韻》所録古文，今不从者，以大、小徐《説文》所出，字形與『梓』尤近，争一筆耳，《説文》云：『栓，亦古文㯻』，是淮南諸儒之所述作，多有古字也）。然則《文選》所收，猶存《故書》之真矣。陸德明《釋獸音義》出：『麕』，云『亦作麐』，是今《楚辭》作麐者，《爾雅》異文有之。又《説文・鹿部》：『麔，牡鹿』，《補注》：『牝』當爲『牡』，毛刻字誤。

招魂第十

得人肉以祀，以其骨爲醢些。 注：醢，醬也。言南極之人，得人之肉，用祭祀先祖，復以其骨爲醢醬也。一云：而祀；一云：得人以祀，無肉字。五臣云：醢，肉醬也。

季海按：日本古寫《文選集注》殘卷卷第六十六《招魂》：『其骨』上無『以』字，王《注》：『祭』下無『祀』字，當是故書如此，今本有者，後人以意加之耳。《爾雅·釋器》：『肉謂之醢』，郭《注》：『肉醬』；又：『有骨者謂之臡』，郭《注》：『雜骨醬，見《周禮》』，郝氏《義疏》：『臡者，《説文》作「腝」，云「有骨醢也」，「或从難」作「臡」。《釋名》云：「醢有骨者曰臡，臡，胒也，骨肉相傅胒，無汁也。」郭云：「見《周禮》」者，《醢人》云：「朝事之豆有麋臡、鹿臡、麇臡」，鄭《注》：「作醢及臡者，必先膊乾其肉，乃後莝之，雜以粱麴及鹽，漬以美酒，塗置瓶中，百日則成矣。」是臡、醢同物，唯有骨、無骨爲異耳』，今謂郝氏説是也。然此云『其骨爲醢』，是楚俗有骨、無骨，亦通謂之醢耳。

蝮蛇蓁蓁。 注：蝮，大蛇也。蓁蓁，積聚之貌。言炎土之氣，多蝮虺惡蛇，積聚蓁蓁，争欲齧人。洪氏《補注》：《山海經》：『蝮蛇，色如綬文，大者百餘斤，一名反鼻蛇。』《爾雅》：『蝮，虺，博三寸，首大如擘。』《本草》引張文仲云：『蝮蛇，形乃不長，頭扁，口尖，人犯之，頭足貼著。』

季海按：洪引《爾雅》，見《釋魚》。舍人曰：『蝮，一名虺，江淮以南曰蝮，江淮以北曰虺』，孫炎曰：『江淮以南謂虺爲蝮，廣三寸，頭如拇指，有牙最毒』(二家《注》文所出，具詳臧鏞堂《爾雅漢注》），江淮以南，故是楚域，考孫叔然所記，則虺謂之蝮，自懷、襄之世，下逮季漢，楚俗未改也。

《爾雅》及舍人、孫炎《注》云：『虺』者，蓋借爲虫，《説文·虫部》：『虫，一名蝮，博三寸，首大如擘指，象其卧形』，『蝮，虫也，从虫，复聲』，是也。《藝文類聚》引《廣志》曰：『蝮蛇與土色相亂，長三、四尺，其中人，以牙櫟之，截斷皮出血，則身盡腫，九竅血出而死』，郝懿行謂《爾雅》所釋、《廣志》所説，即今土虺（説詳郝氏《釋魚義疏》），甚確（按今吴俗言土虺，『土』作入聲呼之。《補注》出《本草》引張文仲所説，亦即此蛇）。宋玉云：『蝮蛇蓁蓁』，《山海經·南山經》：『猨翼之山』云『多腹虫』者，皆是物也。先秦之書，初無以反鼻爲蝮者，其誤自郭景純注《南山經》始（洪引《山海經》，即出郭此《注》）。尋《北山經》『大咸之山』：『有蛇名曰長蛇，其毛如彘豪』，郭《注》：『説者云長百尋，今蝮蛇色似艾，綬文，文間有毛，如猪鬐，此其類也』，郭知是其類者，據其毛知之，不云即今蝮蛇者，則以《南山經》自有腹虫，而此名長蛇，説者又云長百尋也；其實郭所謂『今蝮蛇』者，《山海經》自謂之『長蛇』，據其毛可知，説者以爲百尋，《經》無其文，本不足取，若《南山經》之腹虫，正即《爾雅》之蝮虺，與『今蝮蛇』者無涉。蓋自景純以來，而蝮名漸爲反鼻所專，故陸氏《爾雅音義》於此出『虫』

云：『即虺字也。案：蝮，大蛇也，非虺之類，故郭云「別自一種蛇名蝮虺」，本今作虺』；郝懿行《爾雅義疏》亦云：『然則彼蓋蝮虫之最大者，《楚辭・招魂》所謂「蝮蛇蓁蓁」，與《爾雅》之蝮虺，名同實異』也。細玩王《注》，但云『蝮虺惡蛇，積聚蓁蓁』，而不言其大，則知今《注》上出『蝮，大蛇也』之文，蓋唐以來人之習聞《爾雅音義》者加之。

《政和經史證類備用本草卷第二十二》：《蝮蛇膽》下引陶隱居：『蝮蛇，黃黑色，黃頷，尖口，毒最烈。虺形短而扁，毒不異於蚖，中人不即療，多死』；《唐本注》云：『蝮蛇作地色，鼻反，口又長，身短，頭尾相似，大毒，一名蚖蛇，無二種也，山南漢沔間，足有之』；臣禹錫等謹按：《蜀本圖經》云：『形麄短，黃黑如土色，白斑，鼻反者，山南、金州、房州、均州，皆有之』；陳藏器云：『其蝮蛇形短，鼻反，錦文，亦有與地同色者，著足斷足，著手斷手，不爾，合身糜潰』，又云：『蝮所主，略與虺同。』今謂陶云：蝮蛇黃頷，漢、晉人都無此說，此別一種毒蛇耳；其所謂『虺』，方是江淮以南之『蝮』，疑晉永嘉以後，北方舊名，與流人俱南，梁時江淮以南，亦已呼蝮爲虺，故陶別以黃頷當之耳，然今南人亦以虺名之者，蓋自江左然矣。自《唐本注》、《蜀本圖經》及陳藏器所説蝮蛇，並云鼻反，今驗土虺鼻初不反，俗云『八卦蘄蛇』者，乃反鼻耳。蓋自郭璞以來，既習聞蝮蛇反鼻之説，故諸家並以鼻反者當之耳。

尋《三倉》云：『蝮蛇，色如綬，文間有鬐鬣，鼻上有針，大者長七八尺，有牙最毒』（玄應《大般涅槃經》、《妙法蓮華經》音義引，見梁章鉅《倉頡篇校證》；慧琳《大藏音義二十七》引略同，見陶方琦《補本》），此即景純所說，但變反鼻，云『鼻上有針』而已，疑所引即郭璞《三倉解詁》之文；知非張揖《三倉訓詁》者，揖魏人，論世與孫炎相接，孫氏尚不以此爲蝮蛇也。陳藏器既以反鼻蛇爲蝮，故又云『蝮所主，略與虺同』，其分別蝮、虺，一如陶氏矣。洪引張文仲，蓋出《張文仲方》，《政和本草》引書目有之，而此條適無者，以此既从諸家分別蝮、虺，而以反鼻者爲蝮蛇，則文仲所説，是虺非蝮，與此無涉，故删之矣。洪氏蓋从政和以前舊本得之。

五穀（毛刻作榖，注仍作穀，今正）**不生，藂菅是食些。** 注：柴棘爲藂。菅，茅也。言西極之地，不生五穀，其人但食柴草，若羣牛也。藂一作叢；菅一作葌。洪氏《補注》：藂，草叢生也。

季海按：《文選集注》殘卷亦作『藂菅』，與今《楚辭》合。《集注》出：『《音決》：「藂，在東反。曹音鄒（原从俗作郋，今改），通。葌，古顔反，或爲菅，同。」陸善經曰：「言其人但食叢生葌草。」』是公孫、陸本『菅』並作葌，《集注》及公孫所引一本，字又作『菅』，《音決》謂葌、菅字同，是也。藂，《音決》『在東反』者，謂即『叢』字耳。尋顔元孫《干禄字書》有『藂、叢』，云『上通下正』，『通』謂『相承久遠，可以施表奏牋啟，尺牘判狀，固免詆訶』而已；『正』乃『可以施著述文章，對策碑碣，將爲允當』爾（見《干禄字書總論》）。屈宋之作，繩以顔公《字様》，即不當作藂，但未知《楚辭》故書字亦作叢否（然公孫所據，字不作叢，又不云或爲叢者，是當時所見，亦無作叢之本也。唐人惟陸以『叢生』爲言，然則洪出一本字作叢者，於今言之，弟知其昉於善經而已）。今謂公孫此音非也，陸氏空疎，見聞彌陋，惟曹音得之。藂，蓋借爲棷，《説文·木部》：『棷，木薪也，从木，取聲』，大徐引孫愐『側鳩切』，是於《唐韻》正作『鄒』音（大徐引孫愐反切，與『棷』無異，見《説文·邑部》），許云『木薪』者，對『草薪』而言，《艸部》：『蕘，草薪也』（大小徐俱云『薪也』，蓋緣故書或作『艸新』，二徐所據，譌成一字耳。唐寫本《毛詩音》殘卷《生民·板》：『詢于芻蕘』出『蕘』，云：『《説文》：草新』，是舊本『薪』但作『新』，《斤部》：『新，取木也』，引申以名所取，亦通于薪，頗謂今《艸部》云：『薪，蕘也』者，乃後人所加。然段君注『蕘』，獨能依《詩釋文》補『艸』字，與《毛詩音》殘卷若析符之合，即此一事，其治學勤敏可知已），是其義。王《注》以爲『柴棘』，正『木薪』（故書當本作『木新』耳）之謂，故曹作『鄒』音矣。自小學不修，叔師舊讀，遂若存若亡，沈薶千載，祇藉憲音以傳，故知曹公之學，非唐人所及已。

蘩得讀爲『樷』者，蘩字从聚，即以爲聲，叢、聚皆从取聲，蓋古有二讀：正音當入侯，凡取聲字本皆入侯也。尋《左·僖三十三年》：『公伐邾，取訾婁』，《公羊》作『公伐邾婁，取叢』，陸氏《公羊音義》出『取菆』，云『才工反，二傳作「取訾樓」』，是舊本作『菆』，陸作『才工反』者，从轉音讀之。李賡芸謂『急言之爲叢，緩言之爲訾婁，訾婁猶叢字之反切』者（見《炳燭編卷三》『叢』字條。本條於叢音正轉，實已識其耑緒，但恨稾艸僅存，迭經删并，尋其遺文，不無通塞，今稍以所見益之，亦猶李君之志乎？若夫尋微之功，故當遠媿前賢耳），於理不誣，但未考舊本耳。今書徑作叢者，《禮記喪大記注》：『欑，猶菆也』，陸氏《音義》出『猶菆』，云『才工反，本亦作叢』，亦其比矣；又《孟子·離婁》：『爲叢敺爵者，鸇也』，《晉書·段灼傳》作『爲藪驅雀者』，是皆叢本屬侯之證。若《説文》云：『叢，聚也』，《吕覽·達鬱》：『而萬災叢至矣。』《注》及《廣雅·釋詁》亦云者。正以同部爲訓也。轉音或入東，此侯東對轉之理。《韓非子·揚權篇》：『欲爲其邦（邦舊作國，从洪頤煊説改），必伐其聚，不伐其聚，彼將聚衆』，此以邦、聚、衆爲韻（聚、衆爲韻，李賡芸已知之；顧廣圻、洪頤煊雖能不失其讀，然皆破聚爲蘩，是猶未知聚本有此轉音，所見故不如賡芸之卓也）；《書·皋陶謨》云『叢脞』，馬

《注》：『叢，總也』（見陸氏《尚書音義》，總原从俗作緫，今改），鄭《注》云：『總聚小小之事』（見孔氏《尚書正義》，總原从俗作摠，今改），此並以音訓，是馬、鄭並讀叢入東也。讀叢爲椒，自是正音，若《淮南》之以玨爲工（見《道應訓》），蓋楚之轉語矣。一曰：《招魂》本借菆或𢋀爲之（菆、𢋀與椒，音義俱近，要自一言孳乳），唐本又作藂、叢者，猶《七諫》『𢋀蒸』字既一作菆，又一作䔌、䕺、叢、藂；《哀時命》：『𢋀蒸』字既一作菆，又一作叢矣（《公羊》、《禮注》之菆或爲叢，亦其比類），蓋書經轉寫，形聲相亂耳。

增冰峨峨，飛雪千里些。 注：言北方常寒，其冰重累，峨峨如山，涼風急時，疾雪隨之，飛行千里，乃至地也。五臣云：增，積也。峨峨，高貌。洪氏《補注》：『《神異經》：「北方有曾冰萬里，厚百丈」，《尸子》曰：「朔方之寒地，凍厚六尺，北極左右，有不釋之冰。」』

季海按：《神異經》晚出，《尸子》戰國之書，云『凍厚六尺』、『不釋之冰』而已，初無『萬里』、『百丈』之談，此云峨峨，亦非如山之謂，叔師失其讀耳。尋《説文·白部》：『皚，霜雪之白也，从白，豈聲』，《後漢書·張衡傳》載《思玄賦》：『行積冰之磑磑兮，清泉沍而不流』，《注》：『《説文》曰：「皚皚，霜雪之貌也」，蓋古字磑與皚通。』峨峨，當讀爲皚皚，正狀積冰之白耳。《招魂》云：『赤蟻若象』，洪氏《補注》引《山海經》：『朱蛾』以爲説；《天問》云：

『蠢蛾微命力何固』，一作蠭蟻，洪氏《補注》：『蛾，古蟻字。《記》曰：「蛾子時術之」，是也』，洪氏所引，出《禮·學記》，鄭《注》：『蛾，蚍蜉也』，則蛾亦螘也。峨讀若皚，猶蛾讀若螘，聲同耳。王氏《章句》以爲峨峨，聲雖可通，實非當句所謂，是知『以壯爲狀，義多乖異』，自班、賈下逮王氏，殊有改易未盡者矣。

敦脄血拇。 注：敦，厚也。脄，背也。脄一作脢。洪氏《補注》：脄、脢，音梅，又音妹，脊側之肉。《説文》云：背肉也。《易》：『咸其脢。』

季海按：洪云：『脊側之肉』者，《禮記·内則》：『擣珍，取牛羊麋鹿麕之肉，必脄』，鄭《注》：『脄，脊側肉也』，陸氏《音義》：『脄，音每，又亡代反』，是也。

工祝招君。 注：工，巧也。言選擇名工巧辯之巫，使招呼君。

季海按：《離騷》：『固時俗之工巧兮，偭規矩而改錯』，《九辯》：『何時俗之工巧兮，背繩墨而改錯？』工、巧並舉，工亦巧也。《孔子三朝記·少閒篇》：孔子之對哀公曰：『於此有功匠焉，有利器焉，有措扶焉』，孔廣森《補注》：『功、工同』，孫詒讓案：『功當爲巧之誤』（據孫氏手評），今謂孔得其讀，孫得其意，但不煩改字耳。功正讀如工巧字，功匠猶巧匠矣；是巧謂之工，魯語與楚同爾。

檻層軒些。注：軒，樓版也。洪氏《補注》曰：一云檐宇之末曰軒。

季海按：劉氏《楚辭考異》：『案慧琳《音義二十八》引《楚辭》云：「軒，樓上板，障風日」，當亦王《注》，疑今《注》文多挩，當據彼書補正』，今謂劉説是也。尋玄應《一切經音義·正法華經第二卷》：『軒窻，虛言反，《楚辭注》云：「軒，樓上板，障風日者」』，與慧琳合，是今《注》實有挩文，雖無過數字，而樓板之用，實賴之以明，是豈可略哉？蓋自唐季喪亂頻仍，學者亦日趨苟簡，遂不憚輕删舊注，致令好古敏求如洪氏，已不聞軒板之『障風日』也。《文選》李善《注》：《招魂》此句，全同今本，疑亦後人妄删；不然，即『障風日』云者，蓋別有所受也。唐開元之盛，《楚辭》王《注》而外，又有郭璞《注》十卷，孟奥、徐邈、道騫《音》各一卷（見《舊唐書·經籍志》，《新唐書·藝文志》同），除道騫《音》敦煌殘卷僅存，今其書盡亡，故無從質言耳。

冬有突廈。注：突，複室也。洪氏《補注》：突，深也，隱暗處。《爾雅》東南隅謂之窔。突、窔竝於叫（毛本誤作門，今从江南圖書館藏明覆宋本）切。

季海按：凡書傳言突，實有二義：一曰突奧，指室中之二隅。《漢書·敍傳》録《賓戲》云：『守突奥之熒燭』，《注》：『應劭曰：「《爾雅》：東南隅謂之突，西南隅謂之奥。」師古曰：

「穾、奧，室中之二隅也。穾音烏了反，其字從穴，夭聲也」』，是也。應引《爾雅》，見《釋宮》。陸氏《經典釋文》『穾』作『窔』，與洪氏《補注》本合。釋云：『《說文》云「深貌」。本或作窅，又作窔同。』《荀子・非十二子篇》：『奧窔之間』《注》：『西南隅謂之奧，東南隅謂之窔，言不出室堂之内也。窔，一弔反』，『奧窔』字作『窔』，與陸引一本合。然於許書，『穾』奧字正當作『官』。《說文》『官，户樞聲也，室之東南隅』，故與宧、奧相次。隸或借窔爲之，故經典相承作窔（『穾』亦『窔』之省），《釋宮》此文，自劉熙《釋名》所據（郝懿行《爾雅義疏》即曾稱引劉說），至于陸氏以下諸本，字多作『窔』，是也。陸出窔字音云：『烏叫反，《字林》同。郭又音杳。』尋《廣韻・上聲二十九篠》：『杳，烏皎切。』杳、官同紐。官下引《說文》曰：『户樞聲也，室之東南隅也。』『了』亦在篠韻，是《漢書・敘傳》顏師古音，與此音同，皆郭讀也。大抵隋唐以還，凡『穾』奧字，不依呂讀，行郭音也。隸書時復譌略，穾奧字或逕省作突，遂與竈突字相亂。郝氏《爾雅義疏》云：『《御覽》引舍人曰：「東方萬物生，蟄蟲必出（必、畢同），無不由户突」，是舍人本窔作突。』又《淮南・道應訓》：『其比夫不名之地，猶突奧也。』今謂舍人本《爾雅》及《淮南》此文，皆當讀如窔、穾字。《淮南》言『突奧』與《釋宮》相應，突奧連文，亦與班固《敘傳》正同，文義甚明。郝氏深於雅故，然能知舍人本窔作突，而不能知突即窔之俗，殆爲户突字所誤，其實舍人正以户窔爲義，郝君偶不省耳（《釋宮》：『植謂之傳，傳謂之突』，郭《注》：『户持鎖植也。』是『户持鎖植』自可謂之『户突』，然謂蟄蟲必出，無不由此，可乎？）。《廣韻·去聲三十四嘯》出『窔』云：『亦作突，東南隅謂之窔，俗作突，烏叫切。』《廣韻》此文，兼明雅俗，疑出唐人之舊，學者循是以讀《爾雅》、《淮南》，亦可以不爲俗書所惑矣。此一事也。二曰巖突，以巖穴底爲義。《史記·司馬相如列傳》録《上林賦》云：『夷嵏築堂，纍臺增成，巖突洞房（依宋黄善夫本）。』《集解》：郭璞曰：『嵏，山名，平之以安堂其上。成亦重也。《周禮》曰：「爲壇三成。」在巖穴底爲室潛通臺上者』，是其義。然於許書巖『突』字當作『窔』，《説文》：『窔，窅窔，深也。』巖穴幽深，故謂之窔，而字从穴，厥義昭矣。《文選·上林賦》正作『巖窔洞房』，李善《注》：『窔，一弔切。』按《史記索隱》：『突，音一弔反』，是突讀若窔。《索隱》又云：『《釋名》以爲「突，幽也」。』今《釋名》亦止作窔，知顔氏所謂『从穴，夭聲』者，本出於窔，隸从譌省耳，篆籀更無此字，許書可質也。《漢書·司馬相如傳》録此賦，師古所據本乃作『巖突洞房（劉氏嘉業堂景宋蜀大字本《史記》亦作『巖突洞房』，與《漢書》顔注本同）』，此亦窔之俗，猶舍人本《爾雅》及《淮南·道應》書『突』奥字作『突』之比，小顔不悟，遂以爲竈突字，段氏譏其妄增郭《注》（見段玉裁《説文·

穴部》『窔』字《注》），允矣。此二事也。今謂必先通相如《上林》，分別二事，毋相奪倫，而後《招魂》之辭可解也。相如本辭賦之宗，然其深於《楚辭》，又讀此賦而可知也。《上林賦》稱『夷嵏築堂，纍臺增成，巖突洞房』，其鋪陳宮室，特爲奇麗，然賦家有此，本出《招魂》，相如獨祖述之耳。尋《招魂》之文，上言『層臺累榭，臨高山些』，下言『姱容修態，絙洞房些』，其步驟規模，與長卿直若表裏，蓋皆言緣山僝功，其物色誠相似也。知爲緣山者，相如有『夷嵏』、『巖突』之文，《招魂》又明言『臨高山』也（王氏《章句》：『或曰：「臨高山而作臺榭也」』，此説得之。其前説稱『其顛眇眇，上乃臨於高山』者，不悟《招魂》初不云『其顛』若何也）。若相如言『纍臺增成』，義主重累以成其高（見《史記集解》引郭璞《注》；又《索隱》引張揖《注》）；《招魂》亦言『層臺累榭』，《章句》云『層、累皆重也』，是又如重規襲矩矣：然此皆易曉也。獨相如能賦『巖突洞房』，即《招魂》所謂『冬有突廈』者，自叔師已不能具言其物，故漫云『複室』，姑爲是依違之詞爾。洪氏《補注》輒引《爾雅》，是不知突廈之突，義同『巖突』，不得以『突奥』泛説之也。《招魂》上表『高山』，下題『川谷』，中出『突廈』，非『巖突』而何？《史記索隱》即引此文以説《上林》，善矣；顔猶拘牽王義，故復失之眉睫也。蓋太古之世，或穴居避寒，楚益踵事增華，而冬有突廈，堂構之功，實多於前人，故賦家豔稱之耳。

然自相如而後，知者蓋希，苟非《上林》猶存，景純能説，亦何由審知『巖突洞房』之制，故與『突廈』同風哉？後人叵復見遠流，不惟不知『突廈』，亦並不知洞房。漢西京而上，洞房之名，本施於巖突，蓋亦因古穴居之遺；其曰洞房，於秦亦有專字。尋《説文・水部》：『洞，疾流也』，非其義。又《宀部》：『宕，一曰洞屋。』凡言洞房、洞屋一也，準以秦文，正當作宕，則關西語音如是。楚讀東、陽相協，故於《招魂》爲洞房。此秦楚殊言，考其轉語而可知也。自相如援《楚辭》以成文，賦家遞相祖述，而洞房遂爲通語，後人徒知取洞深爲名（見洪氏《補注》本引五臣説，段氏《説文》『宕』字《注》：『洞屋謂通迵之屋，四圍無障蔽也。凡道家言洞天者，謂無所不通。』又『洞』字《注》：『此與辵部「迵」、馬部「駧」，音義同。引伸爲洞達，爲洞壑』，不知宕之爲言猶洞也，洞壑、洞屋，本無異名，洞壑既不得四無障蔽，無所不通，又安見洞屋之爲四圍無障蔽之屋也？《文選・西京賦》：『赴洞穴，探封狐』，薛綜《注》：『洞穴，深且通也。』是依薛《注》，洞兼二義，五臣取深，段氏主通，弟皆未悟二者之名本生于巖穴也。尋《山海經・海内東經》：『湘水入洞庭下』，郭《注》：『洞庭，地穴也。……今吴縣南太湖中有包山，下有洞庭穴道，潛行水底，云無所不通，號爲地脈』，是洞庭亦因地穴得名，正與洞屋、洞房一例矣），亦猶徒以複室當突廈矣（《禮記・月令》：『其祀中霤』，鄭《注》：『古者複穴，是以名室爲霤』，《疏》：庾蔚之云：『複謂地上累土爲之』，是《詩》『陶復』字，亦通作『複』，但王意未必謂是。若復穴、突厦，雖文質殊科，豐儉異制，其經營用意，固不相遠，蓋古者複穴，踵事增華，則有突厦矣）。周、秦山穴謂之岫。《爾雅·釋山》：『山有穴爲岫』《注》：『謂巖穴』；《説文·山部》：『岫，山穴也。从山，由聲。窗，籀文从穴』，是也。篆、籀皆从由聲，則字在幽部，楚音亦或以幽協東（《離騷》『調』韻『同』是也，見段玉裁《六書音均表四》），則岫、洞語復相轉，亦孳乳寖多之一例矣。然薛綜注《西京賦》『赴洞穴』曰：『深且通也』，知吴人猶未以爲山洞字；任昉《述異記》乃有『林屋洞』及『荆州青溪、秀壁諸山山洞』，是『岫』謂之『洞』，蓋起於齊梁耶？

砥室翠翹。 注：砥，石名也，《詩》曰：『其平如砥』，言内卧之室，以砥石爲壁，平而滑澤；或曰僤室，謂僤佪曲房也。

季海按：《注》云『石名』，是也；引《詩》非也。尋《淮南·墬形訓》云：『是故白水宜玉；黑水宜砥；青水宜碧；赤水宜丹；黄水宜金。』《注》：『砥則阜石也。』今謂砥石是此，次金玉之間，必石之美者，非厲石也。頗疑砥、瑎同物，楚語轉耳（皆聲、氐聲，同在脂部）。《説文》

云：『瑎，黑石似玉者，从玉，皆聲，讀若諧。』與碧相次，或當是砥矣。

或曰：『儃室』者，《九歌・東君》：『長太息兮將上，心低佪兮顧懷』，《注》：『言日將去扶桑，上而升天，則徘佪太息，顧念其居也。』低一作徘，一作儃。《九章・惜誦》：『欲儃佪以干傺兮』，《注》：『儃佪，猶低佪也』，又《涉江》：『入溆浦余儃佪兮』，又《抽思》：『低佪夷猶，宿北姑兮』，《注》：『言己所以低佪猶豫，宿北姑者，冀君覺寤，而還己也。』低一作徘。《思美人》：『吾且儃佪以娛憂兮』，儃佪一作徘佪。其實楚語自曰儃佪。《離騷》：『邅吾道夫崑崙兮』，《注》：『邅，轉也。楚人名轉曰邅』，《九歌・湘君》亦云『邅吾道兮洞庭』，《注》：『邅，轉也』，是於楚語，儃佪同義，《東君》《抽思》『低佪』字，皆當作『儃佪，猶低佪』者，漢人語耳。明乎此，則知儃室之爲砥室，猶儃佪之爲低佪，漢師失其讀耳。

蒻阿拂壁。　注：蒻，蒻席也。阿，曲隅也。拂，薄也。言房内則以蒻席薄牀四壁及與曲隅。

季海按：王氏《讀書雜志餘編》：『念孫案：王以阿爲牀隅，則上與蒻字不相承，下與拂壁二字不相連屬矣。今案蒻與弱同。阿，細繒也。言以弱阿拂牀之四壁也。』今謂石臞説是也。蒻阿猶細阿，叔師誤認作蒲蒻字耳（《急就篇》：『蒲蒻藺席帳帷幢』，非此所用）。《淮南・主術訓》：『匡牀蒻席非不寧』，《注》『蒻，細也』，是其義。然拂當訓蔽，解在《離騷》中。蒻阿拂壁，猶搏壁矣（見《湘君章句》及《釋名・釋牀帳》）。王《注》以薄訓拂，於辭意雖無害，必繩以楚語，猶爲奢闊。

纂組綺縞。 注：纂組，綬類也。一作纂，一作綦。洪氏《補注》曰：『纂，作管切，似組而赤。綦，蒼白色；一曰青黑文，《禮記》有「綦組綬」。』

季海按：當作纂組，一本非也。《説文・糸部》：『纂，似組而赤』，洪説本此。段玉裁云：『《漢・景帝紀》曰：「錦繡纂組，害女紅者也。」臣瓚引此爲注，按：組之色不同，似組而赤者，則謂之纂』（見段氏《説文注》），段説是也。今謂『纂組』當緣織文得名，先秦西漢故書，未見單言『纂』者，《説文》乃字書，故分析言之耳。《淮南・脩務訓》曰：『蔡之幼女，衞之稚質，梱纂組，雜奇彩，抑黑質，揚赤文，禹、湯之智不能逮』，《注》：『梱，叩椓；纂，織組邪文，如今之綬，没黑見赤，言其巧也。』是所謂纂組者，黑質赤文，奇彩錯雜，所以爲麗。楚自惠王四十二年滅蔡而有其地（見《史記・楚世家》，《六國表》同），下逮懷、襄之世，既百餘年，幼女之巧，盡在楚矣，《招魂》賦之，不亦宜乎？

結琦璜些。 注：璜，玉名也。言結束玉璜，爲帷帳之飾也。琦一作奇。洪氏《補注》：琦，玉名，璜，半璧也。

季海按：王云：『璜，玉名』，『琦』字無《注》，則『琦』非玉名，一本是也。今書又作琦者，奇、琦亦或通也。楚人言奇，蓋以爲珍異、美好之偁，故《涉江》：『余幼好此奇服兮』，《注》云：『奇，異也；或曰奇服，好服也，言己少好奇偉之服』也。亦或通作琦者，《後漢書・仲長統傳》載《昌言理亂篇》：『琦賂寶貨，巨室不能容』，《注》：『琦，瑋也；《抱朴子》曰：片玉可以琦，奚必俟盈尺也？』是也。《招魂》言『奇璜』，猶《涉江》言『寶璐』；《理亂篇》言『琦賂寶貨』，亦以琦、寶爲互文矣。章懷《注》言『琦，瑋』，猶王《注》言『奇偉』，皆美異之辭爾。

翡帷翠帳。 注：言復以翡翠之羽，雕餝幬帳。帳一作幬。

季海按：劉氏《楚辭考異》：『案《書鈔》百三十二，《類聚》六十一、九十二，《御覽》六百九十九、七百及九百二十四並引作翠幬。』尋上文云：『羅幬張些』，明此作『幬』是也。《考異》所出及日本古寫《文選集注》殘卷卷第六十六：《招魂》字並作『幬』，是唐本猶未誤，則今作『帳』者，自出宋人。蓋流俗習見帷帳字，又《注》中亦言『幬帳』，遂易其本文耳。按《釋訓》：『幬謂之帳。』郭《注》：『今江東亦謂帳爲幬。』郭氏所引，正楚語之遺。凡讀古書，當從其俗，改字非也。

胹鼈炮羔。 注：羔，羊子也。洪氏《補注》：『炮，合毛炙物；一曰裹物燒。』

季海按：《禮記·内則》：『炮，取豚若將，刲之刳之，實棗於其腹中，編萑以苴之，塗之以謹塗，炮之，塗皆乾，擘之』，鄭《注》：『炮者，以塗燒之爲名也。將當爲牂，牂，牡羊也。謹當爲墐，聲之誤也。墐塗，塗有穰草也。』觀《内則》此文及鄭君《注》，於楚人炮羔之道，亦可以思過半矣。今人燒神仙鷄，一曰喞化鷄（喞化，乞丐之異名，謂乞丐燒鷄如是也），實塗之以墐塗而炮之，塗皆乾，則擘而嘗之矣。

煎鴻鶬些。 注：鴻，鴻鴈也。鶬，鶬鶴也。言復煎熬鴻、鶬，令之肥美也。洪氏《補注》：此言用膏煎鴻、鶬也。

季海按：《儀禮·聘禮》：『燕與羞，俶獻無常數』，鄭《注》：『羞，謂禽羞，鴈鶩之屬，成孰煎和也。俶，始也，始獻四時新物』，是古有禽羞，貴煎和也。宋玉此言，足徵鄭學矣。

挫糟凍飲。 注：挫，捉也。洪氏《補注》：挫，宗臥切。

季海按：《漢書·王吉傳》：吉上《疏》曰：『馮式撙銜』，臣瓚曰：『撙，促也。』師古曰：『撙，挫也，音子本反。』尋師古謂之挫，臣瓚謂之促；猶《招魂》謂之挫，《章句》謂之捉矣。凡方俗殊語，苟以類族觀之，故不難得其條理也。

晉制犀比，費白日些。注：晉，國名也。制，作也。比，集也。費，光貌也。言晉國工，作簙棊箸，比集犀角，以爲雕飾，投之皜然，如日光也。洪氏《補注》曰：費，耗也。咈，日光也，芳未切。

季海按：王説犀比，未知何據。孫詒讓疑指金帶鉤言之，以爲原出於趙，故云晉制，以黄金爲之，故得光費白日矣；又謂費、曊字同（見《札迻卷十二》），義皆可從。賦方言博，而及此者，以誇分曹竝進者容飾之盛也。尋《淮南·墜形訓》：『扶木在陽州，日之所曊』，《注》：『曊，猶照也』（曊，本誤作蹪，《注》同，今从《離騷》：『總余轡乎扶桑』洪氏《補注》引）。費、曊語楚，光、照一也。洪氏以爲費耗，失之。

九懷第十一

《尊嘉》：榜舫兮下流。注：乘舟順水，游海濱也。榜舫一作榜艕，一作榜舡，一作搒艕，一作搒舫。洪氏《補注》：榜，進船也。舫，併船也。艕，船也。東坡本作榜舫。《釋文》：榜作搒，搒，取也。

季海按：舫、艕，皆船也。《廣雅·釋水》『舫、㮰，船也』，艕即㮰矣。《戰國策第十四楚一》：張儀爲秦説楚王曰：『秦西有巴蜀，方船積粟，起於汶山』（《史記·張儀傳》作大船）；又曰：『舫船（劉一作方舡；《張儀傳索隱》作枋船，日本楓山三條本與《索隱》合）載卒，一舫載五十人，與三月之糧（《張儀傳》糧作食），下水而浮，一日行三百餘里』，然舫是大船，蓋蜀船也。子淵蜀人，故稱其俗，是字當作『舫』矣。此云『下流』，正張儀所謂『下水而浮』也。上一字《釋文》作摘，自是舊本，摘、榜字形相近，又易爲下舫、艕字偏旁所惑亂，故諸本多誤作『榜』也。洪云『摘，取』，雖出《廣雅》，説此則非。尋《淮南·説林訓注》：『篙，擿舩橈』；又《方言·第九》：『所以刺船謂之檔』；然摘舫（從一本）即刺舫，故王云『乘舟』也。

惜誓第十五

乃集大皇之壄。　注：大皇之壄，大荒之藪，大一作太。

季海按：《淮南·精神訓》：『登太皇，馮太一，玩天地于掌握之中』，《注》太作大，云『大皇，天也』，《惜誓》偁『大皇』，與《淮南》同，亦謂天耳，王氏未得其解。

乃至少原之壄兮。 注：少原之壄，仙人所居。

季海按：《廣雅·釋地》：少原次都野、孟豬、彭蠡，皆池也。王氏《疏證》云：『未詳所在』，而無説。若如此《注》，則其地本不可知；然稚讓所舉諸池，大氏有實可指，又疑別有據也。

大招第十六

大招者，屈原之所作也；或曰景差，疑不能明也。

季海按：屈原《賦》二十五篇，實無《大招》。景差之賦，亦無一篇爲劉向所録（《漢書·藝文志》敍屈原《賦》以下賦二十家，初無景差之作）。又篇中稱楚，與列國無異，此《招魂》所無，是逸二説皆非也。今尋《招魂》宋玉所作，句中稱兮，句末稱些，故楚聲也。《大招》凡『兮』爲『乎』，『些』爲『只』，其風謡絶異。君子行禮，不求變俗，使屈、景所賦，於此豈判若敵國也？《大招》又言『三公』、『九卿』；尋『九卿』所起，經無明文。《王制》《昏義》有之，説者以爲夏制。伏生《書傳》云：『古者天子三公。每一公，三卿佐之。』（《御覽·職官部》，又《藝文類聚・職官》引，詳見陳壽祺輯本。）黃以周云：『伏《傳》一公三卿，蓋《夏書傳》也（陳輯亦在《夏傳》）。《繁露》、《白虎論》皆據爲説，今文家之言也』（見《職官禮通故》二），是漢師自伏生以來，多以三公九卿爲夏制矣。《大招》既云『近禹麾』、『尚三王』，故宜及此。然《王制》之作，在赧王後，盧子幹又謂孝文時博士爲之，要其時與伏生相接。（《路史後紀十陶唐氏註》引《大傳》：『舜攝時三公、九卿、百執事，此堯之官也。故使百官事舜』；《説苑・君道篇》載湯問伊尹三公九卿，伊尹對以三君之舉賢，則堯、舜、禹也：是二文相應，謂唐虞之際，與夏同也。黃以周《職官禮通故》據《説苑・君道、臣術篇》文，以爲殷制，其實《臣術篇》述湯問明言古者，《君道篇》述伊尹對，又舉三君，觀其問答，事同稽古，湯、伊尹當夏之季世，革命之初，此文又無以定其爲殷爲夏，縱劉向所書，盡爲實録，猶未得如黃君所説，況伊尹之文，多出依託也？若《臣術篇》云：『湯問伊尹：「三公九卿，相去何如？」伊尹對曰：「三公者，通於天道者也。九卿者，通於地里者也」』；尋《呂覽・行論篇》：『鮌爲諸侯，怒於堯，曰：「得天之道者爲帝，得地之道者爲三公」』，則豈弟三公九卿而已乎？此説故出《呂覽》後，呂氏稱伊尹者多矣，遂無一語及九卿，湯問晚出可知也。又《臣術篇》舉三公、九卿、大夫、列士之事，以道、德、仁、義爲次，此《老子》所謂『失道而後德，失德而後仁，失仁而後義』也。『失義而後禮，夫禮者，忠信之薄而亂之首』，宜伊尹不言也。然此伊尹者，當黄老盛時，其漢文、景之際乎？）《昏義》亦當在秦漢間，或更後於《王制》。屈原卒赧王世，不當用《書傳》《王制》後起之説。《大招》云云，盛稱『三公、九卿』，純是漢學，宜出漢人手。其『粉白黛黑』、『靨輔奇牙』、『芳澤』、『接徑』之云，皆《招魂》所無（亦不見屈《賦》二十五篇及《九辯》中），而《淮南書》有之（《脩務訓》曰：『雖粉白黛黑，弗能爲美者』，又曰：『粉白黛黑佩玉環』）；然《戰國策卷第十六楚三》：『張子曰：「彼鄭、周之女，粉白墨黑，立於衢閭，非知而見之者以爲神」』，張子者，張儀也，此張儀所以語懷王也；是靚莊用黛，實在其後。姚云『別本作黛黑』者，後人改之耳。王念孫《讀書雜志》據郭璞《子虛賦注》以下引《策》文並作黛黑，轉以别本爲是。其實王引郭《注》，本出《上林賦》中，初不引《國策》，《史記集解》《文選注》引郭璞《注》亦然。王氏於此，遂一誤再誤，餘皆唐以來書，或者唐俗所行，已有此别本，或諸書爲後人所改，如改《國策》矣。王氏又引《大招》《列子》《鴻烈》，今謂《大招》晚出，《列子》僞書，《鴻烈》則漢人語耳。《大招》之文，多與《鴻烈》同風，即論世可知已。惟韓非《顯學》，有『脂澤粉黛』之言，在《淮南》前，或者用黛起於是時，亦或爲後人所亂，未可知也。王氏又引《説文》：『黱，畫眉也』；小篆雖有其字，直謂畫之而已。賈誼《勸學篇》：

『傅白黱黑』，《鹽鐵論·國病篇》：『傅白黛青』，皆其義也。當張儀之世，周、鄭之俗，有墨無黛。賈誼《新書·匈奴篇》復云：『傅白墨黑』，誼雒陽人，雒陽周地，此猶因周、鄭舊俗也。漢以來黛既大行，而用墨者寡；後周宣帝禁粉黛之飾，令天下婦人皆黄眉墨粧，然宫人自若也：則後人改墨爲黛，何足怪乎？又《脩務訓》曰：『此教訓之所俞，而芳澤之施』，又曰：『嘗試使之施芳澤』；《離騷》《九章》皆言『芳與澤其雜糅』，而不曰『芳澤』，又皆以喻夫德馨之美，不必竟謂婦人所施也。『接徑』説在後，『靨輔奇牙』，洪氏《補注》已詳），頗謂《大招》是大山之徒所造。其曰『大』者，望《招隱士》言之（王逸《章句》：《招隱士》者，淮南小山之所作也。昔淮南王安博雅好古，招懷天下俊偉之士。自八公之徒，咸慕其德而歸其仁。各竭才智，著作篇章，分造辭賦，以類相從，故或稱《小山》，或稱《大山》，其義猶《詩》有《小雅》《大雅》也）。淮南舊楚，民俗略同，然於屈宋，不能無出入也。

霧雨淫淫，白皓膠只。 注：淫淫，流貌也。皓膠，水凍貌也。言大海之涯，多霧惡氣，天常甚雨，如注甕水，冬則凝凍，皓然正白，回錯膠戾，與天相薄也。

季海按：《淮南·俶真訓》：『茫茫沈沈』，《注》：『沈讀「水出沈沈正白」之「沈」』，今謂『淫淫』讀與『沈沈』同（王引之云：『沈與淫，古同聲而通用』，是也，見《經義述聞》），霧雨水出正白之貌。白皓膠只，狀其水氣淫溢，彌望白也。膠借爲皋，《説文》：「皋，氣皐白之進也，从夲从白。」王以膠爲膠戾，非也。

魂乎無東，湯谷宋只。注：言魂神不可東行，又有湯谷，日之所出，其地無人，視聽宋然，無所見聞；或曰宋，水蘸之貌。一本宋下有寥字。

季海按：如前説，寥字本不必有；以或説證之，益知有者非也。尋《大招》陳「四方異俗」之「多賊害」，俱不云「其地有人」；若曰南有虎豹、蝮蛇，西有豕首縱目、長爪踞牙之屬，北有逴龍，則東方亦未嘗無螭龍並流，安得於此獨云「視聽宋然」，以異於三方也？今謂此《注》非也，或説得之。曰「水蘸之貌」者，宋讀爲潐。《説文》：「潐，盡也」，是其義。云「水蘸」者，《爾雅·釋水》：「水醮曰厬」，蘸、醮字同，皆潐之借字（今當子肖切。洪氏《補注》云：「蘸，没也」，則讀如莊陷切矣，此大誤也）。尋《玄中記》曰：「天下之強者，東海之沃燋石焉，方三萬里，海水灌之隨盡，故水東流而不盈」（《藝文類聚》八、《太平御覽》五十二、六十，《文選·江賦》注並引此文，而繁省不同，文句頗異，此從《御覽》五十二引）。賦《大招》者之視湯谷，或當如著《玄中記》者之傳沃燋，故云「湯谷潐只」，亦謂「海水灌之隨盡」爾。蓋古人見天下之水，東流而不溢，輒謂是必有如沃燋者以消之，否則亦當注湯谷而水蘸也。曰

『湯』曰『燋』，謂當日出之地，灼熱如火，不沸即焦耳。《玄中記》書稍晚出，今故不敢必言當賦《大招》時已有沃燋之談，然神話之興，常先於文字，初民淳樸，想象又往往相似，二者縱不必并爲一談，取以相證，自可以觀其會通也。

鼎臑盈望，和致芳只。注：臑，熟也。致，致醎酸也。芳，謂椒薑也。言乃以鼎鑊臑熟羹臛，調和醎酸，致其芬芳，望之滿案，有行列也。臑一作胹，《釋文》作腩，徒南切。洪氏《補注》：腩，膗也。

季海按：《注》云：『臑，熟』，鼎熟盈望，文不成義，《釋文》臑作腩，是也。《齊民要術·炙法》有『腩（奴感切）炙』，云：『羊、牛、麞、鹿肉皆得方寸臠切，葱白研令碎，和鹽豉汁，僅令相淹，少時便炙，若汁多久漬，則肕。撥火開，痛逼火，迴轉急炙，色白熱食，含漿滑美。若舉而復下，下而復上，膏盡肉乾，不復中食』，又『肝炙』云：『牛、羊、豬肝皆得臠：長寸半，廣五分，亦以葱、鹽、豉汁腩之。以羊絡肚臘脂裹，横穿炙之』，又『腩炙法』：『肥鴨净治洗，去骨作臠，酒五合，魚醬汁五合，薑、葱、橘皮半合，豉汁五合，合和漬一炊久，便中炙』，是『腩』者，謂以葱、鹽、豉汁漬之。《説文》無腩字，《肉部》有『肬』，云：『肉汁滓也，从肉，冘聲』，《唐韻》：『他感切』，與『腩』音義皆通（腩、肬皆舌頭音，南聲字古音當在侵部，冘聲字在談部，侵、談亦時相轉矣），肬本訓『肉汁滓』，引申之：以諸汁滓漬肉，亦謂之『肬』，字又从南作『腩』，或《故書》本爾；亦或自是孳乳而作新名，即肬、腩爲古今字矣。上言鼎腩盈望，下言和致芳只，正謂調和之美，今本及《注》字作臑者，流俗不解鼎腩所謂，因探《招魂》『臑若芳些』句，而改之爾。《招魂》未嘗言『腩』，而《大招》有之者，豈亦晚出之一證歟？腩本用諸炙，《招魂》但云『煎鴻鶬些』，不言炙也；《大招》乃云『炙鴰烝鳧』，其言鼎腩則宜：疑懷、襄之世，楚不尚炙，而《大招》偁之者，亦足以見《大招》之作，與屈宋初不同時也。敦煌本王仁昫《刊謬補缺切韻》殘卷《卅三感》：『腩，奴感切，煮肉，亦作䤈、腤』，《廣韻·四十八感》亦云：『腩，煮肉』；洪氏云：『腩，膗也』：義皆从腩漬引申，此後來所名，不可以說《大招》。

吴酸蒿蔞。 注：蒿，蘩草也。蔞，香草也。《詩》曰：『言采其蔞』也；一作芼蔞，《注》云：芼，菜也。言吴人善爲羹，其菜若蔞，味無沾薄，言其調也。洪氏《補注》：《爾雅》云：『蘩，皤蒿』，即白蒿也，可以爲葅。陸機云：『春生，秋乃香美可食』，又：『蔞，蒿也。葉似艾，生水中，脆美可食。』以菜和羹曰芼。**不沾薄只。** 注：沾，多汁也。薄，無味也。言吴人工調鹹酸，爚蒿蔞以爲虀，其味不濃不薄，適甘美也；或曰：吴酸醔𨣊，醔𨣊，榆醬也。一云：吴酢醔𨣊。洪氏《補注》：醔，音模；醶，音途。

季海按：劉氏《楚辭考異》出『吴酸』句，云『案《御覽》八百五十五引作毛蔞』；又：《注》云『案《御覽》八百五十五引作毛，菜也，言吴人齏爲至美』，尋《御覽》所引，與一本合，毛不从艸，又出《釋文》、洪校之外，或者尚仍《修文殿御覽》之舊，今作『蒿蔞』者，蓋流俗誤探下《注》『爚蒿蔞』之言，改故書耳。《注》云『芼，菜也』者，《儀禮・特牲饋食禮》、《少牢饋食禮》：鄭《注》亦云。戴震《毛鄭詩考正》云：『芼，菜之烹於肉湆者也。禮：羹、芼、菹、醢，凡四物。肉謂之羹，菜謂之芼，肉謂之醢，菜謂之菹。菹、醢生爲之，是爲豆實；芼則湆烹之，與羹相從，實諸鉶』，是也。此言以蔞蒿芼肉羹耳。今《注》云『或曰吴酸醔醶』者，芼古音在宵部，醔在幽部，音近相通，《説文・木部》：楙从敄聲，讀若髦，則知醔从敄聲，亦或讀如芼矣；蔞、醶，俱在侯部，蔞、醶聲轉，猶盧、酴聲轉矣（《説文・酉部》：酴讀若盧，孫愐《唐韻》音『同都切』，是也）。『芼蔞』、『醔醶』之異，蓋緣漢師兩讀，故王《注》以『或曰』明之。《注》云『醔醶，榆醬』者，義亦見《説文・酉部》『醔』字下，《廣韻・十八尤》云：『醔醶，榆人醬』（見『醔』字下，《廣韻》以醔醶分入平聲《十八尤》『謀』、《十九侯》『頭』下，與敦煌本王仁昫《刊謬補缺切韻》殘卷之分入平聲《尤》、《侯》者合，《齊民要術・種榆》、《玉燭寶典・二月》引崔寔書『䤈䤉』，俱音牟頭。今《古逸叢書》本《寶典》：頭作須，形之誤也，是河北取韻若此矣。小徐《説文解字韻譜》依《切韻》音入去聲《候部廿七》作莫候、田候二反，與大徐引孫愐《唐韻》音合，豈所謂『江東取韻，與河北復殊』者耶）；又《十一模》云『榆子醬』者，《齊民要術》有《作榆子醬法》云：『治榆子人一升』，是『榆子醬』即『榆人醬』也。《齊民要術·種榆》引崔寔曰：『二月，榆莢成，及青，收乾以爲旨蓄，色變白，將落，可作䤈䤉』，《注》：『䤈䤉，榆醬』；《玉燭寶典·二月》引崔寔《四民月令》文略同，而『將落』下云：『可收爲䤈醬、䤉醬』，《注》『皆榆醬者』，是以䤈䤉爲二，與《説文》頗異矣。賈、杜同引一書，而參差如此，今亦未知孰得也。《廣韻》兩讀，其入《十一模》者，即洪音矣。『吴酸』一云『吴酢』者，《説文·酉部》：『酸，酢也，關東謂酢曰酸』，《招魂》云：『和酸若苦，陳吴羹些』，又云：『鵠酸臇鳧，煎鴻鶬些』，與許君所云『關東』語相應；然則關西語謂之酢也，史游《急就篇》云：『蕪荑鹽豉醯酢醬』，是也（下又云：『酸鹹酢淡辨濁清』，顔師古《注》：『大酸謂之酢』，此别一義）。疑《大招》於此，本同關西語作『吴酢』，後人依《招魂》改之。《急就篇》云：『侍酒行觴宿昔酲』，顔師古《注》：『昔，夜也，經宿飲酒，故致酲也』，《大招》亦云：『魂乎歸徠，已娱昔只』，《注》：『昔，夜也。《詩》云：「樂酒今昔」，言可以終夜，自娱樂也』，用字亦與《急就篇》相應；《招魂》云：『娛酒不廢，沈日夜些』（王《注》：『或曰娛酒不發』，洪校：『夜一作夕』），曰『朱明承夜兮，時不可以淹』，初不言『昔』，然則洪校《大招》云：『昔一作夕』者，非也。《大招》用字，與屈宋故多出入爾。

炶鶉敶只。 注：炶，爚也。言復炶爚鶉鷃，敶列衆味，無所不具也。洪氏《補注》：炶，音潛，沈肉於湯也。

季海按：《説文・炎部》：『炶，火行也；从炎，占聲』，孫愐《唐韻》音『舒贍切』，非其義；此借爲『燅』，《説文》云：『燅，於湯中爚肉；从炎、从熱省。𤓸，或从炙』，孫愐音『徐鹽切』，是也。洪義見《禮器》：『三獻爓』鄭《注》。

四酎并孰。 注：醇酒爲酎。并，俱也。

季海按：《説文・竝部》：『竝，併也，从二立』，又《人部》：『併，並也，从人，并聲』，又《从部》：『并，相從也，从从，幵聲；一曰从持二爲并』，併、并音義俱近，然此云『并孰』，謂竝孰也，則字當讀若併。《招魂》云『分曹竝進』，此言『并』者，《儀禮》今文『竝』皆爲『併』（見《士昬禮》、《聘禮》、《公食大夫禮》、《士喪禮》鄭《注》；惟《有司徹》：鄭《注》，今本云『古文「並」皆作「併」』，『古文』乃『今文』之誤），《招魂》用字，與古文合，《大招》則漢人語耳。

吴醴白糵，和楚瀝只。注：再宿爲醴。糵，米麴也。瀝，清酒也。言使吴人釀醴，和以白米之麴，以作楚瀝，其清酒尤醲美也。

季海按：《山海經·中山經》：『首山，䰠也。其祠用稌，黑犧，太牢之具，糵釀』，郭《注》：『以糵作醴酒也。』郝氏《箋疏》云：『案：「糵，牙米也」，見《説文》。今以牙米釀酒，極甘，謂之「醣酒」。』『吴醴白糵』，止謂吴以白糵作醴酒，猶《中山經》之有糵釀矣；言此者，貴之耳。『和楚瀝』，謂和楚清酒而飲之。若如王説，是楚瀝之作，必待吴醴而成，殆不然矣。

朱脣皓齒。注：皓，白。言美人朱脣白齒。朱脣一作美人。

季海按：劉氏《楚辭考異》云：『《文選》：《上林賦注》、《舞賦注》、《嘯賦注》、《雪賦注》、陸雲《爲顧彦先贈婦詩注》、曹植《雜詩注》、《史記司馬相如傳索隱》、《御覽》三百六十八，並引作「美人皓齒」』；今謂當作『美人皓齒』，諸書所引是也。王《注》足以朱脣，正爲齒白傳神，此所謂意内言外也。注家得此，庶云曲盡；若如今本，則《注》爲贅肬，叔師安得有此？蓋《招》文自此以下，偏寫諸美體貌，而於此句發之，故其曰『美人』云者，乃遥領下文，非偏屬『皓齒』也。

麗以佳只。注：佳，善也。又性婉順，善心腸也。

季海按：王多以佳訓善，義不主於體貌，非也。楚人謂美好曰佳，《山海經》、《方言》、《説文》字又作娃（《北山經》『發鳩之山』：『有鳥焉……名曰精衛，……是炎帝之少女，名曰女娃』；《方言·第二》：『娃，美也。吴、楚、衡、淮之間曰娃』，《説文·女部》『娃』：『或曰吴楚之閒，謂好曰娃』，是也）。《九章·惜往日》：『妒佳冶之芬芳兮』，佳一作娃；然李斯楚人，其《書》曰：『佳冶窈窕』，《淮南·脩務訓》：『形夸骨佳』，字止作佳。尋郭注《北山經》：『女娃』之文曰：『娃，惡佳反，語誤或作階』，其實階、佳雙聲，同屬見紐，娃或作階，正楚語之遺，字當作佳耳（娃、佳在支部，而語作階，是楚音或讀如脂也）。郭氏囿於所聞，祇以『惡佳反』爲正音，既不能得其本字，故輒云『語誤』矣。

美目𥈠只。 注：𥈠，黠也。言美目竊眄，𥈠然黠慧，知人之意也。洪氏《補注》：𥈠，音綿，美目貌。

季海按：王云『𥈠，黠也』者，𥈠，讀若䀎，《爾雅·釋言》：『䀎，姡也』，《方言·第十》云：『姡，獪也』，是其義。郝氏《爾雅義疏》云：『䀎訓姡者，《釋文》引孫、李云：「䀎，人面姡然也。《方言》云：楚鄭或謂狡獪爲姡，姡猶獪也，凡小兒多詐謂之姡」，是李、孫義同，所引《方言》，臧鏞堂《爾雅漢注》，定爲孫引也』，是也。然《大招》明謂『美目』；又《方言·第二》：『剿、蹶，獪也（郭《注》：古狡狯字）。秦晉之間曰獪；楚謂之剿，或曰蹶；楚鄭曰蔿（郭《注》：音指撝，亦或聲之轉也），或曰姡（郭《注》：音黠姡也）』（孫引《方言》，即出于此）。《大招》雖出淮南，猶是楚語，信如王義，正當言姡，不言媔也。洪氏以爲『美目貌』者，《方言・第二》：『南楚江淮之間曰顯（郭《注》：音緜，下作矊，音字同耳），或曰滕，好目謂之順，黸瞳之子謂之矊（郭《注》：言矊邈也）』，戴震《疏證》：『《楚詞・招魂篇》：「遺視矊些」，洪興祖《補注》引《方言》：「黸瞳之子謂之矊」；又作媔，《大招篇》：「美目媔只」，《補注》云：「媔，音緜，美目貌」』，今謂洪、戴説並是也。俱言美目，而又矊、媔歧出者，郢中之與淮南，故不能無少殊異也。

接徑千里。　注：言楚國境界，徑路交接，方千餘里。

季海按：接徑楚語，猶貫穿、旁通云爾。《淮南・要略》曰：『接徑直施，以推本樸』，是也。王《注》太拘。

田邑千畛，人阜昌只。　注：田，野也。畛，田上道也。邑，都邑也。言楚國田野廣大，道路千數，都邑衆多，人民熾盛，所有肥饒，樂於他國也。

季海按：邑謂封邑；田，食田也。田邑千畛，自據楚制言之。《戰國策第十四楚一》：『葉公子高食田六百畛』，又云：『此蒙穀之功多，與存國相若，封之執圭，田六百畛』；此云『千畛』，或舉成數，或更有邑，要指執政在位之封，謂平宜居之，非泛稱楚國也（觀其畛逾六百，是以存國之功許之，又可知也）。爲此言以招之，猶言有民人焉，有社稷焉，何以遠爲？王君未達楚制，故不得其解。

北至幽陵，南交阯只；西薄羊腸，東窮海只。 注：幽陵，猶幽州也。洪氏《補注》：《史記》曰：『北至于幽陵，南至于交阯，西至於流沙，東至于蟠木。』

季海按：《大戴禮記·五帝德》：孔子曰：『顓頊，黄帝之孫，昌意之子也，曰高陽』，『乘龍而至四海：北至于幽陵，南至于交趾，西濟于流沙，東至于蟠木』，《史記·五帝本紀》：帝顓頊高陽，即本《五帝德》，但删『乘龍』句耳，其記四至，全同大戴（今《史記》於流沙亦言『至』），然《正義》於此出『濟，渡也』，則唐本與大戴悉同），是西漢學者所傳帝高陽之四至若是矣。尋《離騷》云：『帝高陽之苗裔兮』，《注》云：『《帝繫》曰：「顓頊娶于騰隍氏女（今《大戴禮記·帝繫》云滕氏），而生老僮」（今《帝繫》作老童），是爲楚先』，《大招》四至，上同高陽，豈以是歟？然推其聞見，故是漢初人語也。《史記·五帝本紀》『帝堯』云：『於是舜歸而言於帝，請流共工于幽陵』，《正義》云：『《尚書》及《大戴禮》皆作幽州』；然《集解》

云：『馬融曰：幽陵，北裔也』，則馬本《尚書》作幽陵，疑古文所傳本如是也。方賦《大招》時，《古文尚書》，人間未有，而《大招》乃能云『北至幽陵』者，蓋取諸《五帝德》也。

直贏在位。注：贏，餘。言忠直之人，皆在顯位，復有贏餘賢俊，以爲儲副。

季海按：王氏説此，不惟迂曲，抑且不辭。使云：直餘在位，成何文理？尋《晏子春秋·內篇雜上·曾子將行章》：『晏子曰：今夫車輪，山之直木也。良匠揉之，其圓中規，雖有槁暴，不復贏矣』，《荀子·勸學篇》：『木直中繩，輮以爲輪，其曲中規，雖有槁暴，不復挺者，輮使之然也』，楊倞《注》：『挺，直也』，《晏子》曰贏，《荀子》曰挺，贏亦挺也，俱謂直矣（凡廷聲字多有直義，《釋詁》：『頲、庭，直也』，其見於羣書者，又有脡、挺、珽、侹、廷諸名，詳郝氏《釋詁義疏》）。贏讀與贏同，《賦》云：『直贏』，重言以成文爾。

附　　闕文一事

《鹽鐵論·相刺篇》：『文學曰：是以荆和抱璞而泣血，曰：「安得良工而剖之？」屈原行吟澤畔，曰：「安得皋陶而察之？」』

季海按：『荆和』句今見《七諫・謬諫》，彼云：『和抱璞而泣血兮，安得良工而剖之？』『行吟澤畔』今見《漁父》，然原此言未見所出，不知是其逸句，抑他書所記？又不知曼倩、文學，同所受耶？將文學四句，俱出曼倩，而今不盡見耶？予實孤陋，請俟多聞。

闕文存疑一事

《哀時命》：箟簬雜於黀蒸兮，機蓬矢以䠶革。 注：已解於《七諫》也。箟，竹也；一作菎蕗。黀，一作菆，一作叢，一作靡。䠶，一作射。又**《七諫・謬諫》：菎蕗雜於黀蒸兮，**注：枲翮曰黀。煏竹曰蒸。言持菎蕗香直之草，雜於黀蒸，燒而燃之，則不識於物也；以言取忠直棄之林野，亦不知賢也。一作箟簬。黀：一作菆，一作靡，一作蕺，一作䕺，一作叢，一作藂。一云：菎蔬雜於黀篜。洪氏《補注》：箟與箘同，箘簬也。黀，麻黠也；菆，麻蒸也。蒸，折麻中幹也。篜，竹炬也，並音烝。蕺、䕺、藂，並與叢同，草叢生也。**機蓬矢以射革。**注：矢，箭也。言張強弩之機以蓬蒿之箭，以射犀革之盾，必摧折而無所能入也；言使愚巧任政，必致荒亂，無所能成也。

季海按：莊忌於朔，雖年輩居尊，而論世相接（吳王濞招致天下之娛游子弟：枚乘、鄒陽、嚴夫子之徒，興於文、景之際，見《漢書·地理志》；忌從梁孝王入朝，在景帝時，見《司馬相如傳》；忌子助，以武帝善其對，獨擢爲中大夫，見《本傳》，《傳》又云：後得朱買臣、司馬相如、東方朔等，是論朔年輩，當與助相鴈行也），曼倩何緣襲其全句？疑斯言本出屈宋遺文，二子俱治楚辭，故遞相祖述耳。尋《説文·竹部》：「箘，箘簬也；一曰博棊也」、「簬，箘簬也，《夏書》曰：惟箘簬、楛」，洪言「篦與箘同」，是也。字當从竹，隸變从艸。《招魂》：「菎蔽象棊」，《注》：「菎，玉也，蔽，簙箸，以玉飾之也；或言菎蕗，今之箭囊也」，「菎，一作琨，一作篦」，篦蔽即箘蔽，《説文》所謂「一曰博棊」者，正謂此矣。是《楚辭》箘例作篦（箘桂字別是一義，不在此例），觀忌、朔所偁，並書篦簬，與宋玉字例正合，益見此句本出郢中遺製，非忌所探肊自造也。又《説文·麻部》：「黀，麻藍也」，《艸部》：「菆，麻蒸也」（段云：「黀，即《艸部》之菆」，見黀字《注》），「蒸，折麻中榦也」（《補注》所出本此），然則「黀蒸」正謂「折麻中榦」也，段君折作析，《注》云：「析其皮爲麻，其中莖謂之蒸，亦謂之菆。《毛詩傳》曰：「粗曰薪，細曰蒸」，古凡燭用蒸」（見蒸字《注》），是也。諸本或作靡者，緣黀而誤，或作蔌者，緣菆而誤，餘本紛紛，徒重訛襲謬而已。

楚辭解故續編

楚辭解故續編目録

楚辭解故續編

《楚辭解故》已付印，又得遺義數十條，既不及改版，爰附于後，以爲《續編》云爾。語曰：『示應於近，遠有可察』，知遠易也；又曰：『目見毫毛，不見其睫』，自知難也。姑識吾疑，以俟君子，猶《解故》之志也。

離騷第一

帝高陽之苗裔兮。 注：高陽，顓頊有天下之號也。《帝繫》曰：顓頊娶于騰隍氏女，而生老僮，是爲楚先。其後熊繹事周成王，封爲楚子，居於丹陽。周幽王時生若敖，奄征南海，北至江漢。其孫武王，求尊爵於周，周不與，遂僭號稱王，始都於郢。……屈原自道本與君共祖，俱出顓頊胤末之子孫。洪氏《補注》：皇甫謐曰：『高陽都帝丘，今東郡濮陽是也。』

季海按：此有三事當辨：一曰：顓頊所娶，《四部叢刊》影明翻宋本、汲古閣翻宋本《楚辭補注》出《章句》皆作『騰隍氏』，《湖北叢書》用隆慶重雕宋本《楚辭章句》引《帝繫》作『滕隍墳氏』，今謂當作『滕墳氏』，騰、滕音近字通，隍、墳形近而誤，隆慶重雕所據宋本並出隍墳字者，誤以校書者旁注舊本異同入正文也。知者，《四部叢刊》影明成化本《山海經大荒西經注》引《世本》云：『顓頊娶于滕墳氏』，是隆慶所據宋本《章句》引《帝繫》，與郭引《世本》正合，但衍『隍』字耳。墳當讀如《爾雅》：『墳，大防』（見《釋丘・厓岸》）、『墳莫大於河墳』（見《釋地・八陵》）之墳，蓋厓岸隄防之謂。滕字从水，以河墳、汝墳、淮濆（濆、墳字通，詳郝氏《釋丘義疏》）例之，當亦水名，而《説文》以爲『水超涌也』者，許君又云：『涌，滕也；一曰涌水，在楚國』（亦見《水部》），滕从朕聲，涌从甬聲，蒸、東相轉，猶騰从朕聲，而《月令・孟春》以韻降、同、動，《孟冬》以韻降、通、冬，《大戴禮・勸學篇》以韻聰、窮也，是滕、涌本轉注字，滕水即涌水，許書云『在楚國』者，段玉裁云：『《左傳・莊十八年》：「閻敖遊涌而逸，楚子殺之」，杜曰：「涌水在南郡華容縣」，華容，今湖北荆州府監利縣地，涌水在今江陵縣東南，自監利縣流入，夏水支流也。《水經》曰：「江水又東南，當華容縣南，涌水入焉」，酈云：「水自夏水南通於江，謂之涌口」』（見《説文》『涌』字《注》），是也。高陽爲楚之先，娶于涌墳，地望亦合矣。若《太平御覽卷第一百三十五皇親部》引《世本》、又《卷第七十九皇王部》引《帝王世紀》皆作『勝墳氏』，滕誤作勝，則形之誤也。《四部叢刊》影明袁氏嘉趣堂本《大戴禮記・帝繫篇》云『顓頊娶于滕氏，滕氏奔之子謂之女禄氏，産老童』者，《御覽・皇親部》引《帝系》云：『勝奔氏』，是《大戴禮・帝繫篇》舊本當作『滕奔氏』，袁本上句奪，下句倒，《御覽》引又譌其上字，然下字皆作『奔』，明故書如是。奔、墳聲通，與王師讀小異，非文有違錯也。雷學淇校輯《世本》謂《章句》：『隍』字衍文，賁與奔、墳皆通，並是也；然所輯既據《山海經注》誤本作『滕璜氏』，又以『字書無璜字』，遂謂『當是賁字之譌』，不悟字書有璜，璜、墳但争一筆，又有明文足徵，是幾不見輿薪，則其疎也。二曰：顓頊所都，《續漢書・郡國志》：『濮陽，古昆吾國』，劉昭《注》：『杜預曰：「古衞也。」《帝王世紀》曰：「顓頊自窮桑徙商丘。」《左傳》曰：「衞，顓頊之墟」，杜預曰：「帝丘，昆吾氏因之，故曰昆吾之墟，縣城内有顓頊冢」』（劉引杜『帝丘』云云，見《春秋釋例・土地名・衞地》『僖三十一年』本條下，但無末句，莊述祖、孫星衍校以爲脱文，近是），《金樓子・興王篇》多襲《世紀》之文，於『帝顓頊』亦曰：『始都窮桑，徙商丘』，《藝文類聚卷第十一帝王部一》、《太平御覽卷第七十九皇王部四》、又《卷第一百五十五州郡部一敍京都上》引《帝王世紀》文句雖有詳略，而以爲『徙商丘』則同。《御覽·州郡部·敍京都》引《帝王世紀》云：『顓頊氏自窮桑徙商丘，於周爲衛，……故《春秋傳》曰：「衛，顓頊之虚也，謂之帝丘」，今東郡濮陽是也』，上言『商丘』，下引『帝丘』，與劉《注》同，是謐、昭皆以爲顓頊所徙商丘即帝丘；然謐書故作『商丘』，引《春秋傳》『帝丘』者，博異名而已。洪引皇甫云『都帝丘』云云者，見《五帝本紀集解》，豈晉宋所傳、裴駰所見《世紀》故書本亦作『帝丘』，與《春秋傳》正同，諸書或引作『商丘』字者，乃後來校刻不審之過邪（王應麟《通鑑地理通釋卷第四》：『《世紀》：顓頊氏自窮桑徙帝丘』，疑亦从他書轉引，然據是可知宋人所見諸家引《世紀》此文，故有與裴書合者）？尋《左·僖三十一年傳》：『遷于帝丘，……衛成公夢康叔曰：「相奪予享」』，杜《注》：『相，夏后啓之孫，居帝丘』，是啓之孫相居帝丘，即濮陽矣［然《太平御覽卷第一百五十五州郡部一敍京都上》引《帝王世紀》曰：『相徙商丘，於周爲衛，成公夢（鮑刻本誤作薨，今依《春秋傳》改）康叔曰：「相奪予享」，是也』，是皇甫以『帝丘』爲『商丘』也；又《左·昭元年傳》子産曰：『后帝不臧，遷閼伯于商丘，主辰。商人是因，故辰爲商星』，杜《注》：『后帝，堯也。商丘，宋地。主祀辰星，辰，大火也。商人，湯先相土封商丘，因閼伯故國，祀辰星』，是契之孫相土居商丘，杜預以爲宋地矣」。然《御覽·敍京都》引《帝王世紀》曰：『《世本》：「契居番，相土（原奪土字，依《寰宇記五十七》補）徙商丘」，本顓頊之墟，故陶唐氏之火正閼伯之所居也，故《春秋傳》曰：閼伯居商丘，祀大火，相土（土字今補，如上文）因之，故商主大火謂之辰，故辰爲商星，今濮陽是也」，是皇甫以『商丘』爲『帝丘』也。若此引《世紀》諸文，未嘗爲後人所亂，則皇甫正謂『商丘』即『帝丘』矣。沈欽韓《春秋左氏傳地名補注》：《僖公三十一年傳》『相奪予享』下云：『《紀年》：「仲康七年世子相出居商丘，依邳侯。元年戊戌帝即位，居商丘。」《續志注》「《帝王世紀》曰：顓頊自窮桑徙商丘」，《括地志》以爲宋州，誤也。《寰宇記》：「濮州顓頊遺墟，古曰帝丘，亦曰商丘。」《方輿紀要》：「舊濮陽城東有商丘，蓋帝丘之譌」，以此傳證之，知商丘即帝丘矣。相因衛處其故墟，故求食。』文起所引出今本《紀年》，不足據。《太平御覽卷第八十二皇王部七》引《紀年》：『帝相即位，處商邱』，王國維《古本竹書紀年輯校》：『案《通鑑外紀》：「相失國，居商丘」，《通鑑地理通釋四》云：「商丘當作帝丘」』（《通釋》云：『蓋《世紀》之誤也』，王氏『書《通釋》後』亦云：『皇甫謐誤商丘於濮陽』，正謂是矣；然《通釋》引《世紀》乃云：『相徙帝丘』，則今本之誤也），是宋以來學者，亦或以爲商丘即帝丘，《寰宇記》所説是也；又或以爲商丘當作帝丘，洪氏《補注》、王氏《通鑑地理通釋》是也。文起主前説，《方輿紀要》主後説，此二説異同，或者即皇甫與杜之異同，去古已遠，安得復覩張蒼所獻、束晳所校故書之真，以論定之哉？文起所見，特其一耑而已；若云『《括地志》以爲宋州，誤也』者，尋《志》文及商丘而今可見者有二：其一《史記夏本紀正義》於引《帝王紀》『羿篡帝相，徙于商丘』下引此《志》云：『商丘，今宋州也』，是以相所居、羿所徙爲宋州，此與皇甫、杜説皆不合，蓋失之矣；其二《殷本紀正義》云：『《括地志》云：「宋州城，古閼伯之墟，即商邱也」；又云：「羿所封之地」』，此以『閼伯居商邱』爲宋地，正同杜義。杜於《昭元年注》云『商丘，宋地』者，考《春秋釋例·土地名·宋地》『隱元年：宋、商、商邱』下云：『三名，梁國睢陽縣也。《傳》曰：「陶唐氏之火正閼伯居商邱，祀大火」，又曰：「宋，大辰之虚也」』，然則商邱在宋地』，《志》之宋州，即《釋例》之睢陽，今河南商丘縣南是也，説本不誤；『又云』以下，乃同前惑者，蓋采別説，而失之弗考矣。然《志》文實未嘗以顓頊所徙之商丘爲宋州，此則文起之誤也。要之，商丘、帝丘，字形相近，古書多錯，未敢意必；若夫顓頊之虚，於周爲衛，今爲濮陽，則春秋以來，學者所傳，皇甫與杜，初無異辭也[《晉書載記第八慕容廆》云『廆以大棘城即帝顓頊之墟也，元康四年，乃移居之』者，《通典卷第一百七十八州郡八》：『柳城郡：營州』下云：『棘城即顓頊之墟，在郡城東南百七十里』，是在今河北盧龍東南，春秋時地屬山戎，戰國時屬燕，非衛境所及，故無當

《春秋傳》矣。然自《五帝德》已云：『帝顓頊北至于幽陵，東至于蟠木』，《史記・五帝本紀》同，是盧龍雖處遐陬，猶在化内，棘城有顓頊之墟，亦足見遠人懷德之情，故無間華裔也。慕容父子，世奉中國，久慕諸夏之風，宜尤樂聞斯語；亦可即廆因時俗所傳，從而實之，冀託高陽以自重耳。《通鑑地理通釋卷第四》考顓頊所都又引《郡縣志》：『高陽故城，在汴州雍丘縣西南二十九里』，王氏自注：『顓頊佐少昊有功，受封此邑（按此《注》亦本《元和郡縣圖志》，見《卷第七》「高陽故城」下）。《外紀》：「顓頊都衛，故爲帝丘，後徙高陽，稱高陽氏」』，使此説不謬，是高陽在今河南杞縣西南，蓋自濮陽南徙，相去亦不遠耳。尋《史記五帝本紀集解》引張晏曰：『高陽、高辛，皆所興之地名』，實此説所自出；然張既未言高陽所在，亦不云與帝丘先後，王書所考，未必即子博意也。顏師古《漢書敍例》次晏於蘇林、如淳之間，尚論其世，當魏中葉矣。子博所言，既不見先秦舊書，亦兩漢諸師所弗道，予實淺學，未知本末，姑志所疑，待問云爾」。三曰：顓頊所葬，或以爲在東郡，是有二説：一、《續漢書・郡國志三》：『東郡濮陽』，劉昭《注》引《皇覽》曰：『冢在城門外廣陽里中』，皇甫謐、酈道元主之，《水經注・淇水》：『又北逕白祀山東，歷廣陽里，逕顓頊冢西，俗謂之殷王陵，非也。《帝王世紀》曰：「顓頊葬東郡頓丘城南廣陽里大冢」者，是也』；二、劉昭『濮陽』《注》

引杜預曰：『縣城内有顓頊冢』，莊述祖、孫星衍以爲《釋例》脱文，近之；然《左・昭十七年傳》：梓慎曰：『衛，顓頊之虚也，故爲帝丘』，杜《注》：『衛，今濮陽縣，昔帝顓頊居之，其城内有顓頊冢』，亦可昭隱括此《注》言之矣：是杜主冢在濮陽城中也。《山海經・海外北經》『務隅之山』，郭《注》：『顓頊號爲高陽，冢今在濮陽，故帝丘也；一曰頓（原作頊，即頓之壞字，今正）丘縣城門外廣陽里中』，郭前説與杜《注》合，其『一曰』以下，即皇甫所云也。酈宗皇甫，而郭先杜義者，江東河北，學術本殊，好尚不同，茲其一事歟？惟二説雖異，而地實相近，初不遠離濮陽境矣。今謂杜説，於漢魏無徵，觀郭《注》所偁，殆因緣帝丘之名，而附會之耳。《皇覽》所云，杜即不信，《水經注》言『俗謂之殷王陵』，明時人未嘗以爲顓頊冢也。《皇覽》近出魏世，去酈未遠，而時俗已無可考，酈氏雖主斯説，亦但恃皇甫片言，以爲左驗，要於先秦兩漢，無文可據，與杜説正同耳。推二説所興，終不離濮陽者，徒依旁《春秋傳》『衛，顓頊之虚也，故爲帝丘』之文耳；其實丘、虚之名，何必冢墓？斯亦穿鑿之過矣。尋《山海經・海外北經》：『務隅之山，帝顓頊葬于陽，九嬪葬于陰』，又《海内東經》：『漢水出鮒魚之山，帝顓頊葬于陽，九嬪葬于陰』，務隅、鮒魚，既一聲之轉［務、鮒旁紐（今音務屬微，鮒屬奉，古無輕脣，當入明、並），隅、魚正紐同屬疑，並雙聲字。務古韻在幽部，鮒在矦部，隅在矦部，魚則魚部；幽之於矦，猶矦之於魚，語或相轉者，正段君所謂『同類爲近』也），段玉裁《六書音均表三》：幽、矦、魚同在《第二類》」，又同爲顓頊、九嬪所葬之山，明是一地，而錯在二經；若内外或殊，北東亦異，則傳者之失也。今據《海内經》文，知顓頊所葬，實在漢水上游矣（《史記五帝本紀索隱》於『顓頊崩』下既引皇甫謐云：『葬東郡』，又引《山海經》曰：『顓頊葬鮒魚山之陽，九嬪葬其陰』；然無所發明，徒廣異聞而已）。夫生于若水（《帝繫》：『昌意降居若水』，『娶于蜀山氏，蜀山氏之子，謂之昌濮氏，産顓頊』；《水經若水注》：『昌意……娶蜀山氏女，生顓頊于若水之野』；《水經·若水》：『出蜀郡旄牛徼外，東南至故關，爲若水也』，《注》：『《山海經》曰：「南海之内，黑水之間，有木名曰若木，若水出焉」，……黑水之間，厥木所植，水出其下，故水受其稱焉。若水沿流，間關蜀土』），娶于滕墳（説見前），葬于鮒魚，校其地望，未遠江漢之域也；《山經》先秦舊書，又有明文可據，以視《皇覽》以下晚出無驗之言，故彌足信矣。然則楚自熊繹而後，終能經營江漢，蔚爲大國者，亦庶幾踐高陽之蹟，而爲之堂構者矣。

畦留夷與揭車兮。　注：留夷，香草也。揭車，亦芳草，一名芞輿，揭一作藒。洪氏《補注》曰：相如《賦》云：『雜以留夷』，張揖曰：『留夷，新夷』，顔師古曰：『留夷，香草，非新夷，新夷乃樹耳。』一云：『留夷，藥名。』《爾雅》：『藒車，芞輿。』《本草拾遺》云：『藒車味辛，生彭城，高數尺，白花。』

季海按：《漢書・揚雄傳》録《甘泉賦》曰：『列新雉於林薄』，服虔曰：『新雉，香草也。雉、夷聲相近。』師古曰：『新雉即辛夷耳，爲樹甚大，非香草也，其木枝葉皆芳。』今謂師古《漢書》注皆是也。後漢以來説辛夷者，惟顔氏爲能徵實矣。《山海經・北山經繡山》：『其草多芍藥、芎藭』，郭《注》：『芍藥，一名辛夷，亦香草屬。』郝氏《箋疏》：『懿行案《廣雅》云：「攣夷，芍藥也。」張揖注《上林賦》云：「留夷，新夷也。」新與辛同，留攣聲轉。王逸注《楚詞・九歌》云：「辛夷，香草也」，是攣夷即留夷，《離騷》之留夷，又即《九歌》之辛夷，與芍藥正一物也。郭《注》本《廣雅》及《楚詞》。』郝云：留攣聲轉，留夷即攣夷，與芍藥爲一物；新與辛同，新夷即辛夷，並是也。『留、攣聲轉』者，《爾雅・釋器》：『衣裗謂之裞』，郭《注》：『齊人謂之攣』，陸德明《音義》：『裗本又作流』，留與裗流雙聲，古韻同在幽部，是留謂之攣，猶裗、流謂之攣矣。大氏楚曰『留夷』者，齊語正謂之『攣夷』耳。據顔師古《漢書敍例》：『張揖，字稚讓，清河人』，原《注》：『一云河間人』，清河以南，便是齊分，河間亦去齊不遠，蓋齊趙閒語，亦或同聲，故稚讓此讀，與齊言相應矣。若《詩・鄭・溱洧》：『贈之以勺藥」，毛《傳》：「勺藥，香草」，《正義》曰：「陸機《疏》云：今藥草勺藥，無香氣，非是也，未審今何草」者，是有二説：一者，王念孫《廣雅釋草疏證》「攣夷」條云：「案《西山經》云：『繡山，其草多芍藥』，《中山經》：句檷之山、條谷之山、洞庭之山，竝云：『其草多芍藥』，則芍藥山草。《名醫別録》云：『芍藥生中岳、川谷及邱陵』，陶《注》云：『出白山、蔣山、茅山最好，白而長大，餘處多赤』，與《山經》合，則古之芍藥，即醫家之藥草芍藥也。今人畦種之，《離騷》所謂『畦留夷』者矣。其根莖及葉無香氣，而花則香，故毛《詩》謂之香草」，是也。二者，《政和證類本草》「芍藥」下出《別説》云：「謹按本《經》：芍藥生丘陵、川谷，今世所用者，多是人家種植，欲其花葉肥大，必加糞壤，每歲八九月取其根分削，因利以爲藥，遂暴乾貨賣，今淮南真陽尤多。藥家見其肥大，而不知香味絶不佳，故入藥不可責其效。今考用宜依本《經》所説，川谷、丘陵有生者爲勝爾」，既云人家種植，必加糞壤，因利以爲藥者，香味絶不佳，則川谷、丘陵所生，未加糞壤者，香味當自佳也。《鄭》詩所咏，取諸溱洧，正是川谷所生，故毛《傳》以爲香草矣。《太平御覽卷第九百九十藥部》引《建康記》曰：「建康出芍藥，極精好」，是與陶《注》言蔣山最好者相應；然《御覽》同卷又引《晉宮閣名》曰：「暉章殿前芍藥華六畦」，殿前種此至六畦之多，則晉世好尚其華可知矣。吴晉相承，建康又出芍藥，恐此風自吴時已然。果爾，則陸《疏》所云『今藥草芍藥，無香氣』者，豈當時所見，亦出人家種植，利以爲藥，而香氣絶不佳者乎？然《政和證類本草》出《名醫别録》稱芍藥：『一名白朮（原誤作木，今正）、一名餘容、一名犂食、一名解倉、一名鋋』，《御覽·藥部》引吴氏《本草》無犂食，有甘積（又鋋作誕，疑誤），都不云留夷、攣夷者，蓋藥家或貴中岳，或尚建康，取用隨時，聞見亦異，荆楚、齊趙所生，既不爲時重，故其方名，無緣入録矣。『新與辛同』者，《七諫·自悲》：『列新夷與椒楨』，洪氏《補注》：『新夷，即辛夷也』，是曼倩已作新夷字也。然謂留夷即辛夷，尚承漢晉諸儒之誤；蓋自王逸以逮服虔、張揖、郭璞，於江南嘉樹，故猶有所未諳也。《重修政和證類本草》卷第八朱字《神農本經》有『芍藥』，又《漢書·司馬相如傳》録相如《賦》曰：『勺藥之和』，師古《注》：『勺藥，藥草名，其根主和五藏，又辟毒氣，故合之於蘭桂五味，以助諸食，因呼「五味之和」爲「勺藥」耳。……今人食馬肝、馬腸者猶合勺藥而煮之，豈非古之遺法乎？』留夷即芍藥，故一云『藥名』矣。

又按：郝懿行《爾雅義疏》云：『《御覽》引《廣志》云：「藒車香，味辛，生彭城，高數尺，黄葉白華。」《齊民要術》云：「凡諸樹有蛀者，煎此香冷淋之，即辟也。」』尋《御覽》引《廣志》，與洪氏《補注》引《本草拾遺》文略同，然此文實出陳藏器，其爲《廣志》之文者，止『黄葉白華』

一語耳。《重修政和證類本草》卷第十『二十五種陳藏器餘』云：『藒車香，味辛，温，主鬼氣，去臭及蟲魚蛀蚛，生彭城，高數尺，白花。《爾雅》曰：「藒車，芞輿。」郭《注》云：「香草也。」《廣志》云：「黄葉白花」也。』此下又云：『《海藥》（當即《南海藥譜》省稱）按：《廣志》云：「生海南山谷」，陳氏云：「生徐州」，微寒無毒，主霍亂，辟惡氣，薰衣甚好。《齊民要術》云：「凡諸樹有（原誤封木，今從《御覽》）蛀者，煎此香冷淋之，善辟蛀蚛也。」』其《海藥》以上所引，即出陳氏《本草拾遺》，《御覽》引《廣志》云云，具見於此矣。知非陳氏全襲《廣志》者，陳云：『白花』，《廣志》云：『黄葉白花』；陳云：『生彭城』（《南海藥譜》引云：『生徐州』，徐州即彭城，地望不殊耳），《廣志》云：『生海南山谷』（見《海藥》引），此其異也；今《御覽》所引乃云『生彭城』，不云『生海南山谷』，是知正是陳書，非《廣志》也。推其致誤之由，當緣篇末『黄葉白花』一語，明引《廣志》，遂謂全文皆出於此，又移其名於簡端耳。

既替余以蕙纕兮，又申之以攬茝。　注：纕，佩帶也。又，復也。言君所以廢弃己者，以余帶佩衆香，行以忠正之故也；然猶復重引芳茝，以自結束，執志彌篤也。一云：又申之擥茝。五臣云：申，重也。攬，持也。

季海按：《淮南·道應訓》：『墨者有田鳩者，欲見秦惠王，約車申轅，留於秦，周年不得見』，《注》：『申，束』，《説文·申部》：『申，七月陰气成體，自申束，从臼自持也』，是申有束義。字亦通作紳，《廣雅·釋詁》：『紳，束也』，王氏《疏證》云：『紳者，《韓子·外儲説篇》云：「《書》曰：『紳之束之』，宋人有治者，因重帶自紳束也」，鄭注《内則》云：「紳，大帶，所以自紳約也」，《玉藻釋文》云：「紳，本亦作申，紳之言申也」，《衛風有狐傳》云：「帶所以申束衣」，是紳與申同義』，是也。今謂《離騷》此申，正當訓束，與《淮南》之文，故相應爾。蕙纕本謂以蕙爲佩帶，則以此自申束可知，束茝明言申束，則亦以爲佩帶可知，蕙茝互文，義自見耳。夫既以蕙纕見替，而復束之以攬茝，則其人之竟體芬芳，求福不回可知矣，此靈均之志也。《離騷》下言『覽余初其猶未悔』，蓋玩當句而益信乎其能不悔也。

怨靈脩之浩蕩兮。　注：靈脩，謂懷王也。浩猶浩浩，蕩猶蕩蕩，無思慮皃也。《詩》曰：『子之蕩兮。』言己所以怨恨於懷王者，以其用心浩蕩，驕敖放恣，無有思慮。

季海按：《文選·七發》：『今如太子之病者，獨宜世之君子，博見強識，承閒語事，變度易意，常無離側，以爲羽翼；淹沉之樂、浩唐之心、遁佚之志，其奚由至哉？』李善《注》：『唐，猶蕩也。』此云『浩唐』，與《離騷》言『浩蕩』者正同，李《注》蓋得其意。弟覯其文與淹沉、遁佚相次，則其爲『驕敖放恣』可知矣。枚叔，淮陰人，蓋江淮之閒語，時頗與荆楚同風矣。

步余馬於蘭皋兮。 注：步，徐行也。澤曲曰皋，《詩》云：鶴鳴于九皋。洪氏《補注》：皋，九折澤也；一云：澤中水溢出所爲坎，《招魂》曰：皋蘭被徑。《**九歌・湘君**》：**鼂騁騖兮江皋。** 注：鼂，以喻盛明也。澤曲曰皋。言己願及鼂明，己年盛時，任重馳驅，以行道德也。鼂一作朝。又《**湘夫人**》：**朝馳余馬兮江皋**，一云：**朝馳騁兮江皋。夕濟兮西澨。** 注：濟，渡也。澨，水涯也。自傷驅馳不出湘潭之間。《**九章・涉江**》：**步余馬兮山皋，邸余車兮方林。** 注：邸，舍也。方林，地名。言我馬強壯，行於山皋，無所驅馳；我車堅牢，舍於方林，無所載任也。以言己才德方壯，誠可任用，弃在山野，亦無所施也。邸一作低。《**招魂**》：**皋蘭被徑兮。** 注：皋，澤也。被，覆也。徑，路也。**斯路漸。** 注：漸，没也。言澤中香草茂盛，覆被徑路，人無采取者，水卒增溢，漸没其道，將至弃捐也。以言賢人久處山野，君不事用，亦將隕顛也。

季海按：《漢書・賈山傳》載《至言》曰：『江皋河瀕，雖有惡種，無不猥大』，顔《注》引李奇曰：『皋，水邊淤地也』；又《郊祀志上》：『間者河溢皋陸』，顔《注》：『皋，水旁地。廣平曰陸。言水汎溢，自皋及陸』（《史記・孝武本紀》當句《正義》引顔説本此）：尋顔云『水旁地』，大氏與王云『澤曲』相當，略足以明皋之所在而已；殊未若李奇之能得地貌，言之彌詳，於義爲備也。《左・襄二十五年傳》稱：楚蔿掩爲司馬，『鳩藪澤，……牧隰皐』，《注》：『隰皐，水厓下濕，爲芻牧之地』；又《莊子・知北游》云：『山林與？皋壤與？使我欣欣然而樂與？』夫『下溼曰隰』（見《釋地》），柔土曰壤（見《說文・土部》），左、莊之文，與皋相次，正以類舉，則其爲淤地可知矣。《九歌》再言江皐，與賈山同辭，水邊淤地，豈馳馬之所？永言及此，則平之離愍失職可知矣。《懷沙》故云：『伯樂既没，驥焉程兮？』文之隱顯、曲直雖異，其義則一也。《涉江章句》云：『行於山皐，無所驅馳』，足以見意矣；《湘君章句》又以鼂明盛時爲言，則非也。《歌》云：朝夕，明終日驅馳，《湘夫人章句》云：自傷不出湘潭之間，則蹙蹙靡所騁可知也。叔師之《注》，蓋得之於《湘夫人》，而失諸《湘君》也。賈山言：江皐惡種，無不猥大，則皐蘭茂盛，至於覆被徑路，亦宜矣。然水邊淤地，人所希至，步馬蘭皐，獨有遷客，盛時勿采，斯路亦漸，此騷人之所以永哀也。

洪云『皐，九折澤』者，此引《韓詩》而誤，《詩鶴鳴釋文》引《韓詩》：『九皐，九折之澤』，鄭《箋》亦云：『自外數至九』，非以皐爲九折澤也。洪引『一云』，見《詩・鶴鳴》鄭《箋》，毛、鄭又以爲澤、坎者，段氏《說文解字注》云：『皋有訓澤者，《小雅鶴鳴傳》曰：「皋，澤也。」澤與皋析言則二，統言則一，如《左傳》「鳩藪澤」、「牧隰皋」並舉，析言也；《鶴鳴傳》則皋即澤。

澤藪之地，極望數百，沆瀁皛溔，皆白氣也，故曰皋』，是也。其實皋本水邊淤地，或漸之水，即成澤坎，鄭《箋》所云是也；當其無水，又近類隰，故左氏云：『隰皋』，《漢書·司馬相如傳》載《上林賦》：『亭皋千里』，顔《注》亦云：『爲亭候於皋隰之中，千里相接』也。然讀《楚辭》者，蓋得李奇之言，而尤灼然有以見作者之用心也。

駟玉虬以椉鷖兮。 注：有角曰龍，無角曰虬。鷖，鳳皇別名也。《山海經》云：鷖身有五采，而文如鳳，鳳類也，以爲車飾。言我設往行游，將乘玉虬，駕鳳車。洪氏《補注》：言以鷖爲車，而駕以玉虬也。駟，一乘四馬也。相如《賦》云：六玉虯，謂駕六馬，以玉飾其鑣勒，有似玉虯也。又：**駕八龍之婉婉兮。** 注：言己乘八龍神智之獸，其狀婉婉。

季海按：《毛詩干旄正義》引許慎《五經異義》：『天子駕數：《易》孟、京，《春秋》公羊說：天子駕六，毛《詩》說：天子至大夫同駕四，士駕二。《詩》云：「四騵(《干旄正義》引作『牡』，誤。陳壽祺輯作『騵』，與《公羊隱元年正義》引文合，今从之)彭彭」，武王所乘，「龍旂承祀，六轡耳耳」，魯僖所乘，「四牡騑騑，周道倭(《干旄正義》引作『委』，陳輯作『倭』，與《公羊隱元年正義》引文合，今从之)遲」，大夫所乘。謹案：《禮·王度記》曰：「天子駕六，諸侯與卿同駕四，大夫駕三，士駕二，庶人駕一」，說與《易》、《春秋》同』，又引鄭玄《駮》曰：

『玄之聞也，《周禮·校人》：「掌王馬之政。凡頒良馬而養乘之，乘馬一師四圉」，四馬爲乘，此一圉者養一馬，而一師監之也。《尚書·顧命》：諸侯入應門，「皆布乘黄朱」（僞孔本割裂此文，入《康王之誥》中，非是。馬、鄭、王本自『高祖寡命』已上，並在《顧命》之篇——詳《康王之誥正義》蓋孔壁古文如是），言獻四黄馬，朱鬣也。既實周天子駕六，《校人》則何不以馬與圉，以六爲數？《顧命》諸侯，何以不獻六馬？《王度記》曰：「大夫駕三」，經傳無所言，是自古無駕三之制也』（諸書引許、鄭此文，詳陳壽祺《五經異義疏證》，茲從略）；又《公羊隱元年傳疏》引《異義》：『公羊説引《易經》云：「時乘六龍，以馭天下」也，知天子駕六』，又引鄭《駁》云：『《易經》「時乘六龍」者，謂陰陽六爻上下耳，豈故爲禮制？《王度記》云「今天子駕六」者，自是漢法，與古異；「大夫駕三」者，於經無以言之』；又劉昭注《續漢書·輿服志》：『「乘輿」「所御駕六」，亦引《逸禮·王度記》及《易》京氏、《春秋》公羊説：「天子駕六」及許慎、鄭玄説，又引《史記》曰：『「秦始皇以水數，制乘六馬」，是漢法駕六，實因秦制，《禮·王度記》、《易》京氏、《春秋》公羊説：「天子駕六」，於古無徵，具如鄭《駁》。《離騷》云：「駟玉虬」，與《詩》「四牡騑騑」之文正合，明大夫駕四也；又云：「駕八龍」，雖屬想象之辭，亦足明古者自大夫以上，至于天子，初未嘗以駕數多寡爲等差也。必如《王度記》、《易》京氏、《春秋》公羊所説，天子不過駕六，靈均何人，乃敢侈言駕八乎？駕三、駕四，抑又不足辨矣。觀於屈《賦》，則知毛《詩》説：『天子至大夫同駕四』者，最爲審諦，而鄭君之駮，雖發墨守可也。若洪引相如《賦》云『六玉虯』（見《上林賦》）者，亦據漢制言之耳。

附　論《公羊》説得失及《王度記》作者

尋何休《公羊隱元年傳解詁》云：『《禮》：大夫以上至天子皆乘四馬』，陳義閎雅，與毛《詩》説合，絶非《公羊》俗師之附會《易》義，妄言『天子駕六』者所能企及（大氐諸家之苟爲此説，亦欲取媚時王耳。漢之俗儒，故有曲學阿世者矣），其引《禮》亦遠勝《王度記》之雜取齊宣、依違秦漢也。許君《異義》出公羊説引《易經》，乃猥云：『時乘六龍，以馭天下』，陳氏《疏證》云：『案今《易》無「下」字，以《易》韻考之，此爲衍字』；正恐本非衍字。觀何邵公作《解詁序》，斥當時末師之陋，已云：『援引他經，失其句讀，以無爲有，甚可閔笑』，此正『援引他經』，則『失其句讀，以無爲有』，又何足怪？叩此一耑，益見邵公之言，彌可信耳。邵公自謂『往者略依胡毋生《條例》，多得其正』（亦見《序》），然則《解詁》於此，豈即依胡毋生《條例》，故獨得其正邪？

右論《公羊》説得失

始皇二十六年，秦初并天下，《史記·秦始皇本紀》云：『始皇推終始五德之傳，以爲周得火德，秦代周德，從所不勝，方今水德之始』，於《封禪書》亦云：『自齊威宣之時，騶子之徒，論著終始五德之運，及秦帝而齊人奏之，故始皇采用之』；《本紀》又云：『數以六爲紀，符、法冠皆六寸，而輿六尺，六尺爲步，乘六馬，……以爲水德之始』，《集解》引張晏曰：『水北方黑，終數六』，又引瓚曰：『水數六，故以六爲名』，是天子駕六，實昉於是時，劉昭引《史記》以明漢制所出，是矣。秦數以六爲紀，既有取於齊人所奏騶子之徒所論著；始皇東巡，至乎泰山下，又『徵從齊魯之儒生博士七十人』（見《封禪書》）；至三十四年，『始皇置酒咸陽宫，博士七十人前爲壽』，而齊人淳于越亦在其中（見《秦始皇本紀》）：則三十四年以前，齊學亦頗行於秦矣。《王度記》明謂『天子駕六』，是其成書已在二十六年以後，《禮記雜記正義》引《别録》：《王度記》云：『似齊宣王時淳于髡等所説也』，度向爲此言，或緣《記》文多有道宣王時事並髡等遺説者，然據『駕六』之文，知非當時之書矣（古者『天子至大夫同駕四』，淳于髡等不容不知）。按《秦始皇本紀》：三十四年，因李斯之請：『非《秦記》皆燒之，非博士官所職，天下敢有藏詩書百家語者，悉詣守尉雜燒之，有敢偶語詩書棄市』，若以此《記》爲秦始皇二十六年以後、三十四年以前齊人所作，宜差可信；然鄭君《駁異義》云：『《王度記》云「今天子駕六」者，自是漢法』，未知康成意謂此《記》全出漢人，抑『駕六』之文，是漢人所加也？且如鄭引，『天子』上又有『今』字，使非誤衍，則直記時王之制甚明（據《曲禮正義》：『案《大戴禮·王度記》』云云，是此《記》實嘗收入大戴書中，但今佚耳。丁晏《佚禮扶微》輒云『《大戴禮》無此文，孔《疏》誤』者，非也。《記》文既爲漢師所録，自可曾經潤色矣。二戴《記》中有本是一書，而文相出入者，正由二君各有損益也），以是言之，苟非秦并天下後所造，即漢西京之撰矣，要非六國之書也。

右論《王度記》作者

恐鵜鴂之先鳴兮。

注：鵜鴂，一名買鵤，常以春分鳴也。鵜一作鶗。

季海按：敦煌本《楚辭音》正作鶗，達計、達兮、徒典三反，具詳異讀，而無異文。《文選》亦作鶗，諸唐人所引，復多從鶗（《史記曆書索隱》、《漢書楊雄傳注》、《後漢書張衡傳注》），蓋隋唐舊本如是。《廣韻》於鵜惟曰『鵜鶘』，《集韻》引《説文》『鶙鶘或从弟』而已，尚不以爲鶗鴂字。今本作鵜，當出宋人。鶗有弟音，流俗遂作鵜字耳。敦煌本《楚辭音》又云：『鴂，又䳏同。』唐人引多作鶗䳏，與又本合。劉申叔《楚辭考異》謂隋唐已有作鴂之本，引《玉燭寶典》《文選注》證之，當時未見敦煌卷子故也。今據騫公所引《文釋》，與李善《思玄賦注》引服虔説悉同（偶有出入，是傳述小異），俱云鶗鴂。《藝文類聚卷第三歲時上春》引《臨海異物志》曰：『鶗鴂，一名田鵑（李善《思玄賦注》引此《志》：『田鵑』作『杜鵑』者，流俗習聞『杜鵑』，不聞『田鵑』，輒改故書耳。歐、李相去未遠，所見宜同矣），春三月鳴，晝夜不止，音聲自呼。俗言取梅子塗其口兩邊皆赤，上天自言乞恩（影宋紹興本及明王元貞校本並作『思』，非是，思即恩之壞字耳），至當麥子（王元貞本作『自』，非是）熟，鳴乃止耳』，亦云鶗鴂。其曰『一名田鵑』者，蓋即鷤鴂語轉，鶱公鷤有三音，其三曰『徒典反』者，與田聲韻悉同，但平上異耳（於《廣韻》：『田』在《先》韻，『徒典反』則在《銑》韻，《銑》即《先》之上聲）。是作鴂之本，又不始於隋唐也。古今釋此文者，大抵不出三家：其一主買鵤，即子規，王氏以下是也。其一主伯勞，鶱公引《文釋》，李善引服虔是也。其三主布穀，《楚辭音》《張衡傳注》引《廣雅》是也。其文與今《廣雅》不合，當由討論未精，章懷亦承舊音之誤耳。王氏《疏證》駁之，是也。尋《漢書・揚雄傳》載《反離騷》：『徒恐鷤鴃之將鳴兮』，宋祁校本於顏師古《注》末出：『韋昭曰：鷤鴃，趣農鳥也』，是此説實本弘嗣。觀《疏證》引《玉篇》諸文，則知陳隋間人所見略同，承訛已久。今本出於曹憲（《集韻》引《博雅》：鷤鴂，子鴂也。與今正同，惟鴃、鴂爲異，亦據曹本也），專門之學，宜加審正耳。其主伯勞者，徒以鴂、鵙音聲相附，不嫌同呼，然《夏小正》云：『鴂者，百鷯也。』《爾雅》：『鵙，伯勞也。』不聞伯勞更名鷤鳩。以此改王，毋乃專輒。王云：『恐鶗鴂以先春分鳴，使百草華英摧落，芬芳不得成也』，《臨海異物志》亦云：『春三月鳴，至當麥子熟，鳴乃止』(李善《思玄賦注》引此《志》云『夏末乃止』者，取其意耳，原文當如《藝文類聚》所引)，此以鶗鴂先鳴，見地氣劇轉，衆芳後時，故云芬芳不得成，理本無謬。江氏以春鳥譏之，不然耳(李善引服説，未詳所據，疑不出子慎，今本字誤爾)。

忽吾行此流沙兮。注：流沙，沙流如水也。《尚書》曰：『餘波入于流沙。』洪氏《補注》：《山海經》：『流沙出鍾山，西行』，《注》云：『今西海居延澤，《尚書》所謂「流沙」者，形如月生五日。』**遵赤水而容與。**注：遵，循也。赤水，出崑崙山。容與，游戲皃。言吾行忽然過此流沙，遂循赤水而游戲。洪氏《補注》：《博雅》云：『崑崙虚，赤水出其東南陬，……入南海』，《穆天子傳》曰：『遂宿于崑崙之阿，赤水之陽』，《莊子》曰：『黄帝游乎赤水之北，登乎崑崙之丘。』

季海按：《山海經·大荒南經》：『南海之外，赤水之西，流沙之東』，郭《注》：『赤水，出崑崙山；流沙，出鍾山也』，與王、洪《注》合，然據《山經》之文，則赤水在流沙之東也。《大荒南經》又曰：『有阿山者，南海之中，有氾天之山，赤水窮焉』，郭《注》：『流極於此山也』，是赤水流入南海，《博雅》之言是也。遂遵赤水，明去國已遠，復容與水上，見疑滯之情，《涉江》曰：『船容與而不進兮』，正是此意，若篇末云：『僕夫悲余馬懷兮，蜷局顧而不行』，則情之所極，一吐空喉矣。必發興於赤水者，《大荒南經》又曰：『赤水之東，有蒼梧之野，舜與叔均之所葬也』，然則靈均之『遵赤水而容與』，亦將東望蒼梧，有感於舜之事乎？

陟陞皇之赫戲兮。 注：皇，皇天也。赫戲，光明皃。一無陟字，陞一作升。洪氏《補注》：《西京賦》云：『叛赫戲以煇煌』，赫戲，炎盛也。戲與曦同。

季海按：王、洪義並是也。洪引《西京賦》云『炎盛也』者，本薛綜《注》；云『戲與曦同』者，《黃帝內經素問・五常政大論篇第七十》：『赫曦之紀，是謂蕃茂』，王冰《注》：『物遇太陽，則蕃而茂』，是赫曦即赫戲也。曦、戲雙聲。《説文》無曦字，以形聲準之，古音當在歌部。戲字古有二讀：其一在歌部，《説文・戈部》：『戲，三軍之偏也，一曰兵也，从戈，䖒聲』，段氏《注》：『古音蓋在十七部，讀如摩，䖒从豆、从虍，鬳从鬲、从虍，虍皆謂器之飾，非聲也』，又《説文・手部》：『摩，旌旗，所以指摩也，从手，靡聲』，段氏《注》：『叚借之字作戲，《淮陰侯傳》、《項羽本紀》皆曰「戲下」，是也。古音在十七部』，是摩、戲同音；《禮記・儒行》：『言加信』四句，以義韻戲，是義、戲同部也。其一在魚部，《遠遊》以居、戲、霞、除爲韻，段氏

《六書音均表四第五部》(即魚部)云：『戲，虛聲，在此部，屈《賦》：《遠遊》一見』，是也。然段君於《注》則謂在十七部，《表》又謂在第五部，一人之言，兩説互異者，各有所見，未及整齊耳。王念孫《古韻譜》歌、魚兩收，蓋得之矣。然則戲之爲曦，亦猶戲有歌音耳。《九辯》以瑕韻加，楚音魚、歌亦或相轉矣。王逸云：『光明』，王冰云：『太陽』，則戲、曦俱借爲昕，《説文・日部》：『昕，旦明，日將出也，从日，斤聲，讀若希』，是也。《詩・齊風》：『東方未晞，顛倒裳衣』，《傳》曰：『晞，明之始升』，晞即昕矣。昕从斤聲，古音本在諄部，然《詩》字作晞，是齊人正讀若希，與汝南讀相應。晞、希當在脂部，而《離騷》字作戲者，《楚辭》：魚歌、歌脂，時相爲韻(魚、歌相協見前；歌、脂相協見《九歌》、《遠遊》：《東君》以蛇協雷、懷、歸，《遠遊》以妃、歌、夷、蛇爲韻)，音故相近，然則昕謂之晞、戲，亦齊、楚閒轉語，故叔師以赫戲爲光明皃矣。

九辯第二

竊不自聊而願忠兮。 注：意欲竭死，不顧生也。聊一作料。洪氏《補注》：料，量也，音聊。又：**罔流涕以聊慮兮。**注：愴然深思，而悲泣也。又《**九章·惜往日**》：**恬死亡而不聊。**注：忍不貪生而顧老也。又《**招隱士**》：**歲暮兮不自聊。**注：中心煩亂，常含憂也。

季海按：聊，古音在幽部。料，《説文》：「讀若遼」（見《斗部》），則在宵部。聊、料聲同，而韻則異。《楚辭》自作「聊」，一本非也。王《注》或曰「顧生」，或曰「顧老」，皆所以釋「聊」。顧謂之聊，正是楚語，顧亦慮也，故宋玉又云「聊慮」矣。

九歌第三

《**湘君**》：**水周兮堂下。**注：周，旋也。言己所居在湖澤之中，流水周旋己之堂下，自傷與魚鱉同爲伍也。又《**湘夫人**》：**築室兮水中。**注：屈原困於世，願築室水中，託附神明而居處也。又《**河伯**》：**魚鱗屋兮龍堂，紫貝闕兮朱宫。**注：言河伯所居，以魚鱗蓋屋，堂畫蛟龍之文，紫貝作闕，朱丹其宫，形容異制，甚鮮好也。《文苑》作珠宫。洪氏《補注》：河伯，水神也，故託魚龍之類，以爲宫室。闕，門觀也。

季海按：《韓非子·内儲説上》：『齊人有謂齊王曰：「河伯，大神也。王何不試與之遇乎？臣請使王遇之」，乃（乾道本誤作遇，此从王先慎校改）爲壇場大水之上，而與王立之焉（季海謂：此『立』當讀爲涖，義見《周禮》『司市』、『鄉師』鄭司農《注》、《史記范睢蔡澤列傳索隱》）。有閒，大魚動，因曰：「此河伯」』，今謂韓非此説，雖同寓言，而其寫迎神之狀，以《九歌》證之，則時俗實爾，善説者故能近取譬矣。河伯水神，將與之遇，乃爲壇場大水之上，湘君、湘夫人既湘水之神，禮亦宜之。是知《九歌》：《湘君》之堂、《湘夫人》之室、《河伯》之堂屋、宫闕，亦水上壇場之比，蓋皆當時迎神之實景云爾。靈均此倡，雖或緣情，要非徒搆虚辭，單憑想象而已也。叔師於楚俗祭祀之禮，事神之敬，殆猶有所未諳，故不得其解耳。劉師培《文説·宗騷篇》曰：『孔蓋翠旍，遺制仍沿皇舞；龍堂貝闕，巨觀半屬靈祠』，雖未遑遠引韓子，近質湘靈，但論所見，故已度越前賢矣。

《湘夫人》：𥠖芳椒兮成堂。注：布香椒於堂上。一云：**播芳椒兮盈堂。**洪氏《補注》：𥠖，古播字，本作𠂹。《漢官儀》曰：椒房，以椒塗壁，取其温也。

季海按：聞一多援《儀禮·士喪禮》、《周禮·掌蜃》、《考工記·匠人》鄭《注》，以成爲飾成；又以『一本成作盈』，爲『不知成義而臆改』（見聞氏《楚辭校補》），並是也。其實自姬漢以還，下逮李唐，凡竟飾治之功者，猶謂之成矣。張彦遠《歷代名畫記卷第三》：「記兩京外州寺觀畫壁」，其記「上都」，於「净土院」曰：「次北廊向東塔院内西壁吴畫金剛變，工人成色，損」；於「安國寺」曰：「殿内（大佛殿）正南佛，吴畫，輕成色」；於「寶應寺」曰：「多韓幹白畫，亦有輕成色者」；於「勝光寺」曰：「塔東南院周昉畫水月觀自在菩薩掩障，菩薩、圓光及竹，並是劉整成色」，此以布色爲成也。亦有單稱成者，其記「東都」，於「敬愛寺」曰：「東間彌勒像，張智藏塑，陳永承成」；「大殿内……維摩詰、盧舍那，並劉行臣描，趙龕成」；亦有父子異業，如劉行臣描、子茂德成者（張氏所記敬愛寺大殿内：「法華太子變」，即劉茂德成）；「西禪院内日藏、月藏經變及業報差别變，吴道子描，翟琰成」；又「講堂内金銅幡十三口，張李八寫，并成」、「畫絹幡十三口，張李八寫，并成」：是成者，所以畢畫、塑、描、寫之功，故康成曰：「飾治畢曰成」也（見《儀禮士喪禮注》）。

桂棟兮 注：以桂木爲屋棟。**蘭橑。** 注：以木蘭爲榱也。洪氏《補注》：《説文》：「椽也。」一曰星橑簷前木（星當作屋，形之誤也。見《廣韻三十二晧》）。《爾雅》曰：「桷謂之榱。」

季海按：段氏《説文解字注》云：「按《西都賦》：「列棼橑以布翼」下，又云：「裁金璧以飾當」；《西京賦》：「結棼橑以相接」下，又云：「飾華榱與璧當」；《魏都賦》：「棼橑複結」下，又云：「朱桷森布而支離」：橑必與棼連言，而别於榱、桷，則榱、桷爲屋椽，橑爲複屋之椽可知。簷霤在複屋，故《廣韻》曰：「屋橑簷前木。」此櫋、橑二篆相屬，亦此意也。當是本作橑，櫋椽也，謂屬於櫋之椽』（見《木部》『橑』字《注》），段説棼橑義是也。然此漢人語耳，未可以説《九歌》；段君《注》又引《九歌》此文及王《注》，則非也。《説文·木部》：『榱，秦名爲屋椽，周謂之榱，齊魯謂之桷』，是楚謂之橑，亦别國殊語耳，與周、秦、齊魯，故各有土風也。《湘夫人》以棟、橑並舉，初未嘗與棼連言，知王《注》以橑爲榱，不可復易，複屋之椽，無當《九歌》也。《左·襄三十一年傳》：子産曰：『子於鄭國，棟也。棟折榱崩，僑將厭焉』，然則棟、榱連文，由來舊矣。《荀子·哀公篇》：『孔子曰：君入廟門而右，登自阼階，仰視榱棟，俛見几筵』，依鄭君《匠人注》：『魯廟有世室』，蓋依夏禮，是榱棟相連，故無關重屋也。《孟子·盡心下》孟子曰：『堂高數仞，榱題數尺，我得志弗爲也』，趙《注》：『榱題，屋霤也。高堂數仞，振屋數尺，奢汰之室，使我得志，不居此堂也』，趙云：屋霤，粗明榱題所在而已，學者故不得援段《注》：『簷霤在複屋』之言，輒意趙謂《孟子》『榱題』在複屋也。趙《注》：『振屋』，振借爲宸，《説文·宀部》：『宸，屋宇也』，是也。趙君正以宸屋數尺釋榱題數尺耳。《淮南・本經訓》：『橑檐榱題』，《注》：『橑，椽橑也。檐，屋垂也。榱，棟也。題，當也』；又《主術訓》：『脩者以爲櫩榱』，《注》：『櫩，屋垂；榱，檼（《四部叢刊》影北宋本誤作穩，今正）也』，《淮南》言『榱題』與《孟子》同，舊《注》又以棟、檼説榱者，以其傳次相屬，因舉類以明之耳。然《淮南》云：『橑檐』，義當如段君所説，橑謂複屋之椽矣。《廣韻》稱『橑簷』，蓋出於此。段以橑爲『屬於檼之椽』者，此以檼爲複屋棟，用許君義也。《釋名・釋宮室》：『檼，隱也，所以隱桷也。……或謂之棟』，又云：『桷，……或謂之椽，……或謂之榱，在檼旁下列，衰衰然垂也』，是青俗檼亦棟也，又徧釋諸名，而不及橑，疑初無此言矣。《淮南》言『榱』，兩《注》不同，《本經》云：『棟』，是棟、檼有别，與許書合；《主術》云：『檼』，是檼亦棟，與《釋名》合。今謂許、劉之異，即南、北之分也。許書屋檐字作檐，不作櫩，與《本經訓》合，又云：『橑，椽也』，與《本經注》合，是此《注》本出許君。檼棟有别，椽謂之橑，本出南俗，許君南人，故言之尤詳耳。《主術注》棟謂之檼，又與成國義合者，蓋出高《注》，誘既北人，故同俗耳。段氏墨守許書，遂以《釋名》爲非（語見『檼』字《注》）；苟能察其䚡理，則亦言各有當也。

《少司命》：與女沐兮咸池。注：咸池，星名，蓋天池也。一作咸之沲。洪氏《補注》：

咸池，見《騷經》。**晞女髮兮陽之阿。**注：晞，乾也。《詩》曰：『匪陽不晞。』阿，曲隅，日所行也。言己願託司命，俱沐咸池，乾髮陽阿，齋戒潔己，冀蒙天祐也。洪氏《補注》：《淮南》曰：『日出湯谷，浴于咸池，拂于扶桑，是謂晨明；登于扶桑，是謂朏明；至于曲阿，是謂旦明。』又**東方朔《七諫·自悲》：屬天命而委之咸池。**注：咸池，天神也。言屬祿命於天，委之神明而已。洪氏《補注》：《淮南》云：『咸池者，水魚之囿也』，《注》云：『水魚，天神。』

季海按：《離騷》：『飲余馬於咸池兮，摠余轡乎扶桑』，王《注》云：『咸池，日浴處也』，又云：『摠，結也。扶桑，日所拂木也。言結我車轡於扶桑，以留日行，幸得不老，延年壽也』，是也；若《九歌》、《七諫》之文，此別有說，王君弟弗深考耳。尋《淮南·天文訓》：『紫宮者，太一之居也；軒轅者，帝妃之舍也；咸池者，水魚之囿也（高《注》：『咸池，星名。水魚，天神』，洪氏所引即此文）；天阿者，羣神之闕也（高《注》：『闕，猶門也』）；四宮者，所以爲司賞罰』，高《注》：『四宮：紫宮，軒轅，咸池，天阿』，是『咸池』實四宮之一；『陽之阿』，蓋即天阿，淮南所謂『羣神之闕』，亦四宮之一矣。此皆『所以爲司賞罰』，故《九歌》言：願託司命，俱沐咸池，乾髮陽阿；《七諫》云：『屬天命而委之咸池』也。王《七諫注》云

『咸池，天神』者，此既不得其説而爲之辭，洪《補注》又援高《注》以申之，是未悟前車之已覆也。大氐《九歌》所賦，楚故所傳，下逮淮南、曼倩，梗概猶存，故其言皆自相應如此。叔師生于東京，已不能得其究竟，則知鄢郢遺聞之泯滅弗傳于後世者多矣。

孔蓋兮翠旍。　注：言司命以孔雀之翅爲車蓋，翡翠之羽爲旗旍，言殊飾也。旍一作旌，一本此句上有揚字。洪氏《補注》：顔師古曰：『鳥赤羽者曰翡，青羽者曰翠。』漢樂歌曰：『庶旄翠旌。』《東君》：**翾飛兮翠曾。**注：曾，舉也。言巫舞工巧，身體翾然若飛，似翠鳥之舉也。又《招魂》：**砥室翠翹，挂曲瓊些。**注：翠，鳥名也。翹，羽也。挂，懸也。曲瓊，玉鈎也。言内臥之室，以砥石爲壁，平而滑澤，以翠鳥之羽，雕飾玉鈎，以懸衣物也。又：**翡翠珠被，爛齊光些。**注：雄曰翡，雌曰翠。被，衾也。齊，同也。言牀上之被，則飾以翡翠羽及珠璣，刻畫衆華，其文爛然，而同光明也。洪氏《補注》：翡，赤羽雀。翠，青羽雀。《異物志》云：『翠鳥，形如燕，赤而雄曰翡，青而雌曰翠。翡大於翠，其羽可以飾幃帳。』顔師古曰：『鳥各别異，非雌雄異名也。』又：**翡帷翠帳，飾高堂些。**注：言復以翡翠之羽，雕飾幬帳，張之高堂，以樂君也。帳一作幬。

季海按：《釋鳥》：『翠，鷸』，郭《注》：『似燕，紺色，生鬱林』，郝氏《義疏》：『《説文》：「翠，青羽雀也，出鬱林」，「翡，赤羽雀也，出鬱林」，《王會篇》云：「倉吾翡翠」，《漢書》：「尉佗獻文帝翠鳥毛」，是也。張揖注《上林賦》云：「翡、翠大小亦如雀，雄赤曰翡，雌青曰翠」，按今所見如燕而大。劉逵《吴都賦注》：「翡翠巢於樹顛，生子，夷人稍徙下其巢，子大未飛，便取之，出交趾鬱林郡」，《左僖二十四年疏》引樊光云：「青羽，出交州」，李巡曰：「鷸一名爲翠，其羽可以爲飾」」，是翡翠出倉梧、鬱林。兩漢蒼梧郡治在今廣西蒼梧，鬱林郡治在今廣西桂平東，大氏在今廣西境中；然《山海經・海内南經》：「蒼梧之山，帝舜葬于陽」，郭《注》：「即九疑山也」，《禮記・檀弓》：「舜葬於蒼梧之野」，《史記・舜本紀》云：「崩於蒼梧之野，葬於江南九疑」，文穎曰：「其山半在蒼梧，半在零陵」，據洪亮吉《乾隆府廳州縣圖志卷三十三》：九疑山在湖南永州寧遠縣南六十里，虞舜陵在縣東南，是自今湖南寧遠以南，至于廣西鄰壤，蓋皆古倉梧境也。《王會》但云「倉梧」，漢晉人云「鬱林」者，既時有先後，苟非於西南邊裔，所入愈深；即知之彌塙，語焉尤詳矣。尋《淮南・人間訓》：「秦皇……又利越之犀角、象齒、翡翠、珠璣，乃使尉屠睢發卒五十萬，……以與越人戰」，《漢書・西南夷兩粵朝鮮傳》：「秦并天下，略定揚粵，置桂林、南海、象郡，以適徙民，與粵雜處」，是秦利翡翠之珍，而開南粵三郡也。始皇死葬乎驪山，猶「飾以翡翠」矣（見《漢書・賈山傳》)。《漢書西域傳贊》:『孝武之世,……則建珠崖七郡,……自是之後,明珠、文甲、通犀、翠羽之珍,盈於後宫』,是秦皇、漢武,俱致翠羽之珍也。秦之三郡,迄漢武元鼎六年復開,漢鬱林郡,故秦桂林郡;南海郡,即因秦置;日南郡,故秦象郡(見《漢書·地理志》):當時所致翠羽,蓋亦取諸鬱林,《續漢書郡國志五》:『鬱林郡,雒陽南六千五百里;日南郡,雒陽南萬三千四百里』,若計日南去雒之程,不啻倍之,是知必不舍近就遠也。樊、劉又云:交州、交趾者,蒼梧、鬱林,於漢本屬交州;《後漢書·賈琮傳》:『舊交趾土多珍産,明璣翠羽,犀象瑇瑁,異香美木之屬,莫不自出』;《藝文類聚卷第九十二鳥部下》:『翡翠』引《廣志》曰:『翡色赤,翠色紺,皆出交州興古縣』,《吴録》:『薛綜上《疏》曰:日南遠致翡翠,充備寳玩』;《太平御覽卷第九百二十四羽族部十一》:『翡翠』引《交州記》曰:『翡翠出九真』;杜甫《諸將》云:『越裳翡翠無消息』;趙汝适《諸蕃志》:『交趾國』亦云:『交趾,古交州。……土産珠貝、犀象、翠羽之屬,歲有進貢』,蓋自東漢吴晉以還,遠致翡翠者,益深入南交矣。尋《嶺外代答卷九》『翡翠』云:『産於深廣山澤間,穴巢于水次,……邕州右江産一等翡翠,其背毛悉是翠茸,窮侈者用以撚織』,是嶺外深廣山澤間多産翡翠,獨邕州右江産者,背毛可織也。趙汝适采去非之言入《蕃國志》,於此下又云:『如毛段然』,則言之尤詳矣。自姬漢以還，羣書所記，蒼梧、鬱林所出，不必一種，其用背毛者，大氐即此，倉梧最在東北，次爲鬱林，又次爲邕州右江，地相接也。背毛悉是翠茸，故可用以撚織，頗謂翡翠珠被、翡帷翠幬，乃用其背毛，蓋織翠茸爲之，趙汝适所謂『如毛段然』者，而楚俗之窮侈可知矣（《後漢書·班固傳》：《兩都賦》《注》引《異物志》曰：『其羽可以飾幃帳』——洪引同，是幃帳正有以翡翠羽爲飾者；然疑方楚盛時，其所用恐不但飾之而已）；若翠翹、翠旌，蓋以爲飾，則用其尾耳。《重修政和證類本草卷第十九》引《本草拾遺》『魚狗』云：『今之翠鳥也，有大小，小者名魚狗，大者名翠，取其尾爲飾』，是也。觀屈宋所賦，則楚人之於翡翠，凡旗旍、玉鈎、衾被、幬帳，無不用之，其廣乃爾，則其煩費可知矣。自楚悼之有洞庭、蒼梧，至于懷襄，不過數十年，而窮其地利如是，則其所以經營西南者，又可知也。至《莊子·天地篇》云：『皮弁鷸冠，搢笏紳脩，以約其外』，陸德明《音義》：『鷸，本又作鹬，音同。鳥名也，一名翠，似燕，紺色，出鬱林，取其羽毛以飾冠』，尋郝氏《釋鳥義疏》云：『又《說文》云：「鷸知天將雨鳥也」，引《禮記》曰：「知天文者冠鷸」，此鷸與翠同名，而非同物，舊說便相牽混，亦誤。《漢五行志注》：「張晏曰：鷸鳥，赤足黃文」，則非一物可知。張聰咸《左傳杜注辨證》「好聚鷸冠」條下，論之當矣』，是《莊子》所云，當从張晏，陸氏輒以翠鳥說之，亦誤也。按書傳所記翡翠大小可知也。《後漢書賈琮傳注》引《異物志》曰：『翠鳥形似鷰』（《後漢書班固傳注》、《太平御覽卷第九百二十四羽族部十一》及洪氏引《異物志》同，其或一字之異，從略）。《漢書·賈山傳》顏《注》引臣瓚曰：『《異物志》云：翡色赤而大於翠』（洪引《異物志》云：『翡大於羣』，『羣』蓋『翠』字之誤），玄應《一切經音義·善見律第六卷》『翡翠』引《南方異物志》云：『翡大於鷰，小於烏』，《御覽卷第九百二十四羽族部》引《南州異物志》曰：『翡大於鷰，小於烏曰』，正是一書，引文小異耳。然則翡大於翠，張揖以爲『翡翠大小亦如雀』者，止據翠鳥言之，亦其疏已。翡之與翠，自王逸、應劭（《漢書賈山傳注》引應氏曰：『雄曰翡，雌曰翠』）、張揖、《異物志》（見《後漢書班固傳注》引，洪引同）皆以雌雄爲義；《爾雅》但記別名，《說文》惟辨青赤（《淮南人間訓注》亦云：翡，赤雀；翠，青雀），並不言雌雄，《藝文類聚卷第九十二鳥部下》引《廣志》曰：『翡色赤，翠色紺，皆出交州興古縣』，是郭義恭不以爲一鳥，《漢書·賈山傳》顏《注》：『鳥各別類，非雄雌異名也』（洪引即此《注》，文字小異耳），與郭說合，或更有據耳。翡赤而翠青，諸家言略同。玄應《一切經音義·善見律第六卷》引《南方異物志》：『翡，……腰身通黑，唯胸前、背上、翼後有赤毛；翠，通身青黃』，分別翡翠物色最詳，《周書王會解》孔晁《註》云：『翠羽，其色青而有黃也』，説與《異物志》合，《御覽羽族部十一》引《南中八郡異物志》曰：『翠大如鷰，腹背純赤』，云：『腹背純赤』，色乃似翡，或鷰下有脱文矣；同卷又引《交州記》曰：『翡翠出九真，頭黑，腹下赤，青縹色，似鷓鴣』，所言乃似翠，是或以翡翠爲即翠鳥也。諸書言翡，似今坊書所云赤鴗；翠，似翠鳥；然諸家亦互有異同，未知一一各當今之何鳥耳。若今吴中有曰魚虎子者，大如燕而肥，背如孔雀尾羽色，腹紅，喙足皆赤色，喙極長，尾短，此《釋鳥》所謂『鴗，天狗』，郭《注》所謂『小鳥』，『青似翠食魚』者，非翠也。

天問第四

何感天抑墜？夫誰畏懼？ 注：言驪姬讒殺申生，其冤感天，又讒逐羣公子，當復誰畏懼也。

季海按：王以驪姬讒殺申生事説之，未知是否；然《注》言：其冤感天，則抑墜又當何説？今謂此文以感天抑地並舉，則感天不謂：其冤感天可知，王説非是。尋《莊子·山木》：『莊周游乎雕陵之樊，覩一異鵲，自南方來者，翼廣七尺，目大運寸，感周之顙，而集於栗林』，《釋文》引李頤云：『感，觸也』；《文選·七發》：『龍門之桐，高百尺而無枝，……其根半死半生，冬則烈風漂霰飛雪之所激也，夏則雷霆霹靂之所感也』，李善《注》引《莊子》『感周之額』，亦云：『感，觸也』，即本景真義。《天問》言『感』，與《莊子》、《七發》同，正當訓觸，《莊子》之文，時頗與楚語相合，枚叔則淮陰人，其言故楚耳。又《山海經·大荒西經》：『顓頊生老童，老童生重及黎，帝令重獻上天，令黎卬下地』，卬，按也，當从反印，俗从手作抑（見《説文·印部》），是抑地亦古之常語。當句若曰：『彼何竟觸犯天、抑下地？是尚何忌憚之有』耳。使王説本事不誤，即斯言正斥驪姬之敢肆其虐，非目申生之冤也。

兄有噬犬弟何欲？注：兄，謂秦伯也。噬犬，齧犬也。弟，秦伯弟鍼也。言秦伯有齧犬，弟鍼欲請之。

季海按：此獒之類，《史記·晉世家》：『盾既去，靈公伏士未會，先縱齧狗名獒』，《集解》引何休曰：『犬四尺曰獒』也。《説文》作『㜸』，云：『犬如人心可使者，从犬，敖聲，《春秋傳》曰：「公嗾夫㜸」』（見《犬部》），是也。噬亦齧也，《説文·齒部》：『齧，噬也』，是其義。然楚曰噬，漢曰齧，故子長云『齧狗』，叔師云『齧犬』矣。

九章第五

《涉江》：吾與重華遊兮瑶之圃。 注：重華，舜名。瑶，玉也。圃，園也。言己想侍虞舜遊玉園，猶言遇聖帝，升清朝也。遊一作游。一云：瑶，石次玉也。洪氏《補注》：《山海經》云：「槐江之山，上多琅玕金玉，實惟帝之平圃。」

季海按：洪説是也，所引見《西山經》。郭注「帝之平圃」云：「即縣圃也，《穆天子傳》曰：『乃爲銘迹於縣圃之上』」（影明成化本郭《注》二縣字皆作玄，然此上《鍾山注》引《穆傳》仍作縣，又影明天一閣本《穆傳》，此及上「先王所謂縣圃」，並作縣（見《卷之二》），與《鍾山注》合，《傳》既作縣，《注》當同耳，今據改），是瑶圃即縣圃矣。謂之瑶圃者，當以其上多琅玕歟？《西山經》於《槐江》之次，又云：「西南四百里曰崑崙之丘，是實惟帝之下都」，是縣圃在崑崙東北，《穆天子傳卷之二》：「天子……以三十□人於昆侖丘。季夏丁卯，天子北升于春山之上，……曰春山之澤，……先王所謂縣圃」，是《穆傳》亦謂縣圃在昆侖北，與《山經》合矣。郭注此《傳》，既引《淮南子》曰：「是謂縣圃」（影明天一閣本《穆傳》：縣本作玄，非是，今據《四部叢刊》影印影鈔北宋本《淮南子》改正），又謂「《山海經》云：明明昆侖縣

(影天一閣本原作京,蓋玄之誤; 然玄當爲縣,《傳》本作縣,引《淮南》亦本作縣,可證。宋以來書,正文之不省者,注文往往從減筆書之,以趨約易,於是譌俗通叚,紛然雜出矣。此《注》二縣字省作玄,其一例耳)圃,各一山,但相近耳』,今謂郭説是也; 然漢人多不别,《淮南·墬形訓》:『傾宮、旋室、縣圃、涼風、樊桐,在崑崙閶闔之中』,郭《注》所引,亦出此篇,亦謂在崑崙之上矣。王氏《離騷章句》:『縣圃,神山,在崑崙之上』,又《天問章句》:『崑崙,山名也,在西北,元氣所出,其巔曰縣圃,乃上通於天也』,是叔師義同《淮南》也。尋《山海經·海内北經》:『海内西北陬以東者』又云:『帝舜臺在崑崙東北』,是帝舜臺亦在崑崙東北,地望與縣圃正合。《涉江》篇首,自道生平,雖多瑰辭,乃心所慕,尤在虞舜,故曰『吾與重華遊兮瑶之圃』也。依《山經》之言,崑崙東北,既有舜臺,是登望縣圃,直如户庭之内耳。或者荆楚所傳,蓋有謂舜嘗遊於此閒者矣。《離騷》實云:『濟沅湘以南征兮,就重華而陳詞』; 又云:『朝發軔於蒼梧兮,夕余至乎縣圃』,靈均之所以低回留連於重華之蹟者至矣。

哀南夷之莫吾知兮。 注: 屈原怨毒楚俗嫉害忠貞,乃曰: 哀哉! 南夷之人無知我賢也。洪氏《補注》:《國語》云: 楚爲荆蠻。**旦余濟乎江湘。** 注: 旦,明也。濟,渡也。言己放弃,以明旦之時始去，遂渡江湘之水。言明旦者，紀時明，刺君不明也。

季海按：《戰國策秦三》：『謂魏冉曰：齊有東國之地，方千里；楚苞九夷，又方千里』，是楚境故奄有諸夷也。又《史記·孫子吴起列傳》：『武侯疑之而弗信也，……懼得罪，……即之楚。楚悼王素聞起賢，至則相楚，……於是南平百越』，《後漢書·南蠻西南夷列傳》：『及吴起相悼王，南并蠻越，遂有洞庭、蒼梧』，雖詳略不同，而文皆相應。據《六國表》：楚悼王凡二十一年，魏武侯元年當悼王之十六年，則起之楚，已在悼王之末，是自楚之有洞庭、蒼梧，中更肅王、宣王、威王以迄懷王之立，不過五十餘年耳。悼王以來，楚實多故，雖有其境宇，殆未遑變俗也。平方遠渡江湘，自惟出入洞庭、蒼梧之境，其地雖南夷舊壤，亦重華、二妃所曾遊，《涉江》所言，正是即目，既前聖難依，宗邦彌遠，徒對南夷，此情焉訴？遂有莫知之歎耳。即不論《離騷》方自陳『帝高陽之苗裔』，又豈有身嘗爲三閭大夫而甘比宗國於南夷者乎？叔師以爲怨毒楚俗，遂爲此忿懟之言者，既遠乖騷人之志；復以言明旦爲刺君不明，亦失之穿鑿也。

《悲回風》：草苴比而不芳。 注：生曰草，枯曰苴。洪氏《補注》：苴，《釋文》：『七古切，茅藉祭也』，鮑欽止本云：『七閭、子旅二切』，林德祖本云：『反賈、士加二切。』

季海按：《廣雅·釋草》：『蘇、蘆，草也』，王念孫《疏證》：『《方言》云：「蘇，草也。江淮、南楚之間曰蘇」，郭《注》云：「蘇，猶蘆，語轉也。」……《素問·移精變氣論》云：「十日不已，治以草蘇。」草謂之蘇，因而取草亦謂之蘇，《莊子·天運篇》：「蘇者取而爨之」，李頤《注》云：「蘇，草也，取草者得以炊也」』，又：『蘆，草之轉聲也，字或作苴。《管子·地圖篇》：「苴草、林木、蒲葦之所茂」，《靈樞經·癰疽篇》：「草蘆不成，五穀不殖」，草謂之蘆，因而枯草亦謂之蘆，《廣韻》：「蘆，草死也。」《衆經音義》云：「蘆，枯草也。今陝以西言草蔡，江南、山東言草蘆」，《楚詞·九章》：「草苴比而不芳」，王逸《注》云：「生曰草，枯曰苴」，《大雅·召旻篇》：「如彼棲苴」，《傳》云：「苴，水中浮草也」』，今謂王説皆是也。苴依洪引《釋文》：七古切，正讀如蘆；陸德明《爾雅釋草音義》引《字林》：『蘆，千古反』；日本僧空海《篆隸萬象名義·艸部》：『蘆，采古反，草枯曰蘆』，音義俱出原本《玉篇》；敦煌本《切韻殘卷S二〇七一·十姥》：『蘆，草死，采古反』；《廣韻·十姥》：『蘆，草死。《爾雅》曰：「蓾，蘆」，郭璞云：「作履苴草」，采古切』，是也。唐人所記江南之言，足徵楚語矣（王引《衆經音義》，見唐玄應《大方便報恩經第四卷》，蘆亦音『千古反』；惟又曰：『山東云七故反也』，是山東以上爲去也）。敦煌本《切韻殘卷S二〇五五·九魚》：『疽，七余反，十一』有『苴』，云：『履中藉草，按《説文》子與反』，陸氏《釋草音義》於郭《注》：『作履苴草』，音『將呂反』，與《説文》音合，明六朝舊讀如此。今所見諸書引《説文》舊音，或同《字林》，或同《玉篇》，此讀與《玉篇》不合（《萬象名義・艸部》：『苴，七閭反，麻，履中草』，是顧野王亦作平聲，與陸法言《切韻》音同），故當與《字林》同音歟？洪氏於『苴』引鮑本：子旅切，林本：反賈切（此切上字誤，《集韻三十五馬》『鮓，展賈切』下有『苴』云：『土苴，糟魄也』，林本所出，當即此音，反蓋展之壞字）：凡此所出苴、蘆諸音，雖聲韻參差，皆從上聲讀矣。子雲謂『江淮、南楚之閒曰蘇』，郭云：『猶蘆，語轉』，得之〔蘆蓋从虘聲，據敦煌本《刊謬補缺切韻殘卷P二〇一一》：虘有蘇音（據《萬象名義・虍部》知原本《玉篇》虘音才都切，此《廣韻・七歌》『虘』下又音所本；大徐於《説文・虍部》引《唐韻》音昨何切，此《廣韻・七歌》虘音所本：是顧、王同在模韻，而聲有從、心之異；顧、孫韻有模、歌之異，而聲同從紐也），蘆之轉蘇，猶虘讀如蘇耳〕，是漢西京時，楚之轉語，蓋讀如平聲矣。《漢書・郊祀志上》：『席用苴稭』，如淳曰：『苴讀如租』；空棄引原本《玉篇》：『苴，七閭反，麻，履中草』；陸氏《詩召旻音義》：『棲苴，七如反，毛：水中浮草也』；又《爾雅釋草音義》苴麻字音『七徐反』；敦煌本《切韻殘卷S二〇五五》、《S二〇七一》、《刊謬補缺切韻殘卷P二〇一一》《九魚》：『疽，七余反』下有『苴，履中藉（《S二〇七一》藉誤作藉，《S二〇五五》藉下有草字，此依王仁昫本）』；《S二〇五五》苴下又云：『按《説文》子与反』，是陸韻止作平聲，與顧音同。敦煌本《切韻殘卷S二〇七一》、《刊謬補缺切韻殘卷P二〇一一》：《八語》皆收『苴，履中草』，正作『子与反』者，蓋唐人據《説文》音加之。《S二〇五五》、《S二〇七一》：『且，子魚反三』，並不收苴，是陸氏初無此音。《説文・艸部》：『苴，履中艸』，大徐引《唐韻》：『子余切』，是平聲讀清入精，始於孫愐也；《廣韻・九魚》：苴有疽（七余切）、且（子魚切）二音，即本《唐韻》矣；洪引鮑本：七閭切，林本：士加切，音義容有出入，而皆作平聲：是自漢晉以還，蘆、苴有平上兩讀也。《釋草》：『蔨，蘆』，陸氏《音義》引郭：『才河、采苦二反』，此出景純《爾雅音》，是郭兼取平上，而以平爲先，殆江東所行耳[玄應所云『七故反』者，此唐時山東方音，然陸氏《釋草音義》於郭《注》：『作履苴草』，出：『一云：將慮反』，是陳時已有讀『苴』作去聲者，但與玄應音，韻部有《魚》、《模》（以平統去）之異耳。大氏以上爲去，近出陳世，茲故可得而略也]。

登石巒以遠望兮。 注：昇彼高山，瞰楚國也。洪氏《補注》：山小（《四部叢刊》影明覆宋本誤作少，今正）而鋭曰巒。又《**七諫・自悲**》：**登巒山而遠望兮。**注：巒，小山也。一云登巒，無山字。

季海按：《爾雅·釋山》：『巒山，墮』，原本《玉篇·山部》：『巒』下引《爾雅》云：『山如巒山，隋』（原誤作『攢』，不成字，今依下引郭《注》校），墮、隋字通。今本郭《注》云：『謂山形長狹者，荆州謂之巒，《詩》曰：墮山喬嶽』，原本《玉篇》引郭璞曰：『山隋（寫本小泐，而字尚可辨）長者，荆州謂之巒』，是郭讀《釋山》：『隋』，正如『隋長』字，顧引於義爲長，今《注》當出後人所改耳。顧引《經》《注》相應，字並作『隋』，蓋六朝舊本如是矣。郭云『隋長』者，郝懿行云：『《士冠禮注》：「隋方曰篋」，《釋文》：隋謂狹而長，隋與橢同』（見郝氏《釋山義疏》），是也。古今之説『巒』、『墮』（隋同）者，凡有二義：其一，《説文·山部》：『巒，山小而鋭』，陸德明《釋山音義》引《埤蒼》、劉逵《蜀都賦注》出：『一曰』，並與今《説文》同；原本《玉篇》引《説文》：『山小（原引誤脱，今補）而高也』，則又與王氏《九章章句》稱『昇彼高山』者合：然要以小山爲言，故《七諫》王《注》又云：『巒，小山也』；其在墮則今《詩般傳》云：『墮山，山之墮墮小者』，義自相應，此一説也。其二，劉氏《蜀都賦注》：『巒，山長而狹也』，《字林》云：『墮，山之施墮者』（郝氏云：『吕忱以隋爲延施，即狹長也』），又云：『隋與橢同，與隋聲借』，並是也，見《釋山義疏》），即復與景純義合，此一説也。今比《屈賦》、《郭注》觀之，知以隋長爲巒，本出楚語，《九章》之文，當以此爲塙詁。然劉逵以前，不聞有是者，蓋語隨其方，漢師或不諳荆俗，時憑中國所傳，以傅會《爾雅》、《詩傳》之文，而爲之説，故又或以小山爲義爾。淵林乃能言之者，則季漢之世，荆州文學，於斯爲盛，洎左思作《賦》，吴蜀已平，北地流人，南州逸足，出入魏晉，畢集中朝者，計已多矣，是以鄢郢遺言，軼在荆俗者，始漸流傳，淵林博訪而得之，故其爲《注》，不惟許、王所未知，抑亦稚讓所失采矣，又安足怪乎？然原本《玉篇》不引《九章》，而引《七諫》；郝懿行亦爾，乃又云：『此正楚人語』，不悟此本曼倩因《屈賦》以成文，並失之矣。然郝君能知巒、隋俱兼二義，所見實卓，若夫尋其本末，爲之條理，是故後學之責也。

遠遊第六

聞赤松之清塵兮，願承風乎遺則。又：**軒轅不可攀援兮，吾將從王喬而娱戲。**洪氏《補注》：《淮南》云：『王喬、赤松，去塵埃之間，離羣慝之紛，吸陰陽之和，食天地之精，呼而出故，吸而求新，蹀虚輕舉，乘雲游霧，可謂養性矣。』又：**見王子而宿之兮，**注：屯車留止，遇子喬也。**審壹氣之和德。**

季海按：《漢書·王襃傳》載襃《聖主得賢臣頌》曰：『何必偃卬詘信若彭祖，呴嘘呼吸如僑松』，如淳曰：『《五帝紀》：彭祖堯舜時人，《列僊傳》：彭祖，殷大夫也。歷夏至商末，號年七百』，師古曰：『呴、嘘皆開口出氣也。僑，王僑；松，赤松子：皆仙人也』，如子淵之言，則均之長生，而彭祖與僑松異術，《遠遊》此諸文上下言：『求正氣』、『飡六氣』、『審壹氣』，其主呴嘘呼吸可知，此其所以偁喬松也。《天問》曰：『彭鏗斟雉帝何饗？受壽永多，夫何久長？』王《注》：『彭鏗，彭祖也。言彭祖進雉羹於堯，堯饗食之，以壽考。彭祖至八百歲猶自悔不壽，恨枕高而唾遠也』，靈均但言斟雉，事同服食，或楚人所傳彭祖之術，與僑松不同，略如子淵之言矣。然洪氏《天問補注》引《莊子》曰：『吹呴呼吸，吐故納新，熊經鳥伸(《莊子》作申)，爲壽而已矣。此導(《莊子》作道)引之士，養形之人，彭祖壽考者之所好也』(按洪引見《刻意篇》)，《莊子》云：『熊經鳥申』，即子淵所謂『偃卬詘信』矣；然又云：『吹呴呼吸，吐故納新』，則未知果謂彭祖亦兼事此，抑『彭祖壽考者』本屬泛指，凡此所云，故不必備於一身邪？

卜居第七

將哫訾栗斯，喔咿儒兒， 注：強笑噱也。洪氏《補注》：皆強笑之皃；一云：喔咿，強顏皃。

以事婦人乎？

季海按：《韓詩外傳卷第九》：『夫鳳凰之初起也，翾翾十步之雀，喔咿而笑之，及其升於高，一詘一信，展而雲閒，藩木之雀，超然自知不及遠矣』，是笑曰喔咿，本象其聲，言各有當，斯義非一耑。察《韓詩》所言，與《卜居》之文，其笑則一，其所以笑，適相反矣。蓋前者爲嗤笑，後者爲諂笑，然其爲『喔咿』則一也。《卜居》明言：『以事婦人』，故王云：『強笑噱也』，洪引一説非也。於文『喔，雞聲也』（見《説文・口部》），人笑聲亦或相似耳；如《外傳》所云，咿止當作伊，直狀其聲，更無正字。苟如《章句》義，則咿本字當爲哇，《説文・口部》：『哇，諂聲也，从口，圭聲，讀若醫』，許君云：『諂聲』，正王所謂『強笑噱』矣，圭聲古音在支部，而讀若『醫』，則入脂部，與『咿』同聲，是汝南讀與楚言相應也。王念孫《古韻譜・支弟十一》：《楚辭》出『訾、斯、咿、兒』，云：『《卜居》：「哫訾、栗斯、喔咿、儒兒」爲韻；「突梯、滑稽，如脂、如韋」爲韻』，其實古本音惟斯、兒在支韻，王以梯、稽、脂、韋（見王《譜》：

《脂弟十三》同韻律之，因謂此文：呰、吚亦當與斯、兒爲一韻固是，然據吚醫同讀，則楚音實在脂部，又《招隱士》以峨、漇、罷、悲爲韻，枚乘《七發》以溪韻飛、槐，《雉子斑》以雌韻雉，其聲皆楚，而支、脂亦自相協，頗謂此八韻同部，俱當入脂，其讀『斯、兒』如脂韻字，亦猶『哇』讀若『醫』耳。

漁父第八

漁父莞爾而笑，鼓枻而去。 注：叩船舷也。枻，一作栧。

季海按：記籍言枻，凡有三説：一曰：船弦版，《湘君》：『桂櫂兮蘭枻』，王《注》：『枻，船旁板也』，一作栧，與此《注》同義。《淮南·説林訓》云：『遽契其舟⿰木⿱艹也』，高誘《注》云：『⿰木⿱艹也，船弦版也』（今本⿰木⿱艹也譌作桅，从王念孫校，義具《廣雅釋水疏證》），《廣雅·釋水》云：『⿰舟也謂之舷』，王氏《疏證》云：『《集韻》《類篇》竝云：⿰舟也或作⿰木⿱艹也，漢《童子逢盛碑》亦有⿰木⿱艹也字』，是《楚辭》謂之枻者，《淮南》謂之⿰木⿱艹也，《廣雅》字又作⿰舟也也。二曰：㮑，《漢書·司馬相如傳》載《子虛賦》：『揚旌枻』，《注》：『張揖曰：揚，舉也。析羽爲旌，建於船上。枻，㮑也』，洪氏

《補注》於《湘君》『蘭枻』云：『一曰：栧也』，即本稚讓，然旌建舩上，何有於栧？若本不相關，牽連并書，亦爲冗漫，豈相如語乎？既漢師不言，又疎於文義，景純不取，非無故矣。三曰：楫，《史記·司馬相如傳》載《子虛賦》：『揚桂枻』，《集解》：『駰案韋昭曰：「枻，檝也」』；《文選·西京賦》：『齊栧女』，李善《注》引韋昭曰：『栧，楫也』，裴、李所引，俱出《漢書音義》。《隋書·經籍志》有『《漢書集解音義》二十四卷，應劭撰』，顏師古《敘例》以爲即臣瓚揔集諸家音義；又：『《漢書音義》七卷，韋昭撰』；又：『《漢書音義》十二卷，國子博士蕭該撰』：裴在蕭前，所引若非即據韋書，便當取諸臣瓚輩所集諸家音義；若李引既云：『《漢書音義》：「韋昭曰」』云云，便非得之韋本，蓋由別家《音義》轉引，但未能定其所出，爲該爲瓚耳）。檝、楫同字，枻又作栧者，唐人諱世字耳，《楚辭》枻一作栧，亦承唐本之舊矣。洪氏於《湘君》『蘭枻』云：『楫謂之枻』，即本韋義。尋長卿之《賦》，《漢書》《文選》並作『揚旌枻』（今《文選》枻作栧，亦唐人改故書耳；《史記》旌作桂，形之誤也），楫非建旌之所，若分作兩事，又不煩並舉，是韋義亦疎也。《文選·子虛賦》郭璞《注》云：『枻（原作栧，今回改），船舷，樹旌於上』，是景純注相如《賦》（《隋書·經籍志》：『《雜賦注本》三卷』下注：『梁有郭璞注《子虛上林賦》一卷，亡』，而李《注》有者，或唐初暫逸，後來復出，亦可中書偶闕，而文選家猶傳其本也）無取二家，仍宗王義，蓋樹旌舷上，於理爲得矣，故李善亦云：『枻（原作栧）依郭說』也。景純親注《楚辭》（《隋志》有『《楚辭》三卷，郭璞注』），今雖不傳，觀其注相如《賦》，猶依王說，知於斯文，必無改舊義矣。若《西京賦》云：『齊栧女』，李善《注》：『栧女，鼓栧之女』，是仍以爲船弦；又引韋說者，廣異義耳。然下句即云：『縱櫂歌』，蓋平子本謂楫爲櫂，不謂之枻也。然《淮南·道應訓》：『佽非謂枻舡者曰：嘗有如此而得活者乎』，高《注》：『枻，櫂』，明是行船之稱，非直以枻爲楫也。行船謂之櫂者，《漢書·鄧通傳》：『以濯船爲黃頭郎』，顔《注》：『濯船，能持濯行船也，濯讀曰櫂』，又《文選·上林賦》『濯鷁牛首』，李善《注》引《漢書鄧通傳音義》『一說』，與師古同（但『持濯』作『持櫂』，偏旁小異），是其義。弘嗣所云，豈即因緣《淮南》舊義而失之者乎？尋《哀郢》：『楫齊揚以容與兮』，《注》：『楫，船櫂也。……言己去乘船，士卒齊舉楫櫂，低佪容與，咸有還意』，是楚亦謂之楫；《湘君》：『蓀橈兮蘭旌』，《注》：『橈，船小楫也』，洪氏《補注》：『《方言》云：「楫謂之橈，或謂之櫂」』；又：『桂櫂兮蘭枻』，《注》：『櫂，楫也』；《涉江》：『齊吳榜以擊汰』，《注》：『吳榜，船櫂也。汰，水波也。言士卒齊舉大櫂，而擊水波』：是屈《賦》楫又謂之櫂（與《方言》合），小楫謂之橈（此王義，《方言》不加別異），其大者謂之榜，若依

《章句》，則《楚辭》楫櫂雖有多名，初不謂之枻也。

招魂第十

其身若牛些。 日本古寫本《文選集注》殘卷卷第六十六：《招魂》此句下引《音決》：牛，曹合口呼：謀，齊魯之間言也。案《楚詞》用此音者，欲使廣知方俗之言也。

季海按：牛，《唐韻》：『語求切』（見大徐本《説文・牛部》引），聲在疑紐，曹音作合口呼之如：謀，則在明紐，唐人如公孫羅猶能以齊魯之間言證之，今謂此真古之遺語也。尋《説文・牛部》：『牟，牛鳴也，从牛，象其聲气从口出』，《唐韻》：『莫浮切』（見大徐引），聲在明紐，正象牛鳴；然則牛之爲言猶牟也，原其得名，本因其自鳴而呼之，古牛、牟亦同言、同字耳。然微曹音及唐齊魯之間言，亦何以徵牛聲自明入疑之漸哉？《説文》又云：『牡，畜父也，从牛，土聲』，《唐韻》：『莫厚切』；『牝，畜母也，从牛，匕聲』，《唐韻》：『毗忍切』，牡、牝之言，本出於牛，古音俱當隸明（牡、父，牝、母，皆古雙聲字，當同在此紐），與牛本爲正紐雙聲，《唐韻》分作三紐，又有牙脣之異者，此今音耳。曹君能爲此音，必自有故，或師承如是，或楚聲當爾，公孫之學，不足紀遠，乃猥云：『欲使廣知方俗之言』，豈曹意乎？

川谷徑復，注：流源爲川，注谿爲谷。徑，過也。復，反也。川一作谿；徑一作俓。五臣云：徑，往也。洪氏《補注》：《爾雅》：『水注谿爲谷。』《説文》：『泉出通川爲谷。』**流潺湲些。**注：言所居之舍，激導川水，徑過園庭，回通反復，其流急疾，又潔净也。《文選集注》殘卷作『谿谷徑復』，《集注》云：『今案陸善經本谿爲川。』劉氏《楚辭考異》云：『案《文選》謝靈運《從斤竹澗越嶺谿行詩注》引徑作逕。』

季海按：《莊子·秋水》：『秋水時至，百川灌河，涇流之大，兩涘渚崖之閒，不辯牛馬』，陸氏《音義》出『涇流』，云：『音經，司馬云：涇，通也。崔本作徑，云：直度曰徑，又云：字或作涇』，今謂此云：『徑復』，蓋與『涇流』字同，王云：過，司馬云：通，崔云：直度，意正相近，《莊子》之文，時與楚語相通，此其一例。崔本作徑，即與《楚辭》字例相應，故書當如是爾。漢武時，司馬相如賦《上林》，猶云：『紫淵徑其北』、『徑乎桂林之中』（《史記》《漢書》本《傳》同），是長卿用字，與宋玉同；若《漢書·相如傳》録此《賦》又云：『徑峻赴險』，《史記》本《傳》作『俓陖赴險』，是徑、俓字同（徑作俓者，隸省耳，非从人也），《楚辭》一本作俓，亦猶是矣。尋《説文》：巠訓水脈，从川在一下，一，地也，引申之有經流、通、過、直度諸義，然則

《莊子》《招魂》言：徑，本字當作巠矣。

經堂入奧。　經一作徑，古本作陘。五臣云：言自蘭蕙，經入於此矣。

季海按：《文選集注》殘卷卷第六十六此句下引《音決》：『徑，音經，又居定反』，尋《漢書·司馬相如傳》載《上林賦》云：『徑峻赴險』（《史記·司馬相如傳》作『徑陖赴險』，說見『徑復』條），與玉《賦》用字，檗簸正同，故書當作徑，一本是也。今作經者，後人依音改字耳。五臣直云：經入，則今本之失，或昉於此矣。

挂曲瓊些。　注：挂，懸也。挂一作絓。洪氏《補注》：絓，罥也。劉氏《楚辭考異》：案《文選東都賦注》《御覽》百七十四並引挂作絓。

季海按：宋本《太平御覽》卷第一百七十四引《楚辭》曰：『砥室翠翹純曲瓊』，純字雖誤，偏旁不誤，其本作絓可知也。《文選·招魂》字亦作絓，蓋《楚辭》故書如是，一本是也。尋《哀郢》云：『心絓結而不解兮』，《注》云：『絓，懸』，與此《注》正同，明二文不當有異，但彼以『絓結』爲文，故未遭流俗所改耳。《史記·律書》：『結怨匈奴，絓禍於越』，以結、絓爲互文，用字與《哀郢》正合（《漢書·嚴安傳》：『上書曰：「當是時秦禍北構於胡，南挂於越」』，師古曰：『挂，縣也』，是絓、挂亦同耳），《漢書·敍傳上》：班嗣報桓譚曰：『不絓聖人之罔』，師古曰：『絓，讀與挂同』〔顔説是也。張守節《律書正義》：『絓，胡卦反』者，原本《玉篇・糸部》，又《手部》（《萬象名義》引）、《唐韻》（大徐《説文》引）、《廣韻》：挂，皆古賣反；絓，皆胡卦反，此今音，古亦通耳；今喉音字，楚多讀入牙，楚音絓，正當讀與挂同〕，是漢人自太史公以逮班嗣，猶多作絓也。《哀時命》：『左祛挂於榑桑』，挂一作絓，劉氏《考異》云：『案《御覽》九百五十五、《事類賦注》二十五並引挂作絓』，則一本是也，蓋亦以單文，爲俗所改矣。

九侯淑女，多迅衆些。 注：迅，疾也。言復有九國諸侯好善之女，多才長意，用心齊疾，勝於衆人也。五臣云：其來迅疾，衆多於此。

季海按：舊説讀迅如字，故訓爲疾，王與五臣，並同此蔽，以説當句，其實不辭。今謂迅从卂聲，當讀若莘。《説文・手部》：『扟』从卂聲，而『讀若莘』，漢汝南師讀，蓋亦楚聲之遺，故與《楚辭》相應矣。《莊子・徐無鬼》：『禍之長也茲莘』，《釋文》引李頤《注》云：『莘，多也』，重言則曰莘莘，《文選・七發》：『莘莘將將』《注》：『莘莘，多貌也』，《小雅・皇皇者華》：『駪駪征夫』，《毛傳》云：『駪駪，衆多之貌』，《國語・晉語》、《説苑・奉使》、《説文・焱部》並引作『莘莘征夫』：是迅亦多也〔《説文・焱部》：『燊，盛皃。从焱在木上，讀若

《詩》曰：莘莘征夫』；《廣雅・釋詁》：『㚐，多也』，《周南・螽斯》：『詵詵兮』，《釋文》：『詵，《説文》作㚐』：是燊、㚐與莘，本一言耳。㚐之爲多，形聲俱合——从多，辛聲，然未敢即以爲本字者，陸引《説文》，二徐本所無，恐或得之他書，不必許君義也。今謂迅讀若莘者，舉漢師讀習用字，俾易喻爾。羣書所載，除駪、詵已見上文外，又有驫（見《説文》引《逸周書》）、甡（見《大雅・桑柔》）、侁（見《招魂注》引《詩》），凡此諸名，或孳乳浸多，或依聲託事，亦共出一氏矣。自『㚐』以下，王氏《廣雅疏證》備引之，以爲『竝字異而義同』，是也。多、迅、衆三名同實，極言盛多而已。《離騷》亦云：『覽相觀於四極兮』（見當句《解故》），明古人自有複語耳。

容態好比，順彌代些。 注：彌，久也。言美女衆多，其皃齊同，恣態好美，自相親比，承順上意，久則相代也。五臣云：彌猶次也，好相親密，和順次以相代也。

季海按：王云『彌，久』者，蓋借爲『镾』。《説文・長部》：『镾，久長也，从長，爾聲』，是也。今謂此彌實不訓久，尋《爾雅・釋言》：『彌，終也』，郭《注》：『終，竟也』，郝氏《義疏》云：『《易繫辭釋文》引荀《注》及《詩生民卷阿傳》竝云：彌，終也』；《文選》張平子《西京賦》：『橦末之伎，態不可彌』，薛綜《注》：『彌猶極也，言變巧之多，不可極也』：是彌有終極之義，終極亦一意耳。《爾雅》之文，著在《釋言》，蓋亦有取於方國殊語，平子南陽西鄂人，地屬楚分，則終極爲彌，故楚語矣。今謂此言美女衆多，承順上意，更番相代，無不周徧，故云：彌代，正終竟、終極之謂（郝氏《釋言義疏》又云：『按彌又滿也、偏也，《方言》云：「彌，合也」，又云：「彌縫也」，縫合亦偏滿之義，偏滿即終矣』，段氏《説文》『彌』字《注》云：『其引伸之義曰：滿也，偏也，合也，縫也，竟也，其見於詩者，《大雅生民、卷阿傳》皆曰：「彌，終也」』，皆是也）。叔師，南郡宜城人，地自屬楚，豈已不聞斯語，抑亦失之弗思邪？

離榭脩幕。 《文選集注》殘卷卷第六十六《招魂》作『離謝脩幕』，《集注》：『《音決》：「幕，音莫」，今案：五家、陸善經本謝爲榭。』

季海按：榭見《説文》新附，《左・宣十六年經》：『夏，成周宣謝火』（今本作榭，此从陸氏《音義》；陸云：『本又作榭』，與今本合），《公羊傳・宣公十有六年》：『夏，成周宣謝災』，字皆作謝；《穀梁傳・宣公十有六年》：『宣榭災』，陸云：『本或作謝』，《禮記・禮運》：『以爲臺榭』，陸云：『本亦作謝』，是謝、榭亦古今字耳。《楚辭》故書，當本作謝。據《集注》知李善、公孫羅所傳尚存其真，唐人蓋自五家、陸氏始多從時俗，變易舊文耳。

紅壁沙版。 注：紅，赤白色也。沙，丹沙也。言堂上四壁皆堊色，令之紅白，又以丹沙畫飾軒版。又《大招》：**沙堂秀只。**注：沙，丹沙也。言又以丹沙朱畫其堂，其形秀異，宜居處也。

季海按：《漢書・董賢傳》：『乃復以沙畫棺』，師古曰：『以朱砂塗之，而又彫畫也』，《後漢書・袁逢傳》：逢卒，『賜以珠畫特詔祕器』，《注》云：『《前書》曰：「董賢死，以沙畫棺」，《音義》云：「以朱沙畫之也」，珠與朱同。祕器，棺也』，章懷引《漢書音義》與小顔説畫棺稍異，而以沙爲朱沙則同，是丹沙謂之沙，漢人猶爾也。

臑若芳些。注：臑若，熟爛也。言取肥牛之腱，爛熟之，則肥濡臑美也。若一作弱，臑一作臑，一作胹。臑，仁珠切。臑，音耎。胹，音而。《釋文》作烝，而兖切。洪氏《補注》：《集韻》：腝、烦、胹、臑，皆有而音；《説文》云：『爛也』，一曰：臑，嫩耎皃。劉氏《考異》：案王觀國《學林》六引臑作胹。又：**胹鼈炮羔。**胹一作臑。《釋文》作濡，而朱切。五臣云：濡，煮也。洪氏《補注》：濡，《集韻》音而，亨肉和湆也。炮，蒲交切，合毛炙物；一曰：裹物燒。劉氏《考異》：案《學林》六引胹作臑。

季海按：『臑若』，《文選集注》殘卷卷第六十六作『胹若』，王《注》同（《注》：『則肥濡臑美也』，《集注》本作『則臑胹（原作洏，誤）美也』，今《注》爲後人所亂，當从殘卷），一本及《學林》引作胹者，是也。《説文·肉部》：『胹，爛也，从肉，而聲』，是其義，王云：熟爛，與許正合，大徐引《唐韻》：『如之切』，則音而者，是也（而，大徐引《唐韻》：『如之切』，見《説文·而部》）。《釋文》作㶊，其始蓋胹之或體，屈宋之文，熟爛、胹熟，同音同字，初無『如之』『而兖』之別，《釋文》以爲王《注》：熟爛，即以胹（如兖切）熟爲義，故當从此讀，不知此字今音今義，本自胹孳乳矣。胹鼈，《文選集注》殘卷作洏鼈（鼈原誤作鼈，今正），《集注》引張銑曰：『洏，煮』，不云更有異文，是唐人所傳《文選》諸本盡作洏，更無作濡之本，今謂作『洏』者，是也。《説文·水部》：『洏，涙也；一曰：煮孰也；从水，而聲』，大徐引《唐韻》：『如之切』，此正以『煮孰』爲義，張銑猶能知之者，其本尚未訛也。《釋文》所據，字又作濡者，當是其初流俗相承以爲洏之或體，洪氏所引《集韻》音而者，是也。自《釋文》始音作『而朱切』，而音義全乖，無復舊觀，其識故不如慶善遠矣。然《釋文》本：㶊若、濡鼈，尚自有別，故當絶勝一本之臑、胹不分，『臑若』、『胹鼈』之混爲一談矣。《學林》作臑，字雖不正（《説文》：『臑，臂羊矢也』，於《招魂》奚取焉），猶从需聲，是故依違《釋文》舊本而失其偏旁者也。『炮羔』，《文選集注》殘卷引《音决》出：『灼，白交反』，是公孫羅本『炮』作『灼』，讀爲『炮』，故音『白交反』也。公孫之學，出於曹憲，疑曹公舊本、《楚辭》故書，字本作『灼』，後人依音改字耳。『灼』从勺聲（見《説文·火部》），得讀爲『炮』（大徐引《唐韻》：『薄交切』）者，猶『杓』从勺聲（从小徐本，大徐本作『从木、从勺』，非是），孫愐《唐韻》亦音作『甫摇切』也（見大徐引）。古音灼在宵部，炮在幽部，然《九章·惜往日》以『昭』韻『流』（『臨沅湘之玄淵兮，遂自忍而沈流。卒没身而絶名兮，惜壅君之不昭』）、《九辯》以『昭昭』韻『悠悠』（『去白日之昭昭兮，襲長夜之悠悠』）、《招隱士》以『繚』韻『幽』（『桂樹叢生兮山之幽，偃蹇連蜷兮枝相繚』），並讀宵入幽，是『灼』讀爲『炮』，故楚音矣。不徑作『炮』者，七國之世，『言語異聲，文字異形』，楚書自作『灼』，不作『炮』也。

鵠酸臇鳧。注：言復以酢醬（《四部叢刊》影明覆宋本『酢醬』作『酸酢』，非是。此从《湖北叢書》翻隆慶重雕宋本王逸《章句》）烹鵠爲羹，小臇臛鳧。洪氏《補注》：鵠，鴻鵠也。又《大招》：**内鶬鴿鵠。**注：鵠，黄鵠也（《湖北叢書》本無此《注》）。言宰夫巧於調和，先定甘酸，乃内鶬鴿黄鵠。洪氏《補注》：徐朝《七喻》云：『雲鶬水鵠，禽蹯豹胎。』鵠有白鵠，有黄鵠。又：**鴻鵠代遊。**注：言復有鴻鵠，往來遊戲。又《卜居》：**寧與黄鵠比翼乎？**注：飛雲𡶶也。洪氏《補注》：漢始元中黄鵠下建章宫大液池中，師古云：『黄鵠大鳥，一舉千里。』又《惜誓》：**黄鵠之一舉兮，知山川之紆曲，再舉兮，睹天地之圜方。**注：言黄鵠養其羽翼，一飛（《湖北叢書》本作『舉』）則見山川之屈曲，再舉則知天地之圜方，居身（《叢書》本作『身居』）益高，所睹愈遠也。黄一作鴻（《叢書》本《賦》《注》俱作鴻，與一本合；然下文並作黄鵠）。洪氏《補注》：始元中黄鵠下建章宫太液池中，師古云：『黄鵠大鳥，一舉千里，非白鵠也。』又：**黄鵠後時而寄處兮，鴟梟羣而制之。**注：言黄鵠一飛千里，常集高山茂林之上，設後時而欲寄處，則鴟梟羣聚，禁而制之，不得止也。一作鴻鵠。又：**夫黄鵠神龍猶如此兮，況賢者之逢亂世哉？**

季海按：《漢書・昭紀第七》：『始元元年春二月黄鵠下建章宫太液池中』，顔《注》：『臣瓚曰：「時漢用土德，服色尚黄，鵠色皆白，而今更黄，以爲土德之瑞，故紀之也。」師古曰：「瓚説非也。黄鵠大鳥也，一舉千里者，非白鵠也」』，洪引顔説出此。《太平御覽卷第九百十六羽族部三》引《廣志》曰：『黄鵠出東海，漢以其來集爲祥』，《志》云：『漢以其來集爲祥』，則非白鵠矣；又能具言所出，則知之彌詳矣，是郭義恭亦以爲二鳥也。據瓚説『鵠色皆白』，師古即謂之白鵠，蓋即今天鵝。英國百科全書（Encyclopaedia Britannica，1957）云：凡有七種，其在北半球者凡五，皆白色（見 Swan 條），則瓚云：『鵠色皆白』，是也。《招魂》《大招》凡言鵠者，咸是物也。其大鳥之『一舉千里』者，自是黄鵠，與白鵠本不同，故《卜居》《惜誓》《昭紀》皆云：『黄鵠』；今天鵝實未聞有黄者，則顏説信矣，然竟不知果當今何鳥也？叔師於《招魂》《大招》言鵠，初未嘗與黄鵠相亂，獨於《大招》『鶬鵠』，今《補注》本有《注》：『鵠，黄鵠也』者，既宋本《章句》所無（今依《湖北叢書》本），明是後人沾益；然《章句》又云：『乃内鶬鴿黄鵠』，蓋衍『黄』字，雖諸本皆誤，故可以理推也。夫『黄鵠一飛千里』，《惜誓章句》亦具言之，觀《卜居》言：寧與比翼，《惜誓》與神龍並稱，豈當如二《招》所云，爲梟、鶬伍乎？然則别是一鳥亦明矣。知此，則知《惜誓》所云，實是黄鵠，尋宋本《藝文類聚卷第九十鳥部上》引《離騷》曰：『黄鵠之舉兮，知山川之紆曲』，是隋唐舊本自作黄鵠（不云『一舉』者，亦可『一』字是後人依旁『再舉』字或《注》文加之，然未知其審），本或作鴻鵠者，非也。宋本《章句》雖『黄鵠之一舉』，已誤『鴻鵠』，而『後時』句不誤，是猶勝《補注》所出一本也。名物之辨，蓋亦多端，苟無顏氏之精識，洪氏之折衷，則古書之紛糅而難理者，將終於不可知而已矣。

《戰國策・楚四》：莊辛對（楚襄王）曰：『黄鵠因是以（以與已字本同，見《禮記・檀弓》鄭《注》）。因是，猶是也；已，語終詞也，王引之説，見《經傳釋詞》『因』字條），游於江海，淹乎大沼，……奮其六翮，而凌清風，飄摇乎高翔，……不知夫射者方將脩其𥿄盧，治其繒繳，將加己乎百仞之上，……故晝游乎江河（宋本《藝文類聚·鳥部上》引《戰國策》『江河』作『江湖』，疑『河』當作『湖』），夕調乎鼎鼐（《類聚》引作鼎俎）』，此言高翔，而稱黄鵠，是黄鵠之舉，果出白鵠上矣。如莊辛之言，則雖飛乎百仞之上，猶或不免爲射者所加，是雖高而可得，安在其能與神龍並稱乎？然辛既寓言，誼亦有託，語有抑揚，蓋不足怪，惟以爲黄鵠高翔則同耳。

露雞臛蠵。注：露雞，露棲之雞也。有菜曰羹，無菜曰臛。蠵，大龜之屬也。洪氏《補注》：《集韻》：涪陵郡出大龜，一名靈蠵，音攜，又：以規切。

季海按：《文選·七命》：『晨鳧露鵠，霜鷄黄雀』，李善《注》：『霜露降，鵠鷄美』，今謂玉云：『露雞』，與『露鵠』何異？亦當以霜露降，雞始腴美耳。王氏不得其説，輒云：『露棲』，使誠以露棲爲美，則彼棲垣爲『塒』（見《説文·土部》）者，真多事矣。

顔師古《匡謬正俗第八卷》：『羹臛』條引王《注》：『有菜曰羹，無菜曰臛』，云：『案《禮》云：「羹之有菜者用梜，其無菜者不用梜」；又蘋藻二物，即是鉶羹之芼，安在其無菜乎？羹之與臛，烹者以異齊調和不同，非係於菜也。今之膳者，空菜不廢爲臛，純肉亦得名羹，皆取於舊名耳。』尋顔氏引鉶羹之芼，有蘋藻二物，以明羹非無菜耳，若王《注》本云：『有菜曰羹』，則顔氏引此，欲以何明？且曷爲復言：『安在其無菜乎』？今謂小顔所見《章句》舊本當云：『無菜曰羹，有菜曰臛』，故既引鉶羹之芼，以破無菜，又引《曲禮》之文，以明有菜、無菜，通謂之羹也。然《爾雅·釋器》云：『肉謂之羹』（《説文·肉部》：『臛，肉羹也』，本此），王云：無菜，當據此文耳。日本古寫本《文選集注殘卷卷第六十六騷四》：《招魂》引王逸已同今本，則唐本已訛，小顔所據，或尚是晉宋舊書耳。《集注》於『厲而不爽些』下引陸善經曰：『臛，酸羹也，味雖酸烈，不爽口』，是唐人以臛爲酸羹，顔氏所謂『調和不同』者，此豈其一端歟？然《招魂》云：『和酸若苦，陳吴羹些』，是羹亦未嘗不酸，而陸氏云爾者，蓋據唐俗言之，殆其調和異齊，時人故有以別之耶？上文云：『鵠酸臇鳧』，王《注》云：『言復以酢醬烹鵠爲羹，小臇臛鳧』，是唐之臛，猶楚之酸，陸氏謂之酸羹者是已。

《玉燭寶典·二月仲春第二》引《夏小正》曰：『祭鮪，鮪之至有時，美物也』，原《注》引《詩魚蟲疏》云：『鱣……於今孟津東石磧上釣取之，大者千餘斤，可蒸爲臛，又可爲鮓，其子可作醬』，又引『采芑』，《注》云：『今案《毛詩草木疏》：「芑，蘧也，葉似苦菜，莖青白，擿其葉，白汁出，甘脆可生食，亦可蒸爲茹」』，是蒸菜爲茹，蒸魚爲臛，臛𧓍蓋亦蒸爲之歟？

《説文·虫部》：『𧓍，大龜也，以胃鳴者』，大徐引《唐韻》：『户圭切』；《漢書·揚雄傳》録雄《賦》曰：『抾靈蠵』，《注》：『應劭曰：蠵，大龜也。雄曰毒冒，雌曰觜蠵』；《山海經·東山經》：『有水焉，廣員四十里皆涌，其名曰深澤，其中多蠵龜』，郭《注》：『蠵，觜蠵，大龜也，甲有文彩，似瑇瑁而薄，音遺知反』。三家之説，景純最詳；然既不云以胃鳴，亦不如應氏以雌雄爲義，則信乎其能孱守矣。郭音『遺知反』者，與洪又音合，《萬象名義·虫部》：『蠵，餘規反，大龜有文』，是原本《玉篇》音與郭正同，《廣韻·五支》：『蓨，悦吹切』下有『蠵』，即此讀矣。大氐自東晉迄陳，蠵字皆在支韻，此江左舊音也。檢敦煌《切韻》殘卷S二〇五五：《五支》不收蠵，S二〇七一：《十二齊》『攜，户圭反』下有蠵，是自陸法言始入齊韻，大徐引孫愐同，《廣韻·十二齊》因之，此隋唐人讀，其始蓋出於河北，故與江東取韻或殊也。洪氏音攜，即出於此矣。洪引《集韻》，今見《五支》，彼文云：『涪陵郡出大龜，甲可以卜，緣中文似瑇瑁，一名靈蠵』，蓋本《華陽國志·巴志》：『涪陵』云：『山有大龜，其甲可卜，其緣可作叉，世號靈叉』，《志》云『可作叉』者，謂『可作釵』耳。叉讀與釵同，古止作叉也。蠵甲緣可作釵者，猶瑇瑁釵之比矣。《集韻》：『緣中文』云云，疑本當云：『緣中作叉』，文或即叉之形誤，或更有奪字，未可知也。《巴志》云：『其地……靈龜、巨犀、山雞、白雉，……皆納貢之』，又『朐忍縣』云：『山有……靈龜，咸熙元年獻靈龜於相府』，是蠵出巴中，而楚實饜之矣。

瑶漿蜜勺。注：瑶，玉也。勺，沾也。**實羽觴些。**注：實，滿也。羽，翠羽也。觴，觚也。言食已復有玉漿，以蜜沾之，滿於羽觴，以漱口也。

季海按：《玉燭寶典·六月季夏第六》云：『《荆楚記》：「或沈飲食于井，亦謂之鑑（原《注》：户監反也）」，……《古樂府》云：「後園鑿井銀作床，金瓶素綆汲寒漿」，《吴歌》云：「六月節，三伏熱如火，銅瓶盛蜜漿」（此歌起句三言，次末皆五言，似《懊儂歌》（如：『山頭草，歡少四面風，趨使儂顛倒』）、《華山畿》（如：『夜相思，投壺不停箭，憶歡作嬌時』）、《讀曲歌》（如：『思歡久，不愛獨枝蓮，只惜同心藕』），並見郭茂倩《樂府詩集卷第四十六》：《清商曲辭·吴聲歌曲》，惟起句不入韻爲異，疑本當入韻，今書字有誤耳）』，非無據驗』，是季夏之飲，實有蜜漿，盛以銅瓶者，當沈于井，取清涼耳。荆吴俱在江南，地本接壤，飲食之方，有足相證（《招魂》亦云：『陳吴羹』矣），今謂『瑶漿蜜勺』，即此是也。下云：『挫糟凍飲，酎清涼些』，同爲消暑之資，故於文相次，是知吴歌所詠，與楚同風矣。叔師於下句知爲盛夏之飲，而於此專主『漱口』，豈其於文理尚有所滯，於楚俗故猶有所遺歟？

挫糟凍飲。注：挫，捉也。凍，冰也。**酎清涼些。**注：酎，醇酒也。言盛夏則爲覆蹙乾釀，提去其糟，但取清醇，居之冰上，然後飲之，酒寒涼，又長味好飲也。

季海按：《文選集注》殘卷卷第六十六引王《注》『提去』作『捉（原誤从木，今正）去』，是也。此正釋挫糟，王以捉訓挫，故云：『捉去』耳。殘卷引《注》云：『酒寒清涼』，彌見言寒以足『清涼』之致，庶窮言外之音；又無『好飲』字，亦於文可省，疑皆是也。

目曾波些。 注：波，華也。言美女目采盼然，白黑分明，若水波而重華也。洪氏《補注》：曾，重也。

季海按：王《注》云『波，華』者，謂波之爲言猶『葩』也。《説文・艸部》：『葩，華也』（大徐引《唐韻》：『普巴切』），是也。『若』上《文選集注》殘卷、李善注《文選》並有『精』字，今本誤奪，當據補。

長髮曼鬋。 注：曼，澤。髮一作鬢。言美人長髮工結，鬢鬋（明覆宋本、汲古閣本並作『鬋鬢』；《文選集注》殘卷、汲古閣覆宋本李善注《文選》皆作『鬢鬋』，今从之）滑澤。

季海按：《注》以工結爲言，則一本作鬢者非也。曼借爲鬗，《説文・髟部》：『鬗，髮長也，从髟，㒼聲，讀若蔓』，是其義。㒼聲古在諄部，而讀若蔓者，《悲回風》以聞韻還，雰韻媛，知楚音故讀諄如寒也。《招魂》直作曼字，蓋據楚音書之，亦可鬗是秦篆，既楚書所無，故以同聲相借也。許君汝南人，汝南楚分，故所讀與《楚辭》相應爾。《髟部》又云：『髥，女鬢垂皃』，曼鬋謂垂鬢之長，此正以盛鬋，見髮長之美，故上文亦云：『盛鬋不同制』矣。王彼《注》云：『言九侯之女，工巧妍雅，裝飾兩結，垂鬢下鬋』（明覆宋本《注》作『垂鬢髣下髮』，一云：『垂髮鬢下鬋』，一云：『垂髣下鬀』；《文選集注》殘卷作『垂鬝下鬋』，汲古閣李善注《文選》作『垂鬢下髮』，今謂一云『垂髮鬢下鬋』者，衍『髮』字，《集注》殘卷『鬢』訛作『鬝』），一句之内，垂、下互言，則鬢鬋之以長爲美，亦可知已。

菎蔽象棊，注：菎，玉也，蔽，簙箸，以玉飾之也；或言菎簬，今之箭裹也（此从《四部叢刊》影印江南圖書館藏明覆宋本，汲古閣覆宋本作『箭囊』，非是）。菎一作琨，一作箟。洪氏《補注》：《方言》：『簙謂之蔽，秦晉之間謂之簙，吴楚之間謂之蔽，或謂之箭裏，或謂之棊。』《博雅》云：『博箸謂之箭。』**有六簙些**。注：投六箸，行六棊，故爲六簙也。言宴樂既畢，乃設六簙，以菎簬（《叢刊》本作落，字形小泐，毛本作蔽，乃大誤，今正）作箸，象牙爲棊，麗而且好也。簙一作博。洪氏《補注》：《説文》云：『局戲也，六箸、十二棊也。』鮑宏《博經》云：『所擲頭謂之瓊，瓊有五采，刻爲一畫者謂之塞，刻爲兩畫者謂之白，刻爲三畫者謂之黑，一邊不刻者，五塞之間，謂之五塞。』《列子》曰：『擊博樓上』，《注》云：『擊，打也，如今雙陸碁也。古《博經》云：博法：二人相對坐，向局，局分爲十二道，兩頭當中名爲水，用碁十二枚：六白、六黑，又用魚二枚，置於水中。其擲采，以瓊爲之。瓊畟方寸三分，長寸五分，鋭其頭，鑽刻瓊四面爲眼，亦名爲齒。二人互擲采行碁，碁行到處，即豎之，名爲驍碁，即入水食魚，亦名牽魚。每牽一魚，獲二籌。飜（此从毛本，《叢刊》本作𦐓，當即飜之俗書，或壞字）一魚，獲三籌（《叢刊》本作『三籌』，與殷敬順《列子釋文》合，今从之，毛本作『二籌』，誤）。』又：**成梟而牟。**注：倍勝爲牟。洪氏《補注》：《淮南》曰：『善博者不欲牟，不恐不勝。』《注》云：『博，其棊不傷爲牟。』**呼五白些。**注：五白，簙齒也。言已棊已梟，當成牟勝，射張食棊，下兆於屈，故呼五白，以助投也。兆於屈，一作逃於窟。洪氏《補注》：《列子》云：『樓上博者射明瓊，張中』，説者曰：『凡戲争能取中，皆曰射』；『明瓊，齒五白也』。

季海按：菎蔽，《文選集注》殘卷菎作昆，王《注》菎玉字同；又出《音決》：『昆，音昆』，陸善經曰：『篦，竹也』，是諸家《文選》本皆作昆，陸善經始作篦，《楚辭》故書亦當本作昆，故王《注》兩讀，退篦簬於或説也。《注》：『或言菎蕗』，《集注》殘卷作『篦簬』者，今《楚辭・哀時命》『篦簬雜於黀蒸兮』，《七諫・謬諫》則作菎蕗，洪引一本，此二文从竹、从艸，亦或相貿也。此既竹名，自合从竹，隸變或省，艸、竹故時相亂矣。簙箸字皆从竹，而六箸亦被箸名者，其制以竹，其形似箸（《說文·竹部》：『箸，飯攲也，从竹，者聲』）也。《注》：『今之箭裹』，殘卷作『箭褁』，褁即裹字。蓋古之爲簙者以竹，故或謂之箘（見《方言·第五》。《說文·竹部》：『箘，箘簬也；一曰：博棊也』）、或謂之箭（見洪引《廣雅》），皆因竹得名。又或謂之『箭裹』者，裹借爲箇，《說文·竹部》：『箇，竹枚也』，是其義；一曰：借爲顆，《說文·頁部》：『顆，小頭也，从頁，果聲』，箸所以投，而謂之顆者，猶鮑宏《博經》亦云：『所擲頭』矣。今作箭裏，於義無取，形之誤也。然《四部叢刊》影印傅氏雙鑑樓藏宋刊本《方言》已云：『或謂之箭裏』（見《方言·第五》），是其訛久矣。六簙及《注》中諸簙字，殘卷並作博，與一本合，疑故書本借博字爲之。《注》：『以菎蕗作箸』，殘卷作『箟簬』，又無『以』字，『麗而且好』作『妙且好』，疑皆是也。《注》：『下兆於窟』，文不成義，殘卷作『下逃於窟』，與一本合，當是也。

《說文·竹部》：『簙，局戲也。六箸、十二棊也』，王《注》：『投六箸，行六棊』，『博法：二人相對坐，向局』（見古《博經》），人各六棊，或分白、黑，故十二棊。箸亦或謂之簙，六簙蓋以此得名。《方言·第五》：『簙謂之蔽，或謂之箘，秦晉之間謂之簙，吳楚之間或謂之蔽，或謂之箭裏（裏當爲裹，說見上文），或謂之簙毒，或謂之夗專，或謂之匴璇，或謂之棊』，凡此皆簙箸之異名，亦或謂之箭，郭氏《方言注》：『簙箸名箭，《廣雅》云』，是也。箸所以投，故《方言》云：『所以投簙謂之枰，或謂之廣平』，王《注》云：『投六箸』也。二人向局，同此六箸，故箸止於六。棊所以行，故《方言》云：『所以行棊謂之局，或謂之曲道』、王《注》云：『行六棊』也，人各六棊，故十二棊。箸多異名，棊一而已。《招魂》：『菎蔽象棊』，是楚語箸謂之蔽也；《韓非子·外儲説左上》：『秦昭王令工施鉤梯而上華山，以松柏之心爲博，箭長八尺，棊長八寸，而勒之曰：昭王嘗與天神博於此矣』，是韓語箸謂之箭也；然其言棊則同。韓非所云，雖或託諸神怪，或比諸寓言，要其度數，當取則不遠，是箭之長，故十倍於棊也。方國殊語，箸亦或統於棊，故《方言》云簙，『或謂之箘』、『或謂之棊』，《説文·竹部》云：『箘，一曰博棊也』，是也；然書傳殊未見有以棊統於箸者矣。

《韓非子·外儲説左下》：『齊宣王問匡倩曰：「儒者博乎？」曰：「不也。」王曰：「何也？」匡倩對曰：「博者貴梟，勝者必殺梟，殺梟者，是殺所貴也，儒者以爲害義，故不博也」』，是博者貴梟也。《戰國策·楚三》曰：『夫梟棊之所以能爲者，以散棊佐之也。夫一梟之不如（劉無不如二字）不勝五散，亦明矣。今君何不爲天下梟，而令臣等爲散乎？』是六棊之中，其一爲梟，則其五爲散，梟棊之所以能爲，亦賴散棊佐之也。《考工記・輪人》：『察其菑蚤不齵』，《注》：『鄭司農云：菑讀如雜廁之廁，謂建輻也。泰山平原所樹立物爲菑，聲胾，博立梟棊亦爲菑』，鄭仲師所云：『博立梟棊』，猶古《博經》所云：『棊行到處，即豎之，名爲驍棊』矣，立即豎也。云『亦爲菑』者，凡樹立物爲菑，泰山平原所樹立物即爲菑，梟棊亦豎之，是亦樹立物，故其謂之菑亦同也。《史記・魏世家》：蘇代之對魏王曰：『王獨不見夫博之所以貴梟者，便則食，不便則止矣。今王曰：事始已行不可更，是何王之用智，不如用梟也？』《正義》：『博頭有刻爲梟形者，擲得梟，合食其子，若不便，則爲餘行也』，代云：『便則食』，未知果即守節所云：『合食其子』否？此其所食即謂對局者之棊耶？抑別有所謂子耶？然匡倩言『殺梟』，似謂殺對局者之梟棊，是蘇代言食，故當指食對局者之棊耶？古《博經》弟言『食魚』而已，於蘇代所謂『食』與『便』、『不便』，匡倩所謂『殺梟』之説，俱無可印證；然唐且云：『梟棊之所以能爲』，當即指『食』而言，又云：『以散棊佐之』，是梟有可食之便，亦賴散棊佐之也。鮑宏《博經》，不見《隋志》，洪引見《後漢書梁冀傳注》，是唐有此書也，古《博經》又不知出於何家，洪引見殷敬順《列子釋文》，是亦先唐舊書；然自晚周至於漢之東京，雖博有多名，而投皆用箸，瓊畟代興，其昉於魏晉乎？是二家之經，並乖姬漢之制也。王注『五白』，以爲『簙齒』，簙齒之名，生於刻畫（《列子·說符篇》：『宋人有游於道，得人遺契者，歸而藏之，密數其齒』，張湛《注》：『刻處似齒』，是也），是古簙箸，正刻齒爲采矣。鮑《經》之記瓊采，猶云刻畫，雖不必一仍舊貫，要爲尚有簙齒遺意，若古《經》已云：鑽瓊爲眼，則故事蕩然，雖曰『亦名爲齒』，徒存虛號而已。

洪引《列子》者，《說符篇》文；引《注》，出殷敬順《釋文》。然殷引古《博經》上尚有：『韋昭《博奕論》云：設木而擊之，是也』，『獲三籌』下，又有：『若已牽兩魚而不勝者，名曰：被翻雙魚，彼家獲六籌，爲大勝也』云云，洪引省略耳。殷引韋《論》以證擊博，投亦可訓擊（《說文·殳部》：𣪍，繇擊也，投與𣪍通），但未知揚雄所云投簙，即韋昭所說『設木而擊之』否耳？尋古《博經》既云：『牽一魚，獲二籌，飜一魚，獲三籌』，是牽魚與飜魚有別；然又云：『若已牽兩魚而不勝者，名曰：被翻雙魚』，是『牽兩魚』即『翻雙魚』矣，且又云：『彼家獲六籌，爲大勝』，是彼家獲籌之數，即翻雙魚之數，抑又何也？今謂當是食一魚爲牽，獲二籌，食二魚爲飜，即以一魚三籌計，故得獲六籌也。亦可雖得牽魚獲籌而仍不勝，則止謂之牽，以一魚二籌計獲，若既得牽魚，而又獲勝，即謂之飜，乃以一魚三籌計獲，斯爲大勝也。《淮南》言：『善博者不欲牟，不恐不勝』，依《注》：『其某不傷爲牟』，是博者貴勝而已，不貴不傷棊也。王以倍勝爲牟者，既不傷棊，而又取勝，是爲倍勝也。然高《注》質而易曉，王《注》通而難明，必語其中失，則高《注》爲長矣。

《列子·說符篇》又云：『樓上博者射明瓊，張中，反兩㯲（今本云：『㯲魚』，殷敬順《釋文》云：『多一字』，是也）而笑』，張湛《注》：『明瓊，齒五白也。射五白，得之。反兩魚，獲勝，故大笑』，殷氏《釋文》云：『凡戲爭能取中皆曰射，亦曰投。裴駰曰：報采獲魚也。㯲字案《真經》本或作魚。案《六博經》作鰈，比目魚也。蓋謂兩魚勇之比目也。此言報采獲中，翻得兩魚，大勝而笑也。』今謂反魚之制，魏晉以前無徵，未知姬漢舊事亦爾否？殷氏於此引《六博經》未知即上文引古《博經》否？然王云：『射張』，猶《說符》之『射』『張』，《招魂》：『五白』，猶《說符》之『明瓊』，是局戲規模，尚相髣髴，觀其射得五白，而反兩㯲，是爲大勝，則『成梟而牟，呼五白』之故可知矣。《章句》言：『射張』，《說符》言：『張中』，張皆讀『張辟』之張，王念孫以爲弧張、機辟之謂者是也（見《讀書雜志餘編下·楚辭·九章》：『設張辟以娛君兮』條）。凡言射張，蓋皆以絹禽（義具《周官·冥氏》鄭《注》）捕鳥（義見《爾雅》『繴謂之罿』郭《注》）爲喻，故《說符》又云：『張中』，中猶『中於機辟』之中（語見《莊子·逍遥遊》）。若此說不謬，即博棊有梟，亦取名於梟鳥耳。張守節言：博頭有刻爲梟形者（見前引《正義》，未知果取諸目驗，抑得之古《博經》，然足證唐人尚知梟棊之名，故生於梟鳥也。《詩・邶風・旄丘》：『瑣兮尾兮，流離之子』，孔《疏》引陸機云：『流離，梟也，自關而（今孔《疏》脱『而』字，據《釋鳥》邢《疏》補）西謂梟爲流離』（陸氏《毛詩音義》引《草木疏》略同），是六博之戲，本出關東，故有梟棊矣。古之説梟者，或以爲勇健：《漢書・高紀上》有『梟騎』，《注》：『應劭曰：「梟，健也」，張晏曰：「梟，勇也，若六博之梟也」』，是也；《張良傳》有『梟將』，師古曰：『梟，謂最勇健也』，又《淮南・原道》：『爲天下梟』，《注》：『梟，雄也』，並是此義；殷引古《博經》又云『名爲驍碁』者，《後漢書・劉焉傳》：『劉備有梟名』，《注》云：『梟，即驍也』：驍、健、雄、勇，於義一也。梟棊之名，既原出於梟鳥，特於衆棊之中，尤爲勇健，故訓亦通於驍雄，蓋引申之談，非初義然也。王云『已棊已梟，當成牟勝』者，《後漢書・張衡傳》載衡《應間》曰：『咸以得人爲梟，失士爲尤』，章懷《注》云：『梟，猶勝也，猶六博得梟則勝』，『已棊已梟』，是爲已勝，『當成牟勝』（王以倍勝爲牟），故猶『呼五白』，『以助投也』。

古《博經》所云：翻魚之制，不知起於何時，觀王云：『射張食棊，下逃於窟』，是絹禽獵獸之名，於捕魚無與，疑王《注》之『窟』，即《博經》之『水』，牽魚之制，或即始於魏晉，水陸異宜，故易窟以水耳。《漢書・賈誼傳》偁誼爲賦以弔屈原，其辭曰：『偭蟂獺以隱處兮』，《注》：『服虔曰：「蟂，音梟。」應劭曰：「蟂獺，水蟲害魚者也」』，《史記屈原賈生列傳索隱》云：『《漢書》作「偭蟂獺」……郭璞注《爾雅》：「似鳧，江東謂之魚鵁」』，小司馬所引見《釋鳥》：『鴢頭，鵁』《注》，是梟蟂音同，或又以爲魚鵁字，應劭亦云『害魚』，故魏晉以還，遂因緣梟名，而爲牽魚之戲耳。

酎飲盡歡，樂先故些。 注：故，舊也。言飲酒作樂，盡己歡欣者，誠欲樂我先祖，及與故舊人也。酎一作酌，一本盡上有既字。《文選集注》殘卷賦文與今本同，出《音決》：『樂，音岳，下音洛』，《集注》又云：『今案《音決》、陸善經本飲爲樂。』

季海按：洪本所出異文，與唐本都不相應，自是宋人妄改，今所不取。酎飲字當從《音決》、陸善經本作樂，酎、樂並舉，本皆實字，於文爲略，故《注》云：『飲酒作樂』以申之。唐本已或作飲者，蓋當時《文選》諸師有嫌於語複，故易其字，避下文耳。後世論文，持律益細，輒以爲病，屈宋摛辭，其實不爾；且即唐人所學言之，如公孫之讀，上下音義，亦自有別也。先故之文，頗見先秦舊書，《管子・四稱篇》曰：『湛湎於酒，行義不從，不脩先故，變易國常；擅創爲令，迷或其君，生奪之政，保貴寵矜』，此先故謂自古在昔，先民有作，良法美政，流風遺俗，所謂古訓是式者是也，下言：『變易國常，擅創爲令』，義正相成，然此非《招魂》所謂。《尸子·勸學篇》曰：『子罕曰：古之所謂良人者，良其行也；貴人者，貴其心也。今天爵而人，良其行而貴其心，吾敢弗敬乎？以是觀之，古之所謂貴，非爵列也；所謂良，非先故也』，此言指人，與《招魂》實同。若如王説，以先爲先祖，則尸子此言，蓋謂門第不足憑，祖先不足恃也。然疑此二先字，或本指年輩言之，漢人亦以先生爲先，今洛陽語猶如是，蓋古之遺言矣。若爾，即『先故』，猶『耆舊』也。

倚沼畦瀛兮 注：沼，池也。畦，猶區也。瀛，池中也，楚人名池（《文選集注》殘卷引此《注》無『池』字，與李善《注》本合）澤中曰瀛。 **遥望博。** 注：博，平也。言己循江而行，遂入池澤，其中區瀛，遠望平博，無人民（殘卷無『民』字，與李善本合）也。

季海按：《文始四·陽聲清部乙》：『井，孳乳爲穽，深池也。對轉支穽爲洼，深池也。……《史記·孟子荀卿列傳》：「於是有大瀛海環之」，《説文》無「瀛」，蓋即「洼」字，海爲天池，故曰大洼海。蘄州黄侃曰：「《楚辭·招魂》：倚沼畦瀛兮遥望博，劉逵《蜀都賦注》引《楚辭》：倚沼畦瀛，王逸云：瀛，澤中也，班固曰爲畦。是《楚辭》本作倚沼瀛，而孟堅解之爲畦，録者竝書畦瀛，遂至文不比類」，此則瀛本作洼，故可與畦通借。《説文》：「烓，讀若同」，《方言》訓嬴爲好，即借爲娃，皆支清對轉之例，瀛作弆亦得』，今謂章先生采蘄春之昌言，據劉淵林《注》分别畦瀛，以訂録者並書之失，信乎頓還舊觀，焕若神明矣。然謂《楚辭》本作瀛、洼，而孟堅解之爲畦，則猶有所未盡也。王逸《敘》明言：『班固、賈逵，……各作《離騷經章句》，其餘十五卷，闕而不説』，是孟堅實未嘗爲《招魂》作解；又：若本作瀛、洼，即義類相附，書意自見，何煩改讀？此當是班本作畦、王本作瀛耳（王《注》：『畦，猶區也』，或者猶本班説，未可知也）。畦、瀛本聲轉義通（支清對轉，如章先生所説），師讀不同，其本亦異也。子政所校，不可復睹，然孟堅作畦，疑即據劉本矣。《章句》以畦爲瀛者，叔師楚人，能徵楚語，直謂作畦之本爲『以壯爲狀，義多乖異』之比，故輒從『改易』爾。

《方言·第三》：『氾、浼、瀾（郭《注》：湯瀾）、洼（《注》：烏蛙反），洿也（《注》：皆洿池也）。自關而東或曰洼，或曰氾；東齊海岱之間或曰浼，或曰瀾（《注》：荆州呼潢也）』，是如子雲所記，則瀾、洼皆洿池之屬，如景純之《注》，則瀾、潢亦語之轉也。班本作畦，即讀與洼同，故《説文·水部》亦曰：『洼，深池也』，正與關東語相應，固扶風人，何遽作關東語，益知淵林所引，不出班氏解矣。東齊海岱之間或曰瀾者，《説文·水部》云：『瀾，海岱之間謂相汙曰瀾』，大徐引孫愐：『余廉切』，同爲海岱之言，而洿、汙小異，或許君所據《方言》，與郭殊讀，亦可別有所受矣。然名言孳乳，同條共貫，許、郭二義，亦相引申。必如郭義，於《說文》當作淊，《水部》云：『淊，泥水淊淊也；一曰：繅絲湯也。从水，臽聲』，大徐引孫愐：『胡感切』，洿池曰淊者，謂泥水淊淊也。郭云『湯潤』者，即許所云：『繅絲湯』矣；但許出異義，郭擬其音耳。《水部》又云：『涵，水澤多也，从水，圅聲，《詩》曰：僭始既涵』，大徐引孫愐：『胡男切』，音義亦自相近，故《廣韻·四十八感》：『頷，胡感切』下有『淊』云：『水和泥，或作涵』也。淊、涵與潤，古聲同在匣紐（潤在匣紐，依郭《方言》音，《萬象名義》引原本《玉篇》音與《唐韻》同，是顧、孫俱讀入喻紐，此今音），古韻不越侵、談，蓋亦相近［臽聲字古音當入侵部（見王念孫《古韻譜·侵第三》），而學者亦或以入談部（見段玉裁《六書音均表四第八部》），《詩·澤陂三章》以萏、枕與儼爲韻，則古音與談本相出入］，要自一言孳乳矣。荆州語又轉爲潢，則入陽韻，古音談陽亦多相通（見段《表四第八部》·《古合韻》），《說文·水部》：『潢，積水池』（大徐引孫愐『乎光切』），是其義（汙、湖、汪、潢孳乳之故，詳章先生《文始五·陰聲魚部甲》）。然王本《招魂》作瀛，則與潢爲近，瀛（喻紐）、潢（匣紐）旁紐雙聲，古音青、陽旁轉，如亯在陽部，《易萃彖傳》與正、命爲韻，《乾文言傳》與情爲韻（見段氏《六書音均表四第十一部》·《古合韻》），是也。以景純所記荆州語證之，益知郢俗必讀入陽聲，是王本作瀛，近得楚音之正。班本作畦，則讀如陰聲，蓋楚辭先師或依關東讀轉瀛作注，學者倉卒不得其字，遂借畦字爲之耳。孟堅不諳楚語，既莫能正讀，故叔師匡之矣。

懸火延起兮玄顏烝。 注：懸火，懸鐙也。玄，天也。言己時從君夜獵，懸鐙林木之中，其火延及（《文選集注》殘卷及李善注《文選》引此《注》『及』皆作『起』），燒於野澤，煙上烝天，使黑色也。烝一作蒸。洪氏《補注》：《説文》：『烝，火氣上行也。』

季海按：《文選集注》殘卷：『懸』作『縣』（《注》並同），出《音決》：『縣，音玄』；又引陸善經曰：『懸遠放火，連延上起』云云，是唐本自李善、公孫羅諸家字並作『縣』，《楚辭》故書正當如是，今本作『懸』，蓋昉於陸善經耳。烝、蒸字通，今李善注《文選》《賦》文及《注》字並作蒸，與一本合；然殘卷止作烝（《注》誤作承，要不从艸可知），出《音決》：『烝（原誤作丞，今正），之剩反』，又引陸善經曰：『烝，升也』，都不云更有異文，是唐本字俱作烝，其一作蒸者，蓋出宋人耳。王云夜獵者，《爾雅·釋天》云：『宵田爲獠』，郭《注》：『《管子》曰：「獠獵畢弋」，今江東亦呼獵爲獠；或曰：即今夜獵載鑪照也。』郝氏《義疏》：『獠者，《説文》云：「獵也」，不云：「宵田」，《詩伐檀箋》：「宵田曰獵」，不言：「爲獠」，許鄭二君以互見爲文也。《詩》：「火烈具舉」，《正義》曰：「此爲宵田，故持火炤之」，《伐檀正義》引郭《注》云：「獠，猶燎也，今之夜獵載鑪照者也，江東亦呼獵爲獠，《管子》曰：獠獵畢弋」，較今本郭《注》文義爲長，所引《管子》，《四稱篇》文也。《爾雅釋文》：「獠或作燎」，獠獵聲轉義同，故鄭引獠即作獵矣。』其實獠、獵俱有二義：其一通名，《説文》所云及郭《注》所引江東語是也；其一爲『宵田』之偁，《釋天》及《伐檀箋》所出，是也。獠之於獵，此二義俱通，郝云：『獠獵聲轉義同』，是矣。叔師所云，謂即宵田耳；然《詩》云：舉火（《正義》以爲『持火炤之』），郭云：載鑪照，並無取『懸燈』，頗謂王説未得究竟。況懸鐙林木，書傳未聞，事比守株，何益逐鹿？至于鐙火延燒，則又事出偶然，从獵人衆，撲滅差易，大澤之中，不患無水，何至燒於野澤，煙上烝天，使黑色也？縱有此事，則楚衆之不整，一至於是，初非美談，玉果何取而賦之乎？私意此非夜獵，蓋火田耳。《釋天》：『火田爲狩』，郭《注》：『放火燒草獵亦爲狩』，郝氏《義疏》：『與冬獵同名，故郭云「亦」也。火田者，《王制》云：「昆蟲未蟄，不以火田」，《周禮·羅氏》：「蜡則作羅襦」，鄭《注》：「今俗放火張羅，其遺教」，賈《疏》云：「漢之俗閒在上放火，於下張羅承之，以取禽獸」，《春秋》桓七年二月：「焚咸丘」，杜預《注》：「焚，火田也，譏盡物」，《正義》引李巡、孫炎，皆云：「放火燒草，守其下風」』，是也。

《春秋》：『焚咸丘』，杜云『焚，火田』者，蓋讀與『燓』同，《説文・火部》：『燓，燒田也，从火、棥，棥亦聲』，是也。《左・定元年傳》云：『而田於大陸，焚焉』，亦其事也，焚亦讀同『燓』矣。此文既云：『其火延起，燒於野澤，煙上烝天，使黑色』矣，非火田而何？《戰國策・楚一》：『於是楚王（蓋宣王）游於雲夢，結駟千乘，旌旗蔽日，野火之起也若雲蜺，兕虎嘷之聲若雷霆』，觀其所言：游於雲夢、結駟千乘、野火之起、兕虎之嘷，即與《招魂》情事如一矣，《招魂》之『懸火』，即《楚策》之『野火』耳；然明云：『旌旗蔽日』，此豈夜獵哉？王君頗通其大義，而終不能得其本事者，殆爲縣火之文所誤耳。王執懸鐙以爲『縣火』，故以爲夜獵矣。尋《説文・火部》：『爟，取火於日官名，舉火曰爟。《周禮》曰：司爟，掌行火之政令。从火，雚聲。烜，或从亘』，云『舉火曰爟』者，段《注》云：『《吕覽・本味篇》：「湯得伊尹，爝以爟火」，高《注》云：「《周禮》：司爟，掌行火之政令，爟火者，所以祓除其不祥，置火於桔槔，燭以照之，爟讀曰權衡之權」，又《贊能篇》：「桓公迎管仲，祓以爟火」，高《注》略同，亦曰：「爟讀如權字」，考《史記・封禪書》《漢書・郊祀志》皆曰：「通權火」，又曰：「權火舉而祠」，張晏云：「權火，㷭火也，狀若井挈皐，其法類稱，故謂之權火，欲令光明遠照，通於祀所也，漢祀五時於雍，五里㷭火」（《漢書・郊祀志》顔《注》引張晏：『五十里一㷭火』），段氏蓋據《史記封禪書集解》引文，然里下當有『一』字），如淳曰：「權，舉也」，許云：「舉火曰爟」，高云：「爟讀曰權」，然則爟、權一也』，今謂舉火實兼二義，火烈具舉，亦得謂之舉火，非必置火於桔槔也。爟火本取前義，漢師多以權火説之，不悟司爟實掌行火之政令，何取於桔槔之火也？且《吕覽》言湯於伊尹、桓公於管仲，亦以爟火祓之（《淮南・氾論訓》於伊尹諸人亦云：『洗之以湯沐，祓之以爟火』，高《注》略同《本味》），正當謂持火爲之祓除，今俗猶或跨越火上，以祓除不祥，亦取其切近於身而已，必云置火桔槔，何其迂遠？且爟或从亘，段《注》云：『《周禮秋官司烜氏注》云：讀如衛侯燬之燬，故書烜爲垣，鄭司農云：當爲烜，按依許則烜即爟字，亘聲、雚聲同在十四部也』，段君頗心知其意，而説猶未盡，其實古文本無其字，故依聲託事，叚垣爲之，秦漢以來始作爟，漢之禮家又或以烜字爲之耳。知此，則知夏官司爟、秋官司烜氏所屬雖異，其得名則同，故司烜氏『以夫遂取明火於日』（見《周禮・秋官》），而許氏《説文・火部》、高氏《淮南氾論訓注》俱以『取火於日』之官説爟，段君必云：『日當作木』，又以『高《注》亦當爲譌字』，未必然也。《招魂》：縣火，讀當與『垣火』同，若依司烜氏《注》例，亦當讀如衛侯燬之燬，古音縣垣同在寒部［縣，大徐引《唐韻》胡涓（宋本誤作清，今以《廣韻》校）切，聲在匣紐，見《説文・県部》；垣，《唐韻》雨元切，聲在喻紐，見《説文·土部》，是皆喉聲字，以旁紐相轉」，是知縣火即爟火矣。《周禮·夏官大司馬》：『遂以蒐田，有司表貉誓民，鼓遂圍禁，火弊，獻禽以祭社』，鄭《注》：『春田爲蒐。有司，大司徒也。……表貉，立表而貉祭也。誓民，誓以犯田法之罰也。……立旌，遂圍禁。……禁者，虞衡守禽之厲禁也。既誓，令鼓而圍之，遂蒐田。火弊，火止也。春田主用火，因焚萊，除陳草，皆殺而火止』，然則周人火田，本因春蒐而爲之，亦以『焚萊，除陳草』矣。《春秋經》：桓七年書『焚咸丘』在二月，《左·定元年傳》書『田於大陸』，則在正月，皆春田也，《招魂》之《亂》亦曰：『獻歲發春』、『菉蘋齊葉』，感事隨時，要亦春獵，故主用火矣。是此一事，列國同風，中更春秋，下逮戰國，未之或改，雖楚之獵，猶因周制也。《周禮·夏官司爟》：『凡國失火，野焚萊，則有刑罰焉』，鄭《注》：『野焚萊，民擅放火』，賈《疏》：『野焚萊有罰者，《大司馬》仲春田獵云：「火弊」，鄭云：「春田主用火」，因除陳生新，則二月後擅放火，則有罰也。』果爾，則仲春用火，於古無譏。《左·定元年傳》於魏獻子之『田於大陸』，終之曰：『還卒於甯，范獻子去其柏椁，以其未復命而田也』，是當時故未嘗以火田見譏也，郝氏一切非之，又以爲不出於古，用意雖美，而違實録，是亦仁者之過歟？

或曰：縣火，讀與爟火同，是則然矣，於義則當从漢師訓作權火，揚雄《羽獵賦》曰：『舉㷭列火，轡者施技』，『縣火延起』，正謂是矣。今謂《招魂》言：『懸火延起兮玄顔烝』者，唯《楚策》云：『野火之起』者，足以當之，故《章句》亦云『燒於野澤』矣。子雲所賦，自是漢事，叔師漢人，亦不援此爲説，則此文所云，非㷭火也。

王云『煙上烝天使黑色』者，是以『玄顔烝』爲倒句也，今謂如文可通，不煩倒釋。尋《爾雅·釋言》：『烝，塵也』，此正與楚語相應。『玄顔烝』，本謂天顔爲所塵穢耳。草澤見焚，煙炎上行，故天色黑也。郝氏《釋言義疏》謂：『烝、塵亦語聲轉』，所見自卓，然一掃舊注，不知烝之爲塵，義亦通於塵埃（郝《疏》云：『然則烝、塵二字，以聲爲義，不須訓詁，《詩桑柔正義》引孫炎曰：「烝，物久之塵」，郭《注》申之，而云：「人衆所以生塵埃」，均爲失矣』），是郝《疏》非無遺義，孫、郭亦未爲全非也。

抑騖若通兮，引車右還。 注：還，轉也。言抑止馳騖者，順通共獲，引車右轉，以遮獸也。還一作旋，一云：引右運，無車字。洪氏《補注》曰：還，音旋。

季海按：《文選集注》殘卷『還』作：『運』（引《注》同），引《音決》：『還，音旋』，與洪音合；《集注》又云：『案《文選》本盡作還，而《楚詞》作運，音旋』，是唐本《楚詞》正作右運，與一本合，蓋故書如是。尋《哀郢》云：『將運舟而下浮兮』，王《注》：『運，回也』，回、轉一義，其言運與《招魂》正同，是回轉謂之運，故楚語矣。此文以先、運爲韻，古音俱在諄部，唐人讀《楚詞》：右運，雖作『旋』音，未嘗改字；變易舊文，以就今讀，實始《文選》諸師，後人並改《楚詞》，則其失彌遠已。《文選集注》雖云本盡作還，而文注一仍《楚詞》，洪本既已承訛，而異文猶存舊貫，皆可貴也。惟《集注》不云《楚詞》無車字，是與洪注異文所出，尚小有参差，故非一本矣（頗疑此『車』字其始亦《文選》家依王《注》加之，後人又以《文選》改《楚詞》，如改『右運』字耳）。

與王趨夢兮課後先。

注：夢，澤中也，楚人名澤中爲夢中。言己與懷王俱獵于夢澤之中，課第羣臣先至後至也。一注云：夢，草中也。

季海按：日本古寫卷子本《文選集注卷第六十六騷四》：《招魂》一首引王逸曰：『夢，草中也，楚人名草中爲夢中』，又曰：『言己與懷王俱獵，趍於夢草之中』，與一本《注》合，是今本凡草作澤者，皆宋人妄改，唐本初不爾也。尋《説文·艸部》：『夢，灌渝，从艸，夢聲，讀若萌』，許君楚人，是漢世夢聲字楚音或讀入陽部，又《茻部》：『茻，衆艸也，从四中，讀與冈同』，是汝南讀夢、茻聲韻悉同，但有平上之異耳。『楚人名草中爲夢中』者，正讀茻如夢，上爲平者，茻本謂衆艸，語轉因亦以名草中也。《離騷》『宿莽』、《懷沙》『莽莽』，自作上聲，而韻入魚，故草中字乃借夢字爲之耳。蓋荆楚轉語，墜緒微茫，幾不可討理，此文獨賴叔師《章句》，舊本猶存，以相證驗，而後本同末異，枝出派分之耑，始可得而説也。王君云『草中』者，草在幽部，幽魚相轉（段氏《六書音均表四第三部》·《古合韻》：『怓，本音在《第五部》，《民勞》合韻：休、逑、憂字』），青、齊語謂之苴、沮、菹，《管子雜篇三·七臣七主》：『苴多螣蟇』，《注》：『苴，謂草之翳薈』，《戰國策·齊三》：淳于髡曰：『今求柴葫、桔梗於沮澤，則累世不得一焉』，《孟子·滕文公章句下》：『禹掘地而注之海，驅龍蛇而放之菹』，趙氏《注》：『菹，澤生草者也，今青州謂澤有草者爲菹』；轉侯部即爲藪，《説文·艸部》：『藪，大澤也』，是也。大氐草，苴、沮、菹，藪，皆齒頭音，以旁紐相轉，尋其根株，並出於草矣。當王君之世，惟楚人猶謂之草中，獨與凡芔之名相應，蓋亦上古質言之僅存於楚語者矣。

今知楚音『夢』作平者，不惟許君舊讀可據而已。於《招魂》上云：『巫陽對曰：掌㝱（洪氏《補注》本云：㝱一作夢），上帝其難從，若必筮予之，恐後謝之（从王念孫説，見《讀書雜志餘編下》），不能復用（用字句絶，从王石臞讀，説見《餘編下》及王氏《古韻譜·東弟一》）』，石臞謂：『用字古讀若庸，與從字爲韻』（見《餘編下》及《古韻譜》），極是；然此文實以寢（夢）、從、用爲韻，寢（夢）正讀若萌，楚音東、陽故相協矣（已略見《解故》中，別詳拙撰《楚辭音》）。王《譜》失收，偶不省耳。

湛湛江水兮上有楓，《文選集注》殘卷引《音決》：『楓，方凡反。』**目極千里兮傷春心，**殘卷引《音決》：『心，素含反，案：方凡、素含，皆楚本音，非協韻，類皆放此，而稱協者，以他國之言耳。』**魂兮歸來哀江南。**

季海按：此以楓、心、南爲韻，古音皆在侵部，公孫謂：『皆楚本音』，是也。《音決》出：『方凡、素含』二切，凡、含古音亦在侵部，觀公孫此讀，知唐時侵部古音，猶足徵于楚俗也。洪氏《補注》於『傷春』句云：『心，舊音：蘇含切，按《詩》：「遠送于南」，與「實勞我心」叶韻，正與此同』，洪引舊音，與公孫合，乃於楓下，不引方凡切者，是故未見《音決》也。洪生也晚，殆楚語已訛，故不能取證方音，如公孫之爲；然大氐與吴棫同時，而獨知上尋《詩》韻，以通楚讀，是固遠勝才老之援楓、南入真（見《韻補》卷一），卒以『泱裂部分，蕩棄繩墨』，爲亭林所譏矣（語見《韻補正》）。

七諫第十二

《謬諫》：**故叩宮而宮應兮，彈角而角動。** 注：叩，擊也。彈，揳也。宮、角，五音也。言叩擊五音，各以其聲感而相應也。一云：**叩宮而商應，彈角而徵動。** 洪氏《補注》：《莊子》云：『鼓宮宮動，鼓角角動，音律同矣』。《淮南》云：『調絃者叩宮宮應，彈角角動，此同聲相和者也』，《注》：『叩大宮則少宮應，彈大角則少角動。』

季海按：觀洪氏引《莊子》、《淮南》，知一本非也。《初學記卷第二十九獸部・鹿・事對》：『求友』下引《楚詞》曰：『飛鳥號其羣兮，鹿鳴求其友。把宮而宮應，彈角而角動』，嘉靖辛卯安國刊本，又甲午晉藩重刻本所引並如是，叩皆作把者，今謂故書應爾，唐人所引是也。莊子云鼓，淮南言叩，東方稱把，語各从其方，而意不相遠。尋《説文・手部》：『把，握也』，非其義，此當讀與拊同。《書・皐陶謨》：『夔曰：於！予擊石、拊石』，鄭玄《注》云：『磬有大小，予擊大石磬，拊小石磬』（見《周禮・大司樂》賈《疏》，上承『案彼鄭《注》：戛，櫟也』云云，余蕭客《古經解鉤沉》、孫星衍《尚書今古文注疏》皆以爲鄭君《尚書注》逸文，今从之），是擊、拊相類，而有大、小之分，故《尚書》孔《疏》亦云：『擊有大小，擊是大擊，拊是小擊』，即用康成説矣。然對文有别，散文則通，故《九歌·東皇太一》云：『揚枹兮拊鼓』，王《注》云：『拊，擊也』。此文王《注》：『叩，擊也』，當本作『把，擊也』，是王亦讀把如拊矣。拊古音在侯部，把在魚部，曼倩借把爲拊，則讀魚與侯同，《漢書·東方朔傳》載朔《荅客難》亦以後、數與虎鼠、户故爲韻，又以狗韻虎矣。然賈誼《惜誓》、枚乘《七發》、司馬相如《子虛賦》用韻多有如此者，是西漢時魚侯已漸合爲一也。

惜誓第十五

獨不見夫鸞鳳之高翔兮，乃集大皇之壄？循四極而回周兮，見盛德而後下。　注：言鸞鳥、鳳皇乃高飛於大荒之野，循於四極，回旋而戲，見仁聖之王，乃下來集，歸於有德也。回一作佪。而回周兮，一作以周覽兮。　劉師培《楚辭考異》出：『循四極而回周兮』，云：案《類聚》卷六、卷九十九並引回作迴（正當作迴，此誤），《事類賦注》十八引作周回；又出：『見盛德而後下』，云：案《御覽》九百十五引見作覽，《白帖》引：覽德威而後下，《事類賦注》十八引後下作高下，誤。

季海按：《九歌・大司命》：『君迴翔兮以下』，迴一作回，《説文・羽部》：『翔，回飛也』，此云回周，猶回翔，亦謂回飛耳。不直言翔者，句承上文，語相避也。凡書傳偁『周』，或訓帀，《國語・晉語》：『三周華不注之山』《注》；或訓偏，《左・隱十一年傳》：『周麾而呼』《注》；或訓旋，《九歌・湘君》：『水周兮堂下』《注》；或訓繞，《山海經・海外西經》：『女子國，兩女子居，水周之』《注》；諸書亦或言：『周旋』，《左・僖廿三年傳》：『以與君相周旋』，《注》：『周旋，相追逐也』、《素問・天元紀大論》：『七曜周旋』，《注》：『周，謂周天之度』；『周流』，《文選・羽獵賦》：『章皇周流』，《注》：『周流，周匝流行也』，義皆相近，皆常訓。此云：回周，初非異言，若从直訓，即回旋矣。凡此諸周，並借爲𠣾，《説文・勹部》：『𠣾帀，偏也，从勹，舟聲』，《帀部》：『帀，周也』，亦叚周字爲之，是也［周、舟聲通，《考工記》：『作周以行水』，鄭司農《注》：『周當作舟』、《左・襄廿三年傳》：『華周』，《説苑・立節、善説》作『舟』，是其例；若漢孟郁《脩堯廟碑》：『委曲月帀』，韓勑《脩孔廟後碑》：『月□瘖域』，則正从舟聲書之，阮氏《經籍籑詁》遂謂『周』作『舟』者（見《十一尤》『周』字下），弟據後人所見言之，殆非所以論漢故也。《説文・口部》：『周，密也，从用口』，音義雖近，必探其本，要當有别］。今俗云兜圈子，亦是此意。兜即𠣾、周，古照紐字或讀入端，則音正如兜也。尋《史記・屈原賈生列傳》載賈生弔屈原《賦》云：『鳳皇翔于千仞之上（《漢書・賈誼傳》無『之上』字）兮，覽德輝（《漢書》作煇）而下之』，與此文語正相似，『見盛德』句《御覽》《白帖》見皆作『覽』，與誼《賦》無異，其實此二覽字，猶《離騷》之言『覽民德焉錯輔』矣。觀二家所引，知故書自當作『覽』，今本作『見』，殊乏温雅、宏深之致，蓋宋以來失之。《白帖》引作『德威』，與『德煇』句尤近，疑『盛德』字亦後人所改，惜無本可質耳。

大招第十六

鼎臑盈望，和致芳只。　注：臑，熟也。致，致鹹酸也。芳，謂椒薑也。言乃以鼎鑊臑熟羹臛，調和鹹酸，致其芬芳，望之滿案，有行列也。臑一作胹。《釋文》作腩，徒南切。洪氏《補注》：腩，臛也。

季海按：《招魂》：『臑若芳些』，《注》：『臑若，熟爛也，言取肥牛之腱，爛熟之』，臑一作胹；又『胹鼈炮羔』，《注》：『言復以飴蜜，胹鼈炮羔，令之爛熟』，胹一作臑，《釋文》作濡。是諸本自《釋文》以降『臑』、『胹』字頗錯見，《注》皆以熟爲義（《釋文》除『臑若』外，並不作

『臑』、『胹』字）；今謂此言『鼎臑』，以目鼎實之美者爾，與《招魂》所云，辭气本異，安得同訓？《釋文》本作腩者，殆校書者已覺其不安，故更舊文耳。尋《淮南·詮言訓》：『周公散臑不收於前，鍾鼓不解於縣，以輔成王，而海內平』，《注》：『臑，前肩之美也』，當句正用此義，《大招》之文，與《淮南》故多相應也。知是前肩者，《說文·肉部》云：『臑，臂羊矢也』，章先生《小斆答問》曰：『《甲乙經》云：「陰廉在羊矢下」，《素問三部九候論注》：「肝脈在毛際外羊矢下一寸半陷中五里之分，臥而取之」，是股內廉近陰處曰羊矢，爲漢晉人常語，迻以言臂內廉，則曰臂羊矢矣』，是臑本臂內廉之偁，以言鼎實，則爲『前肩之美』者矣。

吳醴白糵，和楚瀝只。 注：再宿爲醴。糵，米麴也。瀝，清酒也。言使吳人醲醴，和以白米之麴，以作楚瀝，其清酒尤醲美也。

季海按：《周禮·天官酒正》：『辨五齊之名：一曰泛齊，二曰醴齊，三曰盎齊，四曰緹齊，五曰沈齊』，鄭《注》：『醴猶體也，成而汁滓相將，如今恬酒矣。……自醴以上尤濁，縮酌者；盎以下差清』，賈公彥《疏》：『云「自醴已上尤濁，縮酌」者；言自醴以上，唯有泛齊。泛齊滓浮，則濁于醴齊汁滓相將者，此二者皆以茅泲之，故《司尊彝》云：「醴齊，縮酌」，《郊特牲》云：「縮酌用茅，明酌也」，謂以事酒之上清明者，和醴齊，以茅泲之，使可酌。鄭彼

《注》云：「泛從醴」，是二者皆縮酌，故云：「自醴已上尤濁，縮酌」也。云「盎以下差清」者，案《司尊彝》云：「盎齊涗酌」，鄭《注》「涗，清也」，謂以清酒泲之，則不用茅，以其盎已清故也。鄭彼《注》又云：「泛從醴，緹、沈從盎」，則亦用清酒泲之』，是『醴齊縮酌』，經有明文，此云『和楚瀝』者，是亦『以清酒泲之』矣，獨得比於涗酌，從盎齊者，殆『吴醴白蘖』，雖或猶濁于盎，故當清于常醴歟？《酒正》又云：『辨三酒之物』，『三曰：清酒』，鄭《注》：『清酒，今中山冬釀，接夏而成』，是清酒夏成也。上文云：『清馨凍㱃』，猶《招魂》云：『挫糟凍飲，酎清涼』也（王氏《章句》、洪氏《補注》説彼文甚塙，今不具引），然則此云『和楚瀝』者，正以類舉，其同爲夏日之飲，明矣。

二八接舞， 注：接，聯也。舞一作武。**投詩賦只。** 注：投，合也。詩賦，雅樂也。古者以琴瑟歌詩賦爲雅樂，《關雎》、《鹿鳴》是也。言有美女十六人聯接而舞，發聲舉足，與詩雅相合，且有節度也。

季海按：《説文》：投，从手，殳聲（此从小徐本，大徐本作『从手、从殳』，由不明古音，妄删聲字），而古人殳或謂之度（《周禮・司市》：『凡市入則胥執鞭度守門』，《注》：『度謂殳也』；《方言・第五》：『僉，宋魏之間謂之攝殳，或謂之度』；《廣雅・釋器》：『殳、度，杖也』），是投、度音義俱近（《説文・殳部》：『𣪘，繇擊也，从殳，豆聲，古文投如此』，《方言》郭《注》：『今江東呼打爲度』，打猶擊矣。《禮記・緇衣》：『往省括于厥度，則釋』，《注》：『度，謂可擬射也』，《列子・説符》：『樓上博者射明瓊』，殷氏《釋文》：『凡戲争能取中皆曰射，亦曰投』；《文選・長笛賦》：『察度於句投』，《注》：『投與逗古字通，投，句之所止也』，皇甫湜《答李生第二書》：『讀書未知句度，下視服鄭』：是投亦度也。投，古音在侯部，度，在魚部，自《詩》、《春秋傳》用韻已時相通轉——詳段氏《六書音均表四第四部、第五部》・《古合韻》，漢興以還，漸合爲一部矣），此投正當讀與『度』同。云度詩賦者，猶云度曲耳。《漢書元紀贊》曰：『鼓琴瑟，吹洞簫，自度曲，被歌聲』，《注》：『應劭曰：「自隱度作新曲，因持新曲以爲歌詩聲也」。荀悦曰：「被聲，能播樂也。」臣瓚曰：「度曲，謂歌終更授其次，謂之度曲。《西京賦》曰：度曲未終，雲起雪飛。張衡《舞賦》亦曰：度終復位，次受二八」。師古曰：應、荀二説皆是也。度，音大各反。被，音皮義反』，又《文選》傅毅《舞賦》亦曰：『黎收而拜，曲度究畢』，蓋言度曲，自有二義：其一如應劭所説，非此文所用；其一如臣瓚所説，凡《西京賦》、傅、張《舞賦》所云，皆是也。《大招》言『二八接舞投詩賦』，亦猶平子言『度終復位，次受二八』、武仲言『黎收而拜，曲度究畢』矣。叔師云爾，豈於舞節，猶有所未閑邪？

楚辭解故三編

楚辭解故三編目録

九辯第二 …… 四二三

*凡正、續、三各編複出條目下，均標有此符，其考釋文則以後者爲準。

楚辭解故三編

離騷第一

皇覽揆余初度兮。 注：皇，皇考也。覽，觀也。揆，度也。初，始也。覽一作鑒，一本余下有于字。

季海按：李善注《文選》屈平《離騷經》余下有『于』字，《注》觀作『覩』。隆慶辛未夫容館重雕宋本《楚辭》王逸《章句》余下有『于』字，《注》觀作『覩』，並與李善本《文選》合；惟《注》『度也』下有『余，我也』，明覆宋洪興祖《補注》本無之者，或後人以爲常訓易曉，不煩出注而删之耳。《説文》：『覽，觀也。从見、監，監亦聲』，《補注》本《章句》與許義合。《説文》：『睹，見也。从目，者聲。覩，古文从見』，以見度成文，於義爲短，宜興祖不取也。《説文》：『揆，葵也。从手，癸聲』，《唐韻》：『求癸切。』此用《爾雅》，以今字釋古字耳。《釋言》：『葵，揆也』，郭《注》：『《詩》曰：天子葵之』；又曰：『揆，度也』，郭《注》：『商度』，此郭本耳。許君所見《爾雅》，正當作：『揆，葵也』，許自云『《詩》毛氏』，毛《傳》多依《爾雅》，疑故書亦如是矣。《小雅》古文本作『揆』，漢師以隸書寫之作葵耳。段氏《説文解字注》改作『揆，度也』，乃云：『各本作「葵也」，今依《六書故》所據唐本正』，其實二徐去唐甚近，豈所見唐本反不如戴氏所據之可信邪？頗謂郭本《釋言》：『揆，度也』之文，亦後來所加，不然，許君何爲捨彼而取此乎？若《屈賦》之『覽揆』，自是楚語。尋《説文》：『⿰亻癸⿰亻癸，左右兩視，从人，癸聲』（段《注》於下『⿰亻癸』字云：『此複舉字之未刪僅存者』。今謂許以重言曉人耳，蓋時有此語，不必如若膺所云）。《唐韻》：『渠追切』，近人考古音，或析脂、微爲二，則⿰亻癸入脂，⿰歸見入微，然楚音不別，故是一韻（義具拙著《楚辭韻譜》）。⿰亻癸、⿰歸見轉注，楚讀正與覽揆字同。《説文》及洪本《章句》並云：『覽，觀也』，《説文》：『觀，諦視也』，然覽本謂諦視，諦視與注目視、左右兩視義實相成，故楚言謂之覽揆矣。揆之爲度，正由兩視、注視引申，後人不達此義，轉嫌覽無度訓，與揆不類，一本遂改作『鑒』耳。

又重之以脩能。　注：脩，遠也。言己之生，内含天地之美氣，又重有絶遠之能，與衆異也。

季海按：能、態古今字。《説文》：『態，意也，从心、从能』，《唐韻》：『他代切。』徐鍇曰：『心能其事，然後有態度也』（見鉉本引），態字晚出，本从能聲，今音不諧，遂以會意説之耳。脩能正謂形態之美。《素問·陰陽應象大論篇》：『此陰陽更勝之變，病之形能也』，《經》曰『形能』，猶今人言『形態』矣。聞一多據《懷沙》：『非俊疑傑，固庸態也』，《論衡·累害篇》引作能，《素問·風論》：『顧問其診及其病能』，即病態，謂：『能、態古字通。脩態謂容儀之美。下文「扈江離與辟芷兮，紉秋蘭以爲佩」，即承此言之。《招魂》曰：「姱容修態」，《西京賦》曰：「要紹修態」，義與此同』（具見聞氏《楚辭校補》），已得其解。然引『江離』二句，以發揮文心，信足解頤，若專明達詁，即不如直指形態。以蘭芷有助於脩態而已，非脩態必有待於蘭芷也。故復引聞氏之所遺，以贊成厥美矣。若形態、病態，皆今日常語，不讀《素問》，又安知其遠出於二千年前邪？

《説文》：『能，熊屬，足似鹿，从肉、㠯聲。能獸堅中，故稱賢能，而彊壯稱能傑也。凡能之屬皆从能』，《唐韻》：『奴登切。』《廣韻·十九代》：『耐，奴代切七』下有『能，技能，又能，何氏《姓苑》云：長廣人』，是賢能、能傑、技能，並在泥紐；若以爲形態、病態，作『他代切』者，則入透紐矣。或曰：舍是亦有徵乎？曰：《史記·天官書》：『魁下六星，兩兩相比者，名曰：三能』，《集解》：『蘇林曰：能，音台。』《瀛涯敦煌韻輯》：S二〇七一《切韻卷第一・平聲上・十六咍》：『胎，湯來反四』有『台，三台，星名』，《廣韻・十六咍》：『胎，土來切七』下有『台，三台星，又天台，山名』，並隸透紐，是能字古讀有入透紐者矣。今謂史遷所録《天官書》以三能爲三台者，即據楚音。《天官書》云：『在齊甘公』，《正義》：『《七録》云：楚人，戰國時作《天文星占》八卷』，子長所録，即出甘公，《七録》云：『楚人，戰國時』，與屈平時地略皆相近，宜其音讀正同矣。

《春官・天府》：『若祭天之司民、司禄』，鄭《注》：『司禄，文昌第六星，或曰：下能也』，賈《疏》云：『「或曰：下能也」者，此案石氏《星傳》云：「上能司命，爲大尉；中能司中，爲司徒；下能司禄，爲司寇」，是司禄，在下能也』，由鄭《注》知青齊語『能』亦讀若『台』，由賈《疏》今書知唐人所見石氏《星傳》亦作『三能』矣。劉昫《唐書・經籍志》『天文二十六家』有『《石氏星經簿贊》一卷，石申甫撰』，賈《疏》所引，當即此書。《史記・天官書》：『昔之傳天數者，……魏，石申』，《正義》：『《七録》云：「石申，魏人，戰國時，作《天文》八卷」也。』書名、人名、卷數，與劉《志》俱有出入，然唐人所見，已非《七録》之舊矣。劉昫《唐書・志・天文上》：後漢永元中左中郎將賈逵奏言：『願請太史官日月星簿及星度課與待詔星官考校』，是漢太史官有日月星簿，今賈《疏》：《星傳》當爲《星簿》，形之誤也。《唐書·經籍志》『簿』字不誤（《新唐書·藝文志》同）。然書名當依《隋書·志·經籍三》作《石氏星簿經讚》，二唐志經、簿字互倒者，由不督『星簿』所謂，又不思經讚由來，妄意書名《星經》，遂臆改耳。依《開元占經》所引，則散文在前爲『經』，韻文在後爲『讚』，其書雖佚，其書名可知也。其誤蓋始於元行沖《羣書四部録》、毋煚《古今書録》，而二唐志遂承其譌耳。惟《漢書·藝文志》無《星簿》，以上能爲大尉，依《月令》鄭《注》：『三王之官有司馬，無大尉，秦官則有大尉』，疑此一卷書，後人摭石氏遺文，依託爲之，見漢太史官有《星簿》，因被此名耳。《史記·天官書》《索隱》：『案《天文志》，此皆甘氏《星經》文，而《志》又兼載石氏，此不取。石氏名申夫，甘氏名德』，亦云『申夫』。申夫即申甫，是唐人所傳與《史記》、《七録》之作『石申』者不同，然申夫、申甫豈其字邪？抑晚出僞書故有是邪？

扈江離與辟芷兮。

季海按：本條《解故正編》考釋有云：尋原本《玉篇·厂部》：『廦，孚赤反。《楚辭》：「扈（原作厄，無以下筆）江離與廦芷」』。今據日本印《東方文化叢書第六·古鈔本玉篇》補證，『厄』作『扈』，即『扈』字。黎刻是卷據影寫本上木，譌作此形，都不成字。

不撫壯而棄穢兮，何不改此度？《文選》云：何不改（《四部叢刊》影明覆宋本原誤作『政』，今正）其此度；一云：何不改乎此度也。**乘騏驥以馳騁兮，來吾道夫先路。**《文選》作：導夫先路；一本句末有也字。

季海按：明隆慶辛未夫容館翻宋本《楚辭章句》（以下省稱夫容館本）、宋錢杲之《離騷集傳》（以下省稱錢本，若引《集傳》之文，則著其姓氏）並作：『何不改乎此度也』，與洪引一本合。錢云：『乎一作其，一無也字』，與洪引《文選》合。錢本『先路』下亦有『也』字，校云：『一無也字。』日本古寫《文選集注》殘卷卷第六十三《離騷經》二句末並有『也』字，與洪引一本合，惟上句無乎字耳。今謂夫容館本『此度』下已衍『也』字；『先路』下尚未衍，與洪本及錢引一本合，是其所從出，尚早於已衍二也字本。洪引《文選》之句末無『也』者，亦勝《集注》本。尋屈《賦》句末用也，皆前後呼應，勢不單行，如夫容館所翻宋本既隻辭無麗，其衍尚易知，蓋誤書偶失不校耳。學者或嫌其不倫，又於『先路』下足以『也』字，則其訛猝不可辨矣。弟據《離騷》言之，則：『余固知謇謇之爲患兮，忍而不能舍也！指九天以爲正兮，夫唯靈脩之故也！』『忳鬱邑余侘傺兮，吾獨窮困乎此時也！寧溘死以流亡兮，余不忍爲此態也！』『何昔日之芳草兮，今直爲此蕭艾也！豈其有他故兮，莫好脩之害也！』其句末有

『也』，以盡寫送之致者凡三，皆情尤摯，語尤重，而言之尤痛者也，觀靈均言『也』，而辭氣之於邑可知矣。然此文云：『乘騏驥以馳騁兮，來吾道夫先路』，又安取斯於邑之聲邪？

何桀紂之猖披兮。注：猖披，衣不帶之皃。猖一作昌。《釋文》作倡，披一作被。洪氏《補注》曰：《博雅》云：裮被，不帶也。被，音披。錢本作『猖披』，出校語云：『猖一作昌，一作倡，披一作被』，《集傳》：『披作被者非。』聞一多《楚辭校補》：案日本《新撰字鏡六》引原本《玉篇·巾部》轉引本書作昌帔。朱本（指《集注》本）、元刊本（指元刊《章句》本）、王鏊本、朱燮元本、大小雅堂本並作昌被。唐寫本（指《文選集注》殘卷）及今本《文選》並作昌披。《合璧事類續集四一》引本書同。《易林·觀之大壯》曰：『心志無良，昌披妄行』，亦作昌披。是猖字古本當作昌。今作猖者，蓋後人以訓詁字改之。

季海按：裮、猖皆俗字。夫容館本作昌被，其所據宋本與元刊本《章句》所從出正合，與聞引《集注》以下諸本之作昌被者，其字體近正，蓋勝洪錢二本。然《楚辭》舊本，此文之可攷者，莫先於《釋文》，《釋文》昌作倡，當出唐本。昌、倡字通，未知故書定作何字；亦可唐本《文選》雖作『昌披』，《楚辭》自作『倡被』，宋人或援《文選》以改本書，寫者參差，遂又有作『昌被』之本耳。被今作『披』者，後人依音改字耳。《九辯》：『奄離披此梧楸』，披一作被。

劉氏《攷異》：『《御覽二十五》、《事文類聚前集十》引披作被』，是其例。又《大司命》：『靈衣兮被被』，一作披，洪云：『被與披同』；《哀郢》：『妬被離而鄣之』，被一作披，洪云：『被讀曰披』，蓋故書之爲『被』者，宋本已往往作『披』也。《玉篇》所引，字又作『帔』者，當是江左所行，有此別本，不必故書如是也。

《文選集注》卷第六十三：『何桀紂之昌披兮』，《音決》：猖，音昌。被，匹皮反。今案《音決》：昌爲猖，披爲被也』，是唐公孫羅之傳《文選》，雖亦讀被如披，而未嘗改字；惟昌作猖，則已爲洪錢本《楚辭》道夫先路矣。

惟夫黨人之偷樂兮。一無夫字。注：黨，朋也。《論語》曰：朋而不黨。偷，苟且也。言己念彼讒人相與朋黨，嫉妬忠直，苟且偷樂。**民好惡其不同兮，惟此黨人其獨異。**注：黨，鄉黨，謂楚國也。言天下萬民之所好惡，其性不同，此楚國尤獨異也。**惟此黨人之不諒兮，恐嫉妬而折之。**注：言楚國之人，不尚忠信之行，共嫉妬我正直，必欲折挫，而敗毁之也。又《懷沙》：**夫惟黨人鄙固兮，羌不知余之所臧。**注：楚俗狹陋，莫照我之善意也。鄙一作交。《史記》云：夫黨人之鄙妬兮，羌不知吾所臧。

季海按：王以『念』釋『惟』，正用其本義。《說文・心部》：『惟，凡思也』，是也。王云：『念彼』，是其本蓋有夫字。黨，《注》以爲朋黨，則借爲攩，《説文・手部》：『攩，朋羣也』，是也。今謂當句『惟夫』，猶『惟此』耳，王以爲思惟字，似失之。然此言『惟夫』，而下文兩言『惟此』者，此文望余言之，故以黨人爲彼（下云：『豈余身之憚殃兮』，是也）；黨人獨異，承『民好惡』句言之，黨人不諒，承『衆薆然』句言之，民、衆爲彼，則黨人爲此，所對既異，文亦殊也。若『黨人鄙固』句言『夫惟』，則以釋不知余所臧之故，義已具《解故》釋『夫唯捷徑以窘步』條也。又黨人四見，而叔師兩説，祇以黨人偷樂爲朋黨，餘三者皆據鄉黨言之，以爲即謂楚國；其實屈《賦》凡言黨人，並謂朋黨，初無異義，不煩兩説也。大氐羣小相扇，荃蕙爲茅，俱可以此目之矣。王《注》以民爲天下萬民，遂以黨人爲指楚國，然《離騷》言『終不察夫民心』，《哀郢》言『民離散而相失』，亦祇謂楚國之民耳。且如王説，既言民、衆，又稱楚國，於文亦迂回無取也。

初既與余成言兮。 錢本作『與予』。**既替余以蕙纕兮。** 錢本作『替予』。**申申其詈予。** 詈一作罵，予一作余。夫容館本作『罵余』，與一本合。錢本作『詈余』，出校語云：『詈一作罵』。

夫何煢獨而不予聽。 予一作余。夫容館本、錢本並作『余』。**倚閶闔而望予。** 錢本予作『余』。

詔西皇使涉予。 予一作余。

季海按：顔師古《匡謬正俗·禮記》：『予』下云：『鄭玄注《曲禮下篇》：「予，古余字。」因鄭此說，近代學者遂皆讀予爲余。案《爾雅》云：「卬、吾、台、予、朕、身、甫、余、言，我也」，此則予之與余，義皆訓我，明非同字。許慎《説文》：「予，相推予也」；「余，詞之舒也」，既各有音義，本非古今字別。《詩》云：「迨天之未陰雨，徹彼桑土，綢繆牖户。今女下民，或敢侮予」，又曰：「終其永懷，又窘陰雨。其車既載，乃棄爾輔。載輸爾載，將伯助予」，又曰：「習習谷風，維風及雨。將恐將懼，維予與女。將安將樂，女轉棄予」，又《雲漢篇》云：「羣公先正，則不我助。父母先祖，胡寧忍予」；《楚辭》云：「帝子降兮北渚，目眇眇兮愁予。嫋嫋兮秋風，洞庭波兮木葉下」，又曰：「君回翔兮來下，踰空桑兮從女。紛惣惣兮九州，何壽夭兮在予」，又曰：「秋蘭兮蘪蕪，羅生兮堂下。緑葉兮素枝，芳菲菲兮襲予。夫人自有兮美子，蓀何以兮愁苦」：歷觀詞賦，予無余音。若以《書》云：「予一人」，《禮》曰：「余一人」，便欲通之以古今字；至如《夏書》云：「非台小子敢行稱亂」，豈得便言台余古今字邪？《邶詩》云：「人涉卬否，卬須我友」，豈得又言卬我古今字乎？』顔氏引鄭，其文不具。尋《曲禮下》：『曰：予一人』，鄭《注》云：『《覲禮》曰：「伯父實來，余一人嘉之」，余予古今字』，段玉裁曰：『此條經注，《唐石經》以下皆不誤。《注》：「余一人」，今本《覲禮》作

「予一人」，今本《覲禮》誤耳。……《禮》十七篇有古文、今文，彼《注》多互見，亦有不互見者，如余、予是也。小戴《記》多漢人爲之者，如《士喪禮》云：今文赴作「訃」，而《禮記》多作「訃」；《既夕禮》云：今文窆爲「封」，而《禮記》多作「封」；《士虞、少牢、特牲禮》云：古文酳皆作「酌」，而《禮記》皆作「酳」：是可知小戴多用十七篇今文之字。故《覲禮》作「余」，小戴作「予」，亦猶是也。……小戴《曲禮》又曰：「天子未除喪，曰：予小子」，《玉藻》又曰：「凡自稱，天子曰：予一人」，併此「分職、授政、任功，曰：予一人」，三見皆作「予」。惟《曲禮》：「君大夫之子不敢自稱曰：余小子」，獨作「余」，蓋唐人轉寫之誤，猶之《覲禮》之余，自《唐石經》以下，無不誤爲予也。《曲禮》……《注》……《音義》及《正義》，皆經注予余互譌，孔氏於《玉藻疏》云：古稱予，今稱余，尤爲顛倒。凡鄭言古今字者，非如《說文解字》謂古文籀篆之别，謂古今所用字不同，如古人作「衡」，後代作「横」，古人作「鄉」，後代作「向」，是也。周初蓋用余，故《禮經》古文用余，左丘明述《春秋》亦用余，《詩》《書》則會萃衆篇而成，多用予，《論語》《孟子》用予，春秋時名予，字子我，知春秋時用予，而左氏特爲好古。鄭意余爲古字，予爲今字，非可以互易之也；云「余予古今字」，則上字古，下字今，易之是無文理矣。《曲禮》經作予，注作余者，今本所同，而合乎鄭本者也；若經作余，注作予者，雖出《釋文》《正義》，而非鄭本之本然也。……《撫本禮記攷異》謂此條撫本注作予爲是，而經文之予，當改爲余。《石經》不譌也，而譌之，其所説一一似是而非，且使漢本《覲禮》之存於《注》者，遂致失傳，尤謬』（見段氏《經韻樓集·釋曲禮注：余予古今字》），段諸説並是也；惟謂《詩》《書》會萃衆篇而成，多用予，則偶不省蘇望所刻《石經遺字》，謂春秋時用予，則失之未遑一檢金文耳。尋洪适《隸續卷第四·魏三體石經左傳遺字》出『予惟受命』云云，其予字三體作：□□予，此正《尚書》遺字（清臧琳、孫星衍輩已知之）；以校新出三體石經《多士》：『予其曰』、《君奭》：『予小子』，其予字三體作『□□予』者正合，但洪書輾轉摹刻，筆迹不無小失耳。章先生《新出三體石經攷》云：『《説文》：余从舍省聲，此不省，舍字下从口，當正方，此筆勢小異』，是《尚書》古文實作『余』，其篆隸二體作予者，蓋漢師讀如是爾。然則謂『余予古今字』，自漢《尚書》古文諸師已然，下逮邯鄲，猶未失其讀，初非康成一家之言也。其《詩》、《論語》、《孟子》及子我之名，今無先秦故書可質，未由深論。然凡金文止作余，不作予，以《尚書》古文及鄭《禮注》字例推之，諒亦漢讀矣。若左氏用余，自是古文應爾，亦不必如若膺所云也。至於紬繹經傳，申成鄭義，灼然有以見古今字例之真，信足以正陸、孔之譌，糾師古之失已。《楚辭》今書，余予錯見，其今作余者，本或作予，其作予者，本亦作余，紛然殽亂，非有義理。屈《賦》先秦故書，其始當皆作余，與《尚書》《春秋傳》古文相應。其洪本定作予者，大氏與上聲字協，如：『申申其詈予』，與野協；『倚閶闔而望予』，與下協；『詔西皇使涉予』，與與協；推之師古所引《九歌》諸文，亦若是矣。然《離騷》此諸文本或作『余』，《湘夫人》：『目眇眇兮愁予』，予一作余，凡此諸文，若非一一皆後人傳寫之失，則屈《賦》故書，余未嘗不可與上聲字韻也。彭叔夏《文苑英華辨證·用韻一》：『孟浩然《送辛大不及詩》押汝字韻，上云：「日暮獨悲余」，余與予同。《楚辭》：「目眇眇兮愁予」（疑當作「余」，彭氏所引，與一本合），從上聲讀，而《集》本改作「愁緒」』，彭説是也。敦煌本王仁昫《刊謬補缺切韻·九魚》：『余，与魚反，我，亦作悆、予，同余。卄二』下有：『予，又余佇反』（見《瀛涯敦煌韻輯》P 二〇一一），王《韻》出余、予同讀，與彭説合。其予收平上二音，則本《切韻》。敦煌本《切韻卷第三·八語》：『與，余莒反四』下有『予，又与諸反』（見《韻輯》S 二〇七一），是也。惟今所見隋唐韻書，上聲都不收『余』。尋《文苑英華·詩·送行三》孟《送辛大不及》：『日暮獨愁余』下出校語：『《楚詞》曰：「目（原脱）眇眇兮愁予」，余、予《唐韻》並有上聲。或改作緒、予（原誤同），並非』，是孫《韻》上聲收余。然《唐韻序》作於天寶十載，稱『起終五年』，則創始於六載也（公元七四七年）。浩然卒於開元二十八年

（公元七四〇年），不及見恤書。而孟《詩》有是者，浩然襄陽人，襄陽楚地，亦可唐時楚音，猶存此讀，不必即依《楚辭》用之矣。以是言之，其諸予字，故書本亦皆作「余」，後人嫌余無上聲，故定作「予」。顏氏偏引《九歌》，而不及《離騷》，又弟云：「予無余音」（與S二〇七一本《切韻》不合。陸詞《切韻序》稱：「顏外史、蕭國子多所決定」，師古秉承家學，不容不知，此音或非顏意，亦可是後來所加），而不云：「余無予音」，豈當時《騷經》諸予，猶作「余」邪？顏又云：「予古余字」者，所見與孔氏《玉藻疏》正同，蓋並據時俗稱余，與漢師舊讀，經典相承稱予者有異，故云爾矣；殊不知全非鄭意，此段識之所以卓也。

又樹蕙之百畝。《釋文》：畝作晦。洪氏《補注》：《司馬法》：「六尺爲步，步百爲畝。」秦孝公之制，二百四十步爲畝。

季海按：夫容館本作晦，與《釋文》本合。劉氏《攷異》：「案《漢書·楊雄傳》顏《注》引作：百晦。」尋《説文·田部》：「晦，六尺爲步，步百爲晦，从田、每聲。畞，或从田十久」，許引《司馬法》文字作「晦」，與隋唐舊本《楚辭》相應，蓋六國古文如此。頗謂屈《賦》故書當作「晦」，晦、畝古今字。一九七二年銀雀山漢墓新出竹簡本佚《孫子·吴問篇》：「孫子曰：可。笵、中行是制田，以八十步爲婉，以百六十步爲畛，而伍稅之」，整理小組婉釋畹，畛釋畝，並是也。吻从勿聲，漢讀當在脂部，銀雀山佚《孫子》畝作『吻』，不作『晦』，與《司馬法》不合。然脂、之旁轉，西漢韻文，時亦通押，或當時齊音正爾，故寫書者依時俗書之耳。

長顑頷亦何傷？

季海按：《方言第一》：『虔、劉、慘、綝，殺也』，郭《注》：『今關西人呼打爲「綝」，音廩，或洛感反』；下又云：『晉、魏、河内之北謂綝曰「殘」，楚謂之「貪」，南楚、江湘之間謂之「欿」』，郭《注》：『言欿綝難猒也』（《四部叢刊》影傅氏雙鑑樓藏宋刊本欿誤作『欺』，《注》亦然，今據原本《玉篇·欠部》：『欿』字引《方言》及郭璞改正。《玉篇》江湘作『江湖』，誤；綝作『惏』，與《説文》合，足正今本之誤。猒作懕，或从心，字並通耳）。綝讀或與顲（大徐引孫愐《唐韻》：『盧感切』）、廩（洪氏《九辯補注》：『力敢切』）同，郭引晉關西語猶足相印證。欿，顧野王音口咸（日本印《東方文化叢書第六·古鈔本玉篇》如是，《古逸叢書》本『咸』作『感』，然黎刻此卷既依傳寫本入木，又時有改易，今从古鈔本）、口含二反，是顑、坎、欿語轉，顑顲、坎廩、欿綝，故一言耳。不飽猶難猒矣。王説《九辯》『而志不平』云：『心常憤懣，意未服』者，甚是，坎廩正言其狀矣。顧於欿字下又引《説文》：『欲得也』，見《欠部》，尋許又云：『讀若貪』，大徐引孫愐『他含切』者，自依許讀作音耳。許讀若貪，正子雲所謂『楚謂之貪』者，汝南楚分，其讀宜相應爾。《説文・欠部》又有『歁』，云：『食不滿也，讀若坎』，是顑、坎音義並與歁近，蓋亦一言孳乳。《離騷》作減（顑）、《九辯》作坎並是牙音，則又與子雲所謂『南楚江湘之間謂之欿』者相應（此從顧野王讀）。依子雲之記，則貪欿異言，知南楚讀欿，必不同許，不然，楚與南楚，又何以別焉？蓋欿之與貪，其始或出一源，於楚遂爲代語。然《離騷》言：『衆皆競進以貪婪兮，憑不猒乎求索』，是於屈宋之文，減淫（顑頷）、坎廩之與貪婪（郭《注》又出欿𢱢），已義有離合，詞各有當，是語言孳乳之故，尋源或通者，其流輒自相別異，意義浸殊也。

《説文・心部》：『惏，河内之北謂貪曰「惏」，从心、林聲』，大徐引《唐韻》：『盧含切』，此文即本《方言》，與野王所引正合，宋本《方言》惏誤作『𢱢』耳（《集韻・四十七寑》、《四十八感》引《方言》殺、打二義，字亦並作『𢱢』，是丁度等所見，誤正同也）。又《女部》：『婪，貪也，从女、林聲。杜林説：卜者黨相詐驗爲婪。讀若潭』，《唐韻》亦『盧含切』，惏、婪音義並同，不以爲重文而兩收者，未知是許失檢，抑後人取《字林》之文，以補許書也。許謂婪讀若潭，自是楚音。然《離騷》貪惏讀如貪潭，既是旁紐雙聲，不但疊韻而已。

潭古音又如淫，其於楚語，則《淮南・説山訓》云：『淫魚出聽』，《論衡・率性篇》作：『潭魚出聽』，是楚音潭讀若淫矣。《説山》高《注》：『淫魚長頭身相半（此當以『頭身相半』句絶，長下有奪字，義見後），長丈餘，鼻正白，身正黑，口在頷下，似鬲獄魚，而魚（此非誤字，即衍文）無鱗』，尋《爾雅・釋魚》：『鱣』，郭《注》：『似鱏而短鼻，口在頷下，體有邪行甲，無鱗，肉黄，大者長二三丈』，郝《疏》：『郭云似鱏短鼻者，《釋文》：「鱏，音尋，又音淫。《字林》：長鼻魚也，重千斤」，然則鱣與鱏同，唯鼻爲異耳』，據此，知鱏魚即淫魚矣。惟依吕郭所記，則今高《注》：『淫魚長』下，或當脱鼻字耳。尋《説文》：『鱏，魚名，从魚、覃聲，《傳》曰：「伯牙鼓琴，鱏魚出聽」』，《唐韻》：『余箴切』，則正讀若淫。《説山》許本不傳，未知《説文》引《傳》，即是《説山》之文否？然取證鱏淫楚讀，故灼然無疑也（惟《論衡・感虚篇》又云：『淵魚出聽』，與王《抽思注》：『楚人名淵曰：潭』，正合。若此文真出仲任，則當時尚有異説。然許、高之於《淮南》，專門名家，都無異義。《感虚》單辭，又與《率性》不合，恐是後人改易，竄亂故書也）。推是以言，則知楚音讀貪婪若貪潭，猶讀坎廩、顑頷若減淫矣。

矯菌桂以紉蕙兮，索胡繩之纚纚。注：矯，直也。言己行雖據履根本，猶復矯直菌桂芬香之性，紉索胡繩，令之澤好，以善自約束，終無懈倦也。五臣云：矯，舉也。舉此香木以自比。洪氏《補注》：《九章》云：擣木蘭以矯蕙。又《惜誦》：**檮木蘭以矯蕙兮，糳申椒以爲糧。**

注：矯，猶糅也。申，重也。言己雖被放逐，而棄居於山澤，猶重𥿊蘭蕙，和糅衆芳以爲糧，食飲有節，脩善不倦也。檮一作擣，矯一作撟，糅一作揉。洪氏《補注》：檮，斷木也。撟，舉手也。《釋文》：古昴切。

季海按：矯借爲𢻃，《説文・攴部》：『𢻃，繫連也（《四部叢刊》影王昶藏宋刊本大徐《説文》繫誤作擊，小徐《繫傳》作繫，是也。段《注》本不誤），从攴、喬聲，《周書》曰：「𢻃乃干」，讀若矯』，是也。𢻃、紉、索情事相類，皆謂繫連衆芳以爲雜佩，故下云：『謇吾法夫前脩兮，非世俗之所服』也。《惜誦注》矯爲糅者，一本作揉，《説文》云：『矯，揉箭箝也。从矢，喬聲』，是矯有揉義。揉糅音義並通，同出一名，後人或據矯揉謂當作揉，或據和糅謂當作糅，遂成二本爾。又云：和糅衆芳以爲糧者，於篆書當爲粈，《説文》云：『粈，雜飯也，从米、丑聲』，《唐韻》：『女久切』（《四部叢刊》影宋大徐本《説文》久譌夕，今正）。丑聲、矛聲（柔从矛聲），古音同在幽部。篆作粈，隸作糅，古今字耳。敦煌本何經音義殘卷P 二〇九一・二頁云：『糅，古文粈、𩚵二形同』（見姜氏《韻輯》）。玄應《一切經音義卷第十三・五百弟子自説本起經》：『雜糅，古文粈𩚵二形同，女救反。《説文》：雜飯也。今以異色物相參曰「糅」。糅，雜也』，亦見別卷（如《卷第三・放光般若經二十一》），其文大同，不具引。凡此諸文，足明粗飷與糅，殊形同字，古今異體。茲云『古今字』，義同玄應，不謂孔氏古文也。段『粗』字《注》云：『《食部》曰：「飷，襍飯也。」《廣韻》曰：飷亦作粗，然則飷粗一字，今之糅襍字也』，是也。『飷』字《注》又云：『俗增』，亦近是。然玄應已與粗同云古文，則其來舊矣。惟矯有二讀，叔師裁得其一，故僅足以通《惜誦》，而不可以説《離騷》。《章句》：『矯，直也』，即依矯揉爲義，《説文》：『矯，揉箭箝』，正謂揉箭使直之箝。《荀子·勸學篇》：『木直中繩，輮以爲輪，其曲中規』，楊倞《注》：『輮，屈』，揉輮語同，徒以曲直異施，乖其偏旁，遂判若兩字。上尋姬漢故言，曲直木通謂之柔，《説文》：『柔，木曲直也。从木、矛聲』，《唐韻》：『耳由切。』謂木可曲直則謂之柔，引申之曲直木亦謂之柔矣。小篆别作煣，『屈申木也，从火、柔，柔亦聲』，《唐韻》：『人又切』，是其義（參看段『柔』字《注》）。許書矯下出揉者，説解例用今字，故从隸作耳。

『撟，舉手也』，見《説文》，《唐韻》：『居少切』，《廣韻》：『居夭切』，並在《小》韻，《釋文》：『古昴切』，則在《巧》韻。依王仁昫《刊謬補缺切韻》韻目小注：『《二十九巧》，吕與《晧》同，陽與《篠》《小》同，夏侯並别，今依夏侯。』《小》《巧》之分，即《宵》《肴》之分。王書小注：『《三十一肴》，陽與《蕭》《宵》同，夏侯、杜别，今依夏侯、杜。』是《釋文》此音，與《切韻》《唐韻》《廣韻》並不合，而與陽休之《韻略》合。隋劉善經《四聲論》曾目陽休之以『當世之文匠』，又偁其《韻略》云：『制作之士，咸取則焉。後生晚學，所賴多矣』（空海《文鏡祕府論》引，周祖謨云：『《隋志》：劉善經《四聲指歸》一卷，即此書』，是也。具見《問學集》四三七葉），若非《釋文》作者方音偶同陽氏，即其所據或出隋音，其時《切韻》未出，陽《韻》大行，故猶存此切矣。

謇朝誶而夕替。注：誶，諫也。《詩》曰：『誶予不顧。』洪氏《補注》曰：誶，音邃，又音信。今《詩》作訊，訊，告也。

季海按：誶爲告、諫，見於《詩》《騷》，『今《詩》作訊』者，尋《陳風·墓門》云：『歌以訊之』，又云：『訊予不顧』，毛《傳》：『訊，告也』，陸氏《毛詩音義》云：『訊，本又作誶，音信。徐：息悴反。《韓詩》：「訊，諫也」』，王義與《韓詩》合。洪云：『又音信』者，與陸音合。戴震《毛鄭詩考正》云：『震按訊乃誶字轉寫之譌。《毛詩》云：「告也」，《韓詩》云：「諫也」，皆當爲誶。誶音碎，故與萃韻。訊，音信，問也，於《詩》義及音韻咸扞格矣。《屈原賦·離騷篇》：「謇朝誶而夕替」，王逸《注》引《詩》：「誶予不顧」，又《爾雅》：「誶，告也」，《釋文》云：「沈音粹，郭音碎」，則郭本誶不作訊，明矣，今轉寫亦譌。《張衡傳》：《思玄賦》《注》引

《爾雅》仍作誶，《釋文》於此詩云：「本又作誶，音信。徐：息悴反」，蓋於誶、訊二字，未能決定也』，其分別二字音義，是也。觀《詩》《騷》之文，知告諫謂之誶，亦陳、楚間通語爾。然漢讀真諄通叶，脂微通叶，真脂對轉，則訊讀如誶，即借爲誶耳。大氏誶告作訊，本出《毛詩》，《爾雅》『本作訊』（見陸氏《釋詁音義》）者，後人援《毛詩》之文改故書耳。陸氏《詩》音引《韓詩》作『訊』者，寫書者以《毛詩》字亂之耳。王《注》引《詩》，字正作『誶』，知三家《詩》不作『訊』也。若以爲譌字，何《毛詩》盡譌，而餘文不然邪？東原爲《聲類表》，已知以真、脂、質爲一類，然於說《詩》，尚未能據對轉之理，通毛王之郵，是猶未達一間也。

長余佩之陸離。 注：陸離，猶嵾嵯，衆皃也。洪氏《補注》曰：許慎云：『陸離，美好皃。』顏師古云：『陸離，分散也。』《九章》云：『帶長鋏之陸離兮，冠切雲之崔嵬。』

季海按：洪引《九章》，見《涉江》，莊忌《哀時命》：『冠崔嵬而切雲兮，劍淋離而從横』，義出於此。彼《注》云：『淋離，長皃也。言……劍則長好，……與衆異也』，是淋離猶陸離也。王云：『長好』，亦與許義通矣。若王褒《九懷·通路》：『舒佩兮綝纚』，義取當句，是綝纚亦陸離也。觀《離騷》《涉江》之文，知長好謂之陸離，自六國楚語如是；若漢之吴、蜀，又謂之淋離、綝纚，語雖轉，義弗殊耳。《廣雅·釋訓》：『陸離，參差也』，王氏《疏證》：『陸與林古聲亦相近，司馬相如《大人賦》：「騷擾衝蓯其相紛挐兮，滂濞泱軋麗以林離，攢羅列聚叢以蘢茸兮，衍曼流爛痑以陸離」，張《注》云：「林離，襂纚也；陸離，參差也」，林離，猶陸離；襂纚，猶參差耳』，石臞之言是也。尋《説文・林部》：『棽，木枝條棽儷皃，从林、今聲』，凡言林離、淋離、綝離，猶棽儷矣。大徐引孫愐棽作『丑林切』者，此今音耳。《説文》：綝讀若郴，綝、郴並从林聲，而大徐引《唐韻》皆『丑林切』（見大徐本《説文・系部、邑部》），蓋其比類。林、淋、綝俱借爲棽，棽正其本字。楚語讀棽如陸者，侵幽對轉，《橘頌》亦以任韻醜矣。相如之賦，上言林離，下言陸離，是以轉語爲代語矣。長卿故蜀人，時俗亦但謂之林離而已耳，其稱陸離，蓋用書語，或者即取諸《楚辭》矣。《廣雅疏證》又云：『《離騷》云：「紛總總其離合兮，斑陸離其上下」，《招魂》云：「長髮曼鬋，豔陸離些」，《淮南子・本經訓》云：「五采爭勝，流漫陸離」，皆參差之貌也』；『又《離騷》：「高余冠之岌岌兮，長余佩之陸離」，岌岌，高貌；陸離，長貌也。《九章》云：「帶長鋏之陸離兮，冠切雲之崔嵬」，意與此同，王逸《注》云：「陸離，猶參差」，失之』，石臞説《楚辭》陸離有二義，可謂審諦；然物有長短，而參差見，凡言參差，而長在其中。惟語有孳乳，即言各有當，王《注》於此，有類刻舟，石臞規之，允已。又《廣韻・二十一侵》：『琛，丑林切七』下有：『棽，木枝長，又林森二音』

（林，力尋切八下失收）；又『森，所今切十』下有『棽，木枝長也，又丑林切』，是棽有長義，棽儷之爲長，猶淋離之爲長也。其作琛音者，尚承《唐韻》之舊。洪氏《補注》於《九懷》云：『綝，林、森二音，纚，力知、所宜二切，衣裳毛羽垂皃』，洪注綝字二音，與《廣韻》所記棽字又音正合，其音義之宛轉相通，抑又可見。若洪《注》：綝一音森，纚一音所宜切者，又與《漢書·司馬相如傳》顔《注》相應。顔引《大人賦》張《注》字作：摻攦，云：『摻，所林反；攦，所宜反』，是也。《廣韻》又作：『襳襹』，云：『毛羽衣貌』（見《二十一侵》『森』、《五支》『釃』下）也。然依張注《相如賦》則襂襹（摻攦）之於林離，猶參差之於陸離，蓋魏人殊未嘗以二者爲一事也。其始雖音義或通，語有相轉，然其流漸遠，就今音今義言之，則還相別異，故不得直音林離作襂襹也。明乎此，則知凡轉注字雖皆建類一首，同意相受，然考猶不得直音作老，況林離（綝離）、襂襹（襳襹）之言相孳乳，義有引申者乎？《廣韻·五支》：『襹』下有『䙕』，云：『上同』（見『釃，所宜切七』下），《二十四鹽》有：『襳，襳褷，毛羽衣，史炎切』，䙕又作褷，襳又入鹽；蓋字體小歧，未及整齊，韱聲古在侵部，《廣韻》亦入《鹽》韻也。

芳與澤其雜糅兮。 注：糅，雜也。洪氏《補注》曰：糅，女救切。又：《九章·思美人》句同。

季海按：原本《玉篇·食部》：『䊆（日本印《東方文化叢書第六·古鈔本玉篇》誤作「飷」），今从《古逸叢書》本，下放此），女久反。《楚辭》：「芳与澤其雜䊆」，王逸曰：「䊆（古鈔本亦誤作飷），雜也。」《説文》：「雜飯也」，或（古鈔本無，黎刻所加）爲粈（古鈔本誤作「米」）字，在《米部》』，是江左舊本糅作䊆，疑故書如此。日本古寫本《文選集注卷第六十三·離騷經》字並作『糅』，與今本同。是唐時已有作糅之本，或即起於《文選》諸師，未可知也。《説文》：《食部》有『䊆』，《米部》又有『粈』，並訓『雜飯也』，大徐引孫愐並『女久切』，與顧讀正同。《廣韻·四十四有》：『狃，女久切十一』下不收䊆、粈，是宋人所修，已非孫愐之舊矣。然《廣韻·四十九宥》：『糅，女救切五』有『䊆，雜飯，亦作粈』，其糅音與洪讀正同，尋《文選集注》引《音決》：『糅，女又反』，是唐已來爲《文選》者既行此音，而宋人因之耳。其在韻書，則唐王仁昫《刊謬補缺切韻卷第四·卌六宥》：『糅，女救反，雜三』有『䊆，雜餅，亦作粈』（見《瀛涯敦煌韻輯》P二〇一一·三四頁），此《廣韻》所本。然宋修此書，初不專據孫愐，蓋亦兼采他家矣。

今本《説文》䊆、粈兩收，不作重文者，段《注》於『䊆』字云：『按《米部》曰：「粈，襍飯也」，此䊆篆蓋俗增，故非其次，宜删。』依日本古鈔本原本《玉篇·食部》：『《説文》：「雜飯也」，爲粗（原誤米，黎刻作粗，是也）字，在《米部》，似足證成段說，然黎刻於『爲粗』上輒加『或』字，非也。

女嬃之嬋媛兮。 注：嬋媛，猶牽引也。一作撣援。**《九歌・湘君》：女嬋媛兮爲余太息。《九章・哀郢》：心嬋媛而傷懷兮。《悲回風》：忽傾寤以嬋媛。**嬋媛一作撣援，一作擅徊。**《九歎・思古》：心嬋媛而無告兮。**

季海按：錢本：『女嬃之嬋媛兮』有校語云：『嬋媛一作撣（徐乃昌覆宋本字誤作襌，今據下《集傳》本文改正）援』，錢氏又云：『撣援亦音蟬爰，《博雅》云：牽引也』，錢引《博雅》，見《釋訓》，篇中既多《楚辭》之文，此釋又全同於《章句》，是稚讓所見屈《賦》，字皆从手，與一本正合。聞氏《楚辭校補》謂今本从女，乃後人所改，是也。然聞氏知『當從一本作撣援』，又能引《廣雅・釋詁》：『嘽咺，懼也』之文（此出《方言》），故作『嘽咺』，具見聞引），獨遺《釋訓》此條，故不能據魏人雅記，以徵東京故書，亦可謂失之交臂已。

申申其詈予。 注：言……數怒，重詈我也。詈一作罵，予一作余。夫容館本作『罵余』，與一本合。錢本作『詈余』，出校語云：『詈一作罵。』

季海按：詈予當作『罵余』，夫容館本及洪錢所出一本是也。予當作余，前説已具。詈謂之罵，自是楚語，《淮南・説山訓》：『烹牛以饗其里，而罵其東家母』，是其證。後人輒疑罵非雅言，改故書耳。

喟憑心而歷茲。 注：喟，歎也。歷，數也。言喟然舒憤懣之心，歷數前世成敗之道，而爲此詞也。憑一作憑，一作馮。五臣云：歷，行也。憑，滿也。言歎息憤懣而行澤畔矣。洪氏《補注》曰：《方言》云：憑，怒也。楚曰憑。《注》云：『恚盛皃』，引《楚詞》：『康回憑怒』，《列子》曰：『帝馮怒』，《莊子》曰：『侅溺於馮氣』，《説文》云：『馮，懣也』（此非許書，説當爲『釋』。《四部叢刊》影明覆宋本、汲古閣刻宋本並誤）。喟憑心而歷茲者，歎逢時之不幸也。歷，猶逢也。下文云：『委厥美而歷茲』，意與此同。

季海按：《廣雅・釋訓》：『憒恲，忼慨也』，王氏《疏證》：『憒之言喟然也。《玉篇》：「恲，滿也。」王粲《從軍詩》云：「夙夜自恲性」，合言之則曰：「憒恲。」《説文》：「忼慨，壯士不得志也」，《楚辭・九章》：「好夫人之忼慨」』，王説並是也。《玉篇》義亦見敦煌本《刊謬補缺切韻》，《庚》：『磅，撫庚反二』下有『恲，滿』（見《韻輯》P二〇一一），是也。其以喟、頩成文者，《文選》宋玉《神女賦》：『含然諾其不分兮，喟揚音而哀歎。頩薄怒以自持兮，曾不可乎犯干』，分言之曰喟、曰頩，合言之則曰憒恲，可與王説互證。李善《注》云：『《廣雅》曰：

「頩，色也」，匹零切。《方言》曰：「頩，怒，色青貌。」《切韻》：「匹迴切，歛容也。」』李引《廣雅》，今見《釋詁》，頩作艴。王氏《疏證》引《遠遊》及玉此賦，字並作『頩』；又引《淮南子·齊俗訓》：『仁發恲以見容』，高誘《注》云：『恲，色也』，字又作『恲』。王云：『艴、頩、恲，竝通』，是也。今《博雅》音：『艴，片鼎』，與《切韻》合，與李引《廣雅》音不合，豈宋人所改邪？《舊唐書·列傳·文苑中》：『李邕，廣陵江都人。父善嘗受《文選》於同郡人曹憲』，師承所自，宜得其真，何至形聲悉異，然今書茲文，非復曹氏之舊，明矣。李引《方言》，今無其文。惟今書《第二》有『憑』：『怒也。楚曰憑』，郭《注》：『憑，恚盛皃。《楚詞》曰：康回憑怒。』故書憑當爲頩，李《注》所引是也。既是楚語，故郭引《楚詞》以證之。依子雲讀蒸青旁轉（說詳下文），音義並合，郭引正可作頩。後人墨守王氏《章句》，疑其不合，既改郭《注》，并篡雄書耳。『色青貌』當是郭《注》。《說文》：『艴，縹色也，从色、并聲』，《唐韻》：『普丁切』，《廣韻·十五青》：『竮，普丁切八』有『艴，縹色』，與孫愐合；又有『頩，面色，又普泠切』，其平聲與李善引《廣雅》音合，又音與李引《切韻》音合。敦煌本《切韻卷第二·平聲下·十六青》：『竮，普丁反』止竮甹二字。《卷第三·上聲·卌迴》：『頩，歛容，疋迴反』（見《韻輯》）：S二〇七一，《廣韻》在《四十一迴》），與李《注》合。《說文》：『縹，帛青白色也』，艴實訓縹，明是青色，怒既色青，知頩艴音義亦通矣，此郭意也。今《注》『恚』字，故書當爲『青』，後人讀郭《注》不憭，以爲形誤，遂改字耳。然《釋訓》諸文，書傳略皆可見，獨此條雖以石臞之雅才，未能舉其所出。今謂愲恲即喟憑之異文，憑恲雙聲，蒸青旁轉，俱有滿義，故於文可通也。石臞於《淮南·脩務訓》：『帽憑而爲義』，謂帽當爲愲，愲恲與愲憑聲近而義同，愲憑而爲義，猶言忼慨而爲義，故高《注》云：『愲憑，盈滿積思之貌』，又引《離騷》此文，謂喟憑與愲憑義亦相近（説具王氏《讀書雜志·淮南内篇》），蓋已心知其意；但作《疏證》時未及箸其説，又於喟憑、愲憑尚未能直指其爲一言耳。《離騷》心字或緣王《注》而衍，亦可本作心喟憑而歷茲，叔師釋作『喟然舒憤懣之心』，故倒心在下，後人又援王《注》改之。不知此文正當訓作忼慨，稚讓得之。尋《離騷》云：『憑不猒乎求索』，《注》：『憑，滿也，楚人名滿曰憑』，《思美人》：『羌馮心猶未化』，《注》：『憤懣守節，不易性也』，又：『揚厥憑而不竢』，《注》：『思舒憤懣，無所待也』，叔師或云：『滿』，或云：『憤懣』，字皆作憑（馮同），《天問》：『康回馮怒』，宋本《方言》郭《注》引作『憑怒』，是王氏《章句》本《楚辭》凡楚人名滿（懣同），字皆作憑或馮。稚讓所見本作愲恲，而訓作忼慨者，蓋不出班、賈兩家，叔師所謂『班固、賈逵復以所見，改易前疑，各作《離騷經章句》』者是也。知者，憑轉爲恲，則蒸讀若青，王褒、楊雄俱以蒸青相協（《四子講德論》肱与成韻，《幽州箴》騰崩与征韻），雄撰《方言》，亦記楚語憑怒字作『頩』（依李善《文選注》引，見上文），是西漢蜀音有此讀矣。若東京則傅毅、班固皆扶風人，皆讀明入青，而固爲《十八侯銘》，其《蟲達銘》即以騰升韻明萌（見羅常培、周祖謨《漢魏晉南北朝韻部演變研究・蒸耕合韻》），是班讀喟憑正如愲恲矣。賈逵亦扶風人，讀當與班同耳。然則稚讓所采，不外二君《章句》明矣。叔師楚人，其《章句》尤詳楚語，字作憑馮，衆篇一同（《遠遊》頩字，別有説），又與《淮南》『愲憑』字合，是《楚辭》故書亦當作喟憑或愲憑，不必如班、賈所讀；然藉知當以喟憑爲義，心或爲衍文，或爲錯簡，足訂今本之譌，斯別本間存之所以可貴也。

凡憑訓滿者，其音義蓋通乎畐，《説文・畐部》：『畐，滿也。从高省，象高厚之形，凡畐之屬皆从畐，讀若伏』，大徐引《唐韻》：『芳逼切』；其訓怒者，蓋通乎奰，《説文・介部》：『奰，壯大也，从三介、三目，二目爲䀠，三目爲奰，益大也；一曰：迫也，讀若《易》虙羲氏，《詩》曰：不醉而怒謂之奰』，《唐韻》：『平祕切』，是也。滿、怒義相引申，畐奰本自一言孳乳，古音蓋讀入聲，楚音之蒸對轉謂之馮（憑），則讀平聲。其轉入青字作頩者，李引《廣雅》音亦讀如平本馮之轉語。《方言》訓怒，義通於滿，郭引艴義爲説，以爲怒色青者，不免多歧亡羊矣。然古中夏諸入聲字，楚語故有轉如平聲者矣。

就重華而敶詞。一作陳辭。錢本及校語與洪本同。又：**跪敷衽以陳辭兮。**辭一作詞。錢本作陳詞，出校語云：詞一作辭。《九章・抽思》：**結微情以陳詞兮。**又：**茲歷情以陳辭兮。**一作歷茲情。《哀時命》：**焉陳詞而効忠。**詞一作辭。《九歎・遠遊》：**訴五帝吕置詞。**又《遠遊》：**就顓頊而敶詞兮。**又《思古》：**因徙弛而長詞。**

季海按：《文選集注卷第六十三・離騷經》：『就重華而陳詞』，引陸善經曰：『陳辞，謂與亡之事也』；『跪敷衽以陳詞兮』，引陸善經曰：『陳辞於重華也』，大氏李善本《文選》作『陳詞』，陸善經本作『陳辭』，辞本籀文辤，唐人辭通作辞，猶通作辤矣。《説文・自部》：陳，宛丘，舜後所封；《攴部》：敶，列也：是陳借字，敶本字。今經典相承敶作陳，洪本敶詞再見，或尚存故書之真耳。《説文・辛部》：『辭，訟也』，《司部》：『詞，意内而言外也』，是辭借字，詞本字。《説文・手部》摡下云：『《楚詞》曰：朝摡阰之木蘭』，又《艸部》莔下云：『《楚詞》有莔蕭艸』，洪本作辭者再見，其《離騷》一本及李善本《文選》亦作『陳詞』，與《説文》合。常璩《華陽國志・先賢士女揔讚》於揚雄云：『初慕司馬相如綺麗之文，多作詞賦』，又：『以爲詞賦可尚，則賈誼升堂，相如入室』，詞賦字並作詞。日本初唐人寫本《揚雄傳》殘卷《反離騷》顏《注》引應劭曰：『《楚辞》云：鸞皇爲余先戒兮』，又引如淳曰：『文肆者，《楚辞・遠遊》乘龍之言也』，字並作辞。如非後人所改，則漢魏人書《楚詞》如《楚辭》，與今王逸《章句》本正同矣。《風俗通義・祀典》：『風伯』條下引《楚辭説》：『後飛廉使奔屬，飛廉，風伯也』，是仲遠正作《楚辭》，卷子本顏《注》引作辞者，唐人寫書辭例作辞，以是推之，如引《遠遊》，亦當作《楚辭》也。《思古》『長詞』，王云：『長訣』，則字當爲辤，《説文・辛部》：『辤，不受也』，辤書傳亦多叚辭爲之，唐人又或書作辞。此云『長詞』，未知寫者不詧，併以爲詞，抑謂訣必有詞，竟以詞爲之邪（《説文》無『訣』字，新附入《言部》，云：『訣別也，一曰：法也。从言，決省聲』，《唐韻》：『古穴切。』从言，亦謂有詞也）？果爾，則向書今辭（辤）別字如詞，即从詞義引申，非關六書叚借矣。

日康娱而自忘兮。注：康，安也。言澆既滅殺夏后相，安居無憂，日作淫樂，忘其過惡。而一作以。夫容館本作以，與一本合。又：**日康娱以淫遊。**注：康，安也。言宓妃日自娱樂，以遊戲自恣，無有事君之意也。

季海按：以康爲安，自是常訓，然楚人云康，實別有所謂。尋《淮南子・主術訓》：『是故人主好鷙鳥猛獸，珍怪奇物，狡躁康荒，不愛民力，馳騁田獵，出入不時，如此則百官務亂，事勤財匱，萬民愁苦，生業不修矣」，《注》：「康，安；荒，亂」；又《要略》云：「文王之時，紂爲天子，賦斂無度，戮殺無止，康梁沉湎，宮中成市」，《注》：「康梁，耽樂也」，今謂凡云：康娛、康荒、康梁，其言康則同，此自楚語。《主術》高《注》亦依常訓爲辭，未窮厥誼；惟《要略》許《注》得之。彼云「康梁」者，特以疊韻出之耳，義故弗殊也。康娛實謂耽樂，若澆之爲，與《主術》所云：「狡躁康荒」者正合。《九歌・東皇太一》云：「五音紛兮繁會，君欣欣兮樂康」，是樂謂之康，義具屈《賦》，學者弟弗省耳。許謂之耽樂者，於《釋詁》云：「康、妉、般，樂也」，是康、妉同訓，妉讀與耽同。《廣韻・二十二覃》：「耽，《説文》曰：「耳大垂也」；又：耽，樂也，《詩》曰：「無與士耽」，或作躭，丁含切九」下有「妉，妉樂」，「湛，湛樂，亦見《詩》」，「媅，婬過。《説文》：「樂也」」，耽、妉、湛、媅，音並同耳（古音俱在侵部）。或曰：耽既訓樂，則許《注》「耽樂」云者，詞性亦同歟？曰：耽讀若「無與士耽」，即區以別矣。俞君《古書疑義舉例》有「實字活用例」，惟所舉皆名詞，無一例及形容詞，是猶未備。今謂形容詞亦有之，此類是也。此例明則於訓故，但舉《釋詁》「妉，樂」，不煩辭費，而《毛詩》《許注》，義自明矣。近人自劉申叔以下補俞書者數家，殊未及此，因並記之。

《淮南》「康梁」，許云「耽樂」者，其實即康樂之轉語。樂受前音同化（Progressive

assimilation），遂成疊韻語耳。樂古音爲宵之入，晚楚之音魚宵或通（《九辯》以固韻鑿教樂高，《大招》以遽韻昭逃遥，並其例，義具拙著《楚辭韻譜》），淮楚『樂』讀如『洛』，魚陽對轉，語復爲『梁』。其在後漢，則張衡《西京賦》以作韻弱約，是讀藥如鐸，與《淮南》同。平子南陽西鄂人，應劭曰：『江夏有鄂，故加西云』（見《漢書・地理志》顔《注》）。夫地以鄂名，儻猶有舊楚遺黎，故其音亦楚歟？陸氏《爾雅・釋詁音義》：『樂也，音洛』，是江左師讀，一如淮南也。《廣韻》：『樂，喜樂，又五角、五教二切』，與『洛』同在《十九鐸》：『落，盧各切三十四』下，不在《十八藥》，此今音之標準，然所從來遠矣。

湯禹儼而祗敬兮。注：儼，畏也。祗，敬也。儼一作嚴。洪氏《補注》曰：《禮記》曰：『儼若思』，儼亦作嚴，並魚檢切。夫容館本、錢本並作嚴，與一本合。錢本出校語，嚴一作儼。又：**湯禹嚴而求合兮。**注：嚴，敬也。合，匹也。嚴一作儼。夫容館本、錢本俱作儼，錢本出校語云：儼一作嚴。

季海按：《文選集注卷第六十三・離騷經》：『湯禹嚴而祗敬兮』，《注》：『王逸曰：嚴，畏也。祗，敬也』，《集注》：『《音決》：「嚴，魚檢反」，今案陸善經本嚴爲儼。』尋《説文・吅部》：『嚴，教命急也』，《唐韻》：『語杴切』（《四部叢刊》影宋本大徐本《説文》杴誤枚，今正）；又《人部》：『儼，昂頭也；一曰：好皃』，《唐韻》：『魚儉切』：是嚴訓敬畏，正當从嚴引申，作儼故是借字。檢《音決》知騫雖音嚴如儼，而猶仍舊本，陸善經輩始依音改字耳。

《瀛涯敦煌韻輯》：S二〇七一《切韻》、P二〇一一《刊謬補缺切韻》儼俱在卷第三上聲《卌五琰》。《切韻》：『儼，敬，魚□切』，《刊謬補缺切韻》：『儼，魚儉反，敬』，《切韻》魚下闕文依王《韻》即是儉字，然檢、儉二書同在《琰》韻，則法言所定，與騫音正同耳。然《廣韻·五十琰》有儉、檢，而『顩，魚檢切七』下不收儼，別立《五十二儼》，作『魚埯切』（埯，《四部叢刊》影宋巾箱本原誤掩，然掩在《五十琰》，《儼》止三紐十二字，其第三紐曰：『埯，土覆，於广切二』，今正），蓋別采他家，非復《切韻》《唐韻》之舊矣。

曾歔欷余鬱邑兮，哀朕時之不當。注：曾，累也。歔欷，懼貌，或曰：哀泣之聲也。鬱邑，憂也。言我累息而懼，鬱邑而憂者，自哀生不當舉賢之時，而值菹醢之世也。曾一作增，邑一作悒。又**《九章·悲回風》：傷太息之愍憐兮，氣於邑而不可止。**注：憂悴重歎，心辛苦也。氣逆憤懣，結不下也。一作愍歎。洪氏《補注》曰：顔師古云：於邑，短氣。上音烏，下烏合切。一讀皆如本字。又**《七諫·哀命》：念女嬃之嬋媛兮，涕泣流乎於悒。**注：於悒，增歎貌也，已解於《離騷經》。悒一作邑。洪氏《補注》曰：於悒音見《九章》。

季海按：依王《七諫注》則《離騷》當有於邑字（《七諫》一本與《九章》合，今从之），然今書上云：『忳鬱邑余侘傺兮』，與此並作『鬱邑』，不云『於邑』。而王《注》云爾者，蓋王讀於邑與鬱邑同，楚音故如是。於文義則前云於邑，侘傺，既相順比；若本句與『曾歔欷』連文，以爲『增歎貌』尤合，顔云：『短氣』，亦得其情狀矣。然則王云：『鬱邑，憂也』者，猶《釋訓》之云，非若《釋詁》《釋言》之直訓字義也。或曰：楚音於讀若鬱，王《注》而外，亦有徵乎？曰：《説文·艸部》：『菸，鬱也，从艸、於聲』，是楚於聲同鬱，許書有徵矣。其於《楚辭》，則《九辯》之七章，蔽、汙當韻，而不得其韻，自來學者莫能通其説，故江有誥直以爲無韻。夫豈無韻哉，江自不知耳。今謂蔽故書當爲拂（參看《離騷》『拂日』條），與汙爲韻。汙讀若鬱，猶於讀若鬱也。《説文》：『于，於也』，雖本《釋詁》，亦符楚讀矣。汙从水、于聲，《唐韻》：『烏故切』，作去聲，《九辯》叶入聲，則楚音也。魚脂旁轉，理本無隱，卅年艸創，未釋前疑，一朝得之，若出意表。故知習有利鈍，巧不虚生，交相爲用，可以致遠也。

折若木以拂日兮。

季海按：屈《賦》蔽謂之拂，此郢楚遺言，《解故》已爲證明。尋《淮南·墬形訓》：『燭龍在鴈門北，蔽于委羽之山，不見日』，高誘《注》：『蔽，至也。委羽，北方山名也。』《文選》謝靈運《擬魏太子鄴中集詩·應瑒》云：『舉翮自委羽』，李善《注》全引《淮南》語，并及《注》文，稱『高誘曰』云云，除二蔽字並作『第』外，一字不異。是唐人所見，蔽正作第，未失故書之真（然疑此本實是許本，今本作蔽，方是高本耳。余别有説，詳拙著《淮南解故》），足明舊郢遺聲，淮楚猶存也。

吾令鳳鳥飛騰兮，繼之以日夜。飄風屯其相離兮，帥雲霓而來御。注：御，迎也。帥一作率。洪氏《補注》曰：御，讀若迓。夫容館本鳥作凰；帥作率，下出校語：一作帥。

季海按：洪本但引《文選》云：『吾令鳳皇飛騰兮，又繼之以日夜』，都無校語，則所見諸本，不作皇也。夫容館本鸞皇作皇，鳳皇作凰，不知何據，要無足取。敦煌本道騫《楚辭音》殘卷於此出『御，五駕反』，正讀若迓（《廣韻·四十禡》：『迓，迎也，吾駕切六』下不收御）。然《離騷》下云：『百神翳其備降兮，九疑繽其並迎。皇剡剡其揚靈兮，告余以吉故』，洪氏《補注》：『迎，魚慶切，迓也』，此今音也。屈《賦》迎與故叶，即讀如御，此七國楚音。『來御』依《章句》即謂來迎，疑故書止作迎，與下文同。然此《注》已云：『御，迎也』，則叔師亦未覩作迎之本也。漢師所傳，以意屬讀，或依音改字，遂成駁文耳。《史記·天官書》：『迎角而戰者，不勝』，《集解》：『徐廣曰：一作御』，是其比。《天官書》上云：『三月生天棓，長四尺』，《索隱》：『案《天文志》此皆甘氏《星經》文，而志又兼載石氏，此不取。石氏名申夫，甘氏名德』，是也。太史公曰：『在齊甘公』，《集解》：『徐廣曰：或曰：甘公名德也，本是魯人』，《正義》：『《七録》云：楚人，戰國時，作《天文星占》八卷』；又曰：『魏石申』，《正義》：『《七録》云：石申，魏人，戰國時，作《天文》八卷也』：史遷所録，不取石氏，其書以迎爲御，正合楚言，然齊魯語亦時與楚相通，然則所引即據甘氏，信矣。

時曖曖其將罷兮。 注：曖曖，昏昧貌。又：**何瓊佩之偃蹇兮，衆薆然而蔽之。** 洪氏《補注》：《方言》云：『掩、翳，薆也』，《注》云：『謂薆蔽也。』**《哀時命》：時曖曖其將罷兮。** 曖一作薆。注：言己遭時不明，行善罷倦。

季海按：昏昧、不明，與掩翳、薆蔽，義本相近，單言曰『薆』，重言則曰『薆薆』矣。凡此諸文，《章句》本皆作『薆』，後人遂以指時之昏昧者从日旁，《文選集注卷第六十三·離騷經》已作曖曖，豈从日之本，即昉於是，《文選》盛行，學者又援彼新字，以改舊文邪？道騫作音於《文選》既行之後，故敦煌本殘卷亦出：『曖曖，烏代反』，與今本正同矣。然洪引一本《哀時命》猶作『薆薆』，獨與《離騷》『薆然』字合，是王本之真，雖久失之《離騷》，而猶間存於莊《賦》也。曖既晚出，可以弗論。薆則《爾雅》《方言》有之。《釋言》：『薆，隱也』；《方言第六》：『掩、翳，薆也』，郭《注》：『謂蔽薆也。《詩》曰：「薆而不見」，音愛』，是也。郭《注》引《詩》，見《邶·静女》，今本作愛，鄭《箋》云：『愛之而不往見』，與郭讀異。景純所引，或出三家，然與《釋言》，字義並合，知《爾雅》本條，即古詩家之逸傳矣。《説文》作『僾』，云：『仿佛也。从人，愛聲。《詩》曰：僾而不見』，《唐韻》：『烏代切。』段《注》引《祭義》曰：『入室僾然』，《正義》云：『僾，髣髴見也』；又謂：『與《爾雅》之「薆，隱也」，《烝民傳》之「愛，隱也」，《竹部》之「䈕，蔽不見也」，義相近』；又説《詩》『僾而』猶《離騷》之『薆然』，並是也。䈕、薆音義並同，而所从或異，若故書本爾，足證七國文字異形；不然，即隸變从艸矣。

忽緯繣其難遷。　注：緯繣，乖戾也。洪氏《補注》曰：《博雅》作𢿀㦤，《廣韻》作徽繣。

季海按：敦煌本道騫《音》：『緯，宜作𢿀，同許韋反。繣，宜作㦤，同火麥反。王逸云：「乖戾也。」《廣疋》：「𢿀㦤，乖剌也」』，道騫謂宜作𢿀㦤，亦弟據《廣疋》，是隋世已無其本。今檢《廣疋》所録，唯撣援見於洪、錢所記一本，則知此書自稚讓以還，傳本已多，江左所寫，時遘別體(此考之《廣疋》、《埤蒼》、《玉篇》所出異文可見),如穉讓書又或博采衆製,不必皆出王氏,既未知所據何家,又無舊本足證,學者苟知字有正借足矣。若王云『乖戾』,張言『乖剌』者,尋《説文》云:『剌,戾也』,是二家義同,而音有齊楚,蓋齊讀泰者,楚音旁轉入脂也。

雄鳩之鳴逝兮。《釋文》:雄作鳩。

季海按:《釋文》鳩當爲鴆。錢本作雄,出校語云:『雄,陸氏作鴆』,又云:『鴆與雄同。』錢氏誤認《釋文》爲《經典釋文》,故以爲陸氏,然字作鴆,足正明翻宋本(汲古閣本同)之訛;又謂:『鴆與雄同』,亦是也。敦煌本騫《音》殘卷:『鴆,尤弓反,或雄字也』,《文選集注卷第六十三·離騷經》亦作『鴆鳩』,字正作『鴆』,是《釋文》所據,古字猶存。尋《説文·隹部》,如雞、雛、雕、雁、雖、雇、雒諸字,凡小篆从隹者,籀文皆从鳥,鴆當是雄之籀文。《史籀》十五篇,『建武時亡六篇』(見《漢書·藝文志》原注),許君未見全書,故失收耳。若《九歌·少司命》:『秋蘭兮蘪蕪』,秋一作穐,則正叔重所謂『籀文不省』者(見《禾部》『烁』字下),是屈《賦》用籀文,舊本猶時有可考,後人輒以今字代之,彌失故書之真矣。

世幽昧以昡曜兮,孰云察余之善惡。注:屈原答靈氛曰:當世之君,皆闇昧惑亂,不分善惡,誰當察我之善情而用己乎,是難去之意也。善惡一作中情。《文選》善作美。錢本作中情,出校語云：中情一作善惡，一作美惡。

季海按：上云：『何所獨無芳草兮，爾何懷乎故宅』，此韻魚部字，若作中情，於韻爲遠。敦煌本騫《音》殘卷出：眩（即此足證从日之譌），胡絢反；惡，烏谷反，是騫本不作中情也。然《惜誦》：『紛逢尤以離謗兮，謇不可釋；情沈抑不達兮，又蔽而莫之白。心鬱邑余侘傺兮，又莫察余之中情；固煩言不可結詒兮，願陳志而無路』，亦以情叶魚韻，是楚實有此音。江有誥不得其説，以爲無韻，非也。夫以中情爲美惡，實昉《文選》，良由不得其韻，故改字耳。道騫作音，遂失故步，流俗忘反，變本加厲，直以善妃惡，不惟全乖郢製，抑且厚誣《章句》矣。洪、錢於此，雖未能明決是非，然具出異文，以貽來學，故書之真，賴以不墜，是宋人考異之功，時有突過騫《音》者矣。錢本以舊文爲主，尤可取也。

然考屈《賦》，情有二讀。《離騷》曰：『衆不可户説兮，孰云察余之中情？世並舉而好朋兮，夫何煢獨而不余聽』，以情韻聽，《惜誦》：『惜誦以致愍兮，發憤以抒情。所作忠而言之兮，指蒼天以爲正』，以情韻正，並叶青韻，此通語所同；其入魚韻，則楚語然矣。楚音青陽或近，故對轉入魚耳。中情字叶魚者，蓋讀若素（《唐韻》：『情，疾盈切』，在從紐，『素，桑故切』，在心紐，皆齒頭音）。范雎，魏人也，《戰國策·秦三》謂其對蔡澤曰：『竭智能，示情素』，《史記・范雎蔡澤列傳》作：『披腹心，示情素』，腹心、情素，語尤相比，遷取重言，貴其氣盛，而詞逾迫切耳。然腹心、情素，並中情之謂矣。鄒陽，齊人也，其獄中上書亦曰：『披心腹，見情素』，顔師古曰：『見，顯示之也。素，謂心所向也』（見《漢書・賈鄒枚路傳》及顔《注》），顔云爾者，讀素如《中庸》『素隱行怪』也。鄭彼《注》云：『素讀如攻城攻其所傃之傃。傃，猶鄉也』，陸氏《釋文》：『鄉，本又作嚮，許亮反』，是其義。然顔説近得大意，未遽知言。今謂素猶情也，謂心所向，非情如何？今人言『心意』，同於『情素』，古今語耳，然意亦心也。楚語情謂之素，故屈《賦》弟云『中情』，不云『情素』也。是於楚爲轉語者，於魏、齊爲代語，故以情素成文，使非三閭遺言，猶存於屈《賦》，雖集蕭、顔，亦安能定於燭下也。

蘇糞壤以充幃兮。 注：幃謂之幐，幐，香囊也。洪氏《補注》：《爾雅》云：『婦人之褘謂之縭』，《注》云：『即今之香纓也。褘邪交落帶繫於體，因名爲褘。』又：**椴又欲充夫佩幃。**

注：幃，盛香之囊，以喻親近。

季海按：《説文・巾部》幃、幐俱訓囊；敦煌殘卷S二〇七一《切韻卷第二・平聲下・廿四登》：『滕，徒登反七』下有『幐，囊可帶香』，正謂香囊；又P二〇一一《刊謬補缺切韻卷第一・平聲・五十登》：『騰，徒登反十一』下有『幐，囊可帶者』（《廣韻・十七登》：『騰，徒登切十二』下有『勝，囊可帶者』，與王仁昫同），猶郭云：『邪交落帶繫於體』也：言各有當，並與王《注》義相成矣。勝、帒（袋）古今字，勝之爲帒（袋），猶黱之爲黛矣。《説文》勝、黱並从朕聲，古音同在蒸部，對轉入之，故今字从代聲耳。宋人修《廣韻》，尚知黱黛爲一字（見《十九代》：『徒耐切十三』下），然孫愐爲《唐韻》：『勝，徒登切』，『帒，或从衣，徒耐切』，分隸兩韻，不云又音（孫音並見大徐本《説文》，後凡不注出處者同此），是唐人已不知其爲古今字也。大徐新附，臆造帒篆，云『或从衣』，其失彌遠已。洪引《爾雅》作褘者，《説文·衣部》：『褘，蔽厀也，从衣，韋聲。《周禮》曰：「王后之服褘衣」，謂畫袍』，非其義，蓋借字。原本《玉篇》又引褘作徽，其《糸部》徽下云：『《爾雅》曰：「婦人之徽謂之縭」，郭璞曰：「即今香嬰也。徽邪交絡帶繫之於體，因名爲徽也」，……《爾雅》或爲「褘」字，在《衣部》』，郭云：『徽邪交絡帶繫之於體，因名爲徽』者，《説文·糸部》：『徽，衺幅也』，是徽有衺義，郭意徽（褘）以邪交絡帶繫之於體，因被此名也。然原本《玉篇·糸部》：『緯，禹畏反。《説文》：「横織絲也」』，《楚辭》或以此爲幃字，幃，香囊也，音呼違反，在《巾部》』，是江左舊本字或作緯也。尋敦煌本《音》殘卷『充幃』句出：『幃，許韋反』，『佩幃』句出：『幃，又褘，又緯，同許韋反』，其作緯者，與野王所見正合。今謂《楚辭》故書，當本作『緯』，隋世諸本於『充緯』

句已一切作幃，於『佩緯』句猶有改之不盡者，故道騫得而録之爾。大氏幃爲秦篆，先秦古文，本無其字，是以《爾雅》、《楚辭》並从叚借，徽褘與緯，都不从巾也。

求榘矱之所同。 注：榘，法也。矱，度也。榘一作矩。矱一作彠。洪氏《補注》曰：《淮南子》曰：『知榘彠之所周』，《注》云：『榘，方也。彠，度法也。』劉氏《考異》：案《繫傳七》引作：矩彠。

季海按：《説文·萑部》：『蒦，規蒦，商也，从又持（小徐本作將）萑；一曰：視遽皃（小徐本作貌，下有也字）；一曰：蒦，度也。彠，蒦或从尋，尋亦度也，《楚詞》（小徐本作辭）曰：「求矩彠之所同」』（二徐書同依《四部叢刊》本），是許引《楚辭》云爾。小徐本引文與大徐無異。《考異》所云，語焉不詳，蓋未成之書，故有是矣。洪引《淮南》，見《氾論訓》，其矱作彠，與許引《楚辭》正合。《説文》蒦出三義，第三義與楚言相應。其字則《楚辭》自从尋，故許於彠下引此文而説之曰：『尋亦度也』，蓋故書如此。《楚辭》之學，萃於淮南，宜其著書，文與屈《賦》相表裏也。若《説文·工部》：『巨，規巨也』；『榘，巨或从木、矢，矢者，其中正也』，不收矩，而蒦下引《楚辭》榘作矩者，蓋从隸省，許所見《楚辭》當本作榘，與《淮南》同。《離騷》『同』字，《淮南》作『周』者，楚音東或入幽，是同讀若周也。此與下文『調』字爲韻，猶《天問》以龍韻遊矣（詳拙著《楚辭韻譜》）。

恐鵜鴂之先鳴兮。 注：鵜鴂，一名買鵤，常以春分鳴也。

季海按：鵜鴂非伯勞，江氏《文釋》譏王，爲不足取，前編已具。尋曹植《令禽惡鳥論》（丁晏《銓評》云：《御覽九百二十三》作《貪惡鳥論》）：『《月令》：「仲夏鶪始鳴」，《詩》云：「七月鳴鶪」，七月，夏五月；鶪則博勞也（丁云：程、張脱，依《御覽》補）。……伯勞以五月而鳴（丁云：《藝文二十四》；程脱鳴），應陰氣之物，陽爲人養（丁云：《御覽》；程、張脱此四字），陰爲賊害（丁云：《御覽》作殘賊），伯勞（丁云：《御覽》；程、張脱此二字），蓋賊害之鳥也。屈原曰：「鶗鴂之先鳴，使百草爲之不芳」（丁云：以上十五字程、張脱，依《御覽》補），其聲鶪鶪然，故以音名也（丁云：《御覽》；程、張作：故俗憎之）』，若《御覽》不誤，是江《釋》與曹義正同，或即本子建此論，未可知也。然鵜鴂以三月鳴，若伯勞以五月鳴，則春芳久歇，屬辭及此，豈能近取譬之謂乎？然吾重尋曹《集》，而後知三家異聞，漢末已具，魏吴諸子，於楚俗時多未達也。

宋祁《筆記·考古》云：『《楊雄傳》：「又恐鷤𪇆之先鳴」，師古：「鷤音大系反，𪇆音桂」』；『蕭該《漢書音義》云：「該案：蘇林鷤𪇆音殄絹。」』是鷤音徒典反，蘇林已有此讀，鷤𪇆謂之田鵾，故是漢魏之際轉語。

日本初唐人寫《漢書・揚雄傳》殘卷欄下有：『《集》云：大如博穀，雜黑色，常以春分鳴，鳴則百草不芳』，神田喜謂此是天曆二年（今按：當五代漢隱帝乾祐元年，公元九四八年也）藤原良秀所出校語，《集》即顧胤《漢書古今集義》，並可信。博穀即布穀轉語，王氏《廣雅疏證》：『案《龍龕手鑑》云：「子鳺鳥大如布穀」，不得即以爲布穀也』，是也。《手鑑》所云，與《集義》合。未知其文偶同，抑即采顧書也。

椒專佞以慢慆兮。

季海按：《解故・附記三》引《元和姓纂》云：『子蘭爲上官邑大夫，因氏焉』，未見所出。尋《漢書・蒯伍江息夫傳贊》：『上官訴屈懷王執』，張晏曰：『屈平忠而有謀，爲上官子蘭所譖，見放逐』，或上官家乘，即因子博此《注》，而附會其詞；亦可舊譜有之，而張《注》有取云爾。

芳菲菲而難虧兮。 注：虧，歇。言己所行純美，芬芳勃勃，誠難虧歇。虧一作虧。

季海按：敦煌本S二〇七一《切韻・八微》：『霏，芳非反六』下有『菲，又芳尾、苻未二反』，又《七尾》：『斐，文，妃尾反四』下有『菲，薄』；其P二〇一一《刊謬補缺切韻》亦有此三音，見《未》韻，又《尾》韻：『斐，妃尾反五』下有『菲，芳，又芳非反』（並見《韻輯》），是也。依王仁昫芳菲字有平上二讀，依S二〇七一本《切韻》，則上聲弟出菲薄而已。尋《萬象名義·艸部》：『菲，孚尾反』下字義有『芳菲·悵惋』之屬，是《玉篇》芳菲亦讀上聲，與王《尾》韻注合；其又音雖見《切韻·八微》，然不出字義，無從質言。妄意蕭顏所定，或當同顧也。此皆今音。惟《離騷》曰：『菲菲』，《章句》云：『勃勃』者，與今人以白話注文言無異。菲勃同部，勃即菲之入聲。王援當時語作注，必人所共曉，知漢世楚言，芳菲字正讀入聲也。雅言作菲，轉入他聲者，此書語耳。口語未變，即古楚語之遺。《釋草》：『菲，芴』，《谷風》毛《傳》、《說文·艸部》同。陸氏《爾雅音義》：『菲，芳尾反。芴，音物』，菲謂之『芴』，猶菲菲謂之『勃勃』矣。然《邶風》與上聲字韻（體、死），是菲芴字雅言不讀入聲。芬芳字作菲，本是叚借。依《說文》正篆，字當作苾，許云：『馨香也，从艸、必聲』，《唐韻》：『毗必切』，是其義。《小雅·楚茨》：『苾芬孝祀』，《箋》云：『苾苾芬芬，有馨香矣』，苾苾猶勃勃，楚音同耳。字又作飶，《周頌·載芟》：『有飶其香』，毛《傳》：『飶，芬香也』，陸氏《音義》：『字又作苾』，是也。是西周雅言，芳菲字當讀入聲，依王《注》鄭《箋》，則季漢齊楚猶存此語矣。以是推之，屈《賦》『芳菲』字，或漢人依師讀改字，猶拂之爲蔽矣。故書今不可見，未知爲苾爲勃，要當是入聲字耳。《説文・亏部》：『虧，氣損也。从亏，䖒聲。虧，虧或从兮』，是一本及今《注》，即从或字。此虧正謂氣損，實用本義。王《注》於文可通，未爲精切，非達詁已。

鳳皇翼其承旂兮，高翱翔之翼翼。 注：翼，敬也。《文選》翼作紛。翼翼，和皃。言己動順天道，則鳳皇來隨我車，敬承旂旗，高飛翱翔，翼翼而和，嘉忠正，懷有德也。又**《遠遊》：鳳皇翼其承旂兮。** 注：俊鳥夾轂，而扶輪也。

季海按：《離騷》當本作翼其承旂，與《遠遊》句同。《文選》嫌與下句翼翼字複，輒改作紛耳。翼其承旂，原謂俊鳥夾轂如兩翼，《遠遊》章句正得其解。《離騷》注以下句翼翼爲和皃，遂併以此句翼字爲敬，以足成其義。尋《説文・女部》：『姍，一曰：翼便也』，其曰：翼便者，翼亦便也。翼翼，正謂高飛翱翔翼便皃耳。漢汝南語猶有翼便，足徵楚言矣。又《説文・走部》：『趩，趨進趩如也』，凡翼便、翼翼字，並借爲趩。

抑志而弭節兮，神高馳之邈邈。 注：邈邈，遠皃。言己雖乘雲龍，猶自抑案，弭節徐行，高抗志行，邈邈而遠，莫能追及。一云：邁高馳。錢本上句作：聊抑志而弭節，出校語云：一無聊字，弭節一作自弭；下句作：邁高地之邈邈，出校語云：邁一作神，地一作馳。

季海按：此文當本作：『聊抑志而自弭兮，邁高馳之邈邈』，上句《注》云：『猶自抑案，弭節徐行』，正以自字兼攝抑志、弭節，是本有自字，王《注》申之如此。其曰：『自弭』，猶《懷沙》曰：『自抑』，語略同矣。然句又見《遠遊》，《遠遊》之文，多有與《離騷》同者。據錢本及所記一本，則《離騷》《遠遊》初無一字之差。今或小異者，後人亂之耳。尋王彼《注》云：『吾（原誤五）自厭按，而踟躕也』，亦正以自兼攝上下，此《注》云：『弭節徐行』，猶彼云：『踟躕』矣。以是言之，王云：『弭節』，本不以《騷經》弭下更有節字，而爲之釋也。亦可雖《注》中『弭節』字亦經後人點竄，今既無別本可校，故末由深論爾。此上言自弭，下言高馳者，《遠遊》亦云：『氾容與而遐舉兮，聊抑志而自弭；指炎神而直馳兮，吾將往乎南疑』，以見其去留皆不自得，徬徨周章，莫知所止，明原去父母之邦，忠愛之心終無已也。下句『邁』讀若厲（《説文》邁、厲並从蠆省聲）。尋《尚書・臯陶謨》：『庶明勵翼』，僞孔以爲『勉勵』字，故从力，然古文自作厲。知者，《史記・夏本紀》曰：『衆明高翼』，《呂氏春秋・季冬紀》：『征鳥厲疾』，《注》：『厲，高也』，是史遷曰高，正釋厲也；《夏本紀集解》引鄭玄曰：『以衆賢明作羽翼之臣』，《釋詁》：『厲，作也』，是康成所注古文，字亦作厲，與史遷正同矣。依遷讀、誘注，厲有高義，邁讀若厲，亦同此訓矣。句方言高馳，故以此領起，義正相承，《注》言

『高抗』，亦牒此矣。然《説文・辵部》：『邁，遠行也』，《厂部》：『厲，旱石也』，並不訓高；其訓高者，蓋借爲巁，《説文・山部》：『巁，巍高也，从山，蠆聲，讀若厲』，是也。惟《經》言『抑志』，而王釋下句又云：『高抗志行』，於文既疎，亦近蛇足矣。錢本『高地』，地即馳之壞字。邁一本作神，未知字壞形譌，抑出後人臆改，要非故書之舊矣。

九辯第二

倚結軨兮長太息。 注：伏車重軾，而涕泣也。一無長字。洪氏《補注》曰：軨，車轖間横木。

劉氏《考異》：案《書鈔百四十一》、《繫傳・通論下》所引並無長字；《書鈔》又引結作綺。

季海按：原本《玉篇・車部》『軨』下云：『《楚辭》：「倚結軨兮太息」，王逸曰：「伏車重較而啼也」』，是顧、虞、小徐所見俱無長字，蓋六朝、隋、五代舊本如是。今書下云：『涕潺湲兮下霑軾』，洪本出校語云：『一本霑上無下字』，劉氏《考異》云：『案《書鈔百四十一》引霑作沾，《繫傳・通論下》引無下字』，今謂自『太息』以下諸韻，並以六字爲句，霑上無下字者，是也。小徐所見及洪出一本，獨與上下諸韻，語無參差，蓋猶存故書之真矣。

白露既下百草兮，奄離披此梧楸。 注：痛傷茂木，又芟刈也。

季海按：本條《解故》考釋有云：《説文・艸部》：『菩，艸也。从艸，吾聲。《楚詞》有「菩蕭」』，段《注》：『按今《楚詞》無「菩蕭」，惟宋玉《九辯》云：「白露既下百艸兮，奄離披此梧楸。」「梧楸」，蓋許所見作「菩蕭」，正「百艸」之一也』，段説是也。又云：《九辯》故書，正當作『菩蕭』耳。許君親遊東觀，及事賈逵，故所云最爲審諦。《章句》以『茂木』爲義，是讀爲『梧楸』，昉自叔師也。今續補證如次：《説文・艸部》：『芟，刈艸也』，《丿部》：『乂，芟艸也。刈，乂或从刀』，《離騷》：『願竢時乎吾將刈』，王《注》亦云：『草曰刈』，是《注》云：芟刈，並主艸言，明王氏所見，字亦从艸。《章句》賦文，當本作『菩萩』，後人不識菩艸，輒意字當作梧，又以萩楸或通（《左襄十八年傳》：『伐雍門之萩』，阮元《左傳注疏校勘記》云：『案萩者，楸之假借字，如《史》、《漢》貨殖傳：「千樹萩」，即千樹楸』，是也），遂謂並是木名，因改故書耳。《注》云：茂木，亦當本作『茂艸』，賦文既失，嫌其不倫，則并改《注》以應之矣。若本是茂木，何以不云斬伐，而言芟刈；且梧楸之屬，豈緣白露之下，而遽从芟刈乎？《注》意本謂白露既下，百艸萎黃，而菩萩之屬，方並見芟刈，言此者，正爲下句申寫送之致，欲令讀者究其神理耳。蓋《注》出芟刈，而衰艸離披之狀，益宛在目前，白露奄忽之悲（洪氏《補注》云：『奄，忽也，遽也』，是也），愈動人心魄也。苟如今本，既無當百草，又以艸爲木，而宋玉微辭，王氏精詣，並隱而弗彰矣。

《玉篇·艸部》：『菩，五（《萬象名義·艸部》作伍）都切（《萬象名義》作反，與原本《玉篇》合），草似艾』，《萬象名義》亦云爾，是此文尚仍野王舊貫，又《廣韻·十一模》：『吾，五乎切二十一』下有：『菩，草名，似艾』，與顧説合，是菩草似艾也。《爾雅·釋草》有二蕭，其一：『苹，藾蕭』，郭《注》：『今藾蒿也』；其二：『蕭，萩』，郭《注》：『即蒿』，《九辯》故書言『菩蕭』即此，故王氏《章句》本字又作『萩』，蓋漢師所讀，與《釋草》文正相應，或古今語，或楚轉語，實一物矣。其於屈《賦》，則與艾並舉，《離騷》曰：『今直爲此蕭艾也』，洪氏《補注》：『《淮南》曰：「膏夏紫芝，與蕭艾俱死」』，是屈、劉字並作蕭，與許引故書正合。菩既似艾，則宋曰：菩蕭，猶屈言蕭艾矣。蕭艾、菩蕭，蓋亦楚常言爾。郭云：蕭即蒿者，《漢書·鼂錯傳》：『萑葦竹蕭』，顔《注》：『蕭，蒿也』；《後漢書·張衡傳》：『珍蕭艾於重笥兮』，《注》：『蕭，蒿也』；《釋蟲》：『炕，蕭繭』，郭云：『食蕭葉』，《玉篇》：『炕，食蒿葉』（並見桂馥《説文義證·艸部》『蕭』字下）：蓋江左以還，並以蕭艾之蕭爲蒿。

《齊書》：『紀僧真夢蒿艾生滿江，驚而白之，太祖曰：「詩人采蕭，蕭即艾（此誤書，説見後）也，蕭生斷流，卿勿廣言」』（見《紀僧真傳》，《南史》亦有此言），顔師古譏之，以爲蕭艾二草，『名既不同，稱類區别』，『設使齊高謬談，取會一時之應，子顯不當著於史籍，以誤將來學者』（並見顔氏《匡謬正俗·齊書·蒿艾》條），其實齊高本謂蕭即蒿也，蒿誤作艾耳，惟以蕭萩之蕭爲詩人采蕭之蕭，與顔爲異；若以蕭爲蒿，則江左學者所同，雖顔注《鼂錯傳》亦云爾矣。夫取會一時之應，亦必擇衆所共喻者而託言之，若蕭之爲艾，既乖成俗，又無義據，苟爲此言，定何益乎？即使齊高謬談，猶不出此，况子顯雅才，豈憒憒乃爾乎？是知楚曰蕭艾者，江左以爲蒿艾，無論紀夢信否，既曰：蒿艾生江，正復物以類舉矣。

紛旖旎乎都房。　注：被服盛飾，於宫殿也。旖旎，盛皃。《詩》云：『旖旎其華。』《文選》作：猗柅。上音倚，下女綺切。旖一作旑，於可（汲古閣本此下有切字）；旎（《四部叢刊》影明覆宋本誤作『旋』，今从汲古閣本），乃可切。洪氏《補注》：《集韻》：旑，倚可切，其字從可。旑旎，旌旗皃。旖，音倚，其字從奇。旖旎，旌旗從風皃。

季海按：王氏引《詩》，蓋本三家，毛詩《檜·隰有萇楚》，旖旎作『猗儺』，《傳》曰：『柔順也。』《漢書・司馬相如傳》録《上林賦》云：『猗柅從風』，郭璞曰：『猗柅，猶阿郍也。猗音於氏反，柅音諾氏反』。《文選・上林賦》作『猗狔從風』，《注》：『張揖曰：「猗狔，猶阿那也」，猗，憶靡切；狔，女尔切。』李賡芸《炳燭編卷二》：『旎，《説文》無，古作柅。《漢書・楊雄傳》：「乘雲蜺之旖柅兮」，又曰：「夫何旟旐郅偈之旖柅也」』，李説是也。據洪氏所引，知北宋本《文選》，與《漢書》本傳所載正同，今本《文選》偏旁蒙上文而誤耳（胡克家重刻宋淳熙本已如是）。凡猗儺、旖旎、猗柅、阿那本是一言，其下字古音同在泥紐矣。《説文・女部》又云：『婐妮也，讀若騧，或若委』，《唐韻》：『烏果切』；『妮，婐妮也；一曰：弱也』，《唐韻》：『五果切』，此唐人讀耳。《萬象名義・女部》引《玉篇》舊音：婐，佳華、於果二反；妮，乃果、雅華二反（今本《玉篇》上烏果切，下乃果、五果二切，此後人删改），是江左人讀此故有泥紐一音，知婐妮亦猗儺轉語，張揖以爲阿那者是矣。今字亦从女，蘇軾《和子由論書》：『剛健含婀娜』，若用正篆，當作婐妮。然《考工記》：『既建而迆崇於軫四尺』，《注》：『鄭司農云：迆讀爲倚移從風之移』，陸氏《音義》：『倚移，於綺反，下以氏反』，賈公彦《正義》：『先鄭云：「迆讀爲倚移從風之移」者，司馬長卿《上林賦》云：「倚移從風」』（阮氏《校勘記》出『從風倚移』云：誤倒，此从惠校本），鄭讀猗柅如倚移者，《説文・禾部》：

『移，禾相倚移也』；又《木部》：『檹，木檹椸』、《㫃部》：『旖，旗旖施也』，凡倚移、檹椸、旖施，語皆共氏，並猗儺、旖旎之轉。下字今俱入喻紐，古音當在定紐，與泥皆舌頭音，其聲至近。要之鄭許讀自相應，蓋漢語有此矣。

日本初唐人書《漢書·楊雄傳》殘卷，『雲蜺』句作『旑旎』，師古曰：『旑，音於綺反。旎，音女綺反』，神田喜校記云：『各本旑旎作旖柅。宋祁曰：景祐本作旖旎，此卷作旑旎者，乃旖旎之譌』，今謂旖作旑，唐人破體字耳，旎亦唐人俗體，不必是譌字。知者，《楊雄傳》殘卷『雲蜺』句上方有天曆二年藤原良秀引顧胤《漢書古今集義》：『服云：從風柔弱皃，或云：美也。案《字林》云：旑旗（原譌不成字，今正）皃也』，字旁注旑，『於綺反』；旎，『女綺反』，與師古音合。此必顧氏所引《字林》舊音，故良秀具引之，不嫌與顏音重復也。洪云：旑旗皃，正是呂義。唐人雖書作『旑』，然顧引服義，與呂同條。洪云：從風皃，又同服義。《字林》《顏注》並音於綺反。明洪分旑旖爲二，音義全別者，良由宋人不識唐破體字，故有此誤會耳。旎旎減筆，依文易曉，不煩詳説。『旖旎』句作『旑旎』，師古曰：『旑音猗，旎音女支反』，校云：『旑乃旖之譌，宋本、汲古閣本旎作柅』，又云：『明南、北監本則與此卷同。宋祁曰：越本作柅。』又『女支反』，校云：『明南、北監本支作倚。』然猗柅江左已讀上聲，子雲自叶平聲耳。

凡物柔順從風，則見倚移之態，《詩》云：『猗儺其華』、『猗儺其實』，亦謂繁花被枝、柔條垂實，則相倚移，猶禾相倚移矣。是王云：『盛皃』，亦不乖《詩》意，蓋三家有此説矣。與毛言各有當，而義亦相成也。《九辯》明謂『紛旖旎乎都房』，偁紛則其盛可知，然必合毛、許二家之言，而後能曉然於其所以爲盛皃之故，此毛《傳》《説文》之所以爲訓故宗也。

皇天淫溢而秋霖兮，后土何時而得漧？ 注：久雨連日，澤深厚也；山阜濡澤，草木茂也。

而一作兮。漧一作乾。

季海按：《楚語》：『武丁於是作書』，有曰：『用女作霖雨』，韋《注》：『三日以上爲霖。』《左隱九年傳》：『凡雨自三日以往爲霖』，是其義。《釋天》：『久雨謂之淫，淫謂之霖』，是霖雨或曰淫雨。《左莊十一年傳》：『秋，宋大水，公使弔焉，曰：天作淫雨』，《月令・季春之月》：『行秋令，則天多沈陰，淫雨蚤降』，並以秋雨爲淫。鄭注《月令》云：『九月多陰。淫，霖也。雨三日以上爲霖』，是也。《九辯》所賦，正謂是矣。

《説文・雨部》：『霖，雨三日已往。从雨、林聲』，《唐韻》：『力尋切』，古音在侵部。語轉入談，則謂之霾。《説文》：『霾，久雨也。从雨、兼聲』，《唐韻》：『力鹽切』，是也。《九辯》作霖，則楚音自在侵部。《説文·水部》：『淫，侵淫隨理也。从水、㸒聲；一曰：久雨爲淫』（《四部叢刊》影宋本久譌入，段不誤），《唐韻》：余箴切。古音亦在侵部。《九辯》《大招》雖並以淫爲雨水流溢，《九辯》久雨字又別作霖，然霖之爲言猶淫也，本以雨水流溢得名，楚言淫霖語亦相轉。知者，䣶，《唐韻》：『力荏切』，《説文》：『从邑、㐭聲，讀若淫』，此一事也。《離騷》：『長顑頷亦何傷』，段氏《説文注》謂叚頷爲顲，顲，《唐韻》：『盧感切』，日本古寫《文選集注·離騷經》及《注》字並作『淫』，《音决》謂：頷，曹憲音淫，此二事也。婪，《唐韻》：『盧含切』，《説文》：『从女、林聲』，『讀若潭』；《淮南·説山》：『淫魚出聽』，《論衡·率性》作：『潭魚』，《説文》作：『鱏魚』，此三事也。以是言之，漢以來楚音，霖亦或讀如淫矣。

願皓日之顯行兮，雲蒙蒙而蔽之。竊不自聊而願忠兮，或黕點而汙之。 蒙一作濛，聊一作料。洪氏《補注》曰：汙，烏故切。

季海按：汙，《唐韻》：『烏故切』，與洪音合。四句學者舊不得其韻。今謂行與忠韻，楚音東冬不分，並與陽叶，《涉江》行韻中、窮，是其比（行，江氏《韻讀》不入韻，云『疑脱偶句』），非也。王氏《韻譜》不立冬部，以入東韻，得之）。蔽故書當爲拂，與汙爲韻。汙讀若鬱，楚音魚脂旁轉，義具《離騷》：『曾歔欷余鬱邑兮。』聊猶慮也，重言則曰『聊慮』，下云：『罔流涕以聊慮兮』，王云：『愴然深思，而悲泣也』，是其義。一本作料，後人改故書耳。

罔流涕以聊慮兮，惟著意而得之。紛純純之願忠兮，妬被離而鄣之。 一作紛忳忳而願忠，被一作披，鄣一作彰。

季海按：四句學者不得其韻，江有誥直云：『無韻。』今謂得與鄣韻，江氏自未寤耳。鄣古音讀平如章，一本作彰，其聲雖同，偏旁譌失，乃與文彰字相亂耳。陸氏《公羊音義》於隱公五年出『鄣谷，之尚反，又音章』，是陳時古讀猶存，但今音既行，遂退居其次矣（《序録・公羊》有：李軌《音》、江惇《音》，各一卷。二家並出東晉，弘範，江夏人；思俊，河內人；陸記又音，未知誰屬）。敦煌本S二〇七一《切韻卷第二・平聲下・十一陽》：『章，諸良（反九）』下有『彰，彰明、墇、麞、鄣，（邑）名，在紀』，是法言取韻，猶依古讀，但字作『墇』耳。又敦煌本P二〇一一《刊謬補缺切韻》十二頁：『彰，采、墇，廱，又止讓反、……鄣，邑名，在紀』（敦煌殘卷二種，並見《韻輯》），是王氏補缺，始以今音坿益《切韻》也。大徐引《唐韻》：墇擁、障隔並『之亮切』，惟鄣邑作『諸良切』，是孫愐墇障不收平聲，與陸、王異撰矣。《廣韻・十陽》：『章，諸良切十五』有墇、障，是又上同陸、王，不用《唐韻》也。若得有平音，楚入陽韻，請再列三證以明之。《公羊隱五年傳》：『公曷爲遠而觀魚，登來之也』，何休《解詁》：『登讀言得來，得來之者，齊人語也。齊人名求得爲得來，作登來者，其言大而急，由口授也』；《傳》又曰：『登來之者何，美大之之辭也』，何云：『其言大而急者，美大多得利之辭也』，是齊人名求得爲得來，美大之則曰登來，本自一言，語有輕重緩急耳。得來爲登來，之蒸對轉。齊人言如蒸者，楚或同陽。《離騷》自『忽反顧以遊目兮』以下八句，以荒、章、常、懲爲韻。懲在蒸部，此楚音蒸或通陽之徵，其證一。章先生《莊子解故》於《齊物論》：『庸也者，用也；用也者，通也；通也者，得也』下云：『庸、用、通、得，皆以疊韻爲訓。得借爲中。《地官・師氏》：「中失」，故書中爲「得」。《淮南・齊俗訓》：「天之員也，不得規；地之方也，不得矩」，《文子》得作「中」，是其例』，宋玉以得入陽，莊子以得韻東者，楚音讀東如陽也，其證二。《離騷》：『覽察卉木其猶未得兮（《四部叢刊》影明覆宋本卉作草，洪校出一作卉，今从一本），豈珵美之能當』，得《周官》故書以爲『中失』字，楚音東冬不別，並讀若陽，正與當韻，其證三。然楚音得有二讀：其一讀平，則入陽韻，茲所證明；其一讀入，則在之韻，《天問》極與得韻，《哀郢》亦爾，此既常音，舊譜備矣。

《說文・土部》：『墇，擁也』，又《𠂤部》：『障，隔也』，同从章聲，《唐韻》同『之亮切』，𠂤、土同類（自，大陸山無石者），擁、隔一意（擁同壅，《廣韻・三鍾》：『邕，於容切十六』有『壅，塞；又音擁』，是也），墇障故是一字，以爲重文可也。宋玉云：『妬被離而鄣之』，王《注》云：『讒邪妬害，而壅遏也』，是《楚辭》以鄣爲墇障字，《説文》無壅，故云擁也，義正同耳。鄣依《説文》，『邑名，在紀』，非此所用。一本作彰，隸艸邑或亂彡，形近而誤耳（虞世南書《孔子廟堂之碑》：『川嶽成形』，形作『开乁』。敦煌唐寫本老子《玄通經》（亦白：《天應經》）曰：『故星象明耀，彰於禍福』（《敦煌石室遺書三種》本，彰作『章乁』），彡形似乁（邑），可證）。《惜往日》：『獨鄣壅而蔽隱兮』，洪出校語云：『鄣一作彰，音如鄣』，鄣亦譌彰。《廣韻・十陽》：『章，諸良切十五』：『鄣，邑名，在紀』，《四部叢刊》影宋巾箱本鄣亦作彰，其誤同矣。

九歌第三

《東皇太一》：盍將把兮瓊芳。

季海按：《解故》謂瓊芳與蕿茅同實，即指楚之香茅。《文選・吳都賦》：『食葛香茅』，劉逵《注》：『香茅生零陵』，是也。《晉書・志・地理下》：『零陵郡・泉陵，有香茅，云古貢之以縮酒』，全襄王隱《地道記》文。

《湘君》：石瀨兮淺淺。 注：瀨，湍也。淺淺，流疾皃。洪氏《補注》曰：瀨，落蓋切。《説文》曰：水流沙上也。《文選注》云：石瀨，水激石間，則怒成湍。淺，音殘。

季海按：玄應《一切經音義卷第二・法炬陀羅尼經・三》：『磧中，且歷反。《廣雅》：「磧，瀨也」，淺水見石者也。《説文》：「水陼（同治八年翻莊炘刻本譌者，今依大徐本《説文》正）有石曰磧」也。』尋《廣雅・釋水》：『湍，瀨也。磯，磧也。』王氏《疏證》：『《衆經音義・卷二（原誤一，今正）、卷十九、二十三》竝引《廣雅》：「磧，瀨也」，似此條湍瀨下本無也字』，王説是也。『淺水見石』，故謂之石瀨矣。 王氏《疏證》云：『《漢書・武帝紀》：「遣歸義越侯申爲下瀨將軍」，《史記・南越傳》瀨作「厲」。瀨之言厲也。厲，疾也。《月令》云：「征鳥厲疾」，是也。石上疾流謂之瀨，故無石而流疾者，亦謂之瀨，《楚辭・九章》云：「長瀨湍流，泝江潭兮」，是也。合言之則曰：「湍瀨。」《淮南子・原道訓》：「漁者争處湍瀨」，高誘《注》云：「湍瀨，水淺流急之處也」』，王《疏》至精，足明楚故矣。 王又引臣瓚注《武帝紀》云：『瀨，湍也。吳越謂之瀨，中國謂之磧』，謂『湍、瀨與磧，異名而同實』，亦是也。 然中國曰磧，吳楚曰瀨矣。 洪引《文選注》，見《魏都賦》張載《注》，載、瓚同時（姚察以爲傅瓚，可信），並宗王義。

《説文》：『淺，不深也』，非其義。此借爲濽，《説文·水部》：『濽，汙（《四部叢刊》影宋本誤汗，依玄應引正，見下文）灑也。一曰：水中人。从水、贊聲』，《唐韻》：『則旰切』，《廣韻·二十八翰》：『贊，則旰切十一』下有『濽，水濺』，濽、濺，古今字耳。玄應《一切經音義卷第三·放光般若經·五》：『澆濽』：『下又作濺淺二形，同子旦反。《説文》：濽，相污灑也。《史記》：五步之内，以血濺大王衣，作濺。……江南行此音。山東音湔，子見反。』孫星衍曰：『《説文》無濺字，則作濽，或借淺，是也。濺見《玉篇》：子賤切，濺水也』（見莊炘刻本孫《校》）。今謂玄應《音義》、孫氏《校正》，並是也。水濺即水中人，此以今字釋古字耳。《湘君》此句，正謂疾流激石，水中人也。淺，《唐韻》：『七衍切』，《廣韻》在上聲《二十八獮》，《四部叢刊》影宋巾箱本作『士演切一』，七譌士。是唐人淺有二讀，水不深用作本義，則在上聲；借爲濽濺字則在去聲。然《九歌》以淺翩閒爲韻，是古音作平聲。尋《文選·魏都賦》李善《注》：『《楚辭》曰：石瀨兮戔戔』，是唐人所見舊本，字不从水，此故書也。《説文·戈部》：『戔，賊也，从二戈。《周書》曰：戔戔，巧言』，《唐韻》：『昨干切』，與《九歌》韻合。

《東君》：撰余轡兮高駝翔，杳冥冥兮以東行。 注：言日過太陰，不見其光。出杳杳，入冥冥，直東行而復出。或曰：日月五星，皆東行也。駝一作馳，一無此字。一云：翔杳冥兮，一無以字。

季海按：高駝即高馳。《離騷》：『乘騏驥以馳騁兮』，馳一作駝，夫容館本作駝，與一本合。《大司命》：『高駝兮冲天』，駝一作馳。《説文》馳从也聲，駝變从它，它、也古音同在歌部，沱沼字古祇作沱，今别作池（見《説文》沱字下徐鉉訓釋），是其比。屈《賦》言高馳者多矣。《離騷》：『神高馳之邈邈』（一云：邁高馳），《涉江》：『吾方高馳而不顧』，並是也。此當於馳字句絶。夫容館本不疊冥字，與洪校一本合。今謂此本是也。翔杳冥兮以東行（一無以字，非是。説見後），《章句》前説得之。歌詞直謂東君耳，不關星月也。屈《賦》謂凡日西行，涉夜東行耳，或説非屈所謂。既不解微言，故苟爲曲説矣。此章首言日之出，終言日之入，日既入而東行，故云『翔杳冥』也。當句首尾有韻，學者不達，故以屬上句爲韻，又沾冥字足句，不惟馳翔不辭，下句亦言之無物矣。

翔杳冥兮以東行，一無以字，非是。《大司命》：『君回翔兮以下』（《四部叢刊》影明覆宋本作『迴翔』，洪校：『迴一作回』，今从一本），彼云『以下』（洪校：『以一作來』，此由不解以字所謂，因援王《注》『來下』字，改故書耳），此云『以東行』，語正同耳。以，猶而也（義具王引之《經傳釋詞第一・釋以》下）。《山鬼》：『表獨立兮山之上，雲容容兮而在下』，兮下著而，辭氣相似。不曰：『山上』、『在下』，必曰：『山之上』、『而在下』，正所謂：『疏緩節兮安歌』也。荀卿曰：『節族久而絶』，故一本輒删『以』字。

天問第四

伯強何處？惠氣安在？ 注：伯強，大厲疫鬼也，所至傷人。惠氣，和氣也。言陰陽調和，則惠氣行，不和調，則厲鬼興，二者常何所在乎？

季海按：洪适《隸釋・卷第十》有《童子逢盛碑》：『在維州，靈帝光和四年立』，是碑當在今四川汶川縣附近，實立於公元一八一年也。《碑》云：『何痻季世，顥天不惠，伯彊涇行，降此大戾』，伯彊即伯強，正謂大厲疫鬼，大戾讀與大厲同。厲古音在泰部，戾在脂部，厲爲戾者，脂泰旁轉也。世亦在泰部，惠在脂部，《碑》以世、惠、戾爲韻，理亦同矣。是楚人所信厲鬼，季漢蜀中，民間猶以爲口實也。

九章第五

《惜誦》：中悶瞀之忳忳。 注：悶，煩也。瞀，亂也。忳忳，憂皃也。言己憂心煩悶，忳忳然無所舒也。中一作心。

季海按：《説文·歺部》：『殙，瞀也，从歺，昏聲』，《唐韻》：『呼昆切。』此悶瞀本字，正讀若悶，《惜誦》借悶字爲之。孫愐作呼昆反，今音耳。殙或从心作惛，《九辯》：『忳惛惛而愁約』，《注》：『憂心悶瞀，自約束也』，洪氏《補注》：『惛，音昏，《説文》：怓也』，是也。又《漁父》：『安能以身之察察，受物之汶汶者乎』，洪氏《補注》：『汶，音門；……一音昏。《荀子注》引此作惛惛。惛惛，不明也。惛，門、昏二音。』尋《荀子·不苟篇》楊《注》：『《楚詞》曰：安能以身之察察，受物之昏昏者乎』，南宋台州本《後序》稱『悉視熙寧之故』，而《注》乃作：『昏昏』，不如慶善所引之尤爲審諦，則知監本之輕改舊文，尚不止如伯厚所云也（見王氏《困學紀聞》：『青出之藍』條及《自注》）。惛即惽字，唐人避太宗諱相承作惛耳。慧琳《一切經音義卷第三·大般若波羅密多經第三百四卷》出：『惽沉』，云：『《説文》从民，避廟諱改民爲氏』，是也。惽有門音，猶殙有悶音。悶从門聲，古音本平，《唐韻》作『莫困切』，以爲去聲，亦猶婚惛之同从昏聲，而今音有平去之别矣。老子楚人，其言亦楚，《上篇》曰：『俗人昭昭，我獨若昏；俗人察察，我獨悶悶』（二十章，章句从王弼本，下同。『若昏』王作『昏昏』；『若』字依帛書乙本、傅奕本），江有誥《先秦韻讀》以昏韻悶，云：『悶，平聲』，以入文部，是也。帛書甲本《道經》悶悶作『閩閩』，乙本作『閩閩』，傅奕本作『閔閔』，閩从問聲，閩亦从門聲，閔从文聲，古音同在諄部，並讀若悶矣。《老子》此言，以相反對爲文，故以俗人與我對，以昭昭與昏對，以察察與悶悶對，義皆相反也。《下篇》又曰：『其政悶悶，其民淳淳；其政察察，其民缺缺』（五十八章），亦以悶悶與察察對，淳淳與缺缺對也。帛書甲本《德經》殘，乙本悶悶作閡閡，傅奕本作閔閔，閡从門聲（整理小組疑即紊字異體，近是；以爲从糸、門聲，是也），讀亦同矣。然以察察與悶悶爲對文，猶《漁父》以察察與惛爲對文，悶悶惛惛，音義並同。舊書雅記，故俗語不失其方，而後人不知，故雖習見之文，猶不免郢書燕説矣。忳忳，猶訰訰，《釋訓》：『夢夢訰訰，亂也』，是其義。《老子·德經》：『其政悶悶，其民淳淳』，帛書乙本作：『其正閡閡，其民屯屯』，閡閡、屯屯，讀與悶悶、忳忳同矣。郭注《釋訓》，云『皆闇亂』，明二者兼有闇義。老子不貴明察，樂民無知，故云：『其民屯屯』也。然悶悶、忳忳，楚語義本相比矣。忳忳荀子又作『肫肫』，《哀公篇》：『繆繆肫肫，其事不可循』，楊《注》：『肫與訰同』，引《爾雅》『亂也』爲説，是也。

《涉江》：幽獨處乎山中。

季海按：《文選》應休璉《與侍郎曹長思書》：『塊然獨處，有離羣之志』，李善《注》：『《淮南子》曰：卓然獨立，塊然幽處』，是幽獨義通，語或相代。《涉江》此文，同於淮楚矣。

《惜往日》：臨沅湘之玄淵兮，遂自忍而沈流。卒没身而絶名兮，惜壅君之不昭。君無度而弗察兮，使芳草爲藪幽。焉舒情而抽信兮，恬死亡之不聊。沅一作江。遂一作不。没身一作沈身。古本壅皆作廱。

季海按：此以昭韻流、幽、聊，昭在宵部，餘皆幽部字。尋《招隱士》以繚韻幽，繚亦在宵部，與此相似。一九五四年冬，江蘇新沂縣砲車鎮北大墩發現漢墓出土灰色陶罐七，其三有鉛粉寫白字，文曰：『西方大白，其帝少皓，其神蓐(《報導》誤羞，今正)收，其日庚辛，其蟲毛，當以丹砂除凶耗，□家富貴，當延壽』(見《文物參考資料》一九五五年第六期《文物工作報導》)，此以皓、收、毛、耗、壽爲韻，毛耗並宵部字，幽宵通叶，正類淮南。《惜往日》用韻如此，豈楚遷壽春以後之作乎？

遠遊第六

玉色頩以脕顔兮。 注：面目光澤，以鮮好也。脕一作艶，一作曼。洪氏《補注》曰：脕，澤也，音萬。艶，美色也。曼，色理曼澤也。劉氏《楚辭攷異》：案《文選・魏都賦注》引脕作開。

季海按：敦煌本S二〇七一《切韻卷第三・上聲・卌迴》：『頩，斂容，疋迴反。《楚辭》曰：玉色頩以脕（姜摹作晚，未審原卷如此，抑摹寫偶失，今正）顔兮』（見《韻輯》），是唐本已作『脕』，與今本同。其作艶或曼，並後人臆改，要不足取。劉引《文選注》，出李善，善亦唐人，所引不同《切韻》殘卷，疑此本晚出，在李善後；亦可善及見古本，故不同時人矣。尋杜甫《丹青引》：『凌煙功臣少顔色，將軍下筆開生面』，《集註》：『趙曰：凌煙畫像，顔色已暗，而曹將軍重爲之畫，故云「開生面」。用字蓋因《左氏》：「狄人歸先軫之元，而面如生」也』，是也。顔猶面，故王云『面目』矣。是唐人猶有此語，子美用之，與《章句》以爲面目鮮好者宛合。下語如此，可謂鎔鑄古今，清詞麗句，信與屈宋爲隣矣。惟《遠遊》故書久佚，故注杜者莫寤其淵源所自，解《楚辭》者亦罔識其真也。後世或以開顔爲解頤，如侯白《啓顔録》云爾者，此别一義。

卜居第七

黄鍾毁棄，瓦釜雷鳴。讒人高張，賢士無名。吁嗟默默兮，誰知吾之廉貞？吁一作于，默一作嘿。五臣云：嘿嘿，不言皃。

季海按：《文選》作：『吁嗟嘿嘿兮』，與洪校一本合。《史記・屈原賈生列傳》：賈生爲賦以弔屈原曰：『世謂伯夷貪兮，謂盜跖廉。莫邪爲頓兮，鉛刀爲銛。于嗟嚜嚜兮，生之無故』，《集解》：『應劭曰：「嚜嚜，不自得意」，瓚曰：「生謂屈原也。」』賈生數言，實與《卜居》同意。終之以于嗟嚜嚜，總明『逢時不祥』，生之無故，傷夫『自沈汨羅』也（『逢時』二句，並賈生語）。誼謂逢此『方正倒植』（亦見賈《賦》）之世，苟生不如無生，因曰：『生之無故』耳。《卜居》云：『吁嗟默默兮』，王逸賦謂屈原，再言先生，此獨言生，明謂生死，瓚説非也。曰：『世莫論也』；弔屈云：『于嗟嚜嚜兮』，應劭曰：『不自得意』，二家之注，雖非達詁，要以此言爲明原所遭則一，是楚辭舊説，未嘗以爲原默默不言也。尋《新序・雜事第一》：

『晉平公閒居，師曠侍坐。平公曰：「子生無目眹，甚矣，子之墨墨也。」師曠對曰：「天下有五墨墨，而臣不得與一焉。」平公曰：「何謂也？」師曠曰：「羣臣行賂，以采名譽，百姓侵冤，無所告訴，而君不悟，此一墨墨也。忠臣不用，用臣不忠，下才處高，不肖臨賢，而君不悟，此二墨墨也。姦臣欺詐，空虛府庫，以其少才，覆塞其惡，賢人逐，姦邪貴，而君不悟，此三墨墨也。國貧民罷，上下不和，而好財用兵，嗜欲無厭，諂諛之人，容容在旁，而君不悟，此四墨墨也。至道不明，法令不行，吏民不正，百姓不安，而君不悟，此五墨墨也。國有五墨墨，而不危者，未之有也。臣之墨墨，小墨墨耳，何害乎國家哉？」』師曠舉五不悟，楚懷之季，實備有之，其爲墨墨亦大矣！然屈賈所云：『嘿嘿』、『嚜嚜』，與師曠言『墨墨』，故若合符節也。其字之有口無口，黑聲墨聲，音義並同，謂闇無知見，若盲瞽爾。屈原被讒而《離騷》作，非不言也。

招魂第十

《章句》：《招魂》者，宋玉之所作也。招者，召也。以手曰『招』，以言曰『召』。魂者，身之精也。

宋玉憐哀屈原，忠而斥棄，愁懣山澤，魂魄放佚，厥命將落，故作《招魂》。欲以復其精神，延其年壽，外陳四方之惡，内崇楚國之美，以諷諫懷王，冀其覺悟而還之也。

季海按：楚有招魂，蓋《春官》招弭之屬。《男巫》職云：『春招弭，以除疾病』，《注》：『招，招福也。杜子春讀弭如彌兵之彌。玄謂弭讀爲敉，字之誤也。敉，安也，安凶禍也。招、敉皆有祀、衍之禮』，是也。《招魂》之亂曰：『獻歲發春兮，汩吾南征』，終之以『湛湛江水兮上有楓，目極千里兮傷春心』，惟《大招》亦曰：『青春受謝，白日昭只。春氣奮發，萬物遽只』，與其爲春招明矣。王云：『魂魄放佚，厥命將落，故作《招魂》，欲以復其精神，延其年壽』，與玉佩帝告巫陽之語相應，甚得男巫招弭以除疾病遺意，可謂善説詩矣。後人不知，猥云爲死者招魂，失之遠矣。惟《男巫》職云：『旁招以茅』；叔師乃云：『以手曰招』，未之思乎，欲以何明？

乃下招曰：魂兮歸來，去君之恒幹，何爲四方些？一作徠歸。一云：何爲乎四方？乎一作兮。洪氏《補注》曰：些，蘇賀切。《説文》云：語詞也。沈存中云：今夔峽湖湘，及南北江獠人，凡禁咒句尾皆稱些，乃楚人舊俗。

季海按：《春官·男巫》：『掌望祀、望衍，授號，旁招以茅』，《注》：『杜子春云：望衍，謂衍祭也。授號，以所祭之名號授之。旁招以茅，招四方之所望祭者。玄謂衍讀爲延，聲之誤也。望祀，謂有牲粢盛者。延，進也，謂但用幣致其神，二者詛祝。所授，類造攻説禬禜之神號，男巫爲之招』，是也。今謂此云：『何爲四方些』，正下招之辭。此下備陳四方之害，徧云不可以託止，即杜子春所説『旁招以茅，招四方之所望祭者』之比矣。賈公彦《疏》云：『旁，謂四方』，是也。然旁招，謂於四方招之也。蓋讀《楚辭》二招，而《春官》『旁招』舊事，宛在目前矣。玉云：『工祝招君』，王《注》：『工，巧也。男巫曰祝』，是楚俗亦招以男巫矣。玄應《一切經音義六・妙法蓮花經二》：『毁呰，古文些歔二形，同子爾反。《説文》：「呰，呵也。」《禮》云：「呰者莫不知禮之所生」，鄭玄曰：「毁，口呰也。」』孫星衍曰：『《説文》：呰，苛也，與呵通。歔，歐也，義亦相近。惟《説文》無些字，見《楚詞・招魂》，俗人但知其有蘇箇音，而不知即呰字之譌，亦可讀爲呰也。若以爲楚語辭，當音蘇箇，則《大招》何以用只代呰？據此云：古文些，益足明些之當爲呰矣。《説文・新附》有些字，非也。此以俗字爲古文，亦非。』孫謂些即呰之俗字，是也。至引《大招》用只代呰，以明些亦可讀爲呰，説雖未融，故已發前人所未發，其在今日，猶不失新穎也。方予爲《解故》時，尚以《招魂》用些，《大招》用只爲疑，徒有鑒於時地之殊，而不省其淵源莫二，是祇見其異，未見其同也。呰只古音同在支部，支歌旁轉，即楚些之聲矣。

若些、只相通之理，淵如尚未能洞徹，予一九七五年撰《漢語小記》，已爲證明，其時初未檢及孫説也。《漢語・枳》記云：《漢書・地理志》：『巴郡：枳』，《注》：『如淳曰：「音徙，或音抵。」師古曰：「音之爾反。」』季海按：《説文》：『枳，木似橘，从木，只聲』，《唐韻》：『諸氏切。』如淳音徙，蓋本巴蜀舊音，其或音則從中國矣。今謂楚蜀毗鄰，語或通矣。觀巴土讀枳如徙，則知《大招》之『只』，即《招魂》之『些』矣。徙，《唐韻》：『斯氏切』；些，玄奘《大唐西域記・卷第一》『些』，注：『桑箇反』，《唐韻》：『蘇箇切』，《刊謬補缺切韻・三十六箇》：『些，蘇箇反，口詞一』（《韻輯》P二〇一一），斯、桑、蘇同在心紐，枳、只、徙、些同在支韻，唐人作蘇箇反者，楚音支歌旁轉也（以上十月五日《記》）。又《爾雅・釋詁》：『呰，此也』，郝氏《義疏》：『呰者，《説文》云：「苛也」，苛與呵同。……通作訾，……《方言》云：「訾，何也」，何與苛音又同。郭《注》：訾爲聲如斯，斯亦此矣。又通作些，《一切經音義二》及《六》，竝云：「呰，古文些、呲二形」，《爾雅釋文》：呰郭音些，引《廣雅》云：「些，辭也」，是郭以些爲呰，蓋本《楚辭》，或讀些爲蘇箇切，非矣』，郝《疏》明呰、訾與些音義相通之故，並是也。所引郭《注》見《方言第十》：『曾、訾，何也。湘潭之原，荆之南鄙，謂何爲曾，或謂之呰』，《注》云：『今江東人語亦云呰，爲聲如斯』，是呰之爲斯，亦因荆南舊語。明乎此，則知枳之音徙，呰之爲些，音並楚矣。郝《疏》以讀些如蘇箇切爲非，則由未知支歌可以旁轉，荆楚不同中夏，七國不同隋唐也。

日本古寫本《文選集注卷第六十六・招魂》：『何爲四方些』，《音決》：『些，音細，又先箇反』，以『先箇反』爲又音。公孫羅音出於曹憲，憲江都人，是隋唐江淮間音，轉入霽韻，此支脂旁轉，不入歌也。大徐《説文・新附》有些字，云：『語辭也，見《楚辭》』，《唐韻》：『蘇箇切』，是孫愐不取淮楚之音。《廣韻・十二霽》：『細，蘇計切六』有『些』，云：『楚音蘇箇切』，自是荆楚之音，觀沈括所云，亦可知矣。

其身若牛些。

季海按：《續編》依曹憲音及公孫羅引齊魯間言證牛字古讀，聲在明紐。尋《史記・律書》：太史公曰：『東至牽牛，牽牛者，言陽氣牽引萬物出之也。牛者，冒也，言地雖凍，能冒而生也』，古音冒讀若牟，同隸明紐，同在幽部，即牛之古讀可知矣。《詩》音牛在之部，與牟冒爲之幽旁轉，上古音或當同部爾。

晉制犀比，費白日些。 注：費，光貌也。言晉國工，作簙綦箸，比集犀角，以爲雕飾，投之皜然，如日光也。洪氏《補注》曰：昢，日光也，芳未切。

季海按：宋玉云：『費白日些』，王以『皜然如日光』説之。《淮南》云：『日之所曊』，高《注》云：『猶照也』，孫氏《札迻》云：『費曊字同』，是也。然費乃借字，曊又不見《説文》，豈古文竟無本字邪？曰：陶文有之。吴大澂《讀古陶文記》有『□□□』，當釋『城⿴囗昜昢』，昢字从日、弗聲，正其本字。陶文城昜地名，昢乃人名。吴氏所記，皆陳介祺物，大氏出於山東，蓋七國齊器，然昢費亦齊楚通語矣。吴記見《吴愙齋尺牘》七，吴釋此文云：『似睇字』、『或釋昢』，今不取。□吴釋鍼，極是，此文筆迹小異，其字同耳。今隸定作城（顧廷龍《古匋文舂録》收潘承厚藏匋有『城⿴囗昜昪』，字作□，所釋極是。此文先成，且説稍詳，未皇改定，因並記於此）。城陽有二：《漢書·地理志》有『城陽國』，原注：『故齊，文帝二年別爲國。莽曰：莒陵，屬兖州』，劉向所謂：齊地，『南有泰山、城陽』者也（班固云：『劉向略言其地分，故輯而論之』者也，見《漢書·地理志》），今山東莒縣，此其一。簠齋所得，多齊器，茲邑近之。濟陰郡有城陽縣，《漢書·地理志》、《續漢書·郡國志》作成陽，《晉書·地理志》在『濟陽郡』，作『城陽』，劉向所謂：宋地，『今之沛、梁、楚、山陽、濟陰、東平』者也，今山東舊濮縣地，姑記於是，以俟考定。

與王趨夢兮課後先。 注：夢，草中也，楚人名草中爲夢中（從一本，義具《續編》）。

季海按：《穆天子傳卷之六》：「癸酉，天子南祭白鹿于漯口，乃西飲于草中」，郭《注》：「草地之中」，其實此「草中」，正叔師所云楚人名爲夢中者爾。亦省稱草，韓嬰《詩外傳卷第七》：「昔者晉文公與楚戰，大勝之，燒其草，火三日不息，文公退而有憂色」，是也。草中謂之草，猶夢中謂之夢矣。《續編》云草中，青、齊語謂之苴、沮、菹者，亦見《穆天子傳》，同卷云：「己巳，天子□征，舍于菹臺。辛未，紐菹之獸」，郭《注》：「《管子》曰：『菹菜之壤』，今吴人呼田獵茸草地爲菹，音罝」。此《傳》下云：「天子飲于漯水之上」，郭《注》：「漯水，今濟陰漯陰縣」，按兩漢平原郡漯陰縣，在今山東臨邑縣西，然則菹之名臺，故青、齊語邪？一卷之中，草菹互見者，則晉謂之草。知者，《傳》出魏王冢，故晉人所傳，韓嬰《詩外傳》記文公之燒，亦謂之草矣。又書菹臺，因其俗也。

哀時命第十四

孰魁摧之可久兮，願退身而窮處。 注：言己爲諛佞所譖，被過魁摧，不可久止，願退我身，處於貧窮而已。

季海按：屈大均《廣東新語·文語》：『謂猥猿者曰：「魁摧」，出賈誼《哀時命篇》，即《詩》之「虺隤」也』，此莊忌作，翁山偶誤記。然近援粤語，遠證《詩》《騷》，音義並得，如接晤言，信乎南州之彦，説詩解頤也。陸德明《卷耳音義》云：『虺，呼回反，徐呼懷反，《説文》作瘣；隤，徒回反，徐徒瓌反。「虺隤，病也」，《爾雅》同。孫炎云：馬退不能升之病也。《説文》作頽。』魁摧明其見退，頽退知不能升，移叔然此《注》，以讀莊賦，無不合矣。虺隤、魁摧，猥猿，古音同在脂部。魁，《唐韻》：『苦回切』；摧，『昨回切』。虺魁曉溪相轉（虺古音亦在牙紐，今音轉喉耳），隤摧定從相轉。姬漢韻部未移，而聲有迆轉，隤摧自舌頭入齒頭，殆吴音歟？

大招第十六

霧雨淫淫，白皓膠只。　注：淫淫，流貌也。

季海按：《解故》引《淮南·俶真訓》：『茫茫沈沈』，《注》：『沈讀「水出沈沈正白」之「沈」』，謂『淫淫』讀與『沈沈』同，霧雨水出正白之貌。蔣禮鴻引王念孫説謂沈當爲沆（義具王氏《讀書雜志九》『茫茫沈沈』條），是也。方爲《解故》，遭時非常，書成倉卒，未遑覆檢，此其一也。然《唐韻》：『沆，胡郎切』，在匣紐；『淫，余箴切』，在喻紐，匣喻同類，時相轉矣。沆在陽韻，淫在侵韻，楚音亦近。知者，楚音東陽相叶，《涉江》中、窮韻行（從王念孫），《卜居》長、明韻通，是也；東侵相叶，《天問》以沈韻封，《九辯》以中、湛韻豐，是也。故知侵陽於楚，語得相轉矣。高《注》：『沆讀「水出沆沆正白」之「沆」』，與《大招》：『霧雨淫淫，白皓膠只』之文，音義並合。上尋淮楚舊讀，淫淫沆沆，其語同耳。《説文》：『淫，侵淫隨理也。从水，㸒聲；一曰：久雨爲淫』，許出一説，與《大招》之文相應，然久雨爲淫，亦以其水出淫淫耳。《説文》：『沆，莽沆，大水也。从水、亢聲；一曰：大澤皃』，以楚語論，淫沆建類一首，同意相受，謂之轉注可也。

吴醴白蘖，和楚瀝只。 注：再宿爲醴。蘖，米麴也。瀝，清酒也。言使吴人釀醴（《四部叢刊》影明覆宋本、汲古閣本釀並作醲，蔣天樞説：醲，釀之誤，是也。隆慶夫容館重雕宋本、湖北叢書翻刻隆慶本並不誤，今據改），和以白米之麴，以作楚瀝，其清酒尤醲美也。

季海按：寇宗奭《本草衍義卷之二十》『酒』：『今人又以麥蘖造者，蓋止是醴爾，非酒也。《書》曰：「若作酒醴，爾惟麴蘖」，酒則須用麴，醴故用蘖。蓋酒與醴，其氣味甚相遼，治療豈不殊也』，依寇說即招云『白蘖』，以釀醴也。惟古人自有蘖酒，《管子·禁藏》：『舉春祭塞久禱，以魚爲牲，以蘖爲酒相召，所以屬親戚也』，則齊有蘖酒，以屬親戚矣。又《漢書·匈奴傳上》：『單于遣使遺漢書云：「歲給遺我蘖酒萬石」』，師古曰：『以蘖爲酒，味尤甜』，是漢有蘖酒，爲匈奴所羨矣。叔師所云，殆近之矣，然不可以說《大招》。

接徑千里。　注：言楚國境界，徑路交接，方千餘里。

季海按：《離騷》：『夫唯捷徑以窘步』，王《注》：『捷，疾也。徑，邪道也』，洪氏《補注》曰：『《左傳》曰：「待我(待，明覆宋本誤作侍，今正)，不如捷之速也」，捷，邪出也。』洪氏引《左傳》見《成公五年》，邪出本杜《注》，孔《疏》云：『捷，亦速也。方行則遲，邪出則速。《楚辭》謂邪行小道爲捷徑，是捷爲邪出。』尋《淮南·本經訓》：『接徑歷遠，直道夷險』，高《注》：『接，疾也。道，行也。道之阨者，正直之。夷，平也』，是高注接，讀若捷，故其訓同矣。《禮記·内則》：『接以大牢』，鄭《注》：『接，讀爲捷』，是其比。《淮南·要略》亦云：『接徑直施，以推本樸』，其讀同爾。《唐韻》：『接，子葉切』，『捷，疾葉切』，古音同在盍韻。今考楚言，郢中謂之捷徑，《離騷》可證； 淮楚謂之接徑，《淮南》《大招》可證也。《莊子・則陽》：『接子』，《古今人表》作『捷子』，《公羊》僖卅二年：『鄭文公接』，《左》《穀》作：『捷』，《史記》作：『啑』，是宋齊亦讀捷若接，與淮楚同矣。

楚辭解故四編

楚辭解故四編目録

楚辭餘義・離騷第一

國無人，莫我知兮。

季海按：屈《賦》於否定句賓語提前例用吾，如《離騷》：『恐年歲之不吾與』，『不吾知其亦已兮』，《惜誦》：『進號呼又莫吾聞』，《涉江》：『哀南夷之莫吾知兮』，《懷沙》：『世溷濁莫吾知』，獨此與《惜誦》：『思君其莫我忠兮』作我，不作吾者，疑此以人、我，彼以君、我對舉故云。《論語・八佾》：『爾愛其羊，我愛其禮』，《述而》：『惟我與爾有是夫』，是以我爲對人之稱，由來舊矣。《涉江》亦與南夷對舉，而仍作吾者，或原謂南夷未進於中國，故不作對稱語；亦可是寫者失之，所未詳也。其餘文稱我者，如《離騷》：『恐高辛之先我』，《抽思》：『昔君與我誠言兮』，『衆果以我爲患』，恐皆以對稱而言我。試觀賓語提前諸例，則知屈《賦》之别吾、我，不必在於格位之異也。

楚辭餘義・招魂第十

晉制犀比，費白日些。 注：費，光貌也。洪氏《補注》：昲，日光也，芳未切。《三編》：『《淮南》云：「日之所曊」，高《注》云：「猶照也」，孫氏《札迻》云：「費曊字同」，是也。』又以爲陶文有昲，从日、弗聲，是其本字。

季海按：《方言第十》：『昲，曬乾物也，揚楚通語也』，郭璞《注》：『昲，音非，亦皆北方常語耳，或云曊』。《淮南》云：『日之所曊』，子雲正作昲，與陶文合。照、曬並據日而言，其義因同耳。雄多識奇字，故其著書，與七國古文相應矣。依郭《注》知江左依平聲呼之，不作去聲如洪讀也。

楚辭韻譜之一

離騷第一

韻字	韻部
庸（降）	東（冬）
（名）均	（青）真
能佩	之
與莽序」暮度路	魚
在茝	之
路步	魚
隘績	錫
武怒」舍故	魚
他化	歌
畝芷畝，《釋文》作晦。	之
刈穢	祭
（索）妬	（鐸）魚
急立	緝
英傷	陽
蘂纚	歌
服則	職
艱（替）	諄（至）
茝悔	之
心淫	侵
錯度	魚
時態	之
然安	寒
詬厚詬，《釋文》作詢。	侯

韻字	韻部
反遠	寒
息服	職
裳芳	陽
離虧	歌
荒章	陽
常(懲)	陽(蒸)
予野予一作余。	魚
(節)服江云無韻，今从段王。	職(質)
情聽	青
茲詞詞一作辭。	之
縱巷	東
狐家	魚
忍隕	諄
殀長	陽
差頗頗一作陂。	歌

韻字	韻部
輔土	魚
極服	職
悔醢	之
當浪	陽
正征	青
圃暮	魚
迫索	鐸
桑羊羊一作佯。	陽
(屬)具	侯(屋)
夜御」下予佇妬江云：上聲。馬女	魚
佩詒」在理詒一作貽。	之
遷盤盤一作槃。	寒
遊求	幽
下女	魚
好巧	幽

可我 歌
遥姚 宵
固惡寤古 魚
占慕江云：無韻。 未詳
女女 魚
宅惡宅今本作宇，此从道騫音及洪校一本。 鐸
異佩 之
當芳 陽
疑之 之
迎⃝故江云：當作迓，非是。 陽⃝魚
同調⃝江云：無韻，非是。今从段王。 東幽⃝
媒疑。 之
舉輔 魚
央芳 陽
蔽⃝折 祭⃝月

留茅 幽
艾害 祭
長芳 陽
幃⃝祇 微⃝脂
化離 歌
茲沬⃝江云：無韻，非是。今从段王。 之微⃝
女下 魚
行粻 陽
車疏 魚
流啾 幽
極翼 職
與予予一作余。 魚
待期待一作侍。 之
馳蛇蛇一作移，一作迤。 歌
邈樂 藥

鄉行　陽

都居　魚

九歌第二

良皇琅芳漿倡堂康江不收良，今从王。　陽

右東皇太一

芳英央光章　陽

降中窮慵慵一作忡。　冬

右雲中君

猶洲脩舟流　幽

來思　之

征庭旌靈　青

極息側　職

(枻)雪末絶枻一作栧。　(祭)月

淺(翩)閒　寒(真)

渚下浦女與　魚

右湘君

渚予下予一作余。　魚

望張上　陽

蘭言湲　寒

裔澨逝蓋　祭

堂房張芳衡衡一作蘅。　陽

門雲　諄

浦者與者一作渚，與一作冶，冶在之部。　魚

右湘夫人

門雲塵　諄

下女予　魚

翔陽坑坑一作阬。　陽

被離爲被一作拔。　歌

華居疏　魚

轔天人轔，《釋文》作軨。　真

何虧爲　歌

右大司命

韻字	韻部
蕪下予苦	魚
青莖成	青
辭旗	之
(離)知	支(歌)
帶逝際	祭
池阿歌	歌
旍星正旍一作旌。	青

右少司命

韻字	韻部
方桑明	陽
雷(蛇)懷歸	微(歌)
鼓簴竽姱舞江不收竽，今从王。	魚
節日	質
裳狼漿翔行	陽

右東君

韻字	韻部
河波螭	歌
望蕩	陽
歸懷	微
宮中	冬
魚渚下浦予	魚

右河伯

韻字	韻部
阿羅	歌
笑窕	宵
狸旗思來	之
下雨予	魚
閒蔓閒	寒
若柏作	鐸
冥鳴	青
蕭憂	幽

右山鬼

韻字	韻部
甲接	盍

雲先　諄

行傷　陽

馬鼓怒埜　魚

反遠　寒

弓懲淩雄　蒸

右國殤

鼓舞與古與一作冶，冶在之部。　魚

右禮魂

天問第三

道考考一作知，知在支部。　幽

極識　職

爲化　歌

度作　鐸

加虧　歌

(屬)數　(屋)侯

(分)陳　(諄)真

汜晦里江不收晦，今从王。　之

育腹　覺

子在　之

明藏尚行藏，《釋文》作臧。　陽

聽刑　青

施化　歌

功同　東

賓(墳)墳一作憤。　(諄)真

畫歷　錫

營成傾　青

錯洿故洿舊音烏，洪引《集韻》音户。　魚

多隳何隳，《釋文》作隋，一作墮，江不收隳，今从王。　歌

在里　之

從通　東

到照　宵

揚光揚一作陽。　陽

韻字	韻部
暖寒言	寒
龍遊江倒虬叶遊，非。今从段王。	東幽
首在守	幽之
衢居如	魚
趾在止	之
所處羽	魚
方桑	陽
繼[1]味[2]飽江云：無韻，今从王。	脂[1]微幽[2]
蠶達蠶一作孽，一作孼。	月
躬降	冬
歌地地一作墬。	歌
民嬪	真
躲若躲一作射。	鐸
謀之	之
越活	月

韻字	韻部
營盈	青
堂臧	陽
死體	脂
興膺	蒸
抃安遷抃，《釋文》作拚，江不收抃，今从王。	寒
嫂首	幽
止殆	之
厚取	侯
得殛殛一作極。	職
鰥親	諄真
億極億一作意。	職
尚匠	陽
害敗	祭
止子	之
饗喪	陽

韻字	韻部
(摯)罰説江不收罰，今从王。	(祭)月
宜嘉从洪校一本及顧寧人説。	歌
臧羊	陽
懷肥	微
逢從	東
牛來	之
寧情	青
兄長	陽
極得	職
子婦	之
尤之期之	之
嘉嗟施何	歌
行將	陽
厎雉	脂
流求	幽
市姒	之

韻字	韻部
(側)佑江王側無韻，失之，今从段。江王並以佑弒爲韻，非是。	(職)之
(會)殺會一作合。江王並失韻，今从段。	(祭)月
惑服	職
(沈)封	(侵)東
方狂	陽
竺燠竺一作篤，燠一作懊。	覺
將長	陽
牧國	職
依譏	微
告救	幽
識喜識一作志。	之
悒急	緝
故懼	魚
戒代代一作伐。	之
輔緒	魚

韻字	韻部
亡嚴饗長	陽談
怒固	魚
祐喜	之
欲祿	屋
憂求	幽
云先言[1]勝[2]陵[3]文	諄 寒[1] 蒸[2][3]
長彰彰一作章。	陽

九章第四

韻字	韻部
情正	青
服直	職
肬之	之
變遠	寒
仇讎保道	幽
貧門	諄
志咍	之
釋白	鐸
情路江云：無韻。	未詳
聞忳	諄
杭旁杭一作航。	陽
恃殆志態	之
伴援	寒
好就	幽
言然	寒
下所	魚
尤之	之
忍軫	諄
糧芳明身	陽 真

右惜誦

韻字	韻部
衰嵬嵬一作巍。	微
璐顧圃	魚

英光湘　陽
風林　侵
汰滯　祭
陽傷　陽
如居」雨宇　魚
中窮行⃝ 行，江不入韻，云：疑脱偶句，王入東韻。　冬陽⃝
以醢　之
人身　真
遠壇　寒
薄薄　鐸
當行　陽

右涉江

愆遷　寒
亡行　陽
極得　職
霰見　寒

蹠客薄釋　鐸
江東　東
反遠　寒
心風　侵
如蕪　魚
接涉　盍
復慼　覺
持之　之
天名⃝　真青⃝
慨⃝邁 慨，《釋文》作磕，則在祭部。　微⃝祭
時丘之　之

右哀郢

傷長　陽
浮懮　幽
鎮人　真

期志　之
姱怒　魚
敢憺　談
(聞)患(亡)完完一作光。江云：無韻。王以四韻入元。　(諄)寒(陽)
儀虧　歌
作穫穫一作獲。　鐸
正聽　青
北域側得息　職
歲逝　祭
星營　青
同容　東
潭心　侵
願(進)　寒(真)
姑徂　魚
思媒　之

救告　幽

右抽思

莽土土一作去。　魚
默(鞠)默，《史記》作墨。　職(覺)
抑替　質
鄙改　之
盛正　青
章明　陽
下舞　魚
量臧　陽
濟示　脂
怪態采有　之
豐容　東
故慕　魚
強像強，《史記》作彊。像，《史記》作象。　陽

暮故　魚

汨忽　術

質匹(沒)[1](程)[2]質从《史記》。王以匹程入至。　質(術)[1](青)[2]

錯懼　魚

喟謂愛類　微

右懷沙

眙詒　之

發達　月

(將)寓从一本。　(陽)侯

詒志　之

化爲　歌

度路　魚

之旹期　之

悠憂　幽

莽(草)　魚(幽)

佩異態」竢(出)江云：韻未詳，王入之部。　之(術)

揚章　陽

木足　屋

能疑　之

度暮故　魚

右思美人

詩疑娭治」(娭)否」欺思之尤之娭，今本作之，此从一本。　(質)之

流(昭)[1]幽聊由(廚)[2]　幽(宵)[1](侯)[2]

牛之　之

憂求游　幽

之疑辭之　之

戒得　職

佩(好)代意置載備異再識識一作明。　之(幽)

右惜往日

服國　職
志喜　之
摶爛　寒
(任)醜任，江王从一本作道，今从段。　(侵)幽
異喜　之
求流　幽
過地　歌
友理　之
長像　陽

右橘頌

傷倡忘長芳章芳旣羊明羊一作佯。　陽
處慮曙去　魚
恃止　之
膺仍　蒸
湯行　陽

(至)比　(至)脂
聊愁　幽
(還)聞　(寒)諄
默得　職
解締　支
儀爲　歌
紆娛居　魚
顛天　真
雰(媛)媛一作援，一作徊。　諄(寒)
江洶　東
紀(至)」右期至，王江从今本作止，非是。　(至)之
積擊策迹適愁適迹益愁一作逖。　錫

右悲回風

遠遊第五

遊浮　幽

韻字	韻部
語曙	魚
勤聞	諄
懷悲	微
留由由一作繇。	幽
得則	職
仙延仙一作僊。	寒
一逸	質
怪來	之
都如	魚
征零成情程	青
居戲霞除	魚
息德	職
(傳)垠(然)存先門	(寒)諄
行鄉陽英壯放	陽
榮(人)征	青(真)

韻字	韻部
予居都閭	魚
馳蛇	歌
燿鶩	宵
行芒	陽
路度	魚
涼皇	陽
靡波	歌
屬轂	屋
厲衛	祭
橋樂橋，今本作撟，一本作矯，此从《釋文》。	宵
鄉行	陽
(涕)弭	(脂)之
疑(浮)疑，一作娭。	之(幽)
妃(歌)[1](夷)[3](蛇)[2]飛佪蛇一作迤。	微[1](歌)[2](脂)[3]

門冰江云：無韻，今从王。　諄蒸
顧路　魚
漠壑　鐸
天聞鄰　真諄

卜居第六

疑之　之
忠窮　冬
耕名身生真人清楹　青真
呰斯咿兒斯一作嘶，兒一作唲。呰，段王入脂，孔江入支。　脂支
梯稽脂韋　脂微
駒骫軀江不收骫，非是，今从王。　侯
軛迹　錫
翼食江脱，今从王。　職
凶從　東
清輕鳴名貞　青

長明通　陽東
意事　之

漁父第七

清醒　青
移波釃爲釃，《文選》作𨣻。　歌
冠衣汶　寒微諄
白蠖从《史記》。　鐸
清纓　青
濁足　屋

九辯第八

瑟慄江不收，今从王。　質
衰歸　微
寥𡾰寥，《釋文》作嵺；𡾰，一作寥，一作漻。江不收，今从王。　幽
清一作平，古本作瀞。清人新平生憐聲鳴征成　青真
悽欷江不收，今从王。　脂微

怳悢江不收，今从王。　陽

右一

廓繹客薄　鐸

化何　歌

思事意異　之

歸悲　微

息軾得惑極直　職

右二

秋楸悠愁　幽

霜藏橫黃傷當佯一作羊。將攘堂方明　陽

右三

房颺芳翔明傷　陽

重通　東

漧歎漧一作乾。　寒

右四

錯路御去舉　魚

入集洽合　緝

歸（棲）衰肥　微（脂）

下處　魚

服食得德極江王俱不收服。　職

右五

濟（至）死　脂（至）

通從誦容　東

（固）鑿教樂高江云：固當作同，入東部，非。今从王。　（魚）宵

温（飧）垠春　諄（寒）

哀悲　微

（偕）毀（弛）《釋文》作施。也聲，段在歌部，云：周秦人亦入支部。　（脂）微（歌）

冀欷　微

處躇　魚

右六

月達　　月
蔽汙江云：無韻。　　未詳
天㊔名　　真㊔青

(瑕)加　　(魚)歌
帶介(慨)邁穢敗(昧)慨，《釋文》作磕，則在祭部。　　(微)祭
藏當光　　陽
適惕策益　　錫
約効　　宵
下苦一作若。若在鐸部。　　魚
薄索　　鐸
知(譽)譽一作訾。此聲，段王入脂，孔江入支。　　支(魚)
得鄗一作彰。江云：無韻。　　未詳

右七

中(湛)[1](豐)[2]　　冬[1](侵)(東)[2]
躍衙躍，《釋文》作躩，則在鐸部。　　魚

從容　　東
臧恙　　陽

右八

招魂第九

(沬)穢　　(微)祭
苦下輔予江收下，王不收。　　魚
從用江無韻，今从王。　　東
予謝江王並不收。　　魚
方祥　　陽
託索石釋託　　鐸
止祀醢里王不收祀，今从江。　　之
心淫　　侵
里止　　之
宇壺　　魚
食得極賊　　職
止里久　　之

天人千㑦[1]淵瞑[2]身㑦一作莘，瞑一作眠。　真諄[1]青[2]

都鬌駓牛災　魚之

門先　諄

絡呼居　魚

姦安軒山連寒湲蘭筵瓊江叶陽，非，今从王。　寒

光張璜　陽

怪備代　之

皋宮　冬

代意　之

房光　陽

矙閒　寒

堂梁　陽

蛇池荷波陁一作陀。羅離爲　歌

方粱行芳羹漿鵠爽餭鴹涼漿妨　陽

羅歌荷酡波奇離　歌

舞下鼓楚呂　魚

分紛陳先　諄真

簙迫白簙一作博。　鐸

日瑟　質

夜錯假賦故居　魚

征生　青

薄博　鐸

乘烝一作蒸。　蒸

先還[1]先兕[2]還一作旋，一作運。作運則在諄部。　諄寒[1]脂[2]

淹漸　談

楓心南　侵

大招第十

昭遽逃遥　宵魚

徠北江云：無韻，王以北與下湫悠爲韻。　職

湫悠膠宋悠一作攸，古作脩脩。　幽

韻字	韻部
蜓蜿蹇(躬)江云：當作身。	寒(冬)
洋鬤狂傷鬤古作長。	陽
艴測凝極凝一本及《釋文》作疑。	職
静定	青
安延言	寒
粱芳羹當	陽
酪蓴薄擇	鐸
(嗽)存先	(真)諄
嗌役瀝惕	錫
張商倡桑	陽
舞賦舞一作武，江云：疑脱偶句。	魚
亂變譔	寒
娭都娱舒	魚
曼顏安	寒

韻字	韻部
佳規(施)卑(移)	支(歌)
作澤客昔一作夕。	鐸
娙嫮娟便	寒
秀靁畜(囿)畜一作畕，一作獸。	幽(之)
假路慮假一作嘏，慮一作處。	魚
皇鶬鵝翔鵝一作鶡。	陽
盛(命)盛定命，江入耕，今从段王。	青(真)
雲(神)存昆	諄(真)
昌章明當	陽
海理阯海士理一作治。	之
(暴)罷靡施爲暴，王江並从茍。	(宵)歌
明堂卿張讓王	陽

招隱士第十二

韻字	韻部
幽(繚)	幽(宵)
峨波	歌

嘷留	幽
歸萋	微脂
聊啾	幽
軋岪忽沕	質術
栗穴慄穴一作岤。	質
硊骩」靡倚段危聲在支部，江張朱在歌部。	歌
峨漇[1]羆[2]悲漇一作縰。	歌[1]支微[2]
留咆曹留	幽

楚辭韻譜之二

離騷第一

庸降　東（冬）
名均　真（耕）
能佩　之
與莽序」暮度路　魚
在莅　之
路步　魚
隘績　支
武怒」舍故　魚
他化　歌
晦芷　之

刈穢　祭
索妒　魚
急立　緝
英傷　陽
蕊纚　歌
服則　之
艱替王在諄，失之。　諄（至）
莅悔　之
心淫　侵
錯度　魚
時態　之

韻字	韻部
然安	元
詢厚	侯
反遠	元
息服	之
裳芳	陽
離虧	歌
荒章	陽
常〔懲〕	陽〔蒸〕
予野	魚
〔節〕服（江無韻）今从王。	之〔至〕
情聽	耕
茲詞	之
縱巷	東
狐家	魚

韻字	韻部
忍隕	諄
殃長	陽
差頗	歌
輔土	魚
極服」悔醢	之
當浪	陽
正征	耕
圃暮」迫索	魚
桑羊	陽
屬具	侯
夜御」下予佇妒馬女	魚
佩詒」在理	之
遷盤	元
遊求	幽

韻字	韻部
下女	魚
好巧	幽
可我	歌
遙姚	宵
固惡寤古	魚
篿占慕江無韻。	?
女女」宅惡	魚
異佩	之
當芳	陽
疑之	之
迎故	陽 魚
同調（江無韻）今从王。	幽 東
媒疑	之
舉輔	魚

韻字	韻部
央芳	陽
蔽折	祭
留茅	幽
艾害	祭
長芳	陽
幃袛	脂
化離	歌
茲沫（江無韻）今从王。	脂 之
女下	魚
行粻	陽
車疏	魚
流啾	幽
極翼	之
與予	魚

待期　之
馳蛇　歌
邈樂　宵
鄉行　陽
都居　魚

右見《離騷》韻凡十七部：1.東　2.真　3.之　4.魚　5.支　6.歌　7.祭　8.緝　9.陽　10.侵　11.元　12.侯　13.耕　14.諄　15.幽　16.宵　17.脂

九歌第二

良皇琅芳漿倡堂康（江良不入韻）今从王。　陽

右東皇太一

芳英央光章　陽
降中窮⿰忄蟲　冬

右雲中君

猶洲修舟流　幽
來思　之
征庭旌靈　耕
極息側　之
枻雪末絶　祭
淺翩閒　元（真）
渚下浦女與　魚

右湘君

渚予下　魚
望張中上　陽（冬）
蘭言湲　元
裔澨逝蓋　祭
堂房張芳衡　陽
門雲　諄
浦者與　魚

右湘夫人

韻語	韻部
門雲塵	諄
下女予	魚
翔陽坑	陽
被離爲	歌
華居疏	魚
軨天人	真
何虧爲	歌

右大司命

韻語	韻部
蕪下予苦	魚
青莖人成	耕（真）
辭旗	之
離知	支（歌）
帶逝際	祭
池阿歌	歌
旍星正	耕

右少司命

韻語	韻部
方桑明	陽
雷蛇懷歸	脂（歌）
鼓簴竽姱舞	魚
節日（江脂）今从王。	至
裳狼降漿翔行（江降不入韻）今从王。	陽（冬）

右東君

韻語	韻部
河波螭	歌
望蕩	陽
歸懷	脂
堂宮中（江堂不入韻）今从王，然王在東韻，恐當入陽。	冬（陽）
魚渚下浦迎予江王迎不韻。	魚（陽）

右河伯

韻語	韻部
阿羅	歌

笑窕　宵
狸旗思來　之
下雨予　魚
閒蔓閒　元
若柏作　魚
冥鳴　耕
蕭憂　幽

右山鬼

甲接　盍
雲先　諄
行傷　陽
馬鼓怒壄　魚
反遠　元
弓懲淩雄王如是，江雄上有靈，靈依《湘君》在耕部，江誤。　蒸

右國殤

鼓舞與古　魚

右禮魂

天問第三

道考　幽
極識　之
爲化　歌
度作　魚
加虧　歌
屬數　侯
分㊀陳　諄㊀真
汜晦里　之
育腹　幽
子在　之
明藏㊀鴻尚行　陽㊀東

聽刑　耕
施化　歌
功同　東
（寶）墳　（真）諄
畫歷　支
營成傾　耕
錯洿故　魚
多竁何　歌
在里　之
從通　東
到照　宵
揚光　陽
暖寒言　元
（龍）遊江作龍虬　（東）幽
首（在）守　（之）幽

衢居如　魚
趾在止　之
所處羽　魚
（功）方桑　（東）陽
繼味（飽）　（幽）脂
韲達　祭
躬降　冬
歌地　歌
民嬪　真
躲若　魚
謀之　之
越活　祭
營盈　耕
堂臧　陽

韻字	韻部
死體	脂
興膺	蒸
拚安遷	元
嫂首	幽
止殆	之
厚取	侯
得殛	之
鰥(親)	(真)諄
億極	之
尙匠	陽
害敗	祭
止子	之
饗喪	陽
摯罰説今从王。	祭

韻字	韻部
宜嘉	歌
臧羊	陽
懷肥	脂
逢從	東
牛來	之
寧情	耕
兄長	陽
極得」子婦」尤之期之	之
嘉嗟施何	歌
行將	陽
底雉	脂
流求	幽
市㠯」側佑佑當讀如翼（江王並以佑弒爲韻）。	之
會殺	祭
惑服	之

沈封

方狂

竺。熯。

將長

牧。國。

依譏

告救

識。喜。

悒。急。

故懼

戒。代。

輔△緒△

亡嚴饗長江云當作莊。

怒•固•

侵東	祐。喜。	之
陽	欲。祿。	侯
幽	憂求	幽
陽	云先言[1]勝[2]陵[3]文	元[1]蒸[2][3]諄
之	長彰	陽

九章第四

脂		
幽	。愍?情正	真耕
之	服。直。」肬之	之
緝	變△遠△	元
魚	仇讎」。豫?△保△道△	魚幽
之	貧門	諄
魚	志咍	之
談陽	釋。白。	魚
魚	情路江云無韻。	失韻?

聞忳　諄

杭旁　陽

恃殆」韲志態　脂之

伴援　元

好豫就　魚幽

言然　元

下所　魚

尤之　之

忍軫　諄

糧芳明身?《涉江》身仍在真，此文誤也。《招魂》亦仍在真。　真陽

右惜誦

衰鬼　脂

璐顧圃　魚

英光湘　陽

風林　侵

汰滯　祭

陽傷　陽

如居」雨宇　魚

中窮行江不入韻，云脱偶句。　冬陽

㠯醢　之

人身　真

遠壇　元

薄薄　魚

當行　陽

右涉江

命愆遷　真元

亡行　陽

極得　之

韻字	韻部
霰見	元
蹠客薄釋	魚
江東	東
反遠	元
心風	侵
如蕪	魚
接涉	盍
復慼	幽
持之	之
(天)名	耕(真)
時丘之	之

右哀郢

韻字	韻部
傷長	陽
浮懮	幽
鎮人	真

韻字	韻部
期志	之
姱怒	魚
敢憺	談
(聞)患(亡)完江聞患云元文通韻，亡完無韻，今从王。	元(諄)(陽)
儀虧	歌
作穫	魚
正聽	耕
北域側得息	之
歲逝	祭
星營	耕
同容	東
潭心	侵
願(進)	元(真)
姑徂	魚

韻字	韻部
思媒	之
救告	幽
右抽思	
莽土	魚
默鞫	幽之
抑替	至
鄙改	之
盛正	耕
章明	陽
下舞	魚
量臧	陽
濟示	脂
怪態采有	之
豐容	東

韻字	韻部
故慕	魚
強像	陽
暮故	魚
汩忽	脂
質匹没程（讀如秩）	至（耕脂）
錯懼	魚
喟謂愛類	脂
右懷沙	
眙詒	之
發達	祭
將寓	陽（侯）
詒志	之
化爲	歌
度路	魚

之　之啙期
幽　悠憂
魚（幽）　莽草
之（脂）　佩異態竢出 江云韻未詳，今从王。
陽　揚章
侯　木足
之　能疑
魚（歌）　度罷 王江不入韻。 暮故

右思美人

之　詩疑娭治之否欺思之尤之
幽（侯[2]）（宵[1]）　流昭[1]幽聊由廚[2]
之　牛之
幽　憂求游
之　之疑辭之」戒得

之（幽）　佩好代意置載備異再識

右惜往日

之　服國志喜
元　摶爛
幽（侵）　任醜 江王从一本作道。
之　異喜
幽　求流
歌　過地
之　友理
陽　長像

右橘頌

陽　傷倡忘長芳章芳貺羊明
魚　處慮曙去
之　恃止

纕膺仍　蒸（陽）
湯行　陽
（至）比　脂（至）
聊愁　幽
（還）聞　諄（元）
默得　之
解締　支
儀爲　歌
紆娛居　魚
顛天　真
雰（媛）　諄（元）
江洶　東
紀（至）」右期（楚音至作上聲）王江皆从止。　之（至）
積擊策迹適愆適迹益　支

右悲回風

遠遊第五

遊浮　幽
語曙　魚
勤聞　諄
懷悲　脂
留由　幽
得則　之
仙延　元
一逸　至
怪來　之
都如　魚
征零成情程　耕
居戲霞除　魚
息德　之

韻文	韻部
傳垠然存先門	諄
行鄉陽英壯放	陽
榮人征	真耕
予居都閭	魚
馳蛇	歌
燿鶩	宵
行芒	陽
路度	魚
涼皇	陽
麾波	歌
屬轂	侯
厲衛	祭
撟樂	宵
鄉行	陽

韻文	韻部
元諄	
涕弭江云支脂通韻，非也。	之脂
疑浮	幽之
妃歌夷蛇飛徊	歌脂
門冰江無韻，今从王。《天問》有蒸諄相協例，此自楚音。	蒸諄
顧路」漠壑	魚
天聞鄰	諄真

卜居第六

韻文	韻部
疑之	之
龜教	？
忠窮	冬
耕人名身生真人清楹	真耕
訾斯咿兒	脂支
梯稽脂韋	脂
駒凫偷軀江不收凫，今从王。	侯

軛迹　　文
翼食江脱，今从王。　　之
凶從　　東
清（重）?輕鳴（張）?名貞　　（東）（陽）耕
長明（通）　　（東）陽
意事　　之

漁父第七

清醒　　耕
移波釃爲　　歌
（冠）衣　　（元）脂
汶埃江謂當作埃塵，汶塵入諄部。　　?
清纓　　耕
濁足　　侯

汶當與冠衣爲韻，元諄楚音固相協也。

按此當从《史記》以白蠖爲韻，皆古魚部字也。

九辯第八

瑟慄从王。　　至
衰歸　　脂
寥㝗从王。　　幽
清清（人）（新）平生（憐）聲鳴征成　　（真）耕
悽欷从王。　　脂
怳悢从王。　　陽

右一

廓繹客薄　　魚
化何　　歌
思事意異　　之
歸悲　　脂
息軾得惑極直　　之

右二

秋楸（昭）悠愁王江俱不收昭。　　（宵）幽露夏《孔子閒居》以夏露爲韻。
霜藏横黄傷當佯將攘堂方明
邑色王帝德順天之義，又易以急服爲韻。
溢佛
右三
華敷
旖都
房颺芳翔明傷重通江氏東陽分部。
滟歎
右四
錯路御去舉
枘入集洽合
歸棲衰肥
下處

服食得德極
右五
濟至死
往通從誦容
固鑿教樂高
温餐垠春
哀悲
偕毀施江云支脂通韻。
冀欷
處躇
右六
月達
蔽汙江云無韻。
天名

魚 陽 緝 之 脂 支 魚 魚 歌 陽 東 元 魚 緝 脂 脂 魚

之 脂 至 東 陽 宵 魚 諄 元 脂 脂 歌 脂 魚 祭 ? 耕 真

瑕加　魚歌
帶介薀邁穢敗昧　脂祭
藏當光　陽
適惕策益　支
約效　宵
下苦」薄索　魚
知訾　脂支
得鄣江云無韻。　?
右七
中[1]湛[2]豐　冬[1]侵[2]東
躍衙　魚
鏘從容　陽東
臧恙　陽
右八

招魂第九

沫穢　脂祭
苦下輔予　魚
從用江無韻，從用王得之。　東
予謝　魚
方祥　陽
託索石釋託　魚
止。齒祀醢里　之
心淫　侵
里止　之
宇壺　魚
食得極賊」止里久　之
天人千侁[1]淵瞑[2]身　諄[1]耕[2]真

韻字	韻部
（都）鬗駓牛災	（魚）之
門先	諄
絡呼居	魚
姦安軒山連寒湲蘭筵瓊江以瓊入陽，非是。今从王。	元
光張璜	陽
怪備代	之
臯宮	冬
（比）代植意	（脂）之
房光	陽
蹡閒	元
堂梁	陽
蛇池荷波陁羅籬爲	歌
方粱行芳羹漿鶬爽餭鷞涼漿（敬）妨	（耕）陽
羅歌荷酡波奇離	歌
舞下鼓楚呂	魚

韻字	韻部
分紛（陳）先	（真）諄
簙迫白	魚
（比）日瑟江比不入韻（江入脂）。	（脂）至
夜錯假賦故居	魚
（春）征生江春不入韻。	（諄）耕
薄博	魚
乘烝	蒸
先運先（兕）	（脂）諄
淹漸	談
楓心南	侵

大招第十

韻字	韻部
昭（遽）逃遙	（魚）宵
徠北江無韻，王以北與下湫悠爲韻。	之
湫流悠膠宗	幽

蜒蜿騫〔躳〕江云當作身。　〔冬〕元
洋鬤狂傷　陽
赩測凝極　之
静定　耕
安延言　元
粱芳羹嘗　陽
酪蓴薄擇　魚
〔嗽〕存先　〔真〕諄
嗌役瀝惕　支
張商倡桑　陽
舞賦江云疑脱偶句。　魚
亂變譔（《惜誦》以變遠爲韻）　元
姱都娛舒（《抽思》以姱怒爲韻）　魚
曼顏安　元
佳規〔施〕卑〔移〕　〔歌〕支

作澤客昔　魚
媔嘕娟便　元
秀靁畜〔囿〕　〔之〕幽
假路慮　魚
皇鵠鶩翔　陽
盛〔命〕盛定江以命亦在耕。　〔真〕耕
雲〔神〕存昆　〔真〕諄
昌章明當　陽
海理阯海士　之
〔暴〕罷麾施爲王江並皆暴當作苛。　〔宵〕歌
明堂卿張讓王　陽

招隱士第十二

幽〔繚〕　〔宵〕幽
峨波　歌
嘷留　幽

歸萋　微　脂

聊啾　幽

軋岪忽沕栗穴慄　脂　至

硊硪骫　歌　支

靡倚　歌

峨涯　歌　支

羆悲　歌　脂

留咆曹留　幽

楚辭韻譜之三

離騷[1]	天問[2]	九章[3]	九歌[4]	漁父[5]	卜居[6]	九辯[7]	招魂[8]	遠遊[9]	大招[10]	招隱士[11]

東

庸	降(冬)1	縱	巷1	同	調(幽)1	功	同2
從	通2	龍	遊(幽)2	逢	從2	沈(侵)	封2
江	東3	同	容3	豐	容3	江	洶3
凶	從6	重	通7	中(冬)	湛(侵)	豐7	從
容7	⿸疒夢	從	用8				
長(陽)	明(陽)	通6					

屈《賦》調入東部，《淮南·本經篇》心與神處四句調通相協，與此正同。龍似當入幽。

屈以東侵相協。宋玉以冬侵相協，《淮南·原道篇》九疑之南四句南衆蟲韻。《泰族篇》今夫道者五句心中韻，與此正同。

屈《賦》東通幽，冬不通幽。

全平

冬（中）

中	窮	懞4	宮	中4	躬	降2	中
窮3	忠	窮6	衆	宮8			
蜒(元)	蜿(元)	騫(元)	躬10				

《詩·文王》七以躬天爲韻，猶此以躬韻元部字也。《淮南》真元相叶，韻元猶韻真也。

全平

真

名(青)	均 1	天	人 4	民	嬪 2	人	身 3
天	名(青) 3	鎮	人 3	顛	天 3		
天	聞(諄)	鄰 9	耕(青)	名(青)	身	生(青)	真
人	清(青)	楹(青) 6	清(青)	清(青)	人	新	平(青)
生(青)	憐	聲(青)	鳴(青)	征(青)	成(青) 7	天	名(青) 7
天	人	千	侁(諄)	淵	瞑(青)	身 8	
屈《賦》唯一名字入青，疑屈讀此入真耳。宋玉始以真青爲一矣。 《淮南》亦然。 屈《賦》全平。 《卜居》青真相混與宋玉同。 大抵楚音晚期en eŋ不甚分別。							
全平							

諄(文)

艱	替(至) 1	忍	隕 1	門	雲 4	雲	塵 4
雲	先 4	分	陳(真) 2	賓(真)	墳 2	鰥	親(真) 2
云	先	言(元)	勝(蒸)	陵(蒸)	文 2	貧	門 3
聞	忳 3	忍	軫 3	聞	患(元)	亡(陽)	完(元) 3
還(元)	聞 3	雰	媛(元) 3	温	餐(元)	垠	春 7
門	先 8	分	紛	陳(真)	先 8	先	運
先	兕(脂) 8	勤	聞 9	傳(元)	垠	然(元)	存
先	門 9	門	冰(蒸) 9	嗽(真)	存	先 10	雲
神(真)	存	昆 10					
(《淮南》真元相通)(《淮南》元青相通) 真通青，不通元；諄通元，不通青，是真諄有別也。陳三見，皆韻諄，蓋楚音如是。 《淮南》亦以諄元相協。屈《賦》諄全平。 《抽思》、《悲回風》以諄元相協。							

清

情	聽 1	正	征 1	庭	旌	靈 4	莖
成 4	星	正 4	冥	鳴 4	聽	刑 2	成
傾 2	營	盈 2	寧	情 2	情	正 3	正
聽 3	星	營 3	盛（《淮南·兵略篇》正命韻作去）	正 3	清	輕	鳴
名	貞 6	清	醒 5	清	纓 5	征	生 8
征	零	成	情	程 9	榮	人（真）	征 9
靜	定 10	盛	命（真）	盛	定 10		

《原道》靜定、《精神》靜命並作去。

屈《賦》青不與真通，宋玉《賦》以下始以青韻真。屈《賦》全平。
《懷沙》盛與正韻，當作平聲，屈《賦》正俱作平讀也。
《懷沙》亦可疑。
《大招》盛作去聲，此漢讀也。

寒

然	安 1	反△	遠△ 1	遷	盤 1		翩（真）
閒 4	言	湲 4	蔓	閒 4	反△	遠△ 4	寒
言 2	安	遷 2	變△（《惜誦》變讀如反）	遠△ 3	伴△	援△ 3	言
然 3	遠△	壇△ 3	愆	遷 3	霰△	見△ 3	反△
遠△ 3	願△	進△（真） 3	摶	爛 3	漧	歎 7	姦
安	軒	山	連	寒	湲	蘭	筵
瓊 8	矊	閒 8	仙	延 9	蜒	蜿	騫
躬（冬） 10	安	延	言 10	亂△	變△	譔△ 10	曼
顏	安 10	媔	嫣	娟	便 10		

《淮南》元真相協。《好色賦》寒真叶。
《九歌》、《抽思》以元真相協，又有去聲韻，疑出漢人。
屈《賦》似但有平上。

意極相韻。《天問》似止平上入三聲，凡去作入也。

《天問》以側、識諸入聲字韻佑、喜諸去聲字。

之°（德咍）

⊂能	⊂佩1	在	茝1	晦	芷1	服○	則○1
茝	悔1	⊂時	⊂態1	息○	服○1	節○（質）	服○1
⊂茲	⊂詞1	極○	服○1	悔	醢1	⊂佩	⊂詒1
在	理1	⊂異	⊂佩1	⊂疑	⊂之1	⊂媒	⊂疑1
⊂茲	⊂沬（微）	極○	翼○1	⊂待	⊂期1	⊂來	⊂思4
息○	側○4	⊂辭	⊂旗4	⊂旗	⊂思	⊂來4	極○
識○2	汜	里2	子	在2	在	里2	在
守（幽）2	在	止2	⊂謀	⊂之2	止	殆2	得○
殛○2	億○	極○2	止	子2	⊂牛	⊂來2	極○
得○2	子	婦2	⊂尤	⊂之	⊂期	⊂之2	市
姒2	側○	佑（去·四十九宥）2	惑○	服○2	牧○	國○2	識○
喜2	戒○	代○2	祐（去·四十九宥）	喜2	服○	直○3	⊂肬

祐于救切
代徒耐切（弋聲）

《廣韻·六至》：『出，尺類切，又昌律切一。』又『自，疾二切二』下有：『嫉，妬也，又音疾。』

之⊂3	志⊂	咍⊂3	恃	殆3	志⊂	態⊂3	尤⊂
之⊂3	日	醢3	極○	得○3	持⊂	之⊂3	時⊂
丘⊂	之⊂3	期⊂	志⊂3	北○	域○	側○	得○
息○3	思⊂	媒⊂3	默○	鞠○（幽）3	鄙	改3	怪⊂
態⊂3	采	有3	眙⊂	詒⊂3	詒⊂	志⊂3	之⊂
皆⊂	期⊂3	佩⊂	異⊂	態⊂ 近《淮南》	娭 《思美人》	出（術脂）3	能⊂
疑⊂3	詩⊂	疑⊂	娭⊂	治⊂	之嫉（質） 《惜往日》	否	欺⊂
思⊂	之⊂	尤⊂	之⊂3	牛⊂	之⊂3	之⊂	疑⊂
辭⊂	之⊂3	戒○	得○3	佩	好（幽）	代○	意○
置○	載○	備○	異	再	識○3	服○	國○
志	喜3	異	喜3	友	理3	恃	止3
默○	得○3	紀	至（至）3	右⊂	期⊂3	疑⊂	之⊂6

《廣韻·五質》：『疾，秦悉切十一。』下有：『嫉，嫉妬。《楚詞注》云：害賢曰嫉，害色曰妬。』

翼○	食○6	意	事6	思	事	意	異7
息○	軾○	得○	惑○	極○	直○7	食○	得○
德○	極○7	止	祀	醢	里8	里	止8
食○	得○	極○	賊○8	止	里	久8	都⊂（魚）
觺⊂	駓⊂	牛⊂	災⊂8	怪○	備○	代○8	代○
意○8	得○	則○9	怪平	來9	息○	德○9	涕（脂）
弭9	疑⊂	浮⊂（幽）9	徠○	北○10	艴○	測○	凝○
極○10	海	理	阯	海	士10		

《廣韻·六術》：『出，進也，見也，遠也。赤律切，又赤季切一。』

《九章》與《天問》及宋玉《賦》韻有不同處。

楚音幽或讀入之。《淮南》幽亦協之。

《惜往日》代識並作去聲，與屈《賦》之作入聲不同。

《九章》識讀去聲，與《天問》作入者不同。

《九章》戒叶入，《天問》叶上。

《遠遊》以怪來相協，以去入平亦楚音。漢人又以來作入聲。

《大招》以徠爲入聲，與《孟子》引放勳語合。

脂（灰）没（隊—去入）

幃	祇 1	蛇（歌）	懷	歸 4	歸	懷 4	繼
飽（幽）2	死	體 2	懷	肥 2	底	雉 2	依
譏 2	衰	嵬 3	濟	示 3	汨	忽 3	没
程（青）（失）3	喟	謂	愛	類 3	至（至）	比 3	梯
稽	脂	韋 6	冠（元）	衣 5	衰	歸 7	悽
欷 7	歸	悲 7	歸	棲	衰	肥 7	濟
至（至）	死 7	哀	悲 7	偕	毁	施（歌）	冀
欷 7	知（支）	眥 7	沫	穢（祭曷）8	懷	悲 9	妃
歌（歌）	夷	蛇（歌）	飛	徊 9	歸	萋 11	軋（質）
岪	忽	沕	栗（質）	穴（質）	慄（質）11	漇（支）	悲 11

《賓之初筵》以禮至爲韻。

質没楚音仍當分爲二部，《淮南》始合爲一耳。楚音至入脂，讀上聲。幽部字或入脂。大氏宋玉之言近沅湘，故脂歌相協。玉又以脂祭相叶。《淮南》亦以脂祭相協。《九章》、《九辯》以至協脂。

泰（祭）去入［曷末］（達）

刈	穢 1	蔽	折 1	艾	害 1	雪	末
絕 4	裔	澨	逝	蓋 4	逝	際 4	蠆
達 2	越	活 2	害	敗 2	摯	説 2	會
殺 2	汰	滯 3	歲	逝 3	發	達 3	月
達 7	帶	介	磕	邁	穢	敗	昧（隊）7
沫（隊）	穢 8	厲	衛 9				

宋玉（脂去聲〔隊〕）或讀如（祭〔泰〕）。《淮南》（祭〔泰〕）似入脂部。

《離騷》蔽折當作拂折，此以泰隊爲韻。今謂楚音當以泰隊爲一部。

屈《賦》似去作入，

宋玉《賦》似有去聲。《鴛鴦》三章秣艾。

《生民》二章月達害。

《天問》、《離騷》去皆作入。

質至○去入［屑］

艱（諄）	替 1	節	服（之）1	節	日 4	抑	替 3
質	匹 3	至	比（脂）3	紀（之）	至 3	瑟	慄 7
濟（脂）	至	死（脂）7	日	瑟 8	一	逸 9	軋
岪（脂）	忽（脂）	沕（脂）	栗	穴	慄 11		

此當改名質部，皆入聲字。至當入脂部，讀上聲。漢世楚音没質爲一。

德質相協亦見《淮南》。

《淮南·泰族訓》以指至相協，在脂部上聲是也。又《兵略篇》挃至在入聲，其實挃讀如指，當在上聲。

《悲回風》以至入脂之，讀上聲。

東方朔《七諫·謬諫》至死，王襃《四子講德論》至比相協。是襃讀近《九章》，朔讀近《九辯》也。

支○（錫齊）（佳）

隘	績 1	離（歌）	知 4	畫	歷 2	解	締 3
積	擊	策	迹	適	愁	適	迹
益 3	斯	兒 6	軛	迹 6	適	惕	策
益 7	知	訾（脂）7	嗌	役	瀝	惕 10	佳
規	施（歌）	卑	移（歌）10	硊	硪（歌）	觖 11	澌
悲（脂）11							

楚沅湘間音始以歌支相叶，漢世楚音歌支益亂。宋玉始以脂入支，與《淮南》合，此亦平上入三聲，締當入上。

歌

他	化 1	蕊	纚 1	離	虧（段在魚）1	差	頗 1
可	我 1	化	離 1	馳	蛇 1	離	爲 4
虧（段在魚）	爲 4	阿	歌 4		蛇	懷（脂）	歸（脂）4
波	螭 4	阿	羅 4	爲	化 2	加	虧（段在魚）2
施	化 2	多	何 2	歌	地 2	宜	嘉 2
嘉	嗟	施	何 2	儀	虧 3	化	爲 3
過	地 3	儀	爲 3	移	波	釃	爲 5
化	何 7	旖	都（魚）7	偕（脂）	毀（脂）	施 7	瑕（魚）
加 7	蛇	池	荷	波	陁	羅	籬
爲 8	羅	歌	荷	酡	波	奇	離 8
馳	蛇 9	麾	波 9	妃（脂）	歌	夷（脂）	蛇
飛（脂）	徊（脂）9	佳（支）	規（支）	施	卑（支）	移 10	暴（宵）

罷	麾	施	爲 10	峨	波 11	硊（支）	硪
骫（支）11	靡	倚 11	峨	羆 11			

（《淮南·說林》亦以魚歌相協）

宋玉魚歌音近相協。《大招》歌宵音近相協。

魚〈鐸模

⊂鼓	⊂下	苦 4	者	⊂渚	⊂女	⊂女	馬	迫⊃	⊂予	⊂武	⊂與
舞	雨	⊂簴	與 4	下	下 1	女 1	女 1	索 1	野 1	怒 1	莽
與	予 4	姱上	⊂女	浦	車	宅⊃	⊂下	夜⊃	狐	《說文》市居曰舍 舍	序 1
古 4	若⊃	舞 4	予 4	女	疏 1	惡 1	女 1	御 1	家 1	故平 1	暮⊃
度⊃	柏	⊂渚	居	與 4	⊂與	迎(陽)	固⊃	⊂下	⊂輔	索⊃	度
作 2	作⊃ 4	下	疏 4	⊂予	予 1	故平 1	惡 1	予	土 1	妒入 1	路 1
洿	⊂鼓	浦	⊂下	下 4	都	⊂舉	⊂瘏	佇	圃⊃	錯⊃	路⊃
故平 2	⊂壄 4	予 4	予 《九歌》作叶入，與枚乘《七發》合。似是南楚之音。	⊂浦	居 1	輔 1 原賦作似當入去聲。	古 1	妒上	暮 1	度 1	步 1

漢人讀去聲，楚自讀入聲，度似當作宅。

薄	樂(宵)平	御	露	去⊃ 3	⊂莽	故⊃	作⊃	蹠⊃	顧⊃	⊂輔	居
索 7	高(宵) 7	去	夏 7	紆	草(幽) 3	慕 3	穫 3	客	圃 3	緒 2	如 2
躍	處	舉 7	華	娛	度⊃	暮⊃	姑	薄	如	⊂怒	⊂處
衙 7	躇 7	下	敷 7	居 3	暮	故 3	徂 3	釋 3	居 3	固 2	羽 2
苦	瑕	處 7	旖(歌)	廓	故 3	錯⊃	⊂莽	如	⊂雨	釋⊃	䠶⊃
下	加(歌) 7	固平	都 7	繹	處	懼 3	土 3	蕪 3	宇 3	白 3	若 2
輔	下	鑿(宵)平	錯	客	慮	度⊃	⊂下	⊂姱	薄⊃	⊂下	故
予 8	苦 7	教(宵)	路	薄 7	曙⊃	路 3	舞 3	怒 3	薄 3	所 3	懼 2

予	謝8	託	索	石	釋	託8	宇
壺8	都	觺(之)	駓(之)	牛(之)	災(之)8	絡	呼
居8	舞	下	鼓	楚	呂8	簿	迫
白8	夜	錯ɔ	假ɔ	賦	故	居8	薄
博8	語	曙9	都	如9	居	戲	霞
除9	予	居	都	閭9	路	度9	顧
路9	漠	壑9	昭(宵)	遽	逃(宵)	遙(宵)10	酪
蕈	薄	擇10	舞	賦10	娉	都	娛
舒10	作	澤	客	昔10	假ɔ	路	慮10

《大招》以魚宵相叶，音近宋玉。屈《賦》迎讀入魚。草讀入魚。屈《賦》入聲似或作上，如索似即上聲字。觀屈《賦》以草韻莽，則知雅言早晨（日部：早，晨也。）楚曰曙也。《説文》無曙者，當是不合秦文，在所罷之中耳。

《淮南·説山》亦以魚幽相協。《思美人》以幽魚相協。《思美人》乃漢人作。《笛賦》亦以幽魚相叶。唐寫本P二〇一一王仁昫《刊謬補缺切韻》上聲母莫厚反有莽云草莽，此亦楚音之遺。《招魂》以魚之相協，與《淮南》同，其他則相如、王褒、枚乘並有其例。《遠遊》始以予作平聲，與『居、都、閭』爲韻，此漢人之作，屈宋並作上聲。《大招》以舞賦爲韻，《招魂》舞上賦去，《大招》韻與宋不合。《大招》似以舞作去。

楚辭韻譜之四

離騷經第一

又重之以脩能。能，乃代反；洪云：此讀若耐，叶韻。①

扈江離與辟（匹亦反。）芷兮。洪匹亦切。

紉（女陳反。）秋蘭以爲佩。洪女鄰切。②

朝搴阰之木蘭兮。阰音毗；洪云：頻脂切。③

夕攬（力敢反。）中（一本無。）洲之宿莽。洪云：盧敢切。④

乘騏驥以駝（音池。）騁兮。洪云：駝即馳字。

---

① 《廣韻》十九代耐奴代切七有能，云技能，是初非叶韻。

② 十七真女鄰切。陳鄰同韻。

③ 六脂毗房脂切二十三下有毗、阰。

④ 《廣韻》力來三，盧來一、二、四。

雜申椒與菌具隕反。桂兮。洪音窘。

豈維紉夫蕙茝。茝，昌改反；洪同。

何桀紂之昌被音披。兮。洪云：被音披。

夫唯捷徑以窘具隕反。步。洪無音。①

豈余身之憚大旦反。殃兮。洪徒案切。②

荃音孫。不揆余之中一作忠。情兮。洪引《莊子音義》崔音孫。

反信讒而齌賚音，又妻音。怒。洪音賚，又音妻。

畦留夷與揭去謁反。車兮。洪云：揭藒並丘謁切。

憑不猒乎求索。所格反；洪云：徐邈讀作蘇故切，則索亦有素音。

忽馳騖務音，一作馳鶩。以追逐兮。洪不音。

苟余情其信姱口瓜反。以練要兮。洪苦瓜切。

---

① 十六軫窘渠殞切。隕殞同音。渠具同聲。

② 二十八翰憚徒案切。旦案同韻。

長顑古湛反。頷顩音。亦何傷。洪云：顑虎感切，頷户感切，又上古湛切，下魚檢切。

索素各反。胡繩之纚纚。洪云：《説文》：索，昔各切。

余雖好修姱口瓜反。以鞿機音。羈兮。洪云：鞿，居依切。

謇朝誶信音。而夕替。洪：音邃，又音信，今《詩》作訊。

既替余以蕙纕相音。兮。洪息羊切。

謡諑卓音。謂余以善淫。洪竹角切。

偭面音。規矩而改錯。錯，措音；洪：偭音面，錯音措。

忳屯音，又徒昆反。鬱邑余侘丑加反，又勑駕反。①傺丑世勑界二反。②兮。洪：忳，徒渾切，侘，敕加切，傺，丑利切③；又上勑駕切，下勑界切。

寧溘蓋荅反。④死而流亡兮。洪渴合切。

---

① 《廣韻》四十禡詫丑亞切三下有侘，侘傺失志，見《楚詞》。駕亦在禡韻。

② 《廣韻》十三祭跇丑例切十二下有傺，侘傺，侘敕加切。世亦在祭韻，界在十六怪。

③ 《廣韻》六至屎丑利切八不收傺。丑敕同聲。

④ 荅在二十七合，不收此音。

忍尤而攘詬。詬，古豆反；洪：詬詢並呼漏切，又古豆切。

製芰奇寄反。荷以爲衣兮王注：秦人曰薢茩。薢音皆，茩音苟；洪音同。（又上胡買切，下胡口切。）

櫜集音。芙蓉以爲裳。洪本云櫜一作集。

女嬃須音。之嬋蟬音。媛袁音。兮。洪嬃音須，嬋媛不音。

曰鮌袞音。婞脛音。直以亡身兮。洪：婞，下頂切。

紛獨有此姱夸音。節。洪苦瓜切。

薋粢音。菉録音。葹失支反。以盈室兮。洪薋音甆，菉音録，葹，商支切。

夫何煢具營反。獨而不余聽。洪渠營切。

濟沅元音。湘以南征兮。洪音同。

就重華而敶音陳。詞。洪不音。

后辛之菹側魚反。醢兮。洪臻魚切。

周論道而莫差。七何反；洪云：差舊讀作蹉。①

---

① 七歌蹉七何切。

阽鹽音。余身而危死節一本無節字。兮。洪音簷。①

不量鑿造音。而正枘芮音。兮。洪上『音漕』下『而鋭切』。

溘於盍反。埃風余上征。洪渴合切。②

朝發軔刃音。於蒼梧兮。洪音同。

吾令羲和弭彌爾反。節兮。洪彌耳切。

望崦嵫上淹下兹音。而未一作勿。迫。洪音同。

吾將上下而求索。所格反；洪同。

倚閶闔而望予。音與；洪云：予音與，叶韻。

登閬浪音。風而緤薛音。馬。洪云：閬音郎，又音浪。緤音薛。

相下女之可詒。音移；洪音怡。

忽緯輝音。繣呼麥反，音畫。其難遷。洪云：緯音徽；繣，呼麥反，又音畫。

---

① 二十四鹽余廉切下有阽簷。

② 二十七合溘口苔切。盍在二十八盍。

見有娀戎音。之佚女。洪音嵩。

余猶惡其佻眺音。巧。洪吐凋切，又土了切。

豈珵呈音。美之能當。洪音同。

懷椒糈所音。而要之。洪同。

恐鵜題音。鴂決音。之先鳴兮。洪云：鵜音提，鴂音決，一音弟桂，一音殄絹。

榝殺音。又欲充夫佩幃。音輝；洪上同，下不音。

又況揭起列反。車與江離。洪不音者，已見上文也。

精瓊靡亡悲反。以爲粻。音良；洪云靡，音糜，《文選》音靡。粻，音張。

齊玉軑大音。而並馳。洪同。

聊暇日以媮俞音。樂。洪同。

忽臨睨音倪。夫舊鄉。洪五計切。

蜷局顧而不行。胡郎反；洪云：行，胡郎切，叶韻。

九歌第二

穆將愉俞音。兮上皇。洪同。

東皇太一

駕兩龍兮驂螭。螭音离；洪云：丑知切，一音离。

河伯

天問第三

南北順橢（妥音。）。洪云：橢音妥，又徒禾切。

九章第四

心鬱邑余侘（都嫁丑嫁二切。）傺（勑厲丑例二切。）兮。洪音已見《離騷》，此不音。①

背膺牉（音判。）合以交痛兮。洪音同。

惜誦

卜居第六

將哫訾（音足貲。）慄斯。洪云：哫促並音足，唐本子祿切。訾音貲。

---

① 都歸端，丑歸徹，此以一四等紐切二三等字。嫁駕同音，厲例同音，世例同韻。

九辯第八

泬（血音。）寥兮。洪同。

宋（寂音。）嵺（寥音。）兮。洪云宋與寂同，嵺與寥同，音聊。

愴怳懭（口朗反。）悢（音朗，又音亮。）兮。洪上口廣切，下音朗，又音亮。

鵾鷄啁（張流反。）哳（上竹交，下陟轄。）而悲鳴。洪上竹交，下陟轄。

中瞀（茂音。）亂兮迷惑。洪同。

心怦怦（披綳反。）兮諒直。洪披繃切。

余萎（逶音。）約而悲愁。洪於爲切。

收恢炱（徒來反。）之孟夏兮。《釋文》台他來切；洪云：臺胎二音。

然欿（口咸反。）傺（丑例反。）而沈藏。洪云：欿與坎同。

葉菸（於音，或音飫，鬱也。）邑而無色兮。洪音於。

枝煩挐（女除反。）而交橫。洪同。

顏淫溢而將罷（疲音。）兮。洪同。

莿稍音。橚先彫反。槮森音，又所感反。之可哀兮。洪莿音稍，橚音蕭，槮音森。

掔慳音，又啓妍反。騑菲音。轡而下節兮。洪音啓妍切，騑音菲。①

歲忽忽而遒即秋反。盡兮。洪即由即秋二切。

逢此世之俇匡音。攘。汝章反；洪：上音匡（作臣誤），下而羊切。

澹容與預音。而獨倚兮。洪不音。

滅規榘而改鑿。在到反；洪音造。

心繚悷一作悧，音列。而有哀。洪：悷，盧帝切，又音列，悧音列。

春秋逴逴敕角反。而日高兮。洪竹角切。②

然怊抽音。悵而無冀。洪音超。③

或黕丁感反。點而汙之。洪云：《説文》都感切，滓垢也，又陟甚切，污也。

---

① 一先牽苦堅切九有掔『固也厚也持也，又音慳』，妍在先韻。二十八山慳苦閑切八有掔『《爾雅》云固也，《莊子注》牢也』。

② 四覺斲竹角切十九有卓；逴敕角切。

③ 四宵超敕肖（字誤）切六有怊，悵恨，十八尤抽丑鳩切八有惆，惆悵。

瞭杳音。冥冥而薄天。洪云：音了，明也，一音杳。①

尚黯黮禫音。而有瑕。洪徒感切。②

然潢晃音。洋養音。而不可帶。洪同。

衆踥蹀上思協反，下音牒。而日進兮。洪同。

農夫輟耕而容與音預。兮。洪不音。

椉音乘。騏驥之瀏瀏兮。洪云：與乘同。

忳屯音。惽昏音。惽而愁約。洪：忳，徒渾切，下字同。

椉精氣之摶摶佐官反。兮。洪度官切。

鶩諸神之湛湛。耽音；洪云舊音羊戎切。

招魂第九

身服義而未沫。音妹；洪莫貝切。

---

① 二十九篠了盧鳥切下有瞭。杳、了同韻。

② 四十八感禫徒感切十六有黮。

何爲四方些。蘇賀反；洪同。
懸人以娭許其反。洪同。
其角觺觺牛力反，又五其反。些。洪云：音疑，又牛力切。
敦脄音每。血拇。洪云：脄腜音梅，又音妹。
遺視矊綿泫二音。些。洪音綿。
侍君之閒閑音。些。洪同。
稻粢穱音捉。麥。洪同。
肥牛之腱。居言反；洪同。
臑儒音。若芳些。洪本：臑，仁珠切。
鵠酸臇子兖反。鳧。洪同。
露雞臛蠵。音携，又音惟；洪云：音携，又以規切。
粔音巨。籹音女。蜜餌。洪同，惟籹又音汝。
有餦餭音張皇。些。洪同。

蘭芳假格音。些。洪同。

皐蘭被徑兮斯路漸。音尖；洪同。

九歎第十六

龍邛脟力轉反。圈繚戾力結反。宛轉。洪脟音臠，戾力結切。

逢紛

不從俗而詖卜寄反。行兮。洪彼寄切。

哀僕夫之坎苦敢反。毒兮。洪本坎一作歁，云：音坎。

波澧澧而揚澆力(乃)交反，又音鬧。兮。洪音女教切，云舊音叫。

靈懷

九思第十七

謀女詘音訥。兮謰謱。洪云：詘與訥同。

閒睄音蕭。窕徒弔反。兮靡睹。洪云：睄與宵同，窕徒了切。

心緊居引切。絭兮傷懷。洪祛引切。

疾世

薊音計。蕠音如。兮青葱。洪上居滯切，下女猪切。

憫上

違羣小兮謑音傒。訽王注下：一云鷄鶩𧄼兮，𧄼音竄。洪本棲一作𧄼音竄，謑音傒。

遭厄

後記

自屈原作《離騷》以下諸賦二十五篇，而『楚人高其行義，瑋其文采，以相教傳』（見王逸《章句敍》）。故漢武好賦，而淮南王安能爲《離騷傳》，至於孝宣，而九江被公能爲《楚辭》。是時章句未備，而二子能道屈平之詞，知十口相傳，故老之遺説猶存也。然淮南『説五子以失家巷，謂五子胥也』，而班固譏之，則知雖安之博聞，猶未能盡得其本真。王逸又云：『莫能説《天問》……自太史公口論道之，多所不逮。』豈非節族久而絶，百餘年間，楚人雖轉相教傳，故未能委曲而無遺義歟？

蓋自劉向始定《楚辭》爲十六卷，今王逸《章句》前十六篇是也。自是援引傳記，以説《天問》，則有劉向、揚雄，而王逸猶曰：『亦不能詳悉，所闕者衆。』至於班固、賈逵，復以所見，改易前疑，各作《離騷經章句》，而逸又云：『義多乖異，事不要括。』今漢儒舊義，叔師而外，已無全書，然尋逸所論，其得失亦略可見矣。蓋自逸以前，《離騷》《天問》而外，徒有口説相傳，至逸始備其章句。前賢或文有離合（如班、賈之以壯爲狀），義有異同者，逸頗爲之整齊，有討論潤色之功矣。其自序有云：『稽之舊章，合之經傳。』其云『合之經傳』，猶劉、揚之援引傳記，班固之博采經書也；至云『稽之舊章』，則亦將考故老之言，采諸家之傳矣。觀其援《書序》以釋五子，則舍劉而從班；《離騷章句》一曰『撫壯』，再曰『方壯』，初不作『狀』，則又未嘗墨守班、賈也。

晉宋以還，諸家楚辭音義散軼略盡。其遺文尤可觀者，其唯晉之郭璞，隋之釋道騫乎？《隋志》有郭璞《注》十卷，今不傳。然觀其注《爾雅》《方言》以下諸書，多引《楚辭》，義皆審諦，則其梗概可知也。《隋志》又稱：『騫善讀《楚辭》，能爲楚聲，音韻清切，至今傳《楚辭》者，皆祖騫公之音。』至朱子爲《楚辭集注序》時，已云『漫不復存，無以考其說之得失』。今賴敦煌殘卷，甫能窺見源流，其備載故訓，兼出衆音，信爲有功，然求其所謂楚聲者，亦已不可方物矣。洎唐之世，李善號爲書簏，然注《文選》，於《楚辭》諸篇，叔師而外，不著一字，可謂孱守矣。如陸善經之注《騷》，雖多亦奚以爲？唐人說《楚辭》，今更無專書。洪興祖《補注》引用舊義，有曰《釋文》者，見於《宋藝文志》，凡一卷。雖莫知時代，然頗載音讀，時存故書，見聞頗出宋人外。大抵猶承唐人相傳之舊，豈唐末、五代之作歟？然比諸騫書，彌爲苟簡矣。

宋人理《楚辭》，其成書可見者，洪興祖最可觀，以其用力既專，又不穿鑿也。如《天問》之『馮珧』、『馮弓』，叔師持兩說，而慶善糾之，是能補王而不佞矣。朱子衍吳棫之緒，頗能推尋古音，兼亦旁求謠俗，此其所長也；至於斥屈子，詆《山海經》，亦通人之蔽乎？若夫片言居要，則莫善夫黃長睿之序《新校楚辭》。《序》曰：『蓋屈、宋諸騷，皆書楚語，作楚聲，紀楚地，名楚物，故可謂之楚辭。』寂寥千載之餘，能爲斯言，獨一伯思耳。惜乎其書不傳，觀自序之所發揮，又多但取目前，未遽爲知微之選也。自宋以降，爲《楚辭》者，多探胸臆，戴震所謂『碎義逃難，未能考識精核』者（見《屈原賦注自序》），既無關故訓，宜可得而略也。清儒能尋訓故以讀《楚辭》者，自東原始。《屈原賦注》讀『齊怒』如『天之方懠』，《音義》能明方音，斯皆陳義卓犖，度越前賢矣。弟子有王念孫，著《讀書雜志餘編》，其釋『江介遺風』，訂『懲連改忿』，又子引之之說『曾傷爰哀』諸條，精審可爲叔師解紛。近世則孫詒讓最優，說『蹇脩爲理』『交吾揆之』『荆勳作師』諸義，皆渙然冰釋也。

予治《楚辭》，歲在甲申，時倭禍方亟，實有哀郢之志。既流觀王逸以來諸家舊義，頗求之楚事楚言，時有未合，乃稍下己意。以爲叔師雖去古未遠，又身爲楚人，於初別國不相往來之言而當時或同者，實已不能盡瞭，故其爲《章句》，始有遺義矣。清儒於訓故實勤，然能通古今字而已，於方國殊俗，猶未遑條理也。何以明之？如『拂』在通語爲擊，在楚語爲蔽，王逸不能辨，故作《章句》説『拂日』，寧從通語，乃退『蔽』於一説。然《悲回風》云：『折若木以蔽光』，則知靈均意自謂蔽也（朱駿聲《離騷賦補注》所證明）。朱允倩知讀拂爲茀，而不能引《懷沙》之賦以證成楚語，是猶未達一間也（具詳拙撰《解故》中）。

今爲《解故》，務使楚事、楚言，一歸諸楚。其有明文者，必徵其始；其無明文者，亦以參伍而知之。故於校勘，則『幽拂』取諸太史公，『涼風』取諸淮南王，『厭塞』考之《方言》而後明，『故宅』質諸騫公《音》而後定，是文字異同，頗軼出王、洪二君外，而屈、宋故書，風貌乃髣髴可覩。於訓故則『拂』之爲蔽，『判』、『胖』、『伴』之爲棄，『淫』之爲遊，『服』之爲箙，或前賢所未知，或知之而未盡，自王逸以來，未能詳説，今悉爲之參伍遺文，明其語楚，以見諸家義一切據通語立説者，時失其真，蓋必先明楚語，而後楚辭始有達詁也。於謠俗則『指九天以爲正』引《九歌》、賈誼《新書》，而平爲此言，始狀溢目前；明『步馬』有二，而後諸文用語之殊，始委曲可理；『九疑賓』既是徵實之談，必稽之楚樂，其義始見；『白蜺』之諷，致詰『良藥』，『大鳥何鳴』，譏喪厥體，蓋荆王慕不死藥，而屈子之微辭作。是皆考之故書，核之楚事，而後能覽其義理也。於名物則瓊芳之爲薆茅，疏麻之爲野麻，皆求諸楚俗所有，風土所具，一本良史所書，地記所載，語無譖益，而方物可曉也。至於音韻，仍當別爲之譜，篇中偶及一二，亦足以見拘牽《詩》音者莫能理《楚辭》，此戴君（東原）之見所以勝江（江有誥《楚辭韻讀》），猶尚惜乎其業之未竟也。持此五耑，以觀《解故》，亦可以得其大略矣。蓋自草創以來，迄於今茲，歲星一終焉。倭難既平，棄置篋中，殆不復省視。會《語言研究》爲之刊布*，因疏其本末如此，以爲後記云爾。

* 編者按：《楚辭解故》部分條目曾發表於《語言研究》第二期（一九五七年十二月版）、第四期（一九五九年九月版）及《中華文史論叢》第一輯（一九六二年八月版）、第二輯（一九六二年十一月版）、第四輯（一九六三年十月版）。彙編時，發表部分也經過作者作了一些修改。這篇《後記》在《語言研究》上是作爲《前言》發表的。除結句外，無甚更動。

楚辭解故及續編引用書目略

周易〔三國・魏〕王弼注

尚書僞〔漢〕孔安國傳、〔唐〕孔穎達正義　禹貢錐指〔清〕胡渭　尚書今古文注疏〔清〕孫星衍　尚書大傳〔清〕陳壽祺輯　古文尚書拾遺太炎先生　逸周書〔晉〕孔晁注

毛詩大毛公故訓傳、〔漢〕鄭玄箋、〔唐〕孔穎達正義　毛詩音殘卷唐寫本　毛鄭詩考正〔清〕戴震　毛詩注疏校勘記〔清〕阮元

韓詩外傳〔漢〕韓嬰

周禮〔漢〕鄭玄注、〔唐〕賈公彥義疏　儀禮〔漢〕鄭玄注　禮記〔漢〕鄭玄注、〔唐〕孔穎達正義　大戴禮記四部叢刊影印明袁氏嘉趣堂本〔清〕孔廣森補注、傳録〔清〕孫詒讓批校本　佚禮扶微〔清〕丁晏　求古録禮説〔清〕金鶚　禮書通故〔清〕黄以周

左傳〔晉〕杜預《春秋經傳集解》、《春秋釋例》（〔清〕莊述祖、孫星衍校刻本）、〔唐〕孔穎達正義　國語〔三國・吴〕韋昭解　春秋地名考略〔清〕高士奇　春秋左氏傳地名補注〔清〕沈欽韓

公羊傳（漢）何休解詁

論語

爾雅（晉）郭璞注、（宋）邢昺疏、（清）邵晉涵正義、（清）郝懿行義疏　爾雅漢注（清）臧鏞堂輯　五經異義（漢）許慎、鄭玄駁、（清）陳壽祺疏證　經典釋文（唐）陸德明

古經解鉤沈（清）余蕭客　經籍籑詁（清）阮元　經義述聞、經傳釋詞（清）王引之

倉頡篇（清）梁章鉅校證本、陶方琦補本　急就篇（唐）顔師古注　方言（晉）郭璞注（四部叢刊影印傅氏雙鑑樓藏宋刻本）、（清）戴震疏證、（清）錢繹箋疏　説文解字又新附（宋）徐鉉校定

説文解字繫傳、韻譜（南唐）徐鍇　説文廣義（清）王夫之　説文解字注（清）段玉裁　説文解字義證（清）桂馥

釋名（漢）劉熙、（清）江聲疏證　廣雅（三國・魏）張揖、（清）王念孫疏證　玉篇（陳）顧野王（古逸叢書原本）　干禄字書（唐）顔元孫　十七帖（晉）王羲之

隸釋（宋）洪适　小蓬萊閣金石文字（清）黄易　文始、小學答問太炎先生　切韻殘卷（S二〇七一）唐寫本

刊謬補缺切韻殘卷（P二〇一一）（唐）王仁昫唐寫本　韻書（P五五三一之二）唐末五代刊本、以上三種俱見姜寅清《瀛涯敦煌韻輯》

唐韻（唐）孫愐（大徐説文引）　一切經音義《唐書・藝文志》改名《衆經音義》、（唐）玄應　篆隸萬象名義日本僧空海　廣韻（宋）陳彭年　集韻（宋）丁度等

韻補（宋）吴棫　唐韻正、韻補正（清）顧炎武　六書音均表（清）段玉裁　古韻譜（清）王念孫　楚辭韻讀（清）江有誥

史記〔漢〕司馬遷（覆宋蜀大字本、影宋黄善夫本）、〔南北朝·宋〕徐廣音義、裴駰集解、〔唐〕司馬貞索隱、張守節正義
史記會注考證日本瀧川龜太郎
漢書〔漢〕班固（影景祐本）、〔唐〕顏師古注、〔宋〕宋祁校
揚雄傳殘卷唐寫本
漢紀〔漢〕荀悦
後漢書〔南北朝·宋〕范曄、〔唐〕章懷太子注、〔清〕王先謙集解
續漢書志注〔梁〕劉昭
晉書〔唐〕房喬等
宋書〔南北朝·宋〕沈約
五代史志即《隋書》十志〔唐〕于志寧
舊唐書〔五代〕劉昫等
新唐書〔宋〕歐陽修
世本〔清〕雷學淇校輯
古本竹書紀年輯校王國維
穆天子傳四部叢刊影印明天一閣本
戰國策〔宋〕姚宏校本、〔元〕吴師道校注
帝王世紀〔清〕宋翔鳳輯、顧觀光輯
路史〔宋〕羅泌
通典〔唐〕杜佑
元和姓纂〔唐〕林寶
史通〔唐〕劉知幾
山海經影成化本、〔晉〕郭璞注、〔清〕郝懿行箋疏
水經注〔北魏〕酈道元
華陽國志〔晉〕常璩
渚宫舊事〔唐〕余知古
離騷草木疏〔宋〕吴仁傑
通鑑地理通釋〔宋〕王應麟
溪蠻叢笑〔宋〕朱輔
嶺外代答〔宋〕周去非
諸蕃志〔宋〕趙汝适
元和郡縣志〔唐〕李吉甫
太平寰宇記〔宋〕樂史
輿地紀勝〔宋〕王象之
乾隆府廳州縣圖志〔清〕洪亮吉
晏子春秋〔清〕孫星衍音義、蘇輿校本
子思子〔清〕黄以周輯
孟子〔漢〕趙岐注
荀子〔唐〕楊倞注
賈誼新書〔漢〕賈誼
鹽鐵論〔漢〕桓寬
新序、説苑、列女傳〔漢〕劉向
中論〔漢〕徐幹
老子
莊子
列子〔晉〕張湛注、〔唐〕殷敬順釋文
管子
韓非子四部叢刊影印黄丕烈校影鈔宋乾道本、〔清〕王先慎集解
墨子〔清〕孫詒讓閒詁
吕氏春秋〔漢〕高誘注
淮南子〔漢〕高誘注（四部叢刊影印影鈔北宋本）
論衡〔漢〕王充
獨斷〔漢〕蔡邕

風俗通義〔漢〕應劭　博物志〔晉〕張華　歷代名畫記〔唐〕張彥遠　抱朴子〔晉〕葛洪　金樓子〔梁〕元帝　述異記〔梁〕任昉

玉燭寶典〔隋〕杜臺卿　齊民要術〔北魏〕賈思勰　素問〔唐〕王冰注　神農本草經〔清〕孫星衍、孫馮翼輯　重修政和經史證類備用本草〔宋〕唐慎微等　易林〔漢〕焦延壽、某氏注（四部叢刊本）　匡謬正俗〔唐〕顏師古　五行大義〔隋〕蕭吉　列仙傳〔漢〕劉向

經典集林〔清〕洪頤煊輯

東觀餘論〔宋〕黄長睿　演繁露〔宋〕程大昌　項氏家説〔宋〕項安世　困學紀聞〔宋〕王應麟　述學〔清〕汪中　讀書雜志〔清〕王念孫

炳燭編〔清〕李賡芸　諸子平議、古書疑義舉例曲園先生　札迻〔清〕孫詒讓

羣書治要〔唐〕魏徵等　北堂書鈔〔唐〕虞世南　藝文類聚〔唐〕歐陽詢（影宋紹興本、明王元貞校本）　初學記〔唐〕徐堅（嘉靖辛卯安國刊本、甲午晉藩重刻本）

太平御覽〔宋〕李昉等　太平御覽〔清〕鮑崇城校刻本、四部叢刊三編影宋本　英國百科全書（Encyclopaedia Britannica，1957）

楚辭章句〔漢〕王逸（湖北叢書翻隆慶重雕宋本）、〔宋〕洪興祖補注（汲古閣翻宋本、四部叢刊影明翻宋本）　楚辭音殘卷〔隋〕道騫、唐寫本　楚辭集註〔宋〕朱熹

屈原賦注附音義、〔清〕戴震　讀書雜志餘編〔清〕王念孫　離騷賦補注〔清〕朱駿聲　讀楚辭曲園先生　楚辭考異劉師培

楚辭校補聞一多　文選〔唐〕李善注、傳録〔清〕何焯批校本　文選〔唐〕李善及吕延濟、劉良、張詵、吕向、李周翰等注　文選集注殘卷日本藏古寫本

樂府詩集〔宋〕郭茂倩　杜工部集〔唐〕杜甫　柳河東集〔唐〕柳宗元　皇甫持正文集〔唐〕皇甫湜　伍子胥變文（S 六三三一）、別卷（S 三二一八）以上兩種均見王慶菽等輯敦煌變文集　左盦外集、文説劉師培

楚辭解故引〔漢〕鐃歌見宋書樂志，脩華嶽碑見隸釋，武梁祠畫象及〔清〕瞿中溶説見小蓬萊閣金石文字，〔晉〕王羲之書見十七帖；續編引尸子見羣書治要，〔漢〕孟郁脩堯廟碑、韓勑脩孔廟後碑並見隸釋，〔唐〕皇甫湜書見皇甫持正文集，補記於此。